研究叢書65

アメリカ文化研究の現代的諸相

中央大学人文科学研究所 編

中央大学出版部

まえがき

　本書は、中央大学人文科学研究所の研究会チーム「現代アメリカ研究」の研究成果の一部である。「現代アメリカ研究」チームは、アメリカ合衆国という巨大な存在を多様な視点から、そして多様なアプローチで捉えようと試みてきた。本書に集められた諸論文からもその視点の多様性は明らかであろう。

　所収の6編は、大まかに2編ずつ、「文化史研究」、「語学研究」、「文学研究」に分類される。

　巻頭の田中論文は、メジャーリーグ・ベースボールに焦点を当て、このユニークな視点から見た19世紀後半から現在に至るアメリカ文化の変遷を分析している。忘れられた黒人初の大リーガーであるフリート・ウォーカーを初めとするキーパーソンを通じて、アメリカ社会の変化と、それにもかかわらず変わらぬ一面を浮き彫りにしている。

　山城論文は、大衆の人気は博していたものの「単なるイラストレーター」として認識されていたノーマン・ロックウェルの評価が、20世紀末前後から高まった社会的背景について論じている。そして、「9・11」を経験したアメリカ社会がロックウェル作品に何を求め、何を見ているのかを分析している。

　川﨑論文は、地質学者として一部で知られてはいたものの、言語研究者として全く認知されていないアメリカ人学者ベンジャミン・ライマンに対して、新たな光を投げかけたものである。彼が日本語音韻論、特に連濁の法則性に関して重要な貢献をしたこと、そしてその業績が今まで知られずにいた背景を丁寧に分析している。

加藤木論文は、アメリカ英語における慣用的表現、一般にクリーシェ（cliché）と呼ばれる定型的な表現の内、代表的な幾つかを取り上げ、その使用頻度の歴史的変遷を論じたものである、時代ごとに好んで用いられる慣用表現が変遷していく様子からも、アメリカ社会の変化の一面がうかがえる。

　近藤論文は、現代アメリカの人気作家の一人であるポール・オースターの小説『闇の中の男』を分析している。この作品が、物語のフィクション性そのものを暗示するメタフィクションの手法を用いて現実とフィクションの境を溶融させていることを論じ、それによって浮かび上がる「9・11」以降のアメリカに対するオースターの政治的メッセージを読み取ろうとしている。

　福士論文は、アメリカの作家メルヴィルの作品「バートルビー」の末尾の一句を手掛かりに、この作品のテキスト構造、構成上の特徴、語り手の取る手法を詳細に分析している。この分析に基づき、メルヴィルが作品を通じて発信しているであろうメッセージをどう受け取り、評価すべきかを論じている。

　近現代史においてアメリカ合衆国は極めて大きな影響力を持ってきた。政治力・軍事力といった「ハードパワー」のみならず、文化や学問、科学といった「ソフトパワー」の面からもアメリカ抜きでは世界を理解できないであろう。「アメリカ」というこの巨大な対象を理解するため、本書所収の論文が、いささかなりとも貢献できたら幸いである。

　2017年10月

研究会チーム「現代アメリカ研究」
主査　加藤木 能文

目　次

まえがき ……………………………………… 加藤木能文　*i*

黒いメジャーリーガーの夢 …………………… 田中啓史　*1*
  1. はじめに　*1*
  2. クーパーズタウンを訪ねて　*2*
  3. フリート・ウォーカー　*5*
  4. ニグロリーグの誕生と発達　*50*
  5. ジャッジ・ランディス——その正義の仮面　*59*
  6. ブランチ・リッキーとジャッキー・ロビンソン　*83*
  7. おわりに　*103*

ノーマン・ロックウェル作品の受容に見るアメリカの自画像
 ……………………………………… 山城雅江　*107*
  1. はじめに　*107*
  2. 「スモールタウン」　*109*
  3. 物語を語るロックウェル作品　*112*
  4. ロックウェル作品と「ホワイトネス」、人種　*117*
  5. ロックウェル作品と「9.11」　*120*
  6. おわりに——ロックウェル作品と現在　*124*

忘れられた日本の恩人 Benjamin Smith Lyman
　　　　　　　……………………………………………… 川﨑　　清 *131*

　1. はじめに *131*
　2. 辞典の記述から見るライマンの日本における認知度と理解度 *132*
　3. ライマン論文の最初の日本人読者「小倉進平」の
　　　ライマンについての知識 *133*
　4. ライマンの来歴が日本語学者に不明となる経緯 *135*
　5. 明らかにされたライマンの来歴と事績 *137*
　6. ライマン死亡時の米国でのライマンの扱いからわかること *138*
　7. なぜライマンは米国で忘れ去られずに、彼の死は大きく
　　　報じられたのか *140*
　8. なぜ日本語研究者としてのライマンは忘れられていたのか *143*
　9. ライマンの来日年度は明治6年（1873）であった *145*
　10. なぜライマンは連濁を研究したのか *146*
　11. おわりに *148*

アメリカ英語における「定型表現（cliché）」の使用と
その遷移について
　　　　　　　……………………………………………… 加藤木 能文 *155*

　1. 本稿おける cliché の扱い *155*
　2. 単語としての cliché について *157*
　3. Cliché 使用の歴史的変遷 *160*
　4. Cliché 使用の文化的背景 *201*

メタフィクションと対テロ戦争
──ポール・オースター『闇の中の男』における政治性──
.... 近藤 まりあ　*211*

1. はじめに　*211*
2. 『闇の中の男』における政治性　*213*
3. トラウマと物語　*215*
4. 物語の効用　*218*
5. 入れ子構造とメタフィクション　*221*
6. おわりに　*226*

最末尾の一句はコロスか、それともアイロニーか
──メルヴィルの「バートルビー」再訪──
.... 福士 久夫　*231*

黒いメジャーリーガーの夢

田中啓史

1. はじめに

　ジャッキー・ロビンソンはプロ野球界における初の黒人メジャーリーガーといわれるが、「初の」は「20世紀初の」に訂正しなければならない。じつは19世紀にも黒人メジャーリーガーがいた。それは史上初の黒人メジャーリーガーであり、19世紀最後の黒人メジャーリーガーとなったモーゼス・フリートウッド・ウォーカー（Moses Freetwood Walker, 1857-1924、通称フリート・ウォーカー）という人物である。

　1860年代に登場したといわれるプロ野球だが、当初は白人だけのチーム、黒人だけのチーム、本来あるべき「人種混交」のチームもあって、試合もいろいろな組み合わせで行なわれていた。1878年、バッド・ファウラー（Bud Fowler）という黒人選手がプロ野球団体アメリカン・アソシエーション傘下のチェルシー・ボールクラブと契約し、黒人初のプロとなった。1883年にはモーゼス・フリートウッド・ウォーカーがオハイオ州のトリード・ブルーストッキングスと契約し、翌84年トリードがチームとしてメジャーリーグに昇格したのにともなって、黒人初のメジャーリーガーとなった。彼がメジャーリーグに在籍したのはその1年間だけだったが、1889年まで白人チームでプレーした。

　ウォーカーの現役時代7年間にプレーした黒人のプロ選手は白人、黒人、

人種混交のチーム合わせて65名ほどいたといわれるが (Lankiewicz, 1)、それ以降、白人チームの黒人排除が進み、黒人選手は黒人チームに限られるようになった。白人チームに黒人選手が加入するのは、ジャッキー・ロビンソン (Jackie Robinson) が1946年にブルックリン・ドジャーズのファームであるモントリオール・ロイヤルズでデビューするまで57年、同じくロビンソンが翌47年にメジャーリーグのブルックリン・ドジャーズに昇格するまで、ウォーカーのメジャーリーグ在籍の1884年から数えて63年の月日を要したのである。

　黒人初のメジャーリーガーとしてのウォーカーの存在は1940年代まで忘れられていたが、1947年のジャッキー・ロビンソン登場で注目され、市民権運動が盛んになった1960年代にあらためて認められるようになった。それでもジャッキー・ロビンソンが1962年に野球の殿堂入りを果たしたのをはじめ、1972年の彼の死以後も数々の栄誉を受けているのに比べると、ウォーカーは殿堂に名前が見当たらないどころか、その存在はいまひとつ影が薄いといわざるをえない。ウォーカーはたんにプロ野球初の黒人メジャーリーガーというだけでなく、いくつかの機械を工夫、発明した技術者として、新しい文化の普及につとめた劇場の経営者として、人種差別について考え行動した思想家としても見なおされなければならない。

2.　クーパーズタウンを訪ねて

　ニューヨーク州クーパーズタウン、広いニューヨーク州の北部の田舎町である。ただ、そこがベースボール発祥の地だという伝説から、それが歴史的な事実ということになり「野球名誉殿堂」(The National Baseball Hall of Fame) という建物ができた。その伝説が否定され史実が明らかになった現在でもその伝説は残り、殿堂の設備は充実して全国からファンを集めている。アメリカの野球のことを調べ始めてアメリカ各地を訪れたが、「野球名誉殿堂」に足をのばす気にはなれなかったのは、なんだか「ニセモノ」にしか思えなか

ったからだ。それでもクーパーズタウンを訪ねてみようと思ったのは、日本人のプレーヤー野茂やイチローなども展示されていると知って多少の興味が湧いたのと、そもそもクーパーズタウンという地名のもとになった、この土地の開発者（ウィリアム・クーパー判事、William Cooper, 1754-1809）、正確にいえば開発者の息子である作家ジェイムズ・フェニモア・クーパー（James Fenimore Cooper, 1789-1851）に興味があったからだ。アメリカがまだまだ原野を切り開くのに必死で文学を読む余裕がなく、ごく一部のインテリだけがヨーロッパの文学を読み、作家らしい人々がそれに似た作品を書いていた時代に、アメリカらしい小説を作りあげたのがクーパーだった。

　2008年8月24日は日曜日でニューヨークは快晴、絶好のドライブ日和だった。とはいえ、目指すクーパーズタウンはマンハッタンからおよそ200マイル（320キロ）、日本でも運転歴わずか数年、最長運転距離は熱海—東京間100キロほどを2、3回という筆者にとっては無謀とも思える挑戦だった。しかも、アメリカの高速道路を不慣れなレンタカーを運転していこうというのだ。ただ、唯一の頼みは助手席に座ってくれる妻の真理子だった。彼女のほうが運転歴は長いし、多少なりともアメリカの道路に慣れていると思われるので、クーパーズタウンまでのナビゲーター役を務めてもらうことにしたのだ。

　正直言えば運転の苦手な筆者だが、一般道路より高速のほうが楽なのだ。ただ、道さえ迷わずちゃんと分かればの話だ。そこで、ニューヨーク在住のアメリカ人の友人に頼みこんで教えてもらうことにした。その友人はニューヨーク州の地図に印をつけながら、「まず17号線を北上、そこから何マイルでここハリマンに着く、さらに何マイルでミドルタウン、そこで左折して西北へ何マイル」、という具合に目的地クーパーズタウンまでの道筋を詳しくメモしてくれた。そのメモと地図を妻に託して、筆者は単純な運転作業に没頭することができたのだった。

　クーパーズタウンでは、まずはジェイムズ・フェニモア・クーパーの墓を探した。フェニモア・クーパーの墓はすぐに見つかった。記念の写真を撮っ

たあと、彼の住居を訪ねた。住居というのか、彼に関わる建物はいくつかあって、ちゃんと表示があった。そもそも父ウィリアム判事がこの地の開拓を始めたのは 1787 年のことで、息子のフェニモア・クーパーが生まれた 2 年後の 89 年に屋敷を建てて移り住んでいる。ちなみに、初代大統領ワシントンが就任したのもこの年だった。

　彼は代表作と言われる『革脚絆物語』*Leather-Stocking Tales* 5 部作（1823-41）をはじめ、様々な分野の小説に加えて、政治的著作も数多く書いた。1826 年から 33 年まで 7 年間の長きにわたるイギリス滞在のあと、自分の領地をめぐる住民とのいざこざに巻き込まれたりしても、晩年まで作品を発表しつづけた。

　クーパーズタウンがその後作家のフェニモア・クーパーと関わりなく注目を集めたのは、1907 年にベースボール発祥の地とされたときだ。この年、A・G・ミルズを委員長とするベースボール起源調査委員会が、① ベースボールの起源はアメリカ合衆国にある、② 最初のベースボールの競技法は 1839 年にニューヨーク州クーパーズタウンにおいて、アブナー・ダブルデイ（Abner Doubleday, 1819-93）によって創案された、という決定を下したのだ。ダブルデイは南北戦争で活躍した軍人で、サムター砦防衛のため、最初の大砲を撃った人物とされ、1863 年のゲティスバーグでの英雄的な働きが認められて、銅像まで建てられている。彼の著書に軍隊の訓練の合間にベースボールをしたことが書かれているのは事実である。

　そもそも野球の起源については、イギリス由来のクリケットがラウンダーズというベースボールに類似した競技を生んだ、というヘンリー・チャドウィック（Henry Chadwick, 1824-1906）説が通説だったが、ホワイト・ストッキングスで監督を務め、ピッチャーとしても 241 勝をあげたスポルディング（Al Spalding, 1850-1915）が、アメリカ起源説を唱えて、愛国心に訴えた。そして、愛国心が勝ってアメリカで創案されたという結論が出て、1939 年には野球名誉殿堂も建てられ、アメリカ生まれのスポーツ、野球という神話が確立した。

ところが、ロバート・W・ヘンダソン（Robert W. Henderson）が1947年にその著書で野球の起源について論じ、野球を創案したとされるA・ダブルデイ陸軍少佐は、1839年当時ウェストポイントに赴任しており、クーパーズタウンには不在であったことが判明して、神話は崩壊した。神話は崩壊したが、名誉殿堂には殿堂入りした名選手たちの肖像が飾られ、野球図書館にはベーブ・ルースの映画もあれば、ニグロリーグを回顧する展示もあるなどその内容は充実していて、「野球発祥の地」という伝説を離れて、その地位はたしかなものになったようだ。

3. フリート・ウォーカー

ベースボールの誕生まで

「野球発祥の地」訪問を終えたところで、あらためてベースボールの起源について考えてみよう。野球の起源については諸説あるが、イギリスのクリケットから派生した「ラウンダーズ」がもとであるとする説が一般的だ（Chadwick, 1）。ラウンダーズは18世紀にイギリスからアメリカにもたらされた。その元祖たるクリケットもアメリカで行なわれるようになったが、あまり普及しなかった。それはなぜか。

クリケットは各チーム11人ずつのプレーヤーが2イニング（野球では当然ながら9イニング）を交替に攻め、守るのだが、1イニングは攻撃側のプレーヤー全員がアウトになるまで続くため、300点、400点という得点もめずらしくない。とにかく時間がかかり、双方2イニングずつの一試合は通常2日以上、国際試合は最低5日あるいは30時間と定められている。時間に余裕のある階級のスポーツというほかはない。それに加えて、ピッチャーと打者が球場のほぼ中心の2ヶ所で、お互いの場所を交替しながら対戦するため、打球が四方八方に飛ぶことになり、かなりの広さが必要となること、用具に金がかかることなど、とても手軽に楽しめる庶民のスポーツとはいえなかった（*Encyclopaedia Britanica*, Vol. III, 213）。

ラウンダーズには多くのヴァリエーションがあり、ルールやフィールドの大きさもさまざまで、呼び名も「ラウンド・ボール」、「ワンボール・キャット」、「ゴール・ボール」、「ポスト・ボール」、そして「ベースボール」などさまざまだった。それらが進化したのが「タウンボール」と呼ばれるもので、集会（タウン・ミーティング）の前後にレクリエーションとして行なわれたのがその名の由来とされている。

　ともかく、18世紀にアメリカにもたらされたラウンダーズはまだ定まったルールがあるわけではなく、人数も様々だった。それにスポーツらしい形を与えるきっかけを作ったのはアレクサンダー・ジョイ・カートライト（Alexander Joy Cartwright, 1820-90）だった。1842年、彼はマンハッタンを火事から守るため、ボランティアの消防団を組織し、団員たちに運動の機会を与えようとタウンボールを始めたのだ。当初はマンハッタンの中で行なわれていたが、人口の増加による都市化の波がおしよせてきて、試合の場所に不自由するようになった。なにしろ1830年に20万人ちょっとだったニューヨークの人口が、1850年には50万人を超すようになったのだ。1845年、彼はまず新しいグラウンドをみつけた。場所はマンハッタンを避けて、ハドソン河をはさんだ対岸のニュージャージー州で、ホーボーケンという避暑地のエリジアン・フィールドと呼ばれる広場だった。

　カートライトは同時にゲームの改革にものりだした。まず、消防団員のチーム名をニューヨーク・ニッカーボッカー・ベースボール・クラブ（通称ニッカーボッカーズ）とし、ルールブックを作った。これで、塁間を90フィート、1チーム9人とし、ポジションを固定する、3つのアウトで攻守交替とするなど、現在のベースボールの原型ができたといえる。

　このルールはニッカーボッカーズ専用だったが、ニューヨークのほかのクラブも採用して次第に広まっていった。初期のチーム名にはヤング・アメリカ、ユニオン、インディペンデンス、イーグル、パイオニアなどナショナリズムを意識したものが多く、ジョージ・ワシントン、トマス・ジェファソン、ベンジャミン・フランクリンなど、建国の父祖たちの名前をチーム名に

したところもあった。

　1846年6月19日、ホーボーケンのエリッジフィールドでベースボールというゲームが行なわれた最初の記録があり、現在、記念碑が建っている。試合はニューヨーク・ナインという新興のチームとニッカーボッカーズのあいだで戦われたが、ニッカーボッカーズは213対1の大差で敗北している。

　こうしてどうやら現在のゲーム形式らしいものとなったベースボールだが、当初はやはりクリケット同様、富裕な若者たちのスポーツだった。それが次第に一般に広く普及し、1850年代には職人、商人、船大工たちがチームを作るようになった。そのほか教師のチーム、警官や正式消防団のチームも誕生した。ニューヨークの次にベースボールが盛んになったのはボストンだった。ニューヨークで行なわれていたニッカーボッカーズ式のベースボールはニューヨーク・ゲーム、ボストンを中心とした地域のものはマサチューセッツ・ゲームと呼ばれ、ルールも異なっていたが、1857年に統一された。

　そしてその翌年の1858年、ニッカーボッカーズ、ゴサムズ、イーグルズ、エンパイアズというニューヨークの4チームの呼びかけで全国野球選手協会（National Association of Baseball Players）が結成され、21チームが参加した。ベースボール自体がまだごく一部の地域で行なわれていた時期で、「全国」とはいっても全国規模とはほど遠いものであり、もちろんプレーヤーはアマチュアだった。しかし、チームを強くしようと、優秀なプレーヤーを金で引き抜くことが行なわれるようになり、いわばセミプロ的なチーム、あるいは選手が登場するようになっていった。

プロ野球の誕生

　ベースボール人口が増えるにつれて、選手を金で引き抜くだけでなく、プレーそのものに金を払うチームも出てきた。いわゆるプロの登場である。あちらこちらのチームがひとりやふたりのプロを抱えていたが、1866年にフィラデルフィア・アスレティックスが3人のプロをまとめて採用したのが、チーム自体がプロ化するきっかけとなった。そうしたなかで登場するのが、

20世紀初頭の飛行機の開発にさきがけて、19世紀にプロ野球球団を創設して名をあげたライト兄弟だった。1869年にハリー・ライト（Harry Wright, 1835-95）がシンシナティ・レッドストッキングス（現在のシンシナティ・レッズの前身）を全プレーヤーがプロのチーム、つまりアメリカ最初のプロ球団として創設した。彼は監督兼選手として活躍し、チームはこの年56勝1分け、1870年に強豪ブルックリン・アトランティックスに負けるまで79連勝した。

ハリーはイギリス生まれで、弟のジョージ（George Wright, 1847-1937）とともに野球殿堂入りした名選手だが、はじめはイギリス生まれらしくホーボーケンでクリケットをやっていたが、おなじ場所でベースボールをやっていたニッカーボッカーズのカートライトにスカウトされて入団したのがベースボールを始めるきっかけであり、もともとニューヨークとの縁は深い。そもそもベースボールというゲームが定着する基礎を固めたのが、カートライトが始めたニューヨークのニッカーボッカーズであり、そこから育ったハリー・ライトがプロ野球チームの創始者というわけで、文字どおりニューヨークはアメリカ野球の揺籃の地なのだ。ちなみにレッドストッキングスの80連勝を阻んだブルックリン・アトランティックスは1860年代のベストチームといわれるが、ブルックリンがニューヨーク市に編入される（1897年）前とはいえ、広い意味ではニューヨークのチームといっていいだろう。

その後次つぎにプロ球団が生まれ、1871年3月、最初のプロ野球リーグともいうべき「全国プロ野球選手協会」（National Association of Professional Base-Ball Players）が結成され、フィラデルフィア、シカゴ、ボストン、ニューヨーク、ワシントン、トロイ（ニューヨーク州）、クリーブランド、フォート・ウェイン（インディアナ州）、ロックフォード（すぐに解散して、ブルックリンと代わる）の9チームが参加した。5シーズン続いたこのリーグではボストンクラブが4度優勝した。しかし、賭博、賄賂、八百長、酔っ払いなどが横行し、「卑しい（ベース［base］）ゲーム」などと揶揄されるありさまだった。

そこで1876年にあらたに結成されたナショナルリーグでは、賭博、飲酒（酒類の販売）などを禁止して健全化をはかった。参加したのはボストン、フィラデルフィア、ニューヨーク、ハートフォード（コネティカット州）、シカゴ、シンシナティ、セントルイス、ルイヴル（ケンタッキー州）の8チームだった。1882年にアメリカン・アソシエーションが、1901年にアメリカンリーグが結成され、ナショナルリーグのよきライバルとなって現在に至るのである。

南北戦争と野球

1861年に勃発した南北戦争はアメリカ史上の大事件だが、ベースボールにとっても大きな意味を持っていた。戦闘や訓練の合間にこの新しいスポーツが行なわれ、戦後、兵士たちがそれぞれの故郷にゲームを持ち帰ったのだ。先に触れたダブルデイもこの点での功績は認めなくてはならない。こうして、ニューヨークを中心とした東部のごく一部で行なわれていたベースボールが全国に広がっていった。この新しいスポーツは黒人たちのあいだでも人気を得ていった。じつは、初の黒人どうしの試合が南北戦争の直前の1860年3月28日、ブルックリンで行なわれたという記録が残っている（Ribowsky, 10-11）。

当時は白人だけのチームもあれば黒人だけのチームもあり、本来あるべき「人種混合」のチームもあって、試合もいろいろな組み合わせで行なわれていた。ところが、南北戦争が奴隷制度を廃止しても人種差別はなくならなかったように、野球の世界でも、黒人どうしはともかく、黒人が白人といっしょにプレーすることには少なからぬ反発があった。1867年、全国野球選手協会がフィラデルフィアで会議を開き、「ひとりでも黒人のいるチームは協会から除名する」という決議を下した。この協会はアマチュアの団体だが、これが野球界における黒人排除のはじまりである。

しかし、これで黒人が野球をする場を奪われたわけでは決してなかった。黒人どうしはもちろん、白人との試合も盛んに行なわれていた。ただ、それ

らのチームが全国野球選手協会から認められていなかっただけのことだ。そんななかで1878年、バッド・ファウラーがプロ野球団体アメリカン・アソシエーション傘下のチェルシー・ボールクラブと契約し、黒人初のプロとなった。彼は野球の発祥の地とされ、現在、野球殿堂のあるニューヨーク州クーパーズタウンの出身だ。奇しき縁というべきであろう。

さらに、1883年にはモーゼス・フリートウッド・ウォーカーがオハイオ州のトリードと契約したが、翌84年にチームがメジャーリーグに昇格したため、ウォーカーはアメリカ野球史上初の黒人メジャーリーガーとなったのだ。じつに、ジャッキー・ロビンソンがブルックリン・ドジャースでデビューする63年も前のことだ。しかし、ジャッキー・ロビンソンがなにかにつけクローズアップされるのに比べて、彼のことは今日ではほとんど忘れさられ、プロ野球の華やかな歴史の陰に埋もれかけている。メジャーリーグにおける黒人選手のパイオニアとして、黒人の人権を主張した言論人として、ウォーカーの存在は決して小さいものではない。

ウォーカー家のルーツ

ジャッキー・ロビンソンが現役を引退したのは1957年だった。モーゼス・フリートウッド・ウォーカーはそのちょうど100年前の1857年10月7日に、父モーゼス・W・ウォーカーと母キャロライン・オハラ（Caroline O'Hara）とのあいだに、2人の兄キャドワラダー（Cadwallader）、ウィリアム（William）、と2人の姉メアリー（Mary）、サラ（Sarah）につぐ第5子として生まれた。3年後に弟ウェルディ（Weldy）が生まれた。生地マウント・プレザント（Mount Pleasant）はオハイオ州の東端のジェファソン郡に属し、ヴァージニア州（5年後の1862年に分離してウエストヴァージニア州となった）との境を流れるオハイオ川近くの小さな村だった。

長男のキャドワラダーというめずらしい名前は、ペンシルヴェニア州ワシントン郡のクエーカー教徒で、マウント・プレザント村に移住した者にキャドワラダー一家があり、この長男の命名になんらかの関係があると考えられ

る。この長男の消息は不明で、1870年の国勢調査で登録名簿から消えている。また、なぜ第5子で3男である息子に自分とおなじモーゼスという名をつけたのだろうか。エジプトで迫害に苦しむイスラエル民族を救出し、カナンへと導いた預言者モーゼ（英語の発音でモーゼス）の名は、この父子の放浪の生涯を暗示しているようだ。

　父モーゼスは1820年の生まれ、ペンシルヴェニア州の白人牧師の血を引くムラート（スペイン語ではmulato、英語ではmulattoで、白人と黒人の第1代混血児の意）だという（Zang, 5）。息子のモーゼス・フリートウッドとおなじ名であるため、区別する必要のあるときは父を「父モーゼス」、息子を「フリート（Fleet）」と表記する（アメリカでもそうしている場合が多い）。父モーゼスと1843年に結婚した母キャロライン・オハラは1822年生まれだが、1937年の国勢調査に弟ウェルディの母としてマリア・シンプソン（Maria Simpson）という名があることから、弟だけは母親が別なのか、キャロラインの奴隷時代の名がマリア・シンプソンなのかはっきりしない。また、1920年の国勢調査では、ジェイムス・シンプソンという30歳の男がウォーカー家に同居していることになっているので、彼が親族である可能性は高い。いずれにしても、オハラという苗字はアイルランド系の白人を示しているので、母はその血を引いたムラートだったのかもしれない。

　フリート・ウォーカーの生まれに関して、両親の出身や名前のほかにもう1つ謎がある。それは生年月日が、はたして1857年10月7日で正しいのかどうか、ということだ。手に入るかぎりの本や論文などを当たってみると、生年月日に言及しているもの（これが意外に少ない）は、誕生日はすべて10月7日でおなじだが、生年が1857年と1856年の2種類、しかも、このふたつがほぼ同数なのだ。誕生日がおなじなのだから、生年のほうはどちらかが誤り、あるいは誤った先例を少しも疑わずに踏襲しているのだろう。

　主なものをあげてみると、1857年としているのはデイヴィッド・W・ザングの『フリート・ウォーカー伝』、ロバート・ピーターソンの『白かったのはボールだけ』、アーサー・R・アッシュ・ジュニアの『栄光への困難な

道』、ラリー・バウマンの論文、『ニグロリーグ人名百科事典』など。ザング、ピーターソン、アッシュの本はどれも定評のある本であり、百科事典も日頃から筆者が頼りにしている本場アメリカの書物だ。一方、1856年派は『野球・人名百科事典』、『メジャーリーグ人名事典』(出野)という日米の百科事典、100枚を超える力作卒業論文であるプリンストン大学のT・M・マスニー「モーゼス・フリートウッド・ウォーカー」などである。

　百科事典こそ信頼に足るものと思いたいところだが、その百科辞典にも56年説、57年説の両方があり、発行年が早いものが確かなのか、新しいものが正しい情報を伝えているのか、判定できない。アメリカの国勢調査の原簿をチェックすればいいのかもしれないが、そのためだけに出かける気にはなれない。筆者としてはザングやピーターソンの著書に多くを教えられ、57年説に傾いていたのだが決定的な根拠がない。迷っていたところで、もういちど両方の説の元である本、辞典、論文を読みかえしてみた。

　そして、見つけたのだ。ザングの本ではウォーカーの生年月日を1857年10月7日の水曜日と明記してある。そして、その日が水曜日であることが母親のキャロラインにとって、そして息子のウォーカー本人にとっても、どのような象徴的な意味をもつのかが詳しく論じられている。そのほかの本や論文、辞典などには曜日の記述はない。暦を調べたところ1857年の10月7日は水曜日、56年のおなじ日は火曜日だった。これで筆者は、ウォーカーの生年は1857年であると確信した。

　彼の生地マウント・プレザントは人口1,000人足らずだが、鍛冶屋、家具屋、印刷屋、靴屋、帽子屋、仕立て屋など職人が多く、いくつか工場もあるという進歩的な村だった。奴隷解放、平和運動に熱心で、兵役にも良心的忌避を貫くことで知られるクエーカー教徒の多いところだ。1815年ごろから、逃亡奴隷の多いオハイオ州のなかでもとくに奴隷が逃げこんでくることで知られ、大きな家には床が二重になった隠れ場所やトンネルなどがあったという。「地下鉄道(Underground Railroad)」と呼ばれる逃亡奴隷のルートでも、カナダへ向かう重要な拠点となっていた。

このように反奴隷制で固まっているマウント・プレザントでは、1817年に『博愛主義者（Philanthropist）』という反奴隷制を謳う新聞がアメリカで最初に発行されている。つづいて21年に『奴隷解放の精神（Genius of Universal Emancipation）』という新聞も発行されており、1837年にはオハイオ州で最初の奴隷制廃止の会合が催されている。マウント・プレザントの住人のうち、約90人がウォーカー家とともに集団で生活するというネットワークを形成していた。ほかの住民はこの集団のことには触れず、詮索もせずという態度で、彼らを護ったという（Zang, 2-18）。

　ウォーカー一家の父モーゼスと母キャロラインはムラートだと紹介した。ふたりとも白人の父と黒人女性のあいだに生まれた混血児だったようだ。ムラートとは本来このように白人と黒人の第一代混血児をいうのだが、そんな混血児同士が結婚するとその子どもの血の割合が複雑になり、黒人の血が8分の3から8分の5までの第2代以降の混血児もムラートと呼ぶ。フリート・ウォーカーも当然ムラートであり、のちに結婚相手となるふたりの女性もムラートだった。フリートが生まれたのは1857年だが、1860年当時、全黒人の13％がムラートだった。ムラートは黒人のなかではエリートで、黒人運動指導者のフレデリック・ダグラス（Frederick Douglass, 1817-95）もムラートである。

オーバリン大学

　父モーゼスはマウント・プレザントで樽屋をやっていたらしいが、1860年に15マイルほど北の石炭産業の町ステューベンヴィル（Steubenville）へ転居し、医者となった。当時は黒人が専門学校へ通って医者の資格を得ることは考えられないことで、転居するまで3年ほど医師の弟子として修業し、専門書で独修して技を身につけたようだ。この年に弟ウェルディが生まれているが、その母親がフリートの母とは別の女性かもしれないことはすでに述べた。父の医者への転業となんらかの関係があるかもしれない。また、この年3歳のフリートとおなじ3歳のリジー（Lizzie）という娘がいることになって

いて、双子の可能性もあるが、はっきりしたことは分かっていない。

　この父は 1870 年にまた大きな転身をはかる。今度はメソジスト監督教会派の牧師となったのだ。この年には家族名簿から長男キャドワラダーとリジーの名前が消え、ジェニー・ブラウン（Jennie Brown）という 17 歳の娘が同居している。その後 80 年にもふたりの養子を迎えている。この父は博愛主義者なのか、それとも女性関係が盛んなだけなのだろうか。黒人相手の医者となり、牧師となった彼にはどちらの可能性も考えられる。

　ステューベンヴィルには白人の学校と同等の権利が認められた黒人の学校があり、フリートが通学したのもそこだった。新居はマウント・プレザントの一般家庭の約 6 倍の 3,000 ドルという豪華なものだ。当時の黒人の住む家は平均 200 ドルというから、その豪華さの想像がつくだろう。地域で唯一の黒人医師の息子として、そして牧師の息子として比較的恵まれた環境に育ったといえるだろう。

　1877 年に父モーゼスは、オハイオ州北部の都市オーバリン（Oberlin）の教会に主任司祭として転属となった。ここは逃亡奴隷のカナダルートの「駅」といわれる町で、1832 年創立のオーバリン大学（Oberlin College）がある。息子のフリートは父のあとを追うようにオーバリンに行き、この大学への入学をめざして、同大学の予備課程に進んだ。1859 年にハーパーズ・フェリー襲撃で死刑になったジョン・ブラウンが評議員を務めたこともある（Matheney, 1-15）進歩的なこの大学は、34 年には女性や黒人に門戸を解放していて、黒人の在校生は 3 〜 5 ％にものぼった。

　日本にもオーバリンの音を漢字に置き換えた、桜美林大学・高校という姉妹校をもつこの大学はすべて教会主導で、毎朝下宿の家族との礼拝のほか、日曜に 2 回と毎夕は大学のチャペルでの礼拝が義務づけられていた。酒、タバコはもちろん男女交際も厳禁で、門限にも厳しいところだった。翌 78 年に無事入学を果たすが、父はインディアナ州の教会に転任し、解放された息子は大学生活を満喫したのだった。

　オーバリン大学では野球部に入った。南北戦争以後アメリカ全土に広まっ

たといわれる野球だが、少年時代を過ごしたステューベンヴィルでも盛んで、ウォーカーも熱心にやっていた。一般に大学では「学びかつ働く」をモットーに、スポーツより学内の労働を奨励していた。オーバリン大学でもスポーツクラブによる反体制的活動を警戒していたが、青少年のエネルギーを発散し、心身を鍛錬するためにスポーツを取り入れることが検討されるようになった。

ウォーカーが大学の予備課程に入った1877年に、オーバリン大学でも体育が必須科目になった。この大学には65年に野球クラブができていて、すでに黒人の一塁手が在籍していたという。しかし、外部のチームとの試合は禁じられていた。そのため、大学チーム内で試合を行なっていたが、80年に行なわれた3、4年生の対抗戦で、ウォーカーは3年生チームのキャッチャーとして活躍した。

そのときバッテリーを組んだのが大学随一のピッチャーだったハーラン・バーケット（Harlan Burket）である。オーバリン大学の子弟には近隣の有力者、著名人が多かったが、バーケットの父親もオハイオ州の優れた白人の弁護士で、のちに最高裁判事になった人物だ。息子のバーケットは当時めずらしかったカーブを投げた。カーブが投げられるのは大学では彼ひとり、州でも3人といわれていた。そのためボールを捕球するのがむずかしく、キャッチャーの役割が重要だった。当時はちゃんとしたプロテクターやキャッチャー専用のミットなどなく、キャッチャーはバッターから離れてこわごわと捕球するというのが普通だった。バーケットはウォーカーにかねてから目をつけていた。そして、自分のボールをキャッチする才能のあるキャッチャーとして、あえて黒人のウォーカーを指名したのだった。そんなこともあって、ウォーカーはチームの要となり、キャプテンにも選ばれた。それまでは黒人のキャプテンなど考えられないことだった。

1881年になって大学は対外試合の禁を解いた。ウォーカーの3つ年下の弟ウェルディも入学して右翼手になった。さっそく大学チームはすぐ北に隣接するミシガン州に出かけ、ハドソン大学やミシガン大学と対抗戦を行なっ

た。ミシガン大学のあるアナーバー（Ann Arbor）はオーバリンから100キロほどの距離だ。ハドソン大学との試合では、ウォーカーはホームラン、二塁打を含む4安打の活躍で、4-0で快勝した。ミシガン大学にも9-2で勝った。

そんなとき、ウォーカーはオハイオ州クリーブランドのミシン会社のセミプロチームから声がかかって、ケンタッキー州のルイヴィルで試合をすることになった。当時、才能のある大学生は仮名で、あるいは週単位で所属を変えることもあり、選手の所属はたいして問題にならなかった。ところが南部は人種差別の激しいところで、宿泊したルイヴィルのホテルでは朝食用の食堂から追い出され、試合にも出場を拒否された。クリーブランドのチームもそれを受け入れ、ウォーカー抜きで試合が始められた。

試合の途中で味方のキャッチャーが手を傷めたため、ウォーカーが交代しようとしたが、相手方の選手ふたりが退場して抗議の意を表した。それで味方の三塁手がキャッチャーを務めて試合は続行され、6-3で負けた。

この件でウォーカーは人種差別の少ない故郷を離れた地で、その実態を思い知らされた。しかし、奴隷制、人種、肌色をもち出して問題提起をする新聞があり、観客は社会問題と関係なく、ウォーカーという名前の前にニグロ、カラード、ブルネット（髪の黒い）、ムラートなどの形容詞をつけて、彼のプレーを見たがった。そして自分の肌色は屈辱につながるが、それだけ目立って脚光を浴びる存在で、ムラートは観客を惹きつける面もあることを、彼は知った。

そんなとき、ウォーカーの活躍にミシガン大学が目をつけた。1881年同僚のアーサー・パッカード（Arthur Packard）とウォーカーに、次のシーズンにミシガン大学へ来ないかと勧誘したのだ。パッカードは白人の優秀なピッチャーで、父親は国会議員というエリートだった。ところが翌82年になって、ウォーカーのミシガン大学への移籍が危うくなることが起こった。彼は78年にオーバリン大学に入学した当初はまじめに授業に出席し、1年次は成績も良かった。ところが次第に欠席が目立つようになり、文章・雄弁術や機械・物理などのちの活動に役立ったと思われる科目を除いては、成績もふ

るわなくなっていた。

　ミシガン大学への移籍に際して、オーバリン大学から成績証明書が送られてきた。ところが、ミシガン大学から試験の単位についてその書類に疑わしいところがあると伝えてきた。この問題で両大学の学長で手紙のやりとりがあってもめたが、同時に移籍が検討されていたパッカードの親が白人の有力者ということも考慮されたのか、無事解決した。

　ウォーカーにはほかにもミシガンに移りたい事情があった。男女交際を禁じるオーバリン大学の厳しい規則にもかかわらず、ウォーカーは何人かの女性と恋に落ちたらしい。そのうちのひとりは18歳のアラベラ・テイラー（Arabella Taylor, 1864-95）、もうひとりはエドナ・ジェーン・メイソン（Ednah Jane Mason, 1861-1920）といい、20歳だった。ふたりともオハイオ州出身の学生で、とくにエドナはオーバリンの近くの町の出身だった。そしてふたりとも色白のムラートだった。彼はアラベラと結婚し、彼女が亡くなった後、エドナと再婚するのだ。

　当時つき合っていたウォーカーとアラベラ（通称ベラ Bella）はオーバリン大学の厳しい拘束を嫌っていて、窮屈な思いをしていた。法律を学び、得意の弁論を生かす職業につきたいと考えていた彼は、ミシガン大学への移籍を絶好のチャンスと考えた。それに、ウォーカーはセミプロのチームやミシガン大学との試合を経験して、野球に新たな魅力を感じはじめていた。それはかた苦しいオーバリン大学では味わえない、試合の喧騒、興奮、そしてお金の魅力だった。

　自由な気風のオーバリンだったが、ウォーカーとアラベラが大学を去ったあと世間の風が変わったのか、大学でも人種隔離の方針を採用した。

ミシガン大学からニューキャッスルへ

　ミシガン大学に移ったウォーカーはアーサー・パッカードとともに、新戦力として期待されていた。オーバリン出身のこのバッテリーは4月の第一戦に、母校のオーバリン大学と対戦することになった。ミシガン大学チームは

この試合にウォーカーのホームランで勝利すると、5月末まで6連勝する勢いをみせた。ウィスコンシン州のマディソン大学との試合では「ツーアウト、ツーストライク、ランナー2人」という状況で、オーバリン戦の再現とも思えるウォーカーのホームランで快勝し、「今年もっとも美しいホームラン」と絶讃された。結局1882年のシーズンはウエスタン・カレッジ・リーグで13試合中10勝をあげ、ウォーカーも打率3割を超えて名キャッチャーと評判になった。彼は優秀選手だけがユニフォームにつけることを許される、ヴァーシティ・レター（Varsity Letters）を大学から与えられるほどだった（Peterson, 29）。

　82年は公私ともに忙しい年だった。いっしょにオーバリンを出てきたガールフレンドのアラベラが妊娠したのだ。ふたりは7月に結婚したが、妊娠中の新婦は夫と同居することはできなかった。なぜなら、ウォーカーは結婚してひと月もしないうちに、単身赴任でペンシルヴェニア州のニューキャッスル（New Castle）に行ってしまったからだ。アラベラは12月に長女クレオドリンダ・デューワーズ・ミルズ（Cleodolinda Dewers Mills）を生んだ。

　ウォーカーがニューキャッスルに行ったのは、弟のウェルディといっしょに仕事として野球をするためだった。そこにはプロ野球のチームが2つあり、そのひとつがウォーカーを勧誘したネシャマノックス（Neshannocks）という奇妙なニックネームのチームだった。ネシャマノックスは町を流れる川の名前だが、そもそもはネイティヴ・インディアンの言葉で「黒いポテト」を意味するという。通称ノックス（Nocks）と呼ばれるこの新しいチームは資金豊富で、オーバリンでウォーカーとバッテリーを組んでいたピッチャーのハーラン・バーケットを獲得していた。それだけではない。ノックスにはエド・バーウェル（Ed Burwell）というオーバリン出身の選手もいた。まさにオーバリン・グループともいうべき仲間がいたのだ。

　各地で試合をしてまわるなかで、ニューキャッスルはウォーカーの人種に言及しない唯一の町といえたが、新聞や住民が人種差別をしないというわけではなく、人種とその意味するところはほかの地域と同様に意識していた。

人種差別のほとんどなかったオーバリンでさえ、ウォーカーたちが去ったあと大学でも差別が始まったが、世の中は白人と黒人を隔離する方向に向かっていた。黒人一般にたいして、猿に近い人種、社会に反抗する危険な存在などのイメージがある一方、黒人は怠け者だが従順というイメージもあった。いずれにしても、黒人劣等論で白人たちを安心させることが期待されていた。

そんななかでウォーカーには、白人の恐怖を和らげるていどに妙技を披露する役割が期待されていた。彼は人種平等を訴えるポスターにもなり、「動く広告塔」としての役割を果たした。彼のムラートとしての色白な肌は、どっちつかずの曖昧さから不信、疑惑の対象になると同時に、逆にあるていどの地位を得て、黒人たちの羨望、敵意の対象ともなった。

バーケットとウォーカーのバッテリーはデトロイトのチームをニューキャッスルに迎えて奮闘するなど活躍したが、8月に入団したばかりのウォーカー兄弟にはシーズンも残りわずかだった。ウェルディは秋にはミシガン大学に入り、父のあとを継ぐべく2年間医学を学んだ。医者にはなれなかったが、1884年には数試合だけミシガン大学チームのキャッチャーを務めた。兄のフリート・ウォーカーも82年秋に法律家を目指してステューベンヴィルに戻り、法律事務所で実習したが結局資格はとれずに挫折してしまった。この兄弟はふたりとも専門職を目指して失敗、そして、ともに野球の道を歩むことになるのだ。

プロ野球へ

1883年、ウォーカーはミシガン大学にもノックスにも戻らず、ミシガン州との州境に近いオハイオ州北西部の町トリード（Toledo）に向かった。トリード・ブルーストッキングスというプロ野球チームから誘われたからだ。このチームはノースウエスタン・リーグに属し、マイナーながら今や野球の中心地ともいえるオハイオに本拠地を置く強豪だった。ウォーカーはそれまでプロといってもセミプロていどのチームに、それもほんの短いあいだ所属

したことはあったが、本格的なプロ野球チームははじめてだった。

1883年当時、ノースウエスタン・リーグにはイリノイ州のピオリア（Peoria）、クインシー（Quincy）、スプリングフィールド（Springfield）の3チーム、インディアナ州のフォート・ウェイン（Fort Wayne）、ミシガン州のベイシティ（Bay City）、グランド・ラピッズ（Grand Rapids）、サギノー（Saginaw）の3チームがあり、オハイオ州のトリードを加えて4州に及ぶ8つの町のチームで構成されていた。

トリードの監督は『クリーブランド・プレイン・ディーラー（Cleveland Plain Dealer）』という新聞の記者で、この年監督になったばかりのウィリアム・ヴォルツ（William Voltz）だった。ウォーカーはヴォルツがサインをした2番目の選手だ。このチームにはオーバリン大学やノックスでバッテリーを組んだハーラン・バーケットもいた。彼は弁護士から最高裁判事となった父の希望に反して、法律家よりプロ野球の道を選んだのだった。

ウォーカーやバーケットのような教育のある若者が、しかも社会的に上流とみなされている父親を持ちながら、なぜ野球の世界に惹かれたのだろうか。たしかに野球選手は給料も少なく、ドサ廻りの連中とみなされていた時期もあった。それが19世紀も末に近づくと、当時のアメリカ自体の勢いを象徴するかのように、野球も西へ西へと広がっていった。ウォーカーにも中西部のみならず、ニューヨーク、フィラデルフィア、ワシントンなど大都市を見せてくれたのだ。

そしてウォーカーのような黒人には、野球は別の魅力も備えていた。野球は実力の世界で、白人、黒人双方に平等にチャンスがあり、そのどちらにもアピールしたのだ。ただし、黒人を排除しようという動きもあり、それが次第に強くなってウォーカーたちを悩ませるようになったのは、歴史的事実ではある。

もちろん、黒人としてプロ野球選手になったのはウォーカーが最初ではない。南北戦争中に軍隊内で急速に広がった野球だが、1871年にはじめて結成されたプロ野球団体ナショナル・アソシエーション（National Association of

Professional Baseball Players) には黒人プレーヤーを禁じる規則はなかった。しかし、この最初のプロ野球リーグ、およびそれに続いて 76 年に結成されたナショナルリーグには、黒人の参加を禁じる「紳士協定」が存在した。白人たちが黒人を仲間に入れず、自分たちだけで「平和に」野球を楽しもうという暗黙の了解である。そんななか、75 年に最初の黒人プロ野球選手、バッド・ファウラー (Bud Fower, 1858-1913) が登場した。彼が奇しくも野球の聖地といわれるクーパーズタウン (Cooperstown) で育ったのは、この町を聖地とする根拠が怪しいことは別として、黒人選手のパイオニアとしてまことに相応しいといえる。残念ながらメジャーリーグの経験はないが、1875 年からほぼ 25 年間にわたって全国のチームでプレーした偉大な選手だ。ウォーカーよりひとつ年下ながら、ウォーカーがプロとなる 83 年にはすでに 8 年のキャリアを誇るベテランだった。

　ウォーカーはトリードに入団したときからすでに人気者だった。第 1 週に早くもファウルボールでキャッチャーマスクの横棒が曲がって、右目上にコブができたにもかかわらず、プレーを続行してファンの喝采を浴びた。そのあとひと月もしないうちに親指を骨折するなど怪我つづきだった。当時はキャッチャーマスクもお粗末で、小さな当て布のあるラム皮製で指先に切れ目のあるグラブはミットと呼べる代物ではなかった（次頁図 1 参照）。手や指から出血することはしょっちゅうで、キャッチャーは危険なポジションだった。トリードのバットボーイだった G・L・マーセロー (G. L. Marcereau) は、ウォーカーが手の指が裂けて血を流しながらプレーしていた姿を忘れられないという (Zang, 16-17)。

　ピッチャーも本来は下手投げ（アンダーハンド）だった。投球もゆるやかで「ストライク」の判定は「ほら、打て」という意味だった。それが 1880 年代になって横手投げ（サイドアーム）や、ふりかぶって上から投げるオーバースローが登場し、変化球を投げるピッチャーも出てきた。キャッチャーはボールを受けること自体が大変になってきたのだ。当時ホームベースは大理石で、粗末なミットのキャッチャーは手を守るためホームから 6 フィートほど

離れて構えていた。それでも塁上にランナーがいたり、ピッチャーが第3ストライクを投げようとする場合は、バッターに近づく必要があった。キャッチャーは危険きわまりないポジションだが、それだけ試合の勝敗を左右するカギとなる重要なポジションだった。

　もと新聞記者のヴォルツが率いるトリードはスタートから不調で、6月初旬にセンターを守っていたチャーリー・モートン（Charlie Morton）が選手兼務で新監督となった。モートンはシーズン終了時に3位以上だったら選手全員にスーツとオーバーを、守備率1位や打率1位の選手には金メダルを与えると檄を飛ばした。すると5位だったチームは2週間で3位に、7月8日には2位に上昇し、ついには56勝28敗で勝率5割6分を超え、ノースウエスタン・リーグで優勝してしまったのである。

　ウォーカーは出場84試合中60試合出場で打率2割5分ちょっとだったが、オハイオで4人しかいないといわれたカーブ投手のバーケットのキャッチャーとして、じゅうぶんにその役目を果たした。彼はシーズン中から各地の新聞で「立派な教育を受けた完璧な紳士」などと評判だったが、優勝すると「優勝できたのは優れたキャッチャーのおかげだ」と絶賛された。また彼はコロンバスでの試合のとき、ダブルヘッダーの合間にクラブルームでピア

図1　マスクとグラブ、ミットの図解

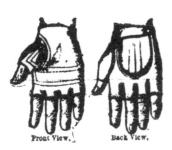

（出所）　Zang (18).

ノソロを披露して周囲を驚かせた。人気者の彼はどこに行ってもセレブ待遇で、トリードの町ではホテルや酒場のオーナーが接待し、シンシナティでは有力者たちが町を案内してくれるほどだった。また、新婚の妻と別居中の彼は、まだオーバリン大学に在学していた学生のエドナ・メイソンとデートすることもあったという。

疫病神キャップ・アンソン

万事いいことずくめのプロ野球生活だったが、そんなウォーカーに生涯つきまとう疫病神が現れた。メジャーのナショナルリーグの人気チーム、シカゴ・ホワイトストッキングスのキャップ・アンソン（Cap Anson, 1852-1922）である。現役27年間で打率3割以上を24回、3,000本安打も達成という成績に加えて、監督生活19年で優勝5回という輝かしい実績を誇る人物だ。傑出した選手だった彼は、極端な人種差別主義者としても知られていた。

トリード・ブルーストッキングスは1883年の8月10日、エキシビションでアンソンのいるシカゴ・ホワイトストッキングスと対戦することになった。アンソンは当然ウォーカーの出場には異を唱え、チームとしてホワイトストッキングスもそれに同調した。おまけにシカゴの二塁手フレッド・フィーファー（Fred Pfeffer, 1860-1932）は、81年にウォーカーがクリーブランドのセミプロチームの一員としてルイヴィルと試合をしたとき、ウォーカーの出場に抗議して球場を出て行ったルイヴィルの選手だった。

実はウォーカーは手を負傷していて出場できる状態ではなかった。しかし、キャップ・アンソンたちの態度に反発したトリードのモートン監督は、あえてウォーカーを左翼手として出場させた。結果はウォーカーが1得点をあげ、チームは延長10回7-6で勝利したのだった。それではなぜアンソンは折れて、ウォーカーの出場を認めたのだろうか。それには金銭的な事情があった。試合が流れた場合、シカゴはギャラと入場料の取り分の両方を失うことになり、アンソンもそれを恐れたのだ。

これ以降、ウォーカーはアンソンの差別にくり返し悩まされることになっ

た。翌84年の試合ではシカゴが前もって契約書に「ギャラは100ドルと入場料の50％、および黒人選手が出場しないこと、もし出場を主張すれば当方は試合を拒否」と明記してウォーカー出場を拒否した。その結果、交渉はまとまらず試合はキャンセルされた。

　そんなこともあったがチームは優勝して、ウォーカーのプロ野球選手としての1年目は上々のスタートだった。

黒人初のメジャーリーガー
　1884年になって、トリードはノースウエスタン・リーグからアメリカン・アソシエーションに移った。当時76年にナショナル・アソシエーションからナショナルリーグと名称を変えたメジャーリーグがあったが、アメリカン・アソシエーションはそのライバルとして82年に創立されたばかりだった。これでトリード・ブルーストッキングスもメジャーリーグのチームとなり、ウォーカーは晴れてメジャーリーガーとなった。黒人選手として史上初のことだった。

　メジャーリーグとしては後発のアメリカン・アソシエーションは、ナショナルリーグに対抗してチケットを半額にして日曜にもゲームを行なった。ナイトゲームもはじまり、ビールを販売するなど営業努力をして、「ビヤ・ボールリーグ」と揶揄された。しかし、選手の飲酒は厳禁で、女性観客にもふさわしい雰囲気を心がけた。ボロボロの木製ベンチもきれいになり、ユニフォームもおしゃれになった。

　ウォーカーの生活も一変した。マイナーリーグのときは移動するのは200マイル以内、それも中西部内に限られていたが、メジャーとなるとその移動もニューヨークのブルックリンからミズーリ州のセントルイスまでと長距離に渡った。

　トリードの開幕試合は1884年5月1日、敵地のルイヴィルに乗りこんだ。ウォーカーにとってメジャーリーガーとしての初戦だったが、気負いすぎたのか彼のエラーで敗戦となった。そこは南部で人種差別の激しいところだっ

た。新聞では「下級肉体労働に黒人青年を求む」と嫌がらせの広告を載せたり、試合前に「はじめての混血キャッチャー」という文句を仕込んでおいて、5エラー、ノーヒットの試合の翌日には「黒人キャッチャー、悲惨なエラー」などとからかう記事を書いた。しかし『スポーティング・ライフ』紙はそんな人種差別的な態度を非難し、トリードの地元紙『トリード・ブレイド』も終始、同情的だった。

　トリードはルイヴィルからセントルイス、シンシナティと転戦して6連敗、7戦目でシンシナティにやっと勝つという散々のスタートだった。しかし、監督のモートンはウォーカーを4番に据え、キャッチャーとして重用した。じつは、モートンにはキャッチャーとして、どうしてもウォーカーが必要だったのだ。

　それはこの84年にセントルイスから移籍したばかりのトニー・マレイン(Tony Mullane, 1859-1944) 投手の存在である。彼はアイルランドのコーク出身で、右左どちらでも投げられ、バッティングにも非凡なものがあった。トリードにくる前年の83年には史上初のノーヒット試合を達成し、リーグトップの35勝をあげていた。おまけに、俳優のような容姿でヒゲの美男子ときては女性に人気絶大なのも当然だった。ところが故意に打者にボールを当てる「ブラッシュバック」を投げたり、その人気を鼻にかけたのか、傲慢で仲間から嫌われることが多かった。それでも実力も兼ねそなえた彼を欲しがる球団は多く、次つぎにチームを変わった。この年ユニオン・アソシエーションという3番目のメジャーリーグが結成され、マレインはブラウンズから1,900ドルで誘われていた。それを2,500ドルまでつり上げて契約しながら、それを破棄してトリードにきたのだ。まさに契約違反、契約無視の常習犯だった。81年にデトロイトに入団した彼は毎年球団を移り、トリードが4つ目の球団で、このあとさらに4球団を渡り歩くのである。

　しかし、彼のピッチャーとしての実力は本物で、この年も36勝、奪三振334の成績を収め、生涯通算で285勝という文句のつけようがないものだ。しかしこの実力者も野球殿堂入りはならなかった。品性下劣で評判が悪く嫌

われたのだ。野球殿堂入りを果たしていない選手のなかでは最多の勝利数を誇る、という名誉とも不名誉ともいえる実績を残した。

　そんなマレインのボールを受ける役をウォーカーが仰せつかったのだ。しかし、気まぐれで黒人を軽蔑しているマレインのキャッチャーを務めるのは大変だった。予想もしない所へもの凄いスピードボールを投げたり、ウォーカーのサインを無視するのもしょっちゅうだった。ウォーカーにかなりエラーが多く、シーズン通して 40、ひと試合で 5 つのエラーということがあったのも、こういう事情があったのだ。そのことについて、マレインが 35 年後にこう語っている。1919 年 1 月 11 日の『ニューヨーク・エイジ』紙の記事である。

> ウォーカーは私がともにプレーしたなかで最高のキャッチャーだったが、私は黒人が嫌いだったので、いつも彼のサインを無視して投げた。ある日、彼のカーブのサインに直球を投げた。彼はそれをキャッチして、私のところに歩みよるとこう言った。「サインなしでも君の球はキャッチする。しかし、俺がサインを出したとき、それとちがう球を投げたら取らない」。そのシーズンの残りの試合、彼はキャッチャーを務め、何が投げられるかわからずに、俺のボールをすべてキャッチした。(Chalk, 8)

　その年ウォーカーの残した打率 2 割 6 分 3 厘は決して高いものではなく、どちらかといえば平凡な成績に思えるが、チームで 84 年にベンチ入りした 23 人の選手のなかでは 3 番目のハイアベレージだった。そんな彼の奮闘ぶりは、南部では受け取りかたはさまざまだった。ヴァージニア州のリッチモンドで試合をする前のこと、「ウォーカーを連れてくるなら、我われ 75 名がなにをするかわからないから、その覚悟をしておけ」と連名でサインされた脅迫状が届いた。現地に乗りこんで調べてみると、それらの名前はすべて実在しないものだった。じつに卑劣なやり方だった。

　その一方で、おなじ南部でもルイヴィル、セントルイス、シンシナティなどでは、「追っかけ」ファンがほかの都市まで出かける人気ぶりだった。こ

の年はアイザック・マーフィ (Isaac Murphy) という黒人騎手がケンタッキーダービーで優勝して、南部は沸いていた。第2子で長男のトーマス・フリート (Thomas Fleet) が誕生し、弟のウェルディが7月にトリードに入団した。弟は出場わずか5試合だったが、黒人として2人目のメジャーリーガーだった。ウォーカーファミリーとしてはいい年に思えた。

　しかし、球団としてはメジャーリーグ1年目のトリードは苦戦していた。ウォーカー自身も7月にファウルボールを受けて肋骨を骨折し、8月にはプレーできなくなった。そのころ新しいプロテクターが開発されていたが、トリードではその価値を知らなかったのか、10ドルほどの費用を惜しんだのか、プロテクターは採用されていなかった。そして、ウォーカーは復帰して外野手をこなしたりしていたが、10月13、14日の試合に先立ってクビを宣告された。前年は好調だったが、その年は事故がいくつかあって出場機会も少なかった。各紙はそんな彼を讃える記事を掲載した。

　チームは46勝58敗で結局12チーム中8位だったが、その年にアメリカン・アソシエーションに加盟してメジャーに昇格したブルックリン、ワシントン、インディアナなど4チームのなかでは最高位だった。トリードはチームとしてアメリカン・アソシエーションを去り、ウォーカー兄弟は19世紀最初で最後のメジャーリーガーとなったのだ。

差別に抗して

　1885年10月トリード・ブルーストッキングスを辞めたフリート・ウォーカーはトリードの地に留まって、その年の12月に郵便局で臨時職員として働きはじめた。弟のウェルディはそれより早く、10月にステューベンヴィル近くの町でレストラン酒場をはじめていた。

　84年ごろからローラースケートが流行し、あちこちにリンクができていた。劇場やオペラハウスも以前からにぎわっていた。そんな娯楽の世界でも少しずつ人種差別が目立つようになっていた。スケートリンクでは客を紳士、淑女に限るとして「不適切な」客を除外していた。リンクの従業員も黒

人は「下働きの召使」としての採用しかなかった。

　このような対応は新しくできはじめたスケートリンクに限られ、オペラハウスには適用されなかった。オペラハウスはあるていど地位のあるカップルが利用するが、ローラースケートは若い連中が多いので、黒人の客がいると面倒が起きやすい、というのが規制の理由だった。

　そんな折、ウェルディは友人と新しいリンクで入場を断られ、裁判に訴えた。その結果、リンクは損害賠償として15ドルの支払いを命じられたが、「黒人除外」は維持された。ウェルディらふたりの申し立ては「いたずらに混乱をひき起こす」として支持されなかったのだ。またウェルディの経営する酒場で、「黒人男性と白人女性」の交際の場を提供しているという噂もあった。いっぽう、ウォーカーも酒ぐせが決して良いとはいえず、白人に対して引かない彼はトラブルを起こすこともあった。

　冬のあいだ郵便局で働いたウォーカーは、85年のシーズンをウエスタンリーグのクリーブランド・ホワイツ（Cleveland Whites）でプレーすることになった。彼は打てるキャッチャーとして期待されていたが、ミシガン大学「卒業」という肩書きも評判だった。彼のそんな肩書きが役立つときがやってきた。

　クリーブランド市は法令で安息日の遵守を謳っており、違反は厳しく罰すると警告していたが、ホワイツは4月19日の日曜日に試合を強行した。そして警察からの呼び出しがあって出頭したのが、「ミシガン大学卒業」で売り出し中の「弁護士・キャッチャー」たるウォーカーだった。4月30日の裁判では本職の弁護士が、「我がチームは試合での賭け事や酒を禁じていて、祭日しか休めない労働者を惹きつけている。祭日のプレーを禁じれば敬虔な信者のファンが傷つき、立派な人びとの権利としての野球も否定されることになる」と論陣を張った。

　5月3日の判決では勝訴を勝ち取った。判決後、ウォーカーの打撃は好調で、チーム2位の2割9分以上を打った。しかし、2週間後には別のキャッチャーが逮捕された。その結果、休日のプレーは禁止となり、その法令は

1910年までつづいた。6月までウォーカーは18試合で打率2割8分ほどを打ち、キャッチャーとして活躍したが、その6月にチームは解散してしまった。

そこでウォーカーはサザン・ニューイングランド・リーグ（Southern New England League）のウォーターベリー（Waterbury）に移籍した。ところがこのチームは9月に格上のイースタンリーグに移動した。ウォーカーにとって、85年はまことにめまぐるしい1年だったが、彼は翌86年もおなじウォーターベリーのチームでプレーすることになった。

彼は上位のイースタンリーグに移っても人気者で、「ファンえり抜きの人（the People's Choice）」と呼ばれた。私生活でも第3子の次男ジョージ・ワイズ（George Wise）が誕生した。しかし出場機会には恵まれず、35試合で打率2割1分、20得点の成績に終わった。それでもウォーカーのことをちゃんと見ている人がいた。それはほかでもない、監督のチャーリー・ハケット（Charley Hackett）だった。翌年、彼はウォーカーを新チームへ連れてゆくことになるのだ。

ニューアークへ

1886年までウォーターベリーの監督だったチャーリー・ハケットは、87年にインターナショナル・リーグのニューアーク・リトルジャイアンツ（Newark Little Giants, ニュージャージー州）に移るが、その際ウォーカーも連れていった。今度のチームにはトレントン（Trenton, ニュージャージー州）から黒人の左腕投手ジョージ・W・ストーヴィ（George W. Stovey, 1866-1936）が引き抜かれ、ウォーカーと史上初の黒人バッテリーを組むことになった。地元のニューアークではふたりを歓迎してパーティが催されたほどだ。それだけこのふたりは期待されていて、ストーヴィはインターナショナル・リーグ記録となる35勝をあげ、ウォーカーも打率は2割6分ちょっとながら刺殺率1位の好守備をみせた。

キャッチャーとして彼の自信のほどを示すエピソードがある。ホームに滑

りこんだ相手選手がアウトの宣告に抗議していると、ウォーカーが自発的に自分はタッチしていないと認めたのだ。キャッチャーがアンパイヤのごとく振る舞うのは、当時それほどめずらしいことではなかったが、黒人でそんなことができるほど自信たっぷりな者はいなかった。

　メジャーリーグも彼に注目していた。ニューヨーク・ジャイアンツのキャプテン、ジョン・モンゴメリー・ウォード（John Montgomery Ward, 1860-1925）は、試合でウォーカーに盗塁を封じられ、このバッテリーを自分のチームに欲しいと言った。これは監督のハケットが断ったが、じつはキャップ・アンソンから猛烈な反対があったらしい。またメジャーリーグに属するクリーブランドのオーナーも、この35年後にアンソンの反対がなければウォーカーを獲得したかったと述べたという。

　1887年当時、白人チームに在籍していた黒人選手はニューアークのウォーカー、ストーヴィのほか、バッド・ファウラー（Bud Fowler）、フランク・グラント（Frank Grant）、ボブ・ヒギンズ（Bob Higgins）、リチャード・ジョンソン（Richard Johnson）、ソル・ホワイト（Sol White）など7人くらいだった。彼らはみんなそれぞれのチームで活躍したが、なかでもバッファローズのグラントは派手なプレーでショウマンシップを発揮し、「ニガーを殺せ」という罵声を浴びながらも3割7分近い打率で首位打者となった。

　しかし、黒人選手にたいする風当たりは次第に強くなっていた。7月14日に行なわれたシカゴ・ホワイトストッキングスとのエキシビション・ゲームでは、例によってキャップ・アンソンがウォーカーとストーヴィの黒人バッテリーに反対して、ふたりは出場できなかった。翌日の7月15日に開かれたインターナショナル・リーグの会議では、黒人選手の採用に関して投票の結果、6対4で黒人と契約しないことになった。チームのオーナーたちより選手たちに黒人を嫌う者が多くなってきたという。

　7月にはファウラーがビンガムトン（Binghamton, NY）のチームからクビを言い渡された。しかも、おなじインターナショナル・リーグの他チームとは契約しないという条件つきだ。そこで彼は1885年に創立された黒人チー

ムの雄、キューバン・ジャイアンツ（Cuban Giants）に入団した。9月にはアメリカン・アソシエーションの優勝チーム、セントルイス・ブラウンズ（St. Louis Browns）が、キューバン・ジャイアンツとの試合を拒否した。これを機に黒人選手はチームに居づらくなって、翌88年にリーグに残ったのはウォーカー、グラント、ヒギンズ、ジョンソンの4人だけだった。

　インターナショナル・リーグは88年の新シーズンを前にして、インターナショナル・アソシエーションと名称を改めた。7月15日の会議で黒人選手とは契約しないと決議していたが、オーナーたちは黒人を排除することを正式の方針とすることに、不安を感じていた。そこで11月に、黒人排除の決定を無効にし、今度は「黒人選手は1チーム1人に限る」ことを「非公式」の決定とした。

　新聞もこの件を取り上げたが、その報道のしかたで問題が起きた。『スポーティング・ニュース』紙は、「黒人排除の規則が無効になった」と正しく伝えたが、『スポーティング・ライフ』紙は「黒人選手と契約する規則が無効になった」と正反対の報道をした。ウォーカーの弟のウェルディはマイナーリーグのアクロンというチームにいたが、『ライフ』の報道を読んで、リーグの会長W・H・マクダーミット（W. H. McDermitt）に抗議の手紙を出した。

選手生活最後の地シラキュース

　88年もそのままニューアークに残るはずだったウォーカーだが、またしても監督のハケットとともに移籍した。ぎりぎりまで残留と言っていたふたりが移った先は、ニューアークのライバルチームのシラキュース・スターズ（Syracuse Stars, ニューヨーク州）だった。そしてまた、そのタイミングが絶好だった。今度のチームにも前年20勝をあげた黒人投手のボブ・ヒギンズがいたが、ウォーカーの入団が87年11月の「黒人選手は1チーム1人に限る」という「非公式」決定の直前だったため、その決定にしばられずウォーカーとヒギンズがともにチームに在籍して、バッテリーを組むことができた

のだ。この新しい黒人バッテリーの誕生を歓迎して、地元シラキュースの黒人ファンがYMCAで歓迎パーティを開いてくれた。

　しかし、時は黒人選手への反発が強まっていく時代だった。シラキュースには南部出身のK・K・K（クー・クラックス・クラン、反黒人の暴力的秘密結社）かぶれで、チーム写真にもヒギンズと一緒に写ることを拒否する選手がいた。7月にはチームを出ていったほどだ。また、一緒の写真は拒否したが、プロらしくプレーはまともな者もいた。

　カナダのトロントで試合をしたときは、地元ファンがベースを盗んだり、クッションを投げたりと荒れるなかで、ウォーカーはトロントの監督チャーリー・クッシュマン（Charlie Cushman）から退場を命じられた。それに激高したウォーカーは町であばれて逮捕され、罰金を課された。彼は銃を持っていて「撃つぞ」と脅したということだが、銃を抜いてはいなかったようだ。そのため無事釈放され、翌日に行なわれたオンタリオ州のハミルトンの試合には出場できた。

　例によって、またしてもキャップ・アンソンが登場する。9月に行なわれたエキシビションでは、アンソンの反対だけでなく一般の反黒人の空気が強く、ウォーカーとヒギンズは出場できなかった。試合は黒人コンビ抜きのシラキュースが負け、「ビッグ・ベイビー」と呼ばれるアンソンはご満悦だったという。黒人差別が一般化していて、さしてニュースにならなくなってきていた。差別は激化すると同時に固定化していった。ことに南部では、白人リーグに黒人チームが加入を許され、白人観客はひいきの白人チームとの試合を喜んだという。

　それでもウォーカーはこれまでで最多の77試合に、正捕手として出場した。精一杯のプレーぶりで人気者だった。7月4日の独立記念日の試合はダブルヘッダーだったが、ふたつの試合の合間に余興として遠投競争が行なわれた。肩の強いウォーカーはみごと358ヤードを投げて優勝した。そしてシーズンの終わりには、自分たちのチーム、シラキュースの優勝という喜びが待っていた。人望のあるウォーカーは、優勝祝賀会でチームを代表してスピ

ーチをしたという。

最初で最後の

　すっかりシラキュースが気に入った彼は翌 1889 年もチームに残留した。しかし、バッテリーの相棒ヒギンズはチーム内の嫌がらせもあって、88 年のシーズン途中で去っていた。これでウォーカーはチームで唯一の黒人となった。いや、ことは「チーム内」だけの話ではなくなっていた。白人チームに所属する黒人選手は、88 年初頭にはウォーカーを含めて 4 人いたが、彼らは次つぎに白人チームから排除され、キューバン・ジャイアンツなど黒人チームに移籍せざるをえなかった。そんななかで、シラキュースに残ったウォーカーは、白人チームに所属する唯一の黒人選手となっていた。

　世の中には黒人を排除する白人チームと、黒人しか入らない黒人チームの 2 種類にはっきりと分断されてしまうようになっていた。本来は白人チームと黒人チームという区別ではなく、人種による差別をしないチーム、平等なリーグが真に正しいチーム、リーグであるべきだ。この「人種による差別をしない」という概念を「統合／インテグレイテッド (integrated)」という言葉で表わす。「差別された (segregated)」という言葉の反対の概念である。

　「統合／インテグレイテッド」はもともと「様々な部分や側面が統合されている」こと、つまり「偏っていない」ことを表わし、そこから「白人、黒人などの人種だけに偏らない」の意味に使われるようになった。だから、白人だけ、黒人だけは偏った、差別された状態なのだ。もちろん、肌の色だけではなく、宗教による差別もないのが本当の「統合／インテグレイテッド」だ。しかし、「統合／インテグレイテッド」という言葉が正式なチーム名、リーグの呼称として使われたことはない。チームやリーグの呼称はシラキュース・スターズやウェスタンリーグなどのように、「無色透明」の地方や都市の名前をかかげるだけだ。逆に、黒人だけのチームが開き直ったように、ブラックジャイアンツやニグロリーグなど「ブラック」や「ニグロ」を名乗ったりした。

1889年、白人リーグ唯一の黒人選手としてシラキュースに残ったウォーカーだったが、チームは優勝した前年とは一変して次第に調子を落とし、ウォーカー自身も2ヶ月後には出場の機会を与えられなくなって、9月に解雇された。彼はこのあと翌1890年、91年とインディアナ州やウィスコンシン州のチームに所属したらしいが、ほとんど記録が残っておらず、プロ野球生活はこの89年のシラキュースで終わりを告げたといっていいだろう。こうして彼は19世紀における「最初で最後の」黒人メジャーリーガーであるだけでなく、白人リーグ「最後の」黒人選手ともなったのである。次に黒人選手が白人チームに入団するのは、1946年にジャッキー・ロビンソンがドジャースのファーム、モントリオール・ロイヤルズに入団する57年後まで待たなくてはならない。

　彼は32歳、ほぼ7年間のプロ野球人生だった。生涯の成績は331試合で通算打率2割3分と平凡、とくに優秀といえるものではない。しかし、彼の実力はこんな数字だけでは判断できない。遠投大会で見せた肩の強さ、キャッチャーとしてのリードの素晴らしさなど、彼を賞賛するチームメイト、あるいはライバルの証言はたくさんある。次第に強くなる人種差別に耐え、審判や白人選手たちのアンフェアなプレーに抵抗しながら、彼はなぜ白人チームに在籍することにこだわりつづけたのか。優秀な黒人選手が次つぎに黒人リーグへ流れてゆくなか、彼には「統合／インテグレイテッド」なチーム、リーグへの信念があった。また、黒人チームからの勧誘も多いなか、それを断ってきた彼を白人チームが7年間も雇いつづけたこと、それこそが彼の実力の証明だろう。

　　新　生　活
　シラキュース・スターズを1889年限りで引退したフリート・ウォーカーは、よほど地元が気に入ったのだろう、市内のマルベリー・ストリートに家を買って定住することにした。地元のチャリティに参加したり、大学チームと試合をしたりすることもあったという。セミプロチームでもプレーしたら

図2　ウォーカーの発明、弾薬筒のイラスト

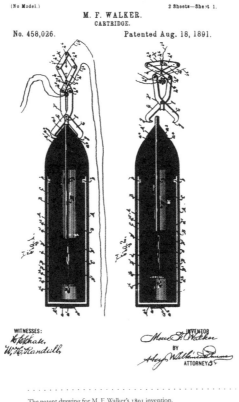

The patent drawing for M. F. Walker's 1891 invention, the exploding artillery shell.

（出所）　Zang (27).

しいが、詳しいことは分かっていない。ウォーカー 32 歳、妻のアラベラは 26 歳の色白美人、長女が 8 歳、息子たちは 6 歳と 4 歳で、どこから見ても申し分のない幸せな一家だった。

　1891 年、シラキュースでの生活は 4 年目になっても、なんの変わりもなく平和なように思われた。そんな生活に変化を求めたのか、ウォーカーは新しいことを始めた。それはそれまでずっとやってきた野球とはまったく関係

のない、銃の研究、工夫だった。野球とは関係がないが、もともと彼は銃に興味をもっていた。オーバリン大学では銃砲の理論を学んでいた。プロ野球選手時代も銃は所持していて、トロントに遠征したときはリボルバーを持ち歩いて、問題を起こしているほどだ。

　そんな彼が注目したのは、地元シラキュース大学のジャスティン博士（Dr, Joel Gilbert Justin）が 1890 年 5 月に公開実験で披露した、口径 9 インチの巨大ライフル「ジャスティン砲」だった。実験は失敗に終わったが、ウォーカーはその失敗に興味をもち研究をはじめたのだ。彼は弾薬筒に改良を加え、地元の薬屋や弁護士たち 4 人と組んで新しい銃の特許を申請した。91 年 2 月のことだった（前頁図 2 参照）。

　そして、その特許が審議され認可されるのを待っているあいだに、その事件は起きたのだった。4 月 9 日午後、地元の郵便局で働いていたウォーカーが電報の配達を終えて帰宅途中、酔っていた白人たちにからまれ、そのうちのひとりを持っていたナイフで刺殺してしまった。南部ほど黒人蔑視がひどくないとはいえ、黒人が白人を殺してしまったのだ。当然大騒ぎになって、特許どころの話ではない。しかし、殺人事件についてはあとで詳述することにして、とり急いでこの特許の結末を述べておこう。

　91 年 8 月、じつは殺人事件の裁判も終わっていたが、ウォーカーたち 5 人が申請していた銃の特許が認可された。特許番号は 45345 だった。大喜びで特許を得たウォーカーだったが、19 世紀末の新技術の開発は日進月歩だった。それから 10 年もたたないうちに、ユージン・バーキンス（Eugene Burkins）という黒人が、決定版ともいうべき速射砲を発明して、ウォーカーの発明は時代遅れとなり忘れられてしまった（Zang, 68）。

殺人事件

　時を事件の起きた 1891 年 4 月 9 日に戻そう。ウォーカーは 84 年トリードをクビになって、翌年クリーブランドへ移るまで郵便局で働いたことがあったので、今度もニューヨーク管理鉄道の郵便局に勤めた。その日の午後 1 時

ごろ、電報配達を終えたウォーカーは帰宅途中に酒場へ立ち寄った。店で飲んでいた数人の白人たちがウォーカーにからみだした。口論になってウォーカーは外へ出たが、なおも追ってくる男たちのひとりをナイフで刺した。刺された男は翌早朝に死亡した。

　以上が事件のあらましである。それから裁判になるわけだが、審理の過程で加害者と被害者、そして現場の具体的な状況がいろいろと明らかになっていった。まず加害者のウォーカーについて、新聞各紙は彼がシラキュース最高のキャッチャーであること、品行方正で評判がよく、その日酒場へ立ち寄ったのも、見かけた店主が招き入れたことなどを伝えた。また、酒を飲むと荒れることや、トロントで銃を抜いた事件に言及した新聞もあった。

　一方、殺された被害者はパトリック・マリという前科2犯（強盗と盗品買い入れ）の男だった。実刑で州立刑務所に3年間服役したこともある札付きだ。一緒に飲んでいた仲間はパトリックの従兄弟などいずれもアイルランド出身のグループだった。当時、社会的地位の低かったアイルランド人たちが、黒人なのに劣等感を感じさせないムラート（半黒人・半白人）のウォーカーに反発したのが、今回のもめごとの一因らしかった。

　そもそものきっかけは、パトリックたちがウォーカーに「ニガー」よりひどい言葉を使って、「何やってんだ」とからんできたことだった。言い返したウォーカーは外にとび出した。追ってきた連中から投げられた石が頭に当たり、ケガをした（裁判で帽子とコブを示した）。それでウォーカーは追ってきたひとりを「両刃のナイフ」で刺して逃げたが、つかまって警察へ連れていかれたのだった。

　刺されたパトリックの傷は股間左を深くえぐられ、腸に達していた。従兄弟の家にかつぎこまれた彼は、訪れた3人の医者、検事、検死官、保安官、司祭たちに見守られて、午前3時まえに死亡した。

　裁判は事件翌日の4月10日から始まった。弁護士団は地元で評判の腕利きなど白人ばかりだが、みな精力的に活動し、ひとりはウォーカーが本格的にプロ野球選手として83年にトリードに入団するまえ、弁護士修業をして

いたステューベンヴィルまで出かけて調査してきたという。

　裁判初日10日の審議はまず被告への尋問から始まり、翌11日の検死官の証言、さらに3日目には亡くなったパトリックの葬儀が行なわれた。目撃、証言された事実は明白な事実のごく一部、あるいはそれと矛盾するものもあり、裁判の審議では被告の立ちふるまい、その印象が重要だった。3日間の審議のあと、別の殺人事件の裁判が優先され、審議が1ヶ月休みとなり、そのあいだにウォーカーの罪状は第1級殺人から2級に減じられていた。そして5月8日、あくまで無罪を申し立てるウォーカーを検察は起訴した。

　それからさらに1ヶ月後の6月1日になって、いよいよ判決が下されるときが来た。12人の陪審員は農夫、庭師、たばこ業者、樽職人、外交員などすべて白人だった。検事は図解で加害者、被害者の動きを示しながら、刺殺の状況を説明し、ウォーカーと妻アラベラは終始手をとり合ってそれを見守っていた。アラベラは当時27歳だったが、もっと若いブルネット（髪の黒い白人）にみえ、夫ウォーカーの温和な人格者のイメージを強調する効果があった。事件当時、ウォーカーが酔っていたかどうかについては、複数の警官の意見が割れた。

　翌6月2日は息子が両親と同席した。そしていよいよ結審の日、3日は妻と義母、それに3人の子ども全員が出席した。末の息子のジョージは花束を持ってきていた。なにか、良い判決を予想したかのようだった。弁護士の最終弁論、検事の追及のあと、ケネディ判事は、被告の頭に石が当たったのは恐るべきことで、正常な行動ができなくなる可能性がある、と被告に有利な判断を示し、「疑わしきは罰せず」と結論した。

　これを受けた陪審員たちは、最初の投票で12人のうち8人が無罪とした。全員一致が原則なので、次の2時間を残る4人の説得にかけた。そしてついに、陪審員の代表が「無罪」を告げると、聴衆から祝福の声があがり、厳粛なはずの法廷の雰囲気が野球場の歓声や大騒ぎに呑みこまれてしまった。判事が大声でそれを制し、騒ぐ聴衆を6人ほどシェリフに命じて逮捕させたほどだった。陪審員の代表が裁判長に、被告に今後のアドバイスをと頼むと、

「飲酒の習慣がこれまであったのなら、これを機会にそれをやめ、今後は良い人生を送るように」と述べた。ウォーカーは深々と頭を下げ、喜びに泣く妻の傍らに座りこんだ（Zang, 79）。

　黒人が白人を殺したのに無罪となった。ここは南部ではなくニューヨーク州だとはいえ、これは当時としてはじつに驚くべき判決だった。当時のシラキュースの人口は9万人弱、そのうち黒人は860人余りで1％にも満たなかった。それでいてこの黒人の人権重視の姿勢は、かなり特殊といわなければならない。

父と母の死、そして妻も

　せっかく永住の地として居を定めたシラキュースだったが、ウォーカーは無罪になったとはいえ、そのまま住みつづけるわけにはいかなかった。そこで彼は弟のウェルディとともに、住みなれたシラキュースの家を売りはらって、オハイオ州のステューベンヴィルへ戻ることにした。そこには彼の親兄弟たちが30年ほどまえから住みついていた。じつは、父親がこの判決の2週間後に死亡した。父はそれより3年ほどまえに、母や家族と別れてデトロイトへ来ていて、その地で死んだのだ。父と別れた母は、再婚した次女サラ夫婦と同居したが、2年後の93年に71歳で死亡した。ちょうど50年間の結婚生活だった。

　そのほかの兄弟についても述べておこう。長兄のキャドワラダーとウォーカーの双子の妹（？）リジーの消息は不明だ。次兄ウィリアムは酒場、レストラン、床屋を経営し、野球を引退した弟ウェルディをバーテンとして雇っていた。仕事の関係で交際範囲が広いのか、ウィリアムは94年に47歳で22歳の白人娘と結婚した。長姉のメアリーも酒屋と結婚していたが、このあと97年に再婚する。養子の兄妹チャールズとメアリーは近所に住んでいた。ウォーカーもそうだが、この兄弟姉妹たちは再婚して酒場を経営する者が多いという印象だ。

　ステューベンヴィルに戻ったウォーカーは、92年にまたまた郵便局員に

なった。今度はクリーブランド・ピッツバーグ鉄道の書留郵便を配達するという、責任のある仕事だった。とにかく、このところ両親に死なれた彼には、妻アラベラに、娘クレオタ、息子トーマスとジョージの一家5人の生活は平凡だが幸せなものに思われた。ところが95年の6月12日、妻のアラベラが癌のため死んでしまったのだ。子どもたちは上の娘でもまだ12歳、末の息子は9歳、わずか13年たらずの結婚生活だった。

　独身に戻ったウォーカーは、97年にオーバリン大学時代の同窓生エドナ・ジェーン・メイソンと再会した。彼女は84年にオーバリン大学を卒業したあと、ケンタッキーで教師をしていた。その後シカゴに移り住んで八百屋や肉屋を営み、88年に結婚した。その夫が死亡したか、それとも離婚したのだろう、97年に故郷のオーバリンに戻って両親と暮らしはじめたばかりだった。

　ウォーカー自身もそうだが、彼女も死んだ妻のアラベラとおなじく、両親ともムラートの色白な美人だった。ウォーカーはミシガン大学在学中の82年に結婚し、翌年トリードで本格的プロデビューするまで、ニューキャッスルでプロ野球に近い仕事をしていた。そんな新婚時代、妻と別居していた彼はまだオーバリン大学に在学中だったエドナとデートしたことがあった。お互い知らぬ仲ではなし、ともに独身に戻ったふたりは、98年6月に結婚式を挙げた。夫40歳、妻37歳の再婚カップルだった。

入　獄

　ウォーカーは再婚後も鉄道の書留郵便の配達をしていたが、そんなある日とつぜん郵便物横領の疑いで逮捕された。逮捕されたのは9月19日、エドナと結婚してまだ4ヶ月目のことだった。彼には覚えがなかったが、配達された手紙の封筒が破れて中の現金2ドルがなくなっていた、というのだ。ウォーカーはその裂け目は偶然できたもので、警察が故意にその裂け目を広げたと主張した。彼の公定弁護人は33歳のムラートだったが、不公平とも思える起訴を阻止できなかった。審議の結果、陪審員は500ドルの罰金または

懲役6ヶ月としたが、12月14日に有罪、懲役1年の判決が出た。

彼はオハイオ州のマイアミ郡刑務所に収監された。これまで警察に出頭したり、捕えられたりしたことはあったが、有罪で懲役となったのは初めての経験だった。しかし、彼はおとなしく刑に服する男ではなかった。翌99年の2月16日、彼はマッキンリー大統領の恩赦を求めて、司法省に嘆願書を提出したが、大統領には届かなかったようだ。

それで諦めるウォーカーではなかった。4月3日、今度は郵政副長官に訴状を出した。その中で、今回の事件は2人の郵便監査官が意図的に、「ニセ」の書留郵便を、架空の人物に宛てて郵送したもので、完全な「でっちあげ」だ、と訴えた。もちろんこの訴状も効果はなかった。

はたして真実はどうだったのだろうか。ウォーカーに言及している研究書を当たってみても、この一件に触れたものはほとんどない。この事件を知らなかったか、それともあえて無視したかである。しかし、これだけ具体的に裁判の詳細を報告している研究書がある（Zang）以上、この報告自体が「でっち上げ」ということはありえない。91年に無罪となった殺人事件の裁判官のアドバイスにもかかわらず、酒をやめられなかった彼が、金額が1、2ドルという少額であっても、でき心で酒代に拝借した、ということは考えられるのではないか。そのていどのことに罪の意識はうすく、1年の実刑に彼が憤慨していたのではないか。もちろん、真相は分からない。彼は牢獄で空しく1年を過ごして、1900年初めに出獄した。

暗い時代

ウォーカーは89年限りでプロ野球の現役を引退して、普通の市民生活をはじめた。気に入ったシラキュースに家を買って、そこに落ち着くつもりだった。ところが91年に白人の不良青年たちにからまれて、心ならずも殺人を犯してしまう。無罪とはなったがシラキュースに留まることはできず、家も売って親兄弟の住むステューベンヴィルに引っ越した。妻や子どもたち、そして弟も一緒だった。今度こそ身内に囲まれて、穏やかで幸せな生活が待

っているはずだった。

　ところが無罪判決の2週間後に父が死亡、母も2年後の93年に亡くなってしまう。さらに、95年には妻のアラベラまで癌で失うことになる。現役時代の華やかな活躍が暗転するように、不幸が次つぎと彼を襲うのだ。不幸はそれで終わらない。98年には昔なじみの女性と再婚して、不幸の連鎖には終止符を打ったようにみえた。しかし、その生活も数ヶ月しか続かず、郵便物横領で有罪となり、まる1年を獄中で過ごす破目に陥った。彼が出獄したときには、19世紀は終わろうとしていた。

　それにしても、なんという暗い10年間だったのだろう。おまけに、黒人にたいする世間の目はますます厳しくなっていた。96年には最高裁判所が「分離すれども平等」という、黒人を白人から隔離することを合法とする判決を下した。そして、黒人社会で指導的役割を果たしてきたムラートに、否定的な評価がされるようになってきた。93年の『アメリカ医学会報』は、「南北戦争以前に見られたムラートの肉体的強靭さ、精神的洗練は、その子孫において消滅した」と述べていた。1900年の国勢調査ではそんな傾向を反映して、人種の分類にそれまであった「ムラート」という項目が消え、黒人はすべて「b」(black)に統一された。

　もはや黒人、とくに色白のムラートの望みは、白人になることだった。「パッシング」といって、黒人社会から姿を消して白人になりすますことが流行った。化粧による白人化を煽る人たちも現れた。多くの漂白剤が売り出され、色素形成、細胞組織から永久的に変革するといわれた。「黒人諸君、君たちの救いはすぐそこに！　ニグロはもはや白人と肌色では違いはない！」などと効果を謳いあげたのだ。もちろん、そんなはずはなく、実害をもたらすだけだった。

　こうして人種隔離は固定化していった。それは野球の世界でもおなじだった。もはや、プロ野球の白人チームに、黒人選手はひとりもいなかった。ウォーカー兄弟がメジャーリーグにいたことも、ほとんど忘れさられていた。

20世紀、新天地へ

　1900年にようやく刑期を終えたウォーカーは、ステューベンヴィルへ戻った。しかし、やはり周囲の目が気になったのか、旧居を離れて同市内のユニオン・ホテルを手に入れそこに移った。15年ほどまえ、まだ野球をやっていたころに、短いあいだだったがクリーブランドで弟とホテルを経営していたことがあった。ユニオン・ホテルには妻や3人の子どもと住んだが、弟のウェルディも経営に加わった。このホテルはウォーカーの死後も一家が所有した。

　当初はウォーカーが経営者でウェルディが従業員という形だったが、1904年になってウォーカーは妻とキャディズ（Cadiz）という町（日本語の地図にはケイディズとあるが、地元ではキャディズと発音するらしい）に引っ越すことになった。夫婦はユニオン・ホテルに住所を置いたまま、ホテル経営はウェルディに任せた。キャディズはステューベンヴィルの南西30キロほどのところにあり、そこでオペラハウスを始めた。オペラハウスは芝居、ショウ、映画などを楽しむ劇場で、新しい娯楽の場所として注目を集めていたのだ。

　夫婦はオペラハウスの裏のアパートに住んだ。妻が5セントのチケットを売り、夫が映画の上映や、芝居など公演の世話をした。このオペラハウスはその後15年以上も続いて土地の人たちに親しまれ、ウォーカーも「キャディズで最も博識な男」（地元紙『キャディズ・リパブリカン』）として知られるまでになった。

　ウォーカーの関心はホテルや劇場の経営に留まらなかった。1902年、『イクウェイター（The Equator）』という黒人問題を扱う新聞を発行した。「イクウェイター」とは「赤道」の意で、黒人たちの故郷「アフリカ」を指しているのだろう。それに「イクウェイター」には「平等にする者」の意もあり、黒人への差別と闘ってきた、そして闘っているウォーカーに相応しいタイトルだった。ウォーカーはもっぱら主筆として奮闘したらしいが、残念なことに当時の新聞は1部も残っていない。

図3　Walker の *Our Home Colony* の表紙

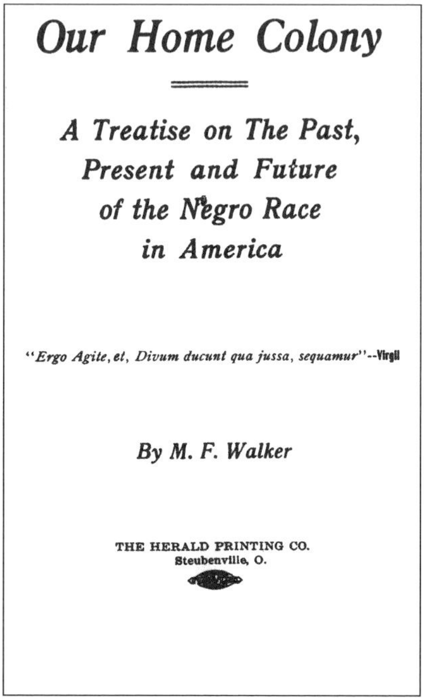

> **Our Home Colony**
>
> A Treatise on The Past,
> Present and Future
> of the Negro Race
> in America
>
> "Ergo Agite, et, Divum ducunt qua jussa, sequamur"--Virgil
>
> By M. F. Walker
>
> THE HERALD PRINTING CO.
> Steubenville, O.

（出所）　Zang (33).

夢はアフリカへ

1908年、ウォーカーは50歳になっていた。彼は『わが母国の移民たち (Our Home Colony)』と題する47ページの小冊子を発行した（図3参照）。副題に「アメリカにおけるニグロ民族の過去、現在、未来 (A Treatise on The Past, Present and Future of the Negro Race in America)」とあるように、自分たち黒人の歴史を探り、これからのあるべき姿を論じた力作だ。内容は暗黒の時代 (The Dark Period)」、「植民時代 (The Colonial Period)」、「来たるべき時代 (The Destined Period)」の3章に分けられ、それぞれ黒人がアメリカに強制連行されたときから奴隷解放まで、奴隷解放から現在（1908年現在）まで、そして未来の展望と解決策を論じている。

表紙に続く2ページ目に、「国会図書館、1908年9月23日」の登録印があり、版権者M・F・ウォーカーの名とともに、総代理人（General Agent）として弟ウェルディ・ウォーカーの名前も見える。これは本文で主張されている「アフリカ移住」計画の実施にあたって、実務をとりしきる役を意味するのだろうか。

まず最初の「暗黒の時代」という章では過去をふりかえって、フランスのルイ10世が1315年に「奴隷制は自然の法に反する」と宣言したことと比べると、アメリカの奴隷制はニグロだけでなく、支配者のアングロサクソンの人格にも悪影響を与えたひどい代物である、と説く。

次の「植民時代」の章では、奴隷解放から現在までの動きを追っている。奴隷解放は南部にとっては略奪であり、北部にも反対が多かった。いったん与えられた参政権も廃止され、平等のない白人社会が固定化した。奴隷解放はそもそも軍事目的であり、黒人は白人に恩を感じる必要はない、というのだ。

最終章の「来たるべき時代」では、白人と黒人が共生することは不可能だと説く。もし仮に白人が奴隷だったとしたら、2、3世代のうちに混合して平等になっただろうが、その逆が現実なのだ。混血することは白人が嫌がっている。残念ながら、黒人は男女ともに白人にあこがれている。唯一の解決策は両民族を完全に分離することだ。そこで、その具体策として黒人のリベリアへの移住を説く。

アフリカの北西部にあるリベリアへの移住は、意外にその歴史は古く19世紀の初めにさかのぼる。1817年に全米植民協会（American Colonization Society）が設立され、22年に土地を買収して、解放された奴隷が入植しはじめた。27年にリベリアと命名され、47年には独立宣言を果たした。48年にはイギリスほかヨーロッパ諸国が承認、61年にはアメリカも承認した。南北戦争前までに1万3,000人が移住している。リベリアは3万5,000平方マイル、アメリカのコネティカット、ニュージャージー、マサチューセッツ、メリーランド、デラウェアの5州を合わせた広さがあり、人口250万を越え

るりっぱな独立国として自立していた。

　もちろん、リベリア移住には強い反対もあったが、ウォーカーはリベリアが独立して4分の3世紀、革命も大統領暗殺もない安全な国だと主張した。アメリカでは1908年現在、リンカンはじめ3人の大統領が暗殺されていて、1901年のマッキンリー大統領の暗殺がウォーカーの頭に生々しく残っていたのだろう。

　論文ではブッカー・T・ワシントン（Booker T. Washington, 1856-1915）やW・E・B・デュボイス（W.E.B. Du Bois, 1868-1963）にも触れ、彼らの同化主義を批判して、我われ黒人は白人と分離し、独立するしかないと主張している。ウォーカー自身は2世代に渡って奴隷制とは無縁という幸福な身の上だが、リンチのことは見聞していたし、経済的、法的な不公平は実感していた。それでも、黒人はアメリカに来て堕落した、キューバ、メキシコなどの住民のほうがもっと生き生きしている、と述べている。

　混血についても、その存在は白人男性の傲慢と黒人女性の道徳的弱さの結果だとしているが、自身ムラートである自分が最悪の存在ということになってしまう。また、色白でストレートな髪のエドナを妻としていることは、自分でどう評価するのだろうか。

　ウォーカーの黒人の分離独立論は、10年後にジャマイカから現れて、「アフリカに帰れ（Back-to-Africa）」とアフリカ移民を訴えたマーカス・ガーヴィー（Marcus Garvey, 1887-1940）の先駆けといえる。ただウォーカーもガーヴィーも、その移住計画は挫折した。ウォーカー兄弟の主催でリベリアに移住した者はいないし、兄弟はパスポートの申請すらしていない。

映画産業の台頭

　ウォーカーは1904年4月に妻とともに、ステューベンヴィルから南西に30キロほど離れたキャディズに移り住んだ。オペラハウスという劇場の経営を始めたのだ。そこはオペラや演劇、新しく登場してきた映画のほか、卒業式、ダンス、いろいろなショウなど多角的な娯楽を提供する場だった。子

どもたちは白人と黒人共学の学校で教育を終えるように、ステューベンヴィルに残した。

　映画は技術の進歩によって、短編から弁士も活躍する大規模な長編へと変わっていった。5セント館と呼ばれる入場料の安い映画館が乱立したが、ウォーカーのオペラハウスでは入場料10セントを取り、映画だけではないオペラ、演劇も楽しめる高級劇場を維持した。さらに、見せ物映画で15セント、予約席25セントなど高級趣味を売り物にした。入場料の高い席は裕福な白人が客筋で、黒人や大衆は安い席専用だった。

　時代は20世紀に入って、どんどん保守化していた。保守化、というより、差別の固定化といったほうが正確だろう。映画館は「正しい」場所、「いかがわしくない」場所として、トイレ、託児所を完備し、会場整理係を配置し、座席は白人と黒人を完全に隔離した。1904年の禁酒法成立に力を貸した女性運動は、酒場を閉鎖させる勢いだった。ウォーカー自身は酒を飲みつづけ、営業でも酒を提供しつづけた。彼は営業としての「正しい」娯楽と私的生活の矛盾に悩んでいた、はずだ。

　ウォーカーは著書『わが祖国の移民たち』では、白人、黒人の両人種の分離、黒人たちの誇りある独立を説きながら、キャディズの劇場では両人種を同席させ、しかも黒人の地位を軽んじていた。彼はどうしても白人たちの社会から離れられなかった。1909年には白人エリートたちのスポーツイベントに参加して、52歳のウォーカーは「二塁へのスローイング」部門で優勝し、3ドルの帽子を賞品にもらっている。彼のリベリア移住が実現しなかったどころか、それを試みた気配もないのは、どうやら自身の理想と現実の乖離を乗り越えることができなかったからだろう。

　1908年にジャック・ジョンソン（Jack Johnson, 1878-1946）が、ボクシングの世界で黒人初のチャンピオンになった。有頂天の彼は白人女性を連れまわした。そして1910年の7月、タイトル戦を見られなかったファンのために、その映画を上演しながら全国を巡業しはじめた。無能でおとなしい召使という従来の黒人イメージをくつがえし、強い黒人が白人を征服し、白人女を誘

惑するという映画は大変な反響を呼び、また当然ながら白人の反発もあって、上映禁止が広がった。1913年までに全国で200以上の映画館で上映されたようだが、ウォーカーはその映画の上映を避けて、別のショウを公演した。

ウォーカーの判断は賢明で、大衆が客の大半を占める下級映画館は次第に衰退していったが、彼の劇場はエレガントな建物で繁盛した。映画だけでなく、舞台劇、ボードビル、マジックショウ、式典への貸し出しなどで営業をつづけて、映画館や劇場の閉鎖が増えるなかを生きのびた。

1913年、エジソンが音の出る映画を発明して、映画の人気はふたたび燃えあがった。15年にD・W・グリフィス（D. W. Griffith, 1875-1948）監督の『国民の創生（The Birth of A Nation）』が上映された。そこでは南北戦争が描かれたが、黒人への反感を煽るところがあって、黒人に恐怖を与えた。黒人たちに上映禁止の運動が起こったほどだが、ウォーカーの劇場ではついに上映せざるをえなかった。また、奴隷状態を思わせる黒人を登場させ、あからさまな黒人蔑視を見せつける映画や、黒人女性が尻をふるわせて踊る姿を描く映画も増えてきた。

映画人気の回復は音の出るトーキーの発明によるところが大きいが、それに伴って映画自体も長編化するようになった。映画が長くなれば、途中でなんどもフィルムを交換しなければならない。それにかなりの時間がかかるのが上映館の悩みの種だった。ウォーカーはそこに着目した。フィルム・エンド・ファスナーというフィルムの最後の部分の止め具を開発し、リールを改良し、リールが巻き終わる直前に警報が鳴る工夫をこらしたのだ。ウォーカーのそれらの発明は1920年8月に3つの特許を獲得した。

そして、死

ウォーカーが映画の映写器具を改良しようと奮闘していた1920年、彼に思いがけない不幸が訪れた。5月26日に妻のエドナが腎炎のため59歳で亡くなったのだ。最初の妻アラベラの死後、ウォーカーと再会して結婚、お互

い再婚だったが 22 年間連れ添ってきた愛妻、いや同志だった。地元の新聞は「夫が愛をこめて看病した」と伝えた。

1922 年の 3 月、映画館の経費が高騰して経営を圧迫しているなか、クリーブランドのフィルム配給会社が入場料の 40-50％を要求してきた。64 歳になっていたウォーカーはこれに耐えられず、ついに劇場を売却して、引退した。と、思われたが、その 3 ヶ月後の 6 月に、クリーブランドでテンプル・シアター (Temple Theater) を開業した。なぜ、いったんは諦めたと思われた映画館をはじめたのだろうか。それは謎だが、自分が発明したリールなど、新しい映写器具を試したかったのかもしれない。しかし、この映画館も 3 ヶ月しかもたなかった。文字どおり、本当の引退が目の前に迫っていた。

おなじ 22 年にオーバリン大学からの依頼で、3 ページの回顧録を提出した。自分の職業欄には「引退 (retired)」と記し、鉄道職員の職歴は記載せず、「プロ野球」を職業リストのトップに挙げた。発明に関しては映画関係のものは記載したが、銃の工夫は記録しなかった。住所はテンプル・シアターとなっていた。彼の自分への評価が窺われる。

1924 年 5 月 11 日にモーゼス・フリートウッド・ウォーカーはクリーブランドで死んだ。死亡時刻は午前 1 時 25 分、死因は肺炎、66 歳だった。遺書はなかったという。本人は死ぬことなど考えていなかったのだろう。生涯 16 ヵ所の住所を渡り歩いた彼の、最期の身分はビリヤード場の店員となっていた。

地元クリーブランドの新聞は、「往年の名キャッチャー、素晴らしい打者でありランナー、知的で愛想がよく寛容、人望があった」と褒めちぎった。キャディズでは「映画技師であり、人種のチャンピオン」と評した。また、ステューベンヴィルの『ヘラルド・スター』紙は、「最良のキャッチャーだった。ホテルの差別にしっかり抵抗した。アフリカに黒人帝国の建設を志した」などと書き、郵便配達、映画館経営まで多方面に渡って紹介した。

彼の遺族はどうなっていただろうか。長男のトーマスは 1906 年に結婚、長女のクレオドリンダも 08 年に結婚した。次男ジョージはボクサーだった

し、甥のウィリアムは有名な自転車選手だった。弟ウェルディは37年に亡くなるまでユニオン・ホテルに住んでいたが、禁酒法時代は密造酒に手を出し、賭博馬券屋やナンバーゲーム屋をやって、大借金を背負い込んだという。

　ウォーカーの遺体はクリーブランドからステューベンヴィルへ運ばれ、最初の妻アラベラと並んで埋葬された。共同墓地ユニオン・セメトリーには弟ウェルディや長男トーマスなども一緒に埋葬されているが、最後までともに生きた2度目の妻エドナの名前はない。メジャーリーグの野球界に最初の黒人選手として名を残したウォーカーだが、クーパーズタウンの野球殿堂にその名が刻まれることはなかった。ただ救いは、1990年に彼の母校オーバリン大学が、大学の名誉殿堂に名前を刻み、記念の石を彼の墓石の上に飾ったことだった。

4. ニグロリーグの誕生と発達

　1869年に選手全員がプロのチーム、シンシナティ・レッドストッキングスが誕生してからつぎつぎにプロ球団が生まれた。1876年にナショナルリーグ、1901年にアメリカンリーグが結成され、以後プロ野球は全国的な人気を集めるスポーツとなっていくのだが、そこから「黒人選手」は次第に排除されていった。はじめてのメジャーリーガーとなったウォーカーのほか、ストーヴィ、バッド・ファウラー、フランク・グラント、ボブ・ヒギンズ、リチャード・ジョンソン、ソル・ホワイトといった魅力的なプレーヤーも、その活躍の場を閉ざされてしまったのだ。

　たしかに、白人野球社会が人種的偏見をなくすにはまだまだ年月が必要だった。1887年、インタナショナル・リーグは委員会を開き、今後あらたな黒人選手の入団をいっさい禁止するという宣言を出した。しかも、興行的な側面は無視できず、「観客としての黒人は歓迎する」というえげつなさだった。これが「カラーライン」と呼ばれるプロ野球界の黒人排除のはじまり

で、鉄道の座席の黒人差別をめぐって、「分離すれども差別せず」という奇妙な原則を生むもととなった1886年の「プレッシー対ファーガソン」裁判に先立つこと9年である。

黒人プロ野球の揺籃期

そんななかで、黒人たちは自分たちでプロ野球球団をつくりはじめた。19世紀末、野球は労働者階級あこがれの職業となりつつあった。時をおなじくして、南部の黒人たちが北部の大都市に移住しはじめ、ニューヨーク、シカゴ、ピッツバーグに目立つようになった。ほかにとりたてて面白いこともない都会生活で、野球観戦が彼らの興味を惹きつけたのは当然といえば当然だった。

まず、ロングアイランドのアーガイル・ホテルの従業員たちで結成されたキューバン・ジャイアンツが初の黒人チームとなった。「キューバン（キューバ人）」という命名は、アフリカ系黒人より一般観客の抵抗が少ないことを見越してのものだった。当時はおなじ有色人種でもヒスパニック系、インディアン系あるいはアジア系のほうが受けいれられやすかったのだ。黒人排斥が確立してしまった20世紀初頭、大リーグのボルティモア・オリオールズにチャーリー・トコハマというチェロキー・インディアンの選手が春のキャンプからオープン戦に登場して話題をまいた。じつは、彼は本名をチャールズ・グラントという黒人で、このインディアンというふれこみは、なんとか彼を採用したい球団が、彼が比較的「色がうすい」ことを利用してとった窮余の一策だった。しかし、彼が以前に黒人チームに在籍していたことがばれて、正式のデビューはならなかった。

その後いろいろな黒人チームが登場するが、1889年にニューヨーク・ゴーハムズとキューバン・ジャイアンツの2黒人チームが中西部の白人リーグに加盟し、黒人チームが白人リーグに所属するというプロ野球史上唯一の例となった。白人チームに黒人が所属するのは禁止されていたが、べつべつのチームで対戦することはめずらしくなかった。黒人チームが増えるにつれ、

たんに試合で勝敗を争うだけでなく、年間の勝率で優勝を争うようになり、さらには東部と中西部の優勝チームどうしで決定戦シリーズをおこなうまでになった。そんななかで名勝負とされるのが、1903年にキューバン・Ｘジャイアンツとチーム名を変えたキューバン・ジャイアンツがフィラデルフィア・ジャイアンツを相手に、7試合で4勝を投手ルーブ・フォスター（Rube Foster, 1879-1930）の活躍でもぎとったシリーズだった。

ニグロリーグの隆盛――群雄割拠の時代

ルーブ・フォスターは1920年にニグロ・ナショナルリーグを設立し、「ニグロリーグの父」と呼ばれるが、現役時代の投手としての実績もすばらしく、このシリーズを制した1903年は54勝1敗だった。その前年には51勝をあげ、白人の名投手ルーブ・ワッデルにも投げ勝っている。このことから、「ルーブ・ビーター（ルーブに勝つ者）」と呼ばれ、ルーブというニックネームが定着した。彼は監督としても手腕を発揮し、1907年にシカゴのリーランド・ジャイアンツのピッチャー兼監督となり、1909年には同チームを率いて大リーグのシカゴ・カブスに挑戦した。残念ながら惜敗したが、その実力と健闘ぶりは万人の認めるところで、翌年はシカゴ・カブスが挑戦を受けなかったほどだ。1911年にはアメリカン・ジャイアンツと改名したチームを率いてキューバに遠征、現地で大リーグのフィラデルフィア・アスレティックスと互角に渡り合った。このため、アメリカンリーグは権威失墜を恐れて、傘下のチームにシーズンオフのキューバ遠征禁止令を出したほどだ。

おなじころのスターとして、剛速球投手スモーキー・ジョー・ウィリアムズ（Smokey Joe Williams, 1886-1946）の名前を忘れるわけにはいくまい。彼は投げた球がサイクロン（台風）に巻き上げられた小石のようにみえることから、サイクロン・ジョーとも呼ばれていたが、やがて、その火の球速球が煙をあげるようだと、スモーキー・ジョーとしてプロ野球史上に名を残すことになった。彼は黒人とコマンチ・インディアンとの混血で、1メートル90

センチを超す長身の選手だった。

　20年を超す現役生活でノーヒット試合30、一試合25奪三振という数字がその快速球ぶりを証明しているが、圧巻はメジャーリーグのニューヨーク・ジャイアンツを9者連続三振を含む力投でシャットアウトしたことだ。メジャーリーグのチームを相手に通算19勝7敗（20勝7敗という説もある）という実績をあげて、人種差別主義者として知られるかのタイ・カッブをして、「メジャーリーグでも30勝はかたい」と言わしめ、42歳でノーヒットノーランの快挙をなしとげたその実力は、1952年、黒人紙『ピッツバーグ・クーリエ』がおこなった黒人選手のランキング投票で、生涯2千勝のサッチェル・ペイジをおさえて投手部門の一位に輝いたことでもわかる。息の長い選手だったが、1932年に48歳で引退し、大リーグの一員となる機会には恵まれなかったのがつくづく惜しまれる。

　メジャーリーグでは1920年にジャッジ・ランディスが初代コミッショナーに就任し、1919年の「ブラックソックス・スキャンダル」の審判を下すという大事件がおきるのだが、そのおなじ年、ルーブ・フォスターを会長に戴くニグロ・ナショナルリーグが、中西部の8チーム（うち、ジャイアンツを名乗るチームが3）を擁して発足、23年には東部の6チーム（おなじくジャイアンツが3チーム）を集めてイースタン・カラード・リーグが発足した。こうして、シカゴを中心とする中西部リーグとニューヨークを中心とする東部リーグの2大リーグ時代を迎えた。24年には最初のニグロ・ワールドシリーズが開催され、中西部のカンザスシティ・モナークスが東部のヒルデイル・クラブをおさえて初代チャンピオンとなったが、翌年はヒルデイルが雪辱した。こうして、ニグロリーグは黒人だけでなく白人の観客も惹きつけるようになり、1930年にはニューヨーク・リンカン・ジャイアンツとボルティモア・ブラックソックスが黒人どうしとしてはじめてヤンキー・スタジアムで試合を行ない、2万人もの観客を集めた。

　1920年代はアメリカの激動の時期だった。第一次世界大戦が終わってアメリカは空前の好景気に酔いしれ、世間ではジャズエイジなどともてはやし

ていた。しかし、それは主として北部での話だった。いっぽう、南部では 20 世紀になって白人秘密結社 K・K・K が台頭し、1920 年には 400 万人のメンバーを擁するまでになっていた。ディープサウス（深南部）では、K・K・K の支持なしにはいかなる公職の選挙にも勝つことはできない、といわれるほどだった。そんな南部での差別を嫌って、中西部へ、東部へと移住する黒人たちが激増したのは必然だった。彼らが行き着いた中西部、東部が黒人野球の中心地になったのも、これまた必然だった。これは、南部の黒人たちの音楽だったジャズが、彼らの移動とともに北上し、シカゴやニューヨークがジャズの中心地となっていった経過と軌を一にしている。

　前途洋洋とみえたニグロリーグだったが、28 年にイースタン・カラード・リーグが解散、残るニグロ・ナショナルリーグも生みの父ルーブ・フォスターが 30 年に亡くなったのをきっかけに、31 年にその幕を降ろしてしまう。世はまさに大恐慌の時代に突入していた。そんな状況にあっても、ニグロリーグの灯は消えなかった。33 年、ニグロ・ナショナルリーグが東部リーグに再発足したのにつづいて、37 年にはニグロ・アメリカンリーグが中西部、南部のチームをまとめて発足した。こうして、東西対抗のオールスター戦が新たな呼びものとなっていった。

　そんな時期の 30、31 年にペンシルヴェニア州の強豪チーム、ホームステッド・グレイズで、大スターのスモーキー・ジョーとバッテリーを組んだのが新鋭キャッチャーのジョシュ・ギブソン（Josh Gibson, 1911-47）である。スモーキー・ジョーは引退直前とはいえ、30 年のワールドシリーズでは延長 12 回で 27 の三振を奪う快投で完封する離れ業を演じている。当のギブソンは 31 年に弱冠 19 歳で 75 ホーマーを放ち、早くもホームラン打者の本領を発揮するが、ピッツバーグ・クロフォードに移っていた 36 年には、84 本という信じられないような数字を残している。生涯 962 本というホームラン打者だが、彼は同時にアベレージヒッターでもあり、生涯打率は 3 割 5 分 4 厘という高いものだ。

　ホームラン王といえばだれしも思いうかべるのがベーブ・ルース（Babe

Ruth, 1895-1948) だろう。シーズン最高 60 本、生涯 714 本という彼の数字を、ギブソンのそれと比較して劣ると考える者は少ないだろう。大リーグの成績とアマチュアやセミプロとの対戦を多く含むニグロリーグでの成績とではやはりレベルの差があるとみるのが妥当と考えられるからだ。しかし、両者がおなじ場でホームラン競争をしたらどうだっただろうか。ベーブ・ルースが 60 本を打った 1927 年にはギブソンはまだ 15 歳の少年だったが、彼が 19 歳になって 75 本を打った 31 年でも、ベーブ・ルースはまだ 46 本を打つ力を残していた。ふたりの対決のなかったのが、なんといっても残念である。

　ジョシュ・ギブソンの名前は大リーグのスカウトたちの耳にもとどいていて、もう少しで大リーグ入りが可能なところまできていた。彼は大リーグ入りがうまくいかなかったせいもあってか、酒におぼれるようになり、43 年に脳腫瘍で倒れるが、最後までプレーを続けた。しかし、シーズン終了後の 1947 年 1 月、35 歳の若さで亡くなってしまう。ジャッキー・ロビンソンが大リーグデビューを果たすわずか 3 カ月前のことだった。

　ニグロリーグ界最大の巨人といえば、サッチェル・ペイジ（Satchel Paige, 1906-82）をおいてほかにはあるまい。たんに偉大な選手というだけでなく、スターとしての雰囲気、魅力をありあまるほどにそなえた人物だった。彼は自分を客として断るホテルやレストランのある町では決して投げないというプライドの持ち主でもあった。登板 2,600 試合、生涯 2,000 勝、300 完封、ノーヒットノーラン 55 回という、ちょっと信じがたいような成績は、プロ生活 40 年のあいだ、彼が衰えを知らなかったことの証しである。

　彼の息の長さを実感として感じてもらうために、次の事実をあげておこう。彼が新人としてプロの世界に入った 1926 年は、ベーブ・ルースが 60 本のホームランを打つ前年で、まさにルースの全盛期だった。それから 10 年後、ずっとふた桁のホームランを打っていたベーブ・ルースが、わずか 6 本の成績に限界を感じて現役を引退した 35 年には、ペイジはニグロリーグ最大の投手として全盛期だった。それからさらに 12 年、大リーグの人種の壁が崩れてジャッキー・ロビンソンがデビューした 47 年、彼はまだバリバリ

の現役として活躍中だった。彼が42歳の大リーグ史上最高齢の新人としてクリーブランド・インディアンズ入りした1948年に、ベーブ・ルースは亡くなっている。そして50年代から60年代、ニグロリーグの灯が消えようとしていたとき、彼はまだ現役としてそこにいたのだ。

　年間登板数113試合、1日2試合完封という若いころのスタミナ、42歳でクリーブランド・インディアンズにシーズン半ばの7月に入団すると、いきなり6勝1敗の好成績をあげてチームの優勝に貢献する実力はまさに驚嘆すべきものだが、彼の魅力はまたそのショーマンシップにもあった。観客を喜ばすため、ウォーミングアップのときにチューインガムの包み紙やマッチ箱を投げてみせたのはたんなるご愛敬だが、試合がはじまると、次の打者を三振に打ち取るからと外野手たちを自分の真うしろに呼び寄せて三振に取ってみせた。また、あるエキシビションゲームでは、9者連続三振を宣言してその言葉どおり実行したという。

　この種のエピソードは多いが、なかでもいまだに語りつがれるのは、ジョシュ・ギブソンとの対決である。クロスゲームの最終回、彼はわざわざ前の2人の打者を敬遠して塁を埋めてジョシュ・ギブソンと対決、三球三振にしとめたのだ。まさに、実力の裏付けがあってこそのショーマンシップだった。彼と対戦したことのあるヤンキースの名選手ジョー・ディマジオは、「白人黒人を問わず、自分の見たなかで最強のピッチャーだ」と言っている（Riley, 59-60）。

サッチェル・ペイジの冒険——独裁者の監視のもとで

　サッチェル・ペイジの経歴のなかできわめて異色なのは、1937年にドミニカ共和国の独裁者トルヒヨ大統領（Rafael Trujillo, 1891-1961）の招きを受け、ジョシュ・ギブソンたちを引き連れてドミニカに渡った一件だ。当時、もっとも徹底的な独裁者といわれたトルヒヨは、大統領として8年目を迎え、翌年の選挙に再選をねらっていた。しかし、彼の独裁に世間の反発は強く、再選が危ぶまれていた。彼の政敵は自国の優秀な選手を集めてチームを結成

し、熱狂的な野球ファンの多いドミニカ国民のあいだに人気を獲得しつつあった。

　それに対抗するには、やはり強い野球チームをつくるしかない。大統領の特命を受けた密使たちがアメリカに、キューバに飛んだ。彼らの第一目標はニグロリーグの最高峰サッチェル・ペイジだった。彼がドミニカ行きをすぐに承知したわけではない。密使の申し出を断わり、彼らから姿を隠していたが、ホテルをつきとめられ、強引に連れてこられたのだ。もちろん、球団と給料のことでもめることの多かった彼には、3万ドルといわれる報酬は魅力的だった。彼はチームメイトを誘ってドミニカに渡った。チームメイトたちもなにかにつけて給料を値切るオーナーに不満をもっていたのだ。

　サッチェル・ペイジやニグロリーグの選手たち、そしてキューバから集められた選手たちの仕事は、トルヒヨ・オールスターズと名づけられたチームに所属し、37年初夏の8週間、31試合という短いシーズンを戦って優勝することだった。彼らは宿舎に隔離され、一般のドミニカ国民との接触を禁じられた。大切な試合の前は酒を飲むことさえ許されず、選手にウィスキーを与えた者は死刑という噂も流れていた。

　試合は軍隊監視のもとでおこなわれるという異常事態だった。ペナントレースは大混乱だったが、トルヒヨ・オールスターズはなんとか首位を保ち、いよいよ政敵のチームとの優勝決定戦シリーズを迎えた。シリーズを前にして監督は選手たちにこう宣言した、「優勝できなかったら全員死刑だ」。この言葉に委縮した選手たちはいつもの彼らではなかった。サッチェル・ペイジでさえ胃が痛んで、イニングごとに制酸剤を飲む始末だった。

　7試合のシリーズで、トルヒヨ・オールスターズはいきなり3連敗した。このときは、選手たちに死刑台がちらついていたかもしれない。しかし、ここで開き直ったのかオールスターズは3連勝し、いよいよ最終戦を迎えた。この試合は大変な試合だった。サッチェル・ペイジはやはり本調子ではなく、6回まで1点のリードを許していた。7回にやっと2点を取って逆転すると、あとはサッチェルが必死で押さえて逃げ切った。6対5のきわどい勝

利だった。

　トルヒヨ・オールスターズは優勝し、彼らはやっと自由になって、アメリカに戻った（トルヒヨは1961年に暗殺されるまで絶対権力を保った）。故国に戻った彼を待っていたのはアメリカの野球界からの追放処分だった。1938年にはメキシコ・リーグに新天地を求めたりもするが、世間はこの天才をほうってはおかず、39年にカムバックを果たす。65年には59歳という、これまた大リーグ史上最高齢での登板をやってのける。大リーグを引退しても、衰退する一方のニグロリーグのスターとして、地方回りを続け、観客を楽しませた。1971年、彼は野球殿堂入りを果たした。彼の場合は大リーグ入りの夢も実現して幸せな野球人生だったろうが、やはりその最盛期に大リーグのマウンドを踏ませてやりたかった選手である。ベーブ・ルース、ルー・ゲーリッグ（Lou Gehrig, 1903-41）、そしてタイ・カッブとの名勝負が見られたはずだ。

　右で紹介した名選手たちは東西のリーグ、あるいはカナダやメキシコなどのチームを渡り歩き、ひとつの球団にとどまることはまれだった。サッチェル・ペイジを例外として、みんな一度はニューヨークのチームに所属したことのある選手ばかりである。彼らがチームを渡り歩くのはよりよい報酬を求めてのことだった。サッチェル・ペイジやジョシュ・ギブソンなど大リーグに劣らぬ給料を得ている選手もいたが、それはほんのひとにぎりの選手にすぎなかった。大半の選手たちはバスにゆられて町から町をまわり、安宿に泊まるという生活だった。ホテルやレストランでの差別にはみんな慣れてしまっていた。大リーガーたちとの差は、それこそ天と地ほどもあった。大リーグの選手たちが試合でどんなにすばらしいプレーを見せていたとしても、黒い名選手たちに門を閉ざしているかぎり、それは本当の意味の「フェアプレー」とはいえなかった。

5. ジャッジ・ランディス──その正義の仮面

　アメリカのメジャーリーグは 19 世紀末以来、白人純血を維持してきた。1884 年にメジャーリーグのアメリカン・アソシエーションに加盟したトリード・ブルーストッキングスに所属していたモーゼス・フリートウッド・ウォーカー（通称フリート・ウォーカー）が史上初の、そして弟のウェルディとともに 19 世紀最後の黒人メジャーリーガーとなった。その 1 年かぎりでメジャーリーグから黒人プレーヤーは消え、その後 20 世紀を迎えて優秀で魅力的な黒人プレーヤーはたくさんいたが、どうしても「白人純血主義」というメジャーリーグの壁は破れなかった。

　アメリカはアフリカ系の黒人だけでなく、ヨーロッパ各国から肌の色や髪の質などが微妙に異なる人種が流入し、アジア各地からも色とりどりの人種が移り住むようになった。そんななかでメジャーリーグは「白人」の定義を模索し、「非黒人」に妥協の道を探るなどしてきたが、なかなか打開策は得られなかった。もちろん、白人社会に染みついた偏見は容易になくなるものではなかったが、その偏見を社会の正義として、頑固に守りとおした権威の守護者がいた。その人物こそ初代コミッショナーのジャッジ・ランディスである。

　2016 年 11 月 29 日、アメリカの『スポーティング・ニューズ』誌が「大リーグの歴史を変えた 40 人」を特集した。第一位がベーブ・ルースだったのは万人の納得するところだが、2 位が「初の黒人メジャーリーガー」としてジャッキー・ロビンソンが選ばれている。ロビンソンが「初の黒人メジャーリーガー」でないことは、これまでなんども主張してきたことだが、それに続く 3 位にジャッジ・ランディスの名が挙がっていることには仰天した。初代コミッショナーとしての実績、あるいは功績は認めるべきところもあるが、彼は人種差別をかたくなに固持した権威主義者だった。ジャッキー・ロビンソンが 2 位であることについてはアメリカ球界が、あるいはアメリカの

マスコミが長年にわたって人種差別を放置してきたことへの罪滅ぼしのつもりかもしれないが、純粋に実績を考慮するならばほかの黒人プレーヤーたちとのアンバランスが目立つ。そしてランディスに関しては、人種差別を放置するどころか、逆に維持しようとした人物を顕彰しようとしている。今さらながら、アメリカ球界の、あるいはアメリカマスコミの本音が見えてくるようだ。

　そのあたりの事情を理解してもらうために、日本人の野球ファンにはあまり馴染みのないジャッジ・ランディスをできるだけ詳しく紹介してみたい。1866 年生まれの彼は 1891 年法曹界入り、93 年に連邦第一裁判所の判事となって 17 年間務めたあと、請われてメジャーリーグのコミッショナーとなった 1920 年から 1944 年 11 月に 78 歳で亡くなるまでの 24 年間現役だった。思えばコミッショナーだった 24 年間だけでなく、それ以前のメジャーリーグが誕生した 19 世紀末から 20 世紀初頭の少年、青年時代を含めるとほぼ 60 年間、メジャーリーグ、ニグロリーグの両方で名投手、名打者たちを同時代人として目撃していたはずの人物だった。アメリカのプロ野球界も第二次世界大戦が終わって、メジャーリーグに黒人選手が加入するなど大変革時代を迎えるが、その直前まで変革に至る動きを長年にわたって目撃し、その変革を阻止しようとしたのもジャッジ・ランディスだったのだ。

連邦判事ランディス

　ジャッジ・ランディスは本名をケネソー・マウンテン・ランディスといい、長く連邦裁判所の判事（ジャッジ）を務めたため、コミッショナーに転じてからも終生ジャッジ・ランディスと呼ばれた。ケネソー・マウンテンの名は父が軍医として従軍し負傷した、南北戦争の激戦地であるジョージア州の山に因む。彼の兄弟はみな優秀で、長兄ウォルターは新聞社勤めののち、政府からプエリトリコの初代郵政公社総裁として派遣された人物だ。次兄チャールズと弟フレデリックは国会議員に、すぐ上の兄ジョンは父の後を継いで医学の道に進み、高名な医学者になった。学力優秀とはいかなかった彼は

高校を中退するなど苦労するが、1891年にシカゴの法律学校を卒業して24歳でイリノイ州の法曹界入りを果たす。

ランディスが弁護士として活動を始めたばかりの1893年、当時の2期目のクリーブランド大統領の国務長官ウォルター・Q・グレシャムが彼を秘書としてワシントンへ連れていくことになった。その後また弁護士に戻った彼は1905年、共和党の国会議員になっていた兄弟の縁で、おなじ共和党選出のセオドア・ローズヴェルト大統領の推薦を受けてイリノイ州北部の連邦第一裁判所の判事となった。

アメリカには連邦裁判所と各州の裁判所の二系統の裁判所が併存している。連邦裁判所では連邦法をあつかい、判事は大統領任命で終身官である。いっぽう、州の裁判所では州法をあつかい、判事は知事任命または選挙である。それぞれ第一審裁判所（または予備法廷）、上訴裁判所、最高裁判所があるが、双方とも最初の第一審が裁定を下したのちに上告された場合、事実関係を再検討することはなく、法律適用の可否を審議するだけなので、第一審裁判所の地位はきわめて高い。また、連邦判事は終身官で一度任命されると有罪宣告または懲戒処分による以外はクビになることがないうえ、第一審ではひとりで裁く（上級審は複数の判事が担当する）ため、独裁者になりやすい立場といえる。もともと他人の意見には耳を傾けないたちのランディスにはぴったりの仕事だったといえるかもしれない。

彼には気まぐれな人情判決、スタンドプレーも多かったが、本人は気にとめるふうもなかった。しかし、なんといっても彼を有名にしたのはスタンダード石油裁判だろう。20世紀になって、巨大独占企業の無法ぶりが問題になりはじめていた。1890年にシャーマン反トラスト法が成立し、1903年にセオドア・ローズヴェルト大統領があらためてこの問題に取り組み、40をこえる巨大企業にたいする訴訟を起こした。そして、アメリカの製油の85％を支配し、資本金1億ドルといわれたスタンダード石油も当然その標的となった。スタンダード石油のインディアナ支社が、石油の輸送を請け負っている鉄道会社からリベートを取っているとの報告が大統領にとどき、政府の

命令のもとに、その不法行為がもっとも甚だしい輸送地区であるイリノイ州での裁判となり、ランディスが担当することになった。

　1907年3月に始まった裁判は費用が政府側20万ドル、弁護側10万ドル、起訴状が厚さ30数センチという、かつてない大規模なものだった。議論の応酬をへて8月にランディスが下した判決は2,900万ドルという史上最高額の罰金だった。この判決にローズヴェルト大統領は満足し、国民はやんやの喝采で「ランディスを大統領に」の声もあがったほどだ。しかし、1908年の上訴審は一審の判決を破棄し、再審を命じた。大統領は激怒し、司法長官もランディスの判決を支持して再度の審問を要求したが最高裁がこれを却下、一審裁判所で再び争われることになった。今回はランディスがみずから下りて友人の判事が担当したが、翌1909年の判決は「証拠不十分で無罪」だった。しかし、同年、ミズーリ州の連邦第一裁判所がスタンダード石油のトラスト解体の判決を出し、最高裁もこれを支持したため、ランディスの無念もすこしは晴れたかもしれない。その後、ランディスの第一審判決破棄の判決をした上訴審の判事が、鉄道会社との癒着や女性スキャンダルで辞めるという事態になり、ランディスの人気は再び上がった。こうして、彼はスタンダード石油に2,900万ドルの罰金という判決を下した判事として語りつがれることになった。

　スタンダード石油裁判とならんでランディスを有名にしたのは1918年のIWW裁判だ。IWW（Industrial Workers of the World「世界産業労働者組合」）は1905年に「ビッグ・ビル」と呼ばれた隻眼の巨人ウィリアム・D・ヘイウッド（William D. Haywood, 1869-1928）が西部の農業、林業、海運労働者を中心に結成した組織で、そのライバルのAFL（American Federation of Labor アメリカ労働総同盟）より過激な武闘派だった。その過激さゆえに、おなじ労働者を支持基盤とする社会党もIWW批判を強め、1913年にはヘイウッドを党から除名処分にしたほどだ。この裁判は被告がヘイウッドを筆頭とする113名にものぼる大規模なものだった。裁判の始まる前年1917年に第一次世界大戦に突入していたアメリカでは、ヘレン・ケラー、ジョン・デューイ、ソ

ースタイン・ヴェブレン、カール・サンドバーグなどの知識人がヘイウッドを支持し、『世界を揺るがした十日間』（Ten Days that Shook the World）を執筆していたジョン・リード（John Reed, 1887-1920）もロシアから帰国して記事を書いた。

　ランディスを裁判官とする審理はユニークなものだった。彼はある被告の結婚のため一時釈放を認め、別の被告の姉の葬式への参列を許可した。80歳の片腕の男を無罪にしたり、家を抵当にした借金の利子が払えない被告に金を貸すこともした。なにより肝腎なのは「主犯」のヘイウッドに自由に意見を言わせたことだった。そして審理が終了すると、ランディスは陪審員たちに「他人の犯罪行為を知っていただけでは共謀にならない」と忠告した。この発言は、彼がのちにコミッショナーとしてブラックソックス・スキャンダルにたいして下した採決と矛盾するだけに記憶しておいてほしい。

　陪審員たちは有罪の結論を出し、1918年8月末にランディスは被告113名のうち95名に有罪の判決を下した。刑はもっとも軽い10日間の懲役（2人）からヘイウッドら15人に科せられた懲役20年と罰金3万ドルまでという、審議中の被告たちへの理解ある態度からは予想もできない厳しい判決だった。ここに、人情に厚い判事に見せながら、そのじつ冷酷な権力主義者たるランディスの素顔が見える。

　そもそもランディスのドイツ嫌いと愛国主義は有名で、この大戦でドイツ爆撃機9機を撃墜した一人息子のリードが以後なによりの自慢だった。反戦運動にはがまんならなかったのだ。しかし、戦争気分の高まる国民には評判のいい判決だった。ランディスの判事としての17年を検討してみると、彼はいわば直情径行型の人間であり、彼の判決は総じて論理的というより情緒的だ。そのため、彼の判決が上級審で覆がえされることが多かったにもかかわらず、大衆には熱血の正義漢と映り、人気を博したのだ。スタンダード石油裁判のあとの「ランディスを大統領に」という声にたいして、「ロックフェラーの金（罰金2,900万ドル）の3倍もらっても、判事はやめない」と応えていたが、言いたいことが言えて、ひとりで権力をふるえる仕事が性に合っ

ていたのだろう。

プロ野球初代コミッショナーへ

　1914年、ナショナル、アメリカンの両メジャーリーグに対抗して、新勢力がフェデラルリーグを設立し、シカゴ、ブルックリン、インディアナポリス、バッファロー、カンザスシティ、ボルティモア、ピッツバーグ、セントルイスなどメジャーリーグがチームをもつ都市にあらたなチームをつくり、メジャーリーグから選手を引き抜こうとした。このため各地で選手の争奪合戦が繰り広げられた。

　シカゴ・ホワイトソックスのオーナー、チャールズ・コミスキーはフェデラルリーグのバッファロー（ニューヨーク州）に引き抜かれた一塁手ハル・チェイスの返還を求めて裁判を起こした。ニューヨークの最高裁はメジャーリーグのReserve Clause（「保留条項」チーム側が自動的に契約を更新する権利が留保され、選手は契約解除かトレードにならないかぎり移籍できないとする規定）は独占禁止法に違反する「奴隷制度」だと非難し、コミスキーは敗訴した。これに力を得たフェデラルリーグは1915年1月、メジャーリーグを反トラスト法違反で告訴した。フェデラルリーグの本部はシカゴにあったため、本件はイリノイ州北部の連邦第一裁判所の管轄となり、ランディスが担当することになった。

　これは法律的にいえばフェデラルリーグ側が有利だった。そのことをじゅうぶん承知していたランディスは、「私が長年愛してきた野球を『州間取引』の商売とみなしているからではないか」と反論しながらも判決を出さず（Spink, 35）、裁判を引きのばした。後発のフェデラルリーグは長びく裁判にたえられず、1915年の年内に告訴を取り下げた。

　これでメジャーリーグは救われ、関係者はジャッジ・ランディスに恩義を感じて、その名をしっかりと胸に刻み込んだ。しかし、メジャーリーグのボス的存在だったアメリカンリーグ会長のバン・ジョンソンはランディスの引きのばし作戦をスタンドプレーだと決めつけ、きちんとフェデラルリーグ敗

訴の判決を出すべきだった、と批判した。ジョンソンの意見は正当なものだったろうが、メジャーリーグのほかの首脳は反発した。さらに、1917年にアメリカが大戦に突入して、「全国民が労働か戦いに従事しよう」の合言葉のもと、娯楽にすぎない野球は戦時下では必要ないといわれながら、ジョンソンは18年のワールドシリーズを強行し、愛国者たちの顰蹙を買った。翌1919年にはレッドソックスのカール・メイズ投手がヤンキースにトレードされたときにジョンソンは拒否権を発動してレッドソックスに戻したが、その決定がニューヨーク州最高裁で覆されるということもあって、球界では彼にたいする不満がくすぶりはじめていた。

　当時のメジャーリーグはコミッショナーではなく、3人で構成する統一委員会（National Commission）が管理していた。その3人はナショナルリーグ会長ジョン・ヘイドラー、アメリカンリーグ会長バン・ジョンソン、そして議長役のシシナティ・レッズのオーナー、ゲリー・ハーマンだが、事実上ジョンソンの独裁体制だった。ジョンソンはナショナルリーグの後塵を拝してきたアメリカンリーグを互角の、あるいはそれ以上に育てあげてきた功労者であり、「いまやアメリカンリーグは世界一の組織だ」と豪語し、両リーグを支配していた。

　彼の会長としての任期は1910年から20年間という長期で、当分は彼の支配体制は安泰とみられていたが、そのなかばの10年目となった1919年、その地位がゆらぎはじめたのだ。それでもアメリカンリーグのオーナーたちは5対3でジョンソン支持が多かったが、ナショナルリーグは全オーナー8人が反ジョンソン派だった。1920年10月、反ジョンソン派のオーナー11人が集まって、野球関係者ではないコミッショナー1人、補佐役として副コミッショナー2人の新体制を採用することを決議した。ただちに、残りのジョンソン支持派のオーナー5人を加えて討議し、全員一致でジャッジ・ランディスをコミッショナーに決定、しかも2人の補佐役をおかない単独コミッショナー制とした。報酬もはじめは年俸2万ドルとされていたが、最終的には5万ドルということになった。自分を支持するオーナーたちをあてにして抵

抗していたジョンソンも、全員一致の決定とあっては引きさがるよりほかはなかった。

　翌 11 月に両リーグの合同会議で正式に決定し、使者たちが連邦裁判所にジャッジ・ランディスを訪ねてその旨を伝えた。ランディスは「判事の仕事を愛しているのでやめたくない」といったんは断わった。しかし、「生活が苦しいので判事をやめたい」と言っていたという証言もあり、新コミッショナーとして名前が取り沙汰されたとき、インタビューに「野球を愛してきた者として、頼まれたら断れまい」と答えてもいる (Spink, 69)。使者たちは「この仕事はそんなに時間をとらないから、兼任でもよい」と説得し、ランディスも「連邦裁判所は 6 月から 9 月半ばまでは休暇だから」と受諾した。その直後の記者会見で彼は「私のつよい希望と彼らの要望に応えて、判事の仕事をつづける（略）。なにしろこの仕事は 40 年ちかくやってきた仕事だから」と語った。しかし、判事としては 15 年、その前の弁護士時代を入れても 34 年にしかならず、「この道 40 年」という表現はいささかオーバーで、彼特有のスタンドプレーといわれてもしかたあるまい。

　彼は「給与は判事の年俸 7,500 ドルを差し引いた額でよい」と言っていたが、使者たちにとりなされると、「必要経費として受け取る」と前言を撤回した。そもそも判事としての年俸 7,500 ドルは中流階級としての生活水準を維持できる額ではあったはずで、ランディス夫婦は判事になった翌年の 1906 年にミシガン州の湖畔に土地を購入して別荘を建て、食事はお気に入りのホテルでとるという休暇（6 月から 9 月半ばまで！）を楽しみ、冬はフロリダやカリフォルニアで過ごしていた。その給与の 7 倍ちかい額の 5 万ドルが加わる仕事が、「休暇」のあいだに、「そんなに時間をとらない」でできる、と本気で考えたのだとしたら、そうとう虫のいい話だ。さすがに、弁護士たちから「公務員が営利団体の仕事をするのはおかしい」と意見が出たり、国会で兼任が問題になったりしたが、司法長官が兼任を可とする見解を発表したこともあって、彼は兼任で 2 つの仕事をつづけた。しかし、ランディスが判事の職務を怠り、1,230 件もの案件が未決のままだという指摘があ

り、アメリカ司法協会（American Bar Association）が正式にランディスの非難決議を発表するにおよんで、ついに彼は判事を辞職することを表明した。ときに1922年2月、兼任2年を含めて17年間務めた判事の職にピリオドを打った。

　話をランディスがコミッショナー就任を受諾した1920年11月に戻す。この受諾を受けて、両リーグはふたたび合同会議を開き、「ジャッジ・ランディスの採決はすべてこれに従い、これに抵抗して法廷にもちこむことはしない」「ジャッジ・ランディスにはあらゆる調査とそれにもとづくあらゆる対策を実行する権利を与える」ことを決めた。ランディスの絶対独裁を危惧したあるオーナーが、あらゆる対策を「実行する」ではなく、「推薦する」に代えようとしたが、拒否された。こうして、オーナーたちは全面服従と無批判を誓わされた。裁判とちがって、コミッショナーの採決は自分の判断だけでなされ、立証する必要がないうえ、採決が覆されることはないのだ。ランディスにとってこれほど気分のいい地位はなかっただろう。1921年1月12日、ケネソー・マウンテン・ランディスは大リーグとの合意条項にサインし、正式にプロ野球初代コミッショナーの誕生となった。

ブラックソックス・スキャンダル

　1918年11月、第一次世界大戦が勝利のうちに終わりを告げると、アメリカ国民は戦時下の重苦しい雰囲気からいっぺんに解放された。野球シーズンはすでに終わっていたから翌年の開幕が待ち遠しくてならなかった。当然ながら、1919年のプロ野球は、盛りあがらなかった前年のシーズンとは大ちがいだった。アメリカンリーグではシカゴ・ホワイトソックスが2年ぶりのペナントを獲得、ナショナルリーグではシンシナティ・レッズがニューヨーク・ジャイアンツに9ゲームの大差をつけて優勝した。そして迎えたワールドシリーズは試合数が昨年までの7から9（先に5勝したほうが優勝）に増えたこともあり、人気は加熱ぎみとも思えるほどだった。

　前評判ではホワイトソックスが優勢との声が圧倒的だった。なにしろナッ

クルボールの始祖エディ・シコットが最多勝の29勝、左腕レフティ・ウィリアムズが23勝という二本柱を中心とする投手陣がつぶぞろいなうえ、シューレス・ジャクソンの3割5分1厘を筆頭にエディ・コリンズ3割1分9厘などずらり強打者ならび、チーム打率2割8分7厘の強力打線を誇るホワイトソックスは、20勝、21勝と主軸の投手陣はまずまずでも、チーム打率2割6分8厘のレッズに負けるとはとても思えなかったからだ。ところがホワイトソックスは第1試合を絶対のエース、シコットで落とすと、第2試合もウィリアムズの不調で負け、まさかの2連敗を喫してしまう。

地元のコミスキー球場にもどった第3試合は第3の投手ディッキー・カーの奮闘でなんとか勝ったものの、第4、5試合とまたシコット、ウィリアムズで連敗した。このままずるずる負けてしまうのかとも思われたがつづく第6、第7試合はカーとシコットで連勝、ホワイトソックスが3勝4敗と盛りかえしておもしろくなってきたが、第8試合では3たびウィリアムズが打たれて万事休した。ホワイトソックスの強力投手陣は、チーム3勝のうち2勝はカーで、シコットがやっと1勝2敗、ウィリアムズにいたっては3戦全敗という信じられない惨状だった。

おおかたの予想に反する結果だっただけに、シリーズの最中からなにかとあやしげな噂はあった。ホワイトソックスの監督キッド・グリースンは最初の2試合で連敗した直後に一部の選手たちに不審をおぼえ、オーナーのチャールズ・コミスキーに報告した。自分のチームの思いがけない敗戦にがっくりきていたコミスキーはこの報告を聞いて激怒した。彼は深夜の2時、ナショナルリーグの会長ジョン・ヘイドラーに相談に行った。統一委員会の3人のうち、自分のチームが所属するアメリカンリーグの会長ジョンソンとは犬猿の仲だったし、議長役のハーマンは試合相手レッズのオーナーで、ほかに適当な人物がいなかったからだ。話を聞いたヘイドラーはすぐにジョンソンに電話をかけ、いま聞いた話を伝えた。ジョンソンはコミスキーの話を「負け犬の遠ぼえさ」と一笑に付した。

第3試合以後ホワイトソックスが盛りかえしたのでコミスキーは思いなお

し、シリーズが終了すると、不正が実行された証拠を持参した者に1万ドルの賞金を与える、と宣言した。そんな者が現われるはずがない、という確信からだった。ところが、コミスキーの話を「負け犬の遠ぼえ」と一蹴したはずのジョンソンはひそかに調査をすすめ、八百長工作の証拠を集めはじめていた。

　翌1920年の9月、その年のカブス対フィリーズの試合に八百長疑惑がうかび、大陪審（事件を起訴すべきかどうかを決定する審査委員会）が審議することになったが、その際、この試合だけでなく、かねてから噂のあるプロ野球ギャンブル全般についても審議することになった。そして証人としてコミスキーとジョンソンが召喚され、前年のワールドシリーズの八百長疑惑が大きく取りあげられた。のちに「ブラックソックス・スキャンダル」とよばれる、プロ野球史上最大の八百長事件の幕開けだった。

　ブラックソックスはもちろん「汚（けが）れたホワイトソックス」の意味の洒落だが、「ブラックソックス」という言葉は以前から知る人ぞ知る、このチームのある特質を表わす言葉だった。オーナーのコミスキーのケチは有名で、ユニフォームや靴下の洗濯代も惜しむほどだった。そのため、このチームの靴下は『汚（よご）れたホワイトソックス』、つまり「ブラックソックス」だと揶揄されていたのだ。じつは、この八百長事件を生んだ背景には、コミスキーのたんなるケチではすまされない、さまざまな裏切り行為があったのだった。

　ホワイトソックスの選手たちの給料の安さは異常だった。この事件の2年前の1917年、コミスキーは給料を上げてほしいと言うエースのシコットに、上げられない代わりに30勝したら1万ドルのボーナスを出す、と約束した。前年15勝の彼にできるはずがない、とふんだからだ。ところが、その年のシコットは好調でどんどん勝ち星をふやしてチームを優勝へ引っ張っていく。そしてその数が28になって30勝目前となったとき、ピタッと彼の登板がなくなった。30勝を達成させないためのコミスキーからの指図だった。2位のレッドソックスとは大差がついていたし、ワールドシリーズにそなえ

て休養をとれ、というのが彼の言い分だった。

　ほかの選手たちも給料にたいする不満をつのらせていた。リーグ優勝した選手たちをなだめようと、コミスキーはワールドシリーズに買ったら特別ボーナスを選手全員に支給すると約束した。奮起した選手たちはジャイアンツを破ってワールドチャンピオンになり、その祝勝会にオーナーからめずらしくシャンペンが1ケース届けられた。そこに姿を現わしたコミスキーに、はしゃぐ選手たちが「ボーナスはいくら？」と尋ねると、彼はこう答えた。「なにを言っとる、いまみんなで飲んどるじゃないか！」つまり、シャンペンがボーナスだというのだ。選手たちはあきれて口がきけなかった。

　翌18年はホワイトソックスというチーム全体がやる気をなくしたのか、チームは6位と低迷し、シコットは275イニングとチーム最多の投球回数で肩を痛めたせいもあって、12勝19敗とふるわなかった。前年は優勝したが、この年はオーナーや監督への不信が選手たちにあったのかもしれない。戦争が終わった1919年は監督がキッド・グリースンに代わったせいなのか、チームもシコットも好調だった。そして優勝を果たしたが、ワールドシリーズで八百長をしたと告発されてしまったのだ。

　1920年9月に開かれた審問でコミスキーとジョンソンが前年のワールドシリーズでの八百長について証言し、大陪審はジョンソンの調査による証拠と選手数名の自白にもとづいて、ホワイトソックスの選手8名とギャンブラー数名を起訴する決定を下した。その8名は投手のエディ・シコットとレフティ・ウィリアムズ、一塁手チック・ガンディル、ショートのチャールズ・リスバーグ、三塁手バック・ウィーヴァー、左翼手シューレス・ジョー・ジャクソン、中堅手ハップ・フェルウシュ、代打要員の内野手フレッド・マクマリンである。

　シコットは1919年、前年の不調から驚異的な復活を遂げ29勝7敗という抜群の成績で、文字どおりリーグ優勝の最大の功労者だった。大リーグ生活15年目の35歳、チームメイトからも信頼され、実績、人格ともに申し分のない選手だった。その彼がわずか年俸5,500ドル、ワールドシリーズの対戦

相手レッズの若きエースは成績19勝6敗とはいえ過去2年間の大リーグ生活で1勝の実績しかない。わずか26歳のその若者でさえ、自分の2倍の金額をもらっていることを彼はじゅうぶんすぎるほど知っていた。おまけに、もう若くはないのに蓄えは少ない。将来への不安がないはずはなかった。

　チームの2番手の投手レフティ・ウィリアムズは23勝をあげたが、年俸はわずか3,000ドルにすぎなかった。彼ひとりで3敗もしてシリーズ敗戦の張本人みたいにいわれるが、じつは彼もシコットとおなじように第8試合の3回目の登板では勝つつもりだった。ところが、3勝4敗と盛りかえしてきたホワイトソックスが本気で勝つつもりなのを察したギャンブラーたちが、彼の妻を人質にして脅迫していたのだった。

　一塁手チック・ガンディルは31歳、190センチ、90キロの巨漢ながら3割ちかい打率を残す好打者だったが年俸4,000ドル、その不満が強かったのだろう、ギャンブラーたちの八百長を仲介して選手たちを誘ったのは彼だった。ショートのリスバーグの年俸は3,000ドルに満たなかった。

　三塁手バック・ウィーヴァーの軽快なグラブさばきは見事で、かのタイ・カッブでさえ、彼の前にバントはしたくないと言うほどだった。打撃でも堅実な3割バッターという名選手だが、年俸は6,000ドル足らずだった。しかし、彼はなによりも野球が好きで、まじめだった。八百長の誘いにも乗らず、シリーズでは3割2分の高打率を残し、守備でもエラーなしだった。当然ながら彼は、八百長はしていない、と無実を主張した。

　左翼手「シューレス・ジョー」・ジャクソンの名はいまや伝説となっている。ジョー・ジャクソンはサウスカロライナ州の貧しい農夫の息子で読み書きもできなかったが打撃は天才だった。幼いころから織物工場で働き、そこの野球チームでプレーしはじめたのは13歳のときだった。彼の剛腕、強打ぶりは知れわたり、地方のマイナーリーグのチームでプロとしてプレーするようになる。そんなとき、彼の生涯のニックネーム「シューレス・ジョー」が誕生した。ある日、彼は新しいシューズを買ったのだが、足に合わず豆ができてしまった。それで翌日の試合には出ないつもりでいたが、どうしても

出ざるをえなくなったので靴を履かず靴下のままでプレーした。しばらくはだれも気がつかなかったが、彼が三塁打を打ってサードベースに走りこんだとき、観客が彼の足を見て、「やあ、靴なし（シューレス）野郎」と怒鳴った。これにはみんなが笑って、「シューレス・ジョー」の名が定着した。

　そしてマイナーリーグの上級のクラスに徐々に昇格していくのだが、彼の無学、無知をからかうチームメイトとなじめないこともあって、いくつかのチームを転々としたのち、1910年のシーズン途中にクリーブランド・インディアンスにトレードされメジャーリーガーとなった。翌1911年はフル出場してタイ・カッブの4割2分には届かなかったものの、4割8厘の驚異的打率を残し（安打数233本は新人のシーズン最多安打として、2001年に日本人イチローが242本を打つまでの90年間、不滅のメジャーリーグ記録だった）、シューレス・ジョーの名を天下にとどろかせた。彼はまだ22歳になったばかりだった。インディアンスにとっては貴重な選手だったはずだが、チームが経済的に苦しく、借金返済のため1915年にホワイトソックスに6万5,000ドルでトレードされた。

　ホワイトソックスに入団してからも、16年から常に3割をこえる高打率と抜群の長打力で、当時の最強打者といわれた。その無邪気な人柄もあって人気者だったが、莫大なトレードマネーにもかかわらず年俸は6,000ドルに満たなかった。きまじめな性格で、ワールドシリーズでは3割7分5厘の高打率のうえホームランも打っている打撃成績をみても、八百長をしたとは思えないが、よく事情がのみこめないまま仲間に入れられたのかもしれない。八百長事件が発覚したとき、ある少年がジョーに向かって放った「ちがうと言ってよ、ジョー！」という切ない叫びは、純真素朴な強打者であってほしいという、全国のシューレス・ジョー・ファンの気持ちを代弁していた。「フィールド・オブ・ドリームズ」というタイトルで映画にもなったW・P・キンセラの小説『シューレス・ジョー』は、ブラックソックス・スキャンダルでプロ野球から姿を消した選手たちを懐かしむ気持ちがあふれている。

中堅手ハップ・フェルシュはミルウォーキー出身のがさつな田舎者で、打率はそこそこだがジョー・ジャクソンに次いで打点の多い強打者だった。彼の年俸は4,000ドルだった。あまり出番のなかった内野手フレッド・マクマリンの年俸はごくわずかだったろうし、仲のいいリスバーグから八百長の話を聞いてとびついたのも無理はなかった。

　ギャンブラーたちの中心人物はもとボクシングのフェザー級世界チャンピオンで「リトル・チャンプ」とよばれるエイブ・アッテルという男だった。彼が発案し、仲介役のギャンブラーたちに声をかけて選手たちに話を持ちこんだ。しかし、この大がかりな八百長工作をしかけるには彼だけではちょっと役不足で、ニューヨークのギャンブル界の大物ロススタインが陰の主役としてすべてを取り仕切っていた。F・スコット・フィッツジェラルドの小説『グレート・ギャツビー』(1925)にも彼らしき人物が登場するから、知る人ぞ知る存在ではあったようだ。

　八百長の証拠に1万ドルの賞金をかけて自分のチームの潔白を訴えたコミスキーだったが、選手たちが起訴されてからの対応はすばやかった。証拠を提出したジョンソンに賞金を払わなかったのはもちろんだが、「いかなる有力選手であっても、彼らをチームの勝利のためにプレーさせることによって、野球の正義を犠牲にすることはできない」と宣言して、起訴された8選手をただちに出場停止処分にした。これはたしかにうまい演出で、ほかのオーナーたちからの同情を誘って選手の補充をおこない、残りすくない20年のシーズンを乗り切った。

　メジャーリーグ関係者はこの八百長スキャンダルにかってない危機を感じ、いまやジョンソンを筆頭とする3人体制の統一委員会に代わる新体制を望んでいた。そこでジャッジ・ランディスの登場となるのだが、19年9月、大陪審が起訴を決定したとき、彼はまだ正式のコミッショナーになっていたわけではない。審理の成りゆきに不満をおぼえながらも、一応は静観するよりほかはなかった。1921年3月、シューレス・ジョー、シコット、ウィリアムズらの自白調書が紛失するという事件が起こった。ランディスは正式の

コミッショナーに就いていたが、裁判に手を出すことはできなかった。この自白調書は読み書きのできないシューレス・ジョーは調書に名前をサインすることができず、Xと書いただけだったが、被告たちを有罪にする決め手ともいえるものだった。ギャンブラー側の主役ロススタインが1万ドル払って盗ませたという話もあるが、真相は謎のままだ。

　6月に正式の裁判が始まったが、肝腎のロススタインを出廷させることができなかったうえ、自白調書も紛失していて、検察側は苦戦した。コミスキーのひどい仕打ちも選手たちにたいする同情を呼んだ。ホワイトソックスの選手たちは270万のシカゴ市民の英雄であるはずだった。その市民たちが構成する陪審員たちの結論は「無罪」だった。8月2日、「証拠不十分で全員無罪」の判決が下されたとき、傍聴席に詰めかけた市民たちと被告席の選手たちからは大歓声が湧きあがったという。その日の夜、街のレストランでは陪審員、弁護団、それに被告たちがそろって祝杯をあげる姿が見られた。

　しかし、このようなことは公平であるべき立場の陪審員として決してほめられたものではない。眉をひそめる人たちもいた。その筆頭はなんといっても新コミッショナー、ジャッジ・ランディスだった。彼は「判決の如何にかかわらず、8名全員を球界から永久追放する」という決定を下した。球界においては、彼は裁判所の判決をも無視できる絶対的な力を与えられていたのだ。

　ジャッジ・ランディスが八百長疑惑の選手全員を永久追放にしたとうニュースは、一躍彼を国民的ヒーローにした。『ニューヨーク・タイムズ』は「新コミッショナーは西洋風のテクニックで理屈をこねるのではなく、東洋風にズバリと正と悪の本質に切りこむ」と絶賛したほどだ。当時、フットボールやバスケットボールの観客数は野球の比ではなかったが、ボクシングが野球に迫る勢いだった。ところがボクシングには不正工作の噂が流れだして、人気にかげりが出てきていた。その意味でブラックソックス・スキャンダルはプロ野球の命とりになりかねない危機だったわけで、ランディスは野球界の恩人といわれるようになった。

ところが問題もあった。まず、プロ野球コミッショナーという立場上、野球界の外に力がおよばないのはやむをえないにしても、八百長という犯罪の主犯たるギャンブラーたちは無罪判決のまま野放しだった。不正工作ではいわば受け身の選手たちだけが処分されるのは人情として納得しかねるという声が強かった。情状酌量の余地のある選手たちは多かったが、なかでも不世出の天才バッター、野人シューレス・ジョー・ジャクソンには同情が集まった。彼は騙されただけなのではないか、そんな声が強かった。事実、シリーズでも3割7分5厘、打点6と打ちまくり、打率、打点ともチームトップの成績なのだ。追放された彼はいくつかのセミプロのチームをわたり歩いたりしたが、最後にはサウスカロライナの田舎に戻って、洗濯屋と酒屋の主人となって愛妻と静かに暮した。彼を惜しむ声は月日がたつにつれて高まり、1951年2月、サウスカロライナの州議会は彼の復権を要請する決議を出したほどだが、それもランディスに無視されたままだった。その年の12月、シューレス・ジョーは心臓発作で死んだ。

　ある意味では、シューレス・ジョーより悲劇的だったのがバック・ウィーヴァーだ。彼は八百長の話を断わり、100％力いっぱいのプレーをした。もちろん、金など受け取ってはいない。その彼がどうして永久追放という最悪の処分を受けなくてはならないのか。だれもがそう思った。本人も納得できず、ひとりでランディスのもとを訪れ無実を訴えた。コミッショナー・ランディスの答はこうだった。「君の言うことはよくわかる。君が金を受けとっていない、精いっぱいのプレーをしたことも認めよう。だが、君は仲間が八百長をしようとしていることを知っていた。それを監督なりオーナーなり、上司に報告しなかったのは八百長を黙認したことになる。これはやはり罰を受けるべき罪だ。」

　この「知っていて報告しない罪（guilty knowledge）」という概念がこのあとプロ野球界を律することになる。ランディスが、八百長をしていないのに報告を怠ったというだけでバック・ウィーヴァーを切った、そのきびしさがプロ野球を救った、つまり、これ以後、選手が不正を見て見ぬふりをしなくな

った、という声が強い。それはたしかだろうが、そこに矛盾もあるといわざるをえない。当のランディスがIWW裁判で陪審員たちに「他人の犯罪行為を知っていただけでは共謀にならない」と忠告したのは1918年、わずか3年前のことだ。厳正と非情の区別がわかっていないのでは、という気がする。さらに時間をさかのぼれば、判事時代にコミッショナーを引きうけて本職の仕事に支障が出るほどだったことを思い出さざるをえない。やはり厳正なのは他人にたいしてであり、自分には甘い人物なのだろう。

バック・ウィーヴァーは守備の天才であり、バッティングの技術も高い名選手だった。おまけに30歳にもならない、まだまだ伸びざかりの選手だった。「密告」しなかったという罪で、そんな前途有望な若者から生涯の夢と生きる手だてを奪う権利がいったいだれにあるというのだろうか。無罪ではないにしても、せめて一定期間の出場停止ていどにとどめて、しかるべき時期に処分を解いて復帰させるべきではなかったか。きらいなギャンブル撲滅をめざすあまり、ランディスは意固地になっていたのではないだろうか。ウィーヴァーを救え、とシカゴ市民たちが署名運動をおこすと、一日で1万4,000もの署名が集まったが、やはりランディスは無視した。ウィーヴァー自身もその後なんども無実を訴えたがランディスは拒否しつづけ、ついに復権はならなかった。

球界のドン

ブラックソックス・スキャンダルの処理で絶対的権威を誇示したジャッジ・ランディスは、その後も強権をふるいつづけた。ブラックソックスの一件で定着した感のある「知っていて報告しない罪（ギルティ・ナリッジ）」はその後も次々に犠牲者を生みだした。まず、ジャイアンツのフィル・ダグラス投手の例をあげる。彼は190センチという長身の右腕投手だが好不調の波がはげしく大酒呑みで、監督からきびしく管理され見張りまでつけられていた。

そんな彼は、優勝を争っている相手のパイレーツ戦に先発してノックアウ

トされた。監督は怒りのあまり、「酒をどこに隠した？」と怒鳴った。八つ当たりとしか思えないこの言葉にカッときたダグラスは街に飛び出して酒をあおり、酔いつぶれて意識不明となり病院に運ばれた。これに激怒した監督は1週間の入院代、タクシー代も請求したうえ、「早く家に帰って寝ろ！そして明日チャンと来い。さもないと一生どこでも投げられなくしてやるぞ」と怒鳴りつけた。憤懣やるかたないダグラスは他チームにいるかつてのチームメイトに手紙を書いて、「こんな監督のために優勝したくないから、ジャイアンツを飛び出したい」と愚痴った。

　手紙を出してしまってから後悔したダグラスは、すぐに電話して「あの手紙は捨ててくれ」と伝えた。電話をもらった友人は「手紙は捨てる」と約束したものの、ブラックソックス事件の「知っていて報告しない罪」を思い出し、自軍の監督ブランチ・リッキーに報告した。リッキーはこの年ジャイアンツと優勝争いをしていたので、ライバルからエースピッチャーを葬り去る絶好のチャンスとばかりに、その友人にランディス宛ての報告書を書かせた。

　これを受けてランディスはダグラスを永久追放の処分とした。失意のダグラスは故郷に帰ってセミプロでプレーしたあと、トラックの運転手や工場労働者として働いてさびしい生涯を終えた。地元の新聞がランディスに復権を訴えたが、あっさり拒否された。この事件はなんともあと味が悪い。ダグラスは呑んべえだが素朴な人柄でチームメイトから愛されていた。この一件に関係したほかの連中は友だちに持ちたくないような人間ばかりだ。監督は事前に一件を知っていたが、ダグラスがきらいなので手を打たなかった。親友（すくなくともダグラスはそう信じていた）の「手紙を捨ててくれ」という頼みにそうすると約束しておきながら、裏切った男。選手のことを親身になって考えない監督たち。どれをとってもいやになるではないか。これもすべて「知っていて報告しない罪（ギルティ・ナリッジ）」などという代物のせいなのだ。

　つぎの一件もジャイアンツがらみだ。1924年のジャイアンツは首位争い

をしている9月に7位のフィリーズとの対戦を迎えた。ジャイアンツのオコネル選手はコーチのドランから「相手チームに知っている奴がいたら、八百長をもちかけてみろ」と言われ、周囲にいた選手たちもやれやれとけしかけた。彼は相手チームにいる昔のチームメイトの友人に話をもちかけたが断られた。これはその場かぎりの冗談ともとれたが、話を聞いた者が「知っていて報告しない罪」という例の代物を思い出し、監督に報告させた。監督からランディスまで話が伝わって、関係者の尋問となった。

　結果はオコネルとドランの2人だけが永久追放、けしかけた3人の選手たちは冗談だったとごまかしておとがめなしだった。3人は目前に迫ったワールドシリーズに出場予定の主力選手で、人気沸騰のシリーズに水をさすのをランディスが恐れたのではないか、といわれている。国会でもランディスの独裁を批判する意見が出た。事実、オコネルがたんなる使い走りだったことは多くの証人がおり、ふたりが犠牲になって、すこしスマートな主犯たちが逃れている可能性がつよい。不正には厳密すぎるほどだったはずのランディスのご都合主義的な対処法としか思えない。

　そのほか、ランディスによる不正摘発にはギャンブルがらみが多い。ここで知っておかなければならないのは、当時はギャンブル、つまりお金を賭けること自体は罪ではなかったことだ。だから、ランディスが裁くのは八百長など不正工作にかぎられる、すくなくとも周囲はそのはずだった。しかし、ギャンブルぎらいの彼はギャンブル自体が不正につながるとして、厳しく取り締まった。しかし、人気選手、スーパースターに甘いところもあったようだ。ギャンブルぎらいのランディスは、競馬好きの有名選手やオーナーと衝突することが多かった。

　ともかくも、ジャッジ・ランディスは厳しすぎると反発され、あるいはファンやオーナーに迎合していると批判されながらも、着実に野球界のドンとしての地歩をかためていったのである。

ドンの限界――人種問題の壁

　ランディスがコミッショナーになって間もないころ、ルーブ・フォスターがメジャーリーグの球場を使わせてくれるよう彼を訪れて陳情した。顔を合わせるなり、ランディスは「やあ、君なら知ってるよ、ルーブ・フォスターじゃないか」と叫んだという。彼はニグロリーグの事情にも通じていたのだ。その後、フォスターのシカゴ・アメリカン・ジャイアンツが大リーグのオールスターとの試合を計画したが、ランディスはこれを禁止する措置をとった。「メジャーリーグが負けると恥だから」というのが理由だった。このフォスターをはじめ、ニグロリーグ史上最高の投手といわれるスモーキー・ジョー・ウィリアムズ、伝説の投手サッチェル・ペイジ、驚異のホームランバッター、ジョシュ・ギブソンなどの活躍も知っていたはずだが、彼らをメジャーリーグへ招きいれることは決してなかった。

　そもそもランディスはコミッショナーになる前から、黒人問題に関してやや冷淡なところがあった。当時は民主党より共和党のほうが黒人たちに同情的で、ジャッジ・ランディスの弟フレデリック議員もリベラルな共和党員だった。議員は暴力団体K・K・Kと対決していたが、ジャッジ・ランディスは消極的で、弟にも彼らと争わないよう忠告したという。そんな彼の姿勢を示すのが「ジャック・ジョンソン事件」だ。

　ジャック・ジョンソンはヘビー級チャンピオンの黒人ボクサーで、妻の自殺後、白人娘ルシールに関してマン法違反の疑いで逮捕された。マン法とはホワイト・スレイブ法ともよばれ、「不道徳な目的」で女性を州外へ連れ出すことを禁じる法律だ。これにはルシール自身が、結婚するつもりだからと「不道徳な目的」を否定して疑いは晴れたのだが、以前にジョンソンが娼婦を連れ出したことが追及されて有罪となった。1912年のこの裁判を担当したのが連邦判事ランディスだった。ジャック・ジャクソンは仮釈放後、風貌がそっくりだったルーブ・フォスターになりすましてカナダに逃れ、ヨーロッパにわたって人気ボクサーとして暮らした。

　ランディスがニグロリーグをきらったのは、ニグロリーグのオーナーたち

にナンバーズ賭博というギャンブルの胴元が多かったせいもある。ナンバーズ賭博とは20年代から30年代にはやったもので、ある日の株の取扱高とか競馬の賭け金総額など、新聞などで発表される数字の末尾3桁の数字を当てるギャンブルだ。ふつうは6,000倍ほどの賭け率になり、1セントが6ドルになる。6ドルといえば当時の貧しい黒人にはラジオや新しいスーツが買える金額だった。その日暮らしで貯蓄など思いもよらない黒人たちには、順ぐりに金がまわってくる「頼母子講(たのもしこう)」的な存在だったし、その胴元たちは黒人社会の相談役として、庶民に頼りにされ尊敬もされていた。しかし、ギャンブルぎらいのランディスには、彼らはいかがわしい生業(なりわい)の輩としかみえなかった。

コミッショナーになってすぐ、ランディスはもとハーヴァード大学の名ショートだった黒人の前連邦検察官補佐ビリー・マシューズから、黒人へのメジャーリーグの門戸開放を求める手紙を受けとったが、返事は出さなかった。また、彼がルーブ・フォスターとの試合を禁じたあとも、黒人チームとメジャーリーグの交流は盛んで、スモーキー・ジョー・ウィリアムズはメジャーリーグとの対戦で19勝7敗の成績をあげ、サッチェル・ペイジやジョシュ・ギブソンはメジャーリーガーも一目おく存在だった。しかし、ランディスは黒人リーグとの試合を禁止し、30年代に入ってもなにかにつけてメジャーリーグと黒人チームとの交流を禁止、あるいは試合数の削減を命じることが多かった。メジャーリーグが負ければ恥をさらす、というのが彼の心配のタネだった。

1936年、共産党系の新聞『デイリーワーカー』がメジャーリーグの黒人排除を非難するキャンペーンを開始した。「メジャーリーグのヒトラー的人種差別に終止符を！」がその合言葉だった (Falkner, 97-98)。アメリカ最大の黒人紙『ピッツバーグ・クーリエ』もこれに同調した。これでアメリカの当局が神経をとがらせる、共産党と黒人という2大勢力が立ち上がったことになる。40年代に入ると白人の労働組合も加わり、41年には公正雇用委員会が発足したのを受けてニューヨーク市長ラ・ガーディアは市独自に反差別委

員会を結成し、その下にプロ野球正常化を促進するための小委員会を設けた。

　ここにいたってもランディスは頑なだった。42年、サッチェル・ペイジの率いるカンザスシティ・モナークスがナショナルリーグ最後の30勝投手といわれるディジー・ディーン率いるオールスターチームと対戦して3連勝すると、ランディスは次の試合の中止を命じた。その3試合の観客がメジャーリーグより多いから、という理由だった。第二次世界大戦にアメリカも参戦し、若者が次々に海外の戦地に出かけていくため、メジャーリーグの選手層もうすくなって試合の質が低下しているのは事実だった。それに反比例するように黒人リーグの人気は高まっていた。しかし、ドジャーズの監督が「上がOKなら黒人選手を使いたい」と発言したのを受けて、ランディスは「私が黒人のメジャーリーグ参加を妨げているのではない。プロ野球界に黒人の参加を禁じるいかなるルールもないし、これまでもなかった」と声明を発表した。

　この声明を歓迎する声もあったが、従来のランディスの言動を知っている周囲からは、懐疑的、批判的な反応が多かった。オーナーたちも、「これまで黒人側の入団申し込みがなかっただけで、反対していたわけではない。近日中に入団テストをおこなう」と表明して、すぐテストをキャンセルしたり、「黒人プレーヤーの需要などない、需要があったとしてもはたしてどれだけの黒人選手にメジャーリーガーの能力があるか疑わしい」などと常識を疑わせる発言をする者もいて、すんなり黒人のメジャーリーグ参加実現とはいきそうになかった。

　ランディスは表立って黒人選手導入に反対を表明しなかったが、巧みに人種問題を避けていた。1943年12月のメジャーリーグの合同会議に、ランディスはゲストとして著名な黒人歌手ポール・ロブソンを招待することを認めさせられた。ポール・ロブソンはラトガース大学時代にフットボールのオールアメリカンに選ばれたヒーローであり、コロンビア大学で法律の学位をとったインテリであり、さらに歌手としてブロードウェイで活躍するスターだ

った。

　会議ではゲストのロブソンの演説に先立って、彼を「偉大な常識人」と紹介したランディスは「私が野球にかかわっているかぎり、いかなるチームにも黒人の参加を阻むルールはこれまでも、これからもないことをはっきりさせておきたい」と牽制した。つづいて演壇に立ったロブソンは自分の経験をまじえて熱弁をふるったが、オーナーたちからはなんの意見も質問も出なかった。じつは、オーナーたちは前もって「ロブソンの演説をさえぎるな、質問して議論をまきおこすようなことはするな」とランディスから厳命を受けていた。まさにランディスの巧妙な作戦勝ちだった。

　彼は野球界の正義の番人を自認し、ギャンブルには厳しかったが、こと人種問題に関しては保守的だった。彼にはひとつひとつの選手契約を認可する仕事があったが、逆にその契約を無効にする絶対的権利もあって、オーナーたちはそれを怖れていた。それが結果として、白人のメジャーリーグを守りつづけることを可能にしたのだろう。「ランディスがコミッショナーでいるかぎり、黒人選手の導入はありえなかっただろう」とは、彼の後任のハッピー・チャンドラーの言葉だが、現実はそのとおりだった。メジャーリーグの正義の番人たるジャッジ・ランディスその人が、黒人も白人も、そしてアジア人もヒスパニックもいっしょにプレーするメジャーリーグという理想に立ちはだかる人種問題の壁とみえたのは、最大の皮肉だった。ランディスはニグロリーグをきらい、そして、白人チームが黒人チームと試合するのは見たくなかった。それこそ、アメリカのメジャーリーグのコミッショナーという「正義の人」の仮面の下に隠した「白人至上主義者」の素顔だった。

　ランディスはコミッショナーになった当初から、批判を許さないという立場を主張し、周囲もそれを許してきた。だからこそ、「雑音」にまどわされずに自分の信念を貫いてこられたのだが、彼が年齢をかさねるにつれて、自分に不愉快な意見はすべて雑音としか感じられなくなり、また悲しいことに彼の信念も必ずしも正しいとばかりは言えないことが多くなってきたようだ。それをひとは頑なな老人の時代錯誤といい、老人は反駁せず黙すのみだ

った。

　1944年11月、ケネソー・マウンテン・ランディスは78歳で死んだ。1905年に連邦第一裁判所の判事になって22年に職を辞するまで17年間務めあげ、21年1月にプロ野球初代コミッショナーとなって（2年間、判事とコミッショナーを兼務した）、死ぬまで24年プロ野球コミッショナーでありドンだった。あわせて41年間の公務生活だった。1年先に切れる予定のコミッショナーの任期は、さらに7年延長されたばかりだった。彼は次の任期が切れる1953年の86歳までコミッショナーをつづける、それを望むかどうかは別として、オーナーたちはみんなそう思っていたという。

　時代とともに、黒人選手への門戸開放など改革を望む声が高まるなか、保守的なオーナーたちは本音では古い体制を守ってほしいと願っていた。その願いをジャッジ・ランディスに託していたのではなかろうか。また、古くからのメジャーリーグファンには、ブラックソックス・スキャンダルでの一斉処分は蛮勇とも思えるいっぽう、野球界を汚染から救った正義の声として響いたのだ。そこに、「ひいきの引き倒し」的なささかの誤解、思いこみがあると思われるが、いかがなものだろうか。

6．ブランチ・リッキーとジャッキー・ロビンソン

　世界的な人種差別にたいする批判が高まるなか、メジャーリーグの人種問題にけりをつけずになんとか現状維持することにこだわったコミッショナーのランディスが、第二次世界大戦の終結を目前にした1944年11月に亡くなったのはまことに象徴的だった。その功績を惜しみ讃えるオールドファンはいまだに多く、彼にたいする否定的な評価はほとんどみられない。しかし、大戦が終わって新しい時代を迎え、ランディスのライバル、というより宿敵のブランチ・リッキーが、ランディスの残した古い体質を一掃しようと、人種問題の改革に乗り出したのだ。まずは、ブランチ・リッキーの生い立ちから追ってみたい。

ブランチ・リッキー登場

　1881年生まれのブランチ・リッキーは敬虔なメソジストの家庭に育ち、日曜日には野球をプレーしない、観戦もしないという主義だった。彼が母校オハイオ・ウェスレー大学のコーチをしていたとき、黒人学生がホテルで差別待遇を受け、涙をながしてその不当性を彼に訴えたことがあった。その時から彼は、いつの日かこの学生の心の傷を癒す仕事をする、と誓ったという。

　しかし、彼はセンチメンタリズムで黒人採用を推進したわけではない。彼の指導力は本物だった。敬虔なメソジストという彼の本質はキャッチャーとしてプロになりヤンキースなどに在籍したときもそれは変わらなかった。その後、彼は大学チームのコーチを経て、弁護士になった。そんな彼がふたたびプロ野球界にもどってきたのは1913年、セントルイス・ブラウンズの球団事務所に勤めることになったときである。同チームの監督をへて、カーディナルスの社長となり、19年から監督も兼任してチームの強化をはかった。

　ランディスより15歳下だが、野球を現場で知っているという点では上かもしれない。ランディスが大リーグのコミッショナーになる1921年よりはるか前の13年からプロ野球界にいるのだ。彼の方針は有望選手をできるだけ若いうちに入団させて訓練し育てあげることだった。その選手獲得のやり方がしばしば強引だったため、そのたびにランディスと衝突した。

　1919年、カーディナルスの監督になりたてのブランチ・リッキーは17歳の一塁手フィル・トッドと契約を結び、彼をマイナーリーグでプレーさせていた。ところが翌20年、トッドはおなじセントルイスの球団ブラウンズと契約してしまった。リッキーはバン・ジョンソン率いる統一委員会に訴えたが結論は出なかった。翌21年になって、ランディスが「トッドがブラウンズと契約したときはシーズンオフで身分はフリー、したがってこのブラウンズとの契約は有効」という採決を下して、リッキーの訴えをしりぞけた。まさに、ブランチ・リッキー40歳、ジャッジ・ランディス55歳、ふたりの対決の始まりだった。リッキーにしてみれば、年齢は下でも野球界での経験で

は負けないと思い、ランディスのほうはコミッショナーにはなりたてでも判事17年の実績をもつ身、若造の思うままにさせてなるものか、という意地の張り合いだった。

　ブランチ・リッキーの若い選手をできるだけ早く獲得して育てるという方針は、マイナーリーグのチームを支配下においてそこで有望選手を育てる、今日でいうところの「ファーム」制度へと発展していった。セントルイス・カーディナルスで球団社長を務めていた時期に、今日では常識となっているファーム制度を創案し、7年間で6度の優勝、4度のワールドシリーズ制覇という実績を残している。リッキーはいわばファーム制度の生みの親なのだ。ところが、この制度に真っ向から反対なのがランディスだった。ファーム制度はマイナーリーグ自体のペナント争いを軽視して、マイナーリーグの財産である選手を大リーグが勝手に利用するもので、マイナーリーグの独立を侵すうえ、有望選手を正式でない契約で束縛する、というのがランディスの反対の理由だった。しかし、「大リーグチームは同一リーグに2チーム以上の株を所有してはならない」という規定もあり、20年代の前半はランディスもリッキーの計画は非現実的で成功しないとみていて、なにも手を打たなかった。

　20年代後半になってもカーディナルスのファームはそれほど大きな規模ではなかったが、28年には同一のマイナーリーグに2チームを所有していることが判明し、ランディスはそのうちの1チームの所有権を売却するよう命じた。リッキーが始めたファーム制度はすぐにほかのチームにも広がった。27年にレッズが、28年にはジャイアンツがマイナーチームを買収した。29年3月、ランディスはパイレーツ、セネターズ、タイガース、アスレティックスなどから問題のあると思われる選手10名を選んでその契約を解除させるという強硬手段に出た。

　その年末に開かれたあるマイナーリーグの総会で、ランディスはメジャーリーグのファーム制度を非難する演説を行なった。すると、翌30年の総会でリッキーが反論の演説をぶった。ランディスはすぐそばの席で聞いてい

た。「ファーム制度は理想的なものではない、だれもそんなことは言ってない。ひとは空腹なときには理想的な食事でなくとも食べなくてはならない。ファームは必要な制度なのだ。マイナーリーグがなければ、メジャーリーグもどうなるかわからない。いまは野球の危機なのだ。野球はどんなひとつのチームより偉大だ。私は野球のおかげで今日こうして生きているが、野球はそんな私よりずっと偉大だ。どんなひとりの人間より偉大なのだ」(Spink, 348-349)。

　この「ひとりの人間」というのが暗にランディスを指していることは、ランディス本人には痛いほどわかったのだろう、彼は激怒し、ブランチ・リッキーの名を生涯の敵として胸に刻み込んだ。その後、彼はことあるごとにリッキーを「信心家ぶった奴」、「日曜学校の教師（偽善的説教家）」と呼び、「マイナーリーグをレイプする男」とまで言った。また、「奴のファーム制度はファーム（農場）ではなくチェーンストアだ」とも言った (Tygiel, 93)。たしかにブランチ・リッキーは基本的には商人的な発想の人物で、ファーム制度も彼にとっては選手を経済的に効率よく育成する制度だった。彼は着実に成功をおさめ、35年の国会の報告によると、「1934年の野球界で最高給の役員はブランチ・リッキー」とされている。その金額は、ジャイアンツが彼を年俸7万5,000ドルで誘ったが断わられた、ということからほぼ推測できるだろう。それまでの最高給はランディスの6万5,000ドル（当初の5万ドルから26年に6万5,000ドルに昇給したが、32年大恐慌で選手たちの給料をカットした際、自分の給料も4万ドルにカットした）といわれていた (Lipman, 114-115)。

　1930年代は大恐慌が世界中を襲った時代だが、野球界も例外ではなく、観客は激減した。しかし、ランディスは「アメリカ人は野球を愛している。余裕ができたら観客はかならずもどってくる」と楽観的だった。大統領のフランクリン・ローズヴェルトがきらいだった彼は、ニューディール政策などなくとも景気は回復すると思っていたのかもしれない。ブランチ・リッキーは「大恐慌になにも手を打たないで、ファームの悪口ばかり言っている。無関心がのさばっているのはなげかわしい」とランディスを非難した。各地に

たくさんあったマイナーリーグも経営が困難になってその数を減らしていった。オーナーたちも対抗策を考えざるをえなくなり、32年、マイナーに支配下の選手を3年以上長期にわたっておいてはいけない、というルールを改め、3回までは選手を自由に移籍させることができることとした。ランディスはもちろん反対したが、メジャーリーグの大勢は新ルール支持で、マイナーでもこれを採用した。36年には、マイナーのすべての選手の情報をコミッショナーに集中させる、というランディスの要求をマイナーは拒否した。ランディスの完敗だった。

1938年、インディアンスはチャールズ・スタンシュ、マイロン・マコーミック両選手をバッファローズのマイナーチームに隠していたのがばれて、ランディスは両選手ともインディアンスとバッファローズのどちらとも契約できない、とした。ランディスの真のターゲットはリッキーが推進するファーム制度だった。おなじ年、そのリッキーのカーディナルスがマイナーのチーム、シーダー・ラピッズのコネを利用して、4つのリーグにまたがる多数のファームチームを所有していることが判明した。「シーダー・ラピッズ事件」と呼ばれる、ファームをめぐるランディスとリッキーの戦いである。

ランディスはカーディナルス支配下の選手74人をいっぺんにフリーにするという強硬手段に出た。そのなかでも2年後にドジャーズで首位打者となるピート・ライザーは、リッキーにとって失いたくない選手だった。リッキーは球団のオーナーに裁判に訴えてくれるように頼みこんだが、オーナーはコミッショナーの就任時の約束を守って告訴しなかった。この一件をめぐるオーナーとの対立で、リッキーはカーディナルスを去り、ピート・ライザーのいるドジャーズに移った。

40年にもランディスはタイガースの支配下の大リーガー5人とファームの選手87人をフリーにするという大手術をやってのけた。タイガースのゼネラルマネージャーは、「チームには大打撃だ、これは魔女狩りだ！」と憤懣をぶちまけた。ところがその年、タイガースは優勝してしまい、オーナーはあわてて、「いやあ、わるかった。ダメージどころか優勝だった」とあや

まったという。これに力をえてランディスは「ファーム制度は一球団が複数のチームをもつだけでなく、多くの選手を拘束する。選手ができるだけ早く昇格し、しかも好きなチームを選ぶ自由を奪っている。断じて許すわけにはいかない」と宣言した。

しかし、ファーム制度に代わるものがない以上しかたがない、というのが両リーグの共通した意見で、ファーム制度はメジャーリーグに定着していった。さすがのジャッジ・ランディスもブランチ・リッキーの実利的思考にもとづいた、計算された経営作戦には勝てなかったようだ。ランディスは後日、「コミッショナーとして自分の唯一の失敗はブランチ・リッキーを球界から追放できなかったことだ」と述懐したという。

ブルックリンの夜明け

プロ野球界に黒人選手を受け入れることに関して、行政側から動きがあった。1941年に公正雇用委員会が発足したのを受けて、43年にニューヨーク市長ラ・ガーディア（Fiorello Henry La Guardia, 1882-1947）は市独自に反差別委員会を結成し、その下にプロ野球正常化を促進するための小委員会を設けた。

プロ野球側もただ手をこまねいていたわけではない。42年、コミッショナーのランディスは、メジャーリーグには黒人を排除するいかなる規則、同意事項もない、と声明を発表した。44年、ボストン・レッドソックスはニグロリーグからジャッキー・ロビンソン、サム・ジェスロー、マリン・ウィリアムズの3人を選んでテストをしたが、これは茶番だった。監督、コーチは彼らをろくに見もせず、「そのうち連絡する」と言ったきりなんの音沙汰もなかった。ドジャーズでも同年、トレーニング・キャンプでテリス・マクダフィとデーブ・ショーボート・トマスのふたりをテストしたが、ブランチ・リッキーは気に入らず、不採用となった。

しかし、ブランチ・リッキーは本気だった。ブルックリンはもともと野球のさかんなところだった。1860年代に国内最強のチームだったブルックリ

ン・アトランティックスが、現在のドジャーズになったのは1913年のことである。ブランチ・リッキーが球団社長兼総監督に迎えられた前年の41年は優勝したもののワールドシリーズではヤンキースに敗れ、42年は2位と低迷し、チームの老化が目立ちはじめていた。43年、彼が球団オーナーのジョージ・U・マクラフリンと会談し、黒人プレーヤーの導入を訴えたのも、真にチームの強化を考えてのことだった。

　しかし、彼は慎重だった。まだまだ黒人選手にたいする風当たりが強いことをじゅうぶん承知していたからだ。44年、彼はあらたにブルックリン・ドジャーズという黒人チームをつくると発表した。もとろん、黒人選手の発掘を不自然にみせないための作戦である。スカウトたちは全国を奔走し、候補としてあげた選手のなかにはレッドソックスがテストしただけの3人のほかに、サッチェル・ペイジやジョシュ・ギブソンの名前もあったという。

　最終的にジャッキー・ロビンソンが残ったわけだが、それはリッキーとロビンソン両者にとってきわめて幸運だったといわなければなるまい。ロビンソンだけがきわだっていたわけではない。ほかにも実力者はあふれるほどいたからだ。

ジャッキー・ロビンソンの生い立ち

　ジャッキー・ロビンソン (Jackie Robinson)、本名ジャック・ローズヴェルト・ロビンソン (Jack Roosevelt Robinson) は1919年1月31日、深南部ジョージア州カイロの近くの町で、父ジェリー (Jerry) と母マリー (Mallie) のあいだに5番目の末っ子として生まれた。ミドルネームのローズヴェルトはおなじ年の1月6日に亡くなったばかりの第26代大統領セオドア（テディ）・ローズヴェルト (Theodore Roosevelt, 1858-1919) からとられた。テディベアの名前のもとにもなったこの大統領は人種差別撤廃に積極的で、黒人たちのあいだで人気があったからだ (Rampersad, 11)。ジャッキーが生後6ヶ月のとき、父親が妻子を捨てて人妻と駆け落ちした。翌年の1920年、母親のマリーはまだ16ヶ月のジャッキーをはじめ、11歳のエドガー (Edgar) から

9歳のフランク（Frank）、7歳のマック（Mack）、5歳の娘ウィラ・メイ（Willa Mae）まで5人の子どもとともにカリフォルニア州パサデナ（Pasadena）に移住した。

マリーは家政婦となって一家を支えたが生活は苦しく、生活保護を受けていた。彼女が働く家の台所から余り物をもらえない日は、食べるものにも事欠くこともあった。そんなロビンソン一家を近所では「ロビンソン・クルーソー一家」と仇名した（Falkner, 97-98）。そんな貧しい生活でもマリーは誇りと隣人愛を忘れない女性だった。自分たちはなにも恥ずかしいことはしていない、と子どもたちに言いきかせ、余裕があるときは、逆に困っている人に食事を分け与えた。

カリフォルニアでは南部から移住してくる黒人が増えていて、人種差別が目立ってきている時期だった。ロビンソン一家は白人住宅地域に住んだため、とくに風当たりが厳しく、窓に石を投げられることなどしょっちゅうだった。家に火をつけられそうになったこともあったほどだ。近所一帯からこの黒人一家を追放しようという動きが起きたが、長男のエドガーが隣家の未亡人のために、いつもマキ割りをしてやっていて、彼女が一家追放に反対してくれたので、ロビンソン一家はなんとか住みつづけることができた。末っ子のジャッキーは小さいころから気が強く、投げられた石は投げ返し、「ニガー」とからかわれると、「クラッカー（cracker、貧乏白人）」と言い返した。彼は近所の不良少年たちを集めて、そのボスにおさまっていた。

スポーツを職業に

彼はスポーツでは4歳上の三男マックを手本にしていた。1936年、ヒトラーの肝入りで開かれたベルリン・オリンピックでは、黒人選手のジェシー・オーウェンス（Jesse Owens, 1913-80）が100メートル、200メートル、400メートルリレー、走り幅跳びの4種目で金メダルを獲得してアメリカ国民を熱狂させたが、兄のマック（Mack）も200メートルでオーウェンスについで2位になった。しかし、オリンピックの銀メダルも就職にはなんのご利

益もなく、彼はスポーツ奨学金でオレゴン大学に進んだ。幼いころからおなじようにスポーツ万能だったジャッキーは、38年に兄の大学記録を破るが、スポーツがかならずしも良い就職につながらないことを承知していた。金メダルのオーウェンスでさえ当初はちやほやされたが、引退後は見せ物のように馬やバイクと競争させられる始末だった。

次兄のフランク (Frank) はほかの兄弟とはちがってスポーツは得意ではなかったが、沈着冷静なタイプで、パサデナ短大に通うジャッキーの良き相談相手だった。ところが、この兄が自動車事故で死亡したため、母親とこの次兄一家と離れないよう、すぐ上の兄マックのいるオレゴン大学からの誘いを断って、地元のカリフォルニア大学ロサンジェルス校 (UCLA) に進むことにした。1939年のことだった。

UCLAではフットボール、バスケットボール、陸上、野球とスポーツ万能ぶりを発揮したが、とくに力を入れたのはフットボールとバスケットボールだった。この2つのクラブではトレーニング用に特別の食事がついていたからだ。彼はスター選手だったが、試合相手の白人選手から、遠征先のホテルの従業員から、言葉や態度で差別されるたび、反抗して荒れ狂った。入学した翌年に大学で知り合った将来の妻、レイチェル・アイサム (Rachel Isum) が心の慰めだった。

将来にたいする不安の消えない彼は、母やレイチェルの反対を押し切って大学を中退し、1941年9月、セミプロのフットボール球団に所属してハワイに渡った。シーズン終了後、12月5日に船で帰途についたが、その船の中で日本軍の真珠湾攻撃を知った。太平洋戦争の勃発だった。翌42年4月に軍隊に入ったが、軍隊でも差別はなくならなかった。それどころか仕打ちはもっと陰湿で残酷だった。カンザスのライリー基地 (Fort Riley) で野球チームに入ろうとすると、現実には存在しない「黒人チーム」に入ったらいいだろうと断られた。

幹部候補生学校に志願しても、黒人にはなんの連絡もないまま手続きの取りようがなく困ってしまった。そんなときボクシングのヘビー級チャンピオ

ン、ジョー・ルイス（Joe Louis, 1914-1981）がライリー基地に移動してきた。ルイスは黒人ながらドイツのマックス・シュメリング（Max Schmeling, 1905-2005）を倒してチャンピオンになった、アメリカ民主主義を象徴する英雄だった。ロビンソンから相談を受けたルイスが上部に訴えると、黒人の入学が許された。43年1月、ロビンソンは幹部構成学校を卒業して少尉となった。そして、レイチェルと婚約したのだった。

翌44年、テキサス州に転属になった彼は、病院からバスに乗っていて、後部座席に移動するようにという、運転手の指示に従わず、MPの命令にもそむいて逮捕され、裁判となった。2ヶ月におよぶ裁判で、ロビンソンは当局に自分の正当性を訴え、8月2日には「なんとか」無罪となったが、ことはそう簡単には治まらなかった。納得しない軍はなおも審議を続け、11月に「肉体的な不適任」という理由で「任務から名誉ある除隊」という結論を下した。

これを一般に名誉とされる「名誉除隊」とみなすかどうかが問題だ。言葉の上では「名誉除隊」だが、正式の「名誉除隊」とはちがって、ロビンソンの除隊には退役に伴うはずの恩典がなかった。「肉体的な不適任」という言葉も微妙だ。これはむしろ「不名誉除隊」と考えるべきで、ロビンソン自身もその後長く気に病んだようだ（Falkner, 78-86）。

除隊した彼は、すぐにも生活のために仕事を探さなければならなかった。黒人大学の野球部コーチの誘いもあったが、1945年4月、ニグロリーグのカンザスシティ・モナークス（Kansas City Monarchs）に入団した。彼は26歳になっていた。モナークスは伝説の名投手サッチェル・ペイジ（Satchel Paige, 1906-82）もいた人気チームで、待遇もよく、移動用に自前のバスを所有する、黒人チームのなかでは特別な存在だった。それでも、バスでの移動、安ホテル暮らし、遠征先での黒人差別には「慣れることはできない」と、気楽なチームメイトとの溝が深いことを感じる毎日だった。

ブランチ・リッキーの作戦

　戦時中からあった人種差別廃止の動きが、プロ野球界でもいよいよ具体化してきた。メジャーリーグの黒人排除を非難してきた新聞『デイリーワーカー』は、1943年にドジャーズ球団社長のブランチ・リッキー（Branch Rickey, 1881-1965）に公開質問状を出して、ジョシュ・ギブソン（Josh Gibson, 1911-47）、サム・バンクヘッド（Sam Bankhead, 1910-76）、ロイ・キャンパネラ（Roy Campanella, 1921-93）という3人の黒人スタープレーヤーとの契約を求めたことがあった。44年には、ボストン・レッドソックスがニグロリーグからジャッキー・ロビンソンを含む3人の入団テストをしたが、それきりでなんの音沙汰もなかった。要するに、うるさいマスコミをごまかすポーズだった。

　しかし、ブランチ・リッキーは本気だった。母校オハイオ・ウェスレー大学のコーチをしていたとき、黒人学生が差別され、その不当性を心に刻み込んだ。その後、弁護士を経て、1913年にプロ野球界に戻ってきた彼は野球界で経験を積んできた。ドジャーズに迎えられる前にいたセントルイス・カージナルスで球団社長を務めていた時期には、こんにちでは常識となっているファーム制度を創案した。

　ブランチ・リッキーを球団社長に迎えたブルックリン・ドジャーズは、前年の41年に優勝はしたもののワールドシリーズではヤンキースに破れ、42年は2位に甘んじてしまった。彼が黒人プレーヤーの導入を考えたのも、真にチームの強化をはかろうとしたからだ。しかし、彼は慎重だった。まだまだ黒人選手採用にたいする風当たりが強いことをじゅうぶん承知していた彼は、44年、あらたにブルックリン・ブラウン・ドジャーズという黒人チームをつくると発表した。黒人選手の発掘を不自然にみせないための作戦だった。

　こうしてドジャーズに集められたのがロイ・キャンパネラ、ジャッキー・ロビンソン、ドン・ニューカム（Don Newcombe, 1926-）という錚々たるプレーヤーたちだった。

　キャンパネラはニグロリーグで8年間活躍していたが、ドジャーズから入

団の誘いを受けた。白人専用と思われていたメジャーリーグに魅力はあったが、未知の世界への不安もあった。しかし、1945年8月にジャッキー・ロビンソンがブランチ・リッキーの説得に納得してサインしたことが報じられると、彼もすぐにサインした。キャンパネラはマイナーで2年連続最高殊勲選手（MVP）に選ばれ、48年のシーズン半ばでメジャーに昇格、49年からはドジャーズの正捕手となった。51年、53年、55年とMVPを獲得し、オールスターに8回も出場した名選手だったが、残念なことに58年1月に自動車事故で負傷し、引退せざるをえなかった。同僚のジャッキー・ロビンソンは彼より1年早く引退していた。72年には彼の背番号はロビンソンとともに、ドジャーズの永久欠番となった。

ドン・ニューカムは1946年に投手としてドジャーズと契約、49年にメジャーに昇格、初先発を完封で飾った。史上唯一ＭＶＰ、サイ・ヤング賞、新人王の3つを獲得した名投手だ。打撃も魅力で55年には打率3割5分9厘、2度の1試合2ホームランを含む7ホームランを放った。62年打者として日本の中日ドラゴンズに入団、81試合で12本塁打と実力を見せた。

ロビンソンの入団に関しては、45年8月にドジャーズの球団事務所で行なわれた、ブランチ・リッキーとの会談が有名だ。リッキーは3時間もの熱弁をふるい、「黒人嫌いの選手、審判、ホテルの従業員、レストランの支配人などから、さまざまのいやがらせを受けるだろうが、それに反抗せず耐える勇気をもち、グランドのプレーでのみ反論する」ようにと諭した。生来血の気が多く、白人ともめて投獄されたこともあるロビンソンには過大とも思える注文だったが、彼は納得してサインした。10月にドジャーズのファーム、モントリオール・ロイヤルズ（Montreal Royals）と契約し、翌46年にデビューすることになった。

46年のシーズンが始まる前の2月、ロビンソンは婚約中だったレイチェルと結婚した。身を固めた彼は首位打者、盗塁2位、守備率1位という活躍で、翌47年のメジャー昇格となるのだ。ジャッキー・ロビンソンは28歳、年齢的には決して早いとはいえないメジャーリーグデビューだった。

ブランチ・リッキーはここにいたっても慎重で、ブルックリン地区の黒人有力者と会談をもち、ロビンソンに野球に専念させるため、酒席、宴席に呼ばないよう協力を要請した。最初はプレッシャーもあったが、最終的には打率2割9分7厘で、盗塁、得点、ホームランはチーム1位という好成績をおさめ、チームの優勝に貢献し、ナショナルリーグの新人王に輝いた。彼のプレーをみようと観客が押し寄せ、エベッツ・フィールドは前年の400％という入場者新記録を樹立した。リッキーの目論見はみごとに成功したのだった。

黒人選手たちの活躍

ロビンソンにつづいて次つぎに黒人選手が登場した。彼がメジャーデビューした1947年には16人の黒人選手が入団したが、その半数の8人はドジャーズのファームだった。49年にはマイナーも含めて36人が在籍していたが、50年までに黒人選手を採用したチームはわずか5チームにすぎなかった。しかし、47年のロビンソンにつづいて、50年から53年まで4年連続で黒人選手が新人王を獲得したし、ドジャーズに入団したロイ・キャンパネラが51、53、55年に、つづく56年にはドン・ニューカムがMVPに輝くという活躍をみせた。もはや黒人選手はメジャーリーグに欠かせない存在になりつつあった。

ジャッキー・ロビンソンはメジャー通算10年で、MVP1回、首位打者1回、オールスター6回の成績を残した。キャンパネラはおなじくメジャー通算10年で、MVP3回、打点王1回、オールスター8回の成績で、実績ではロビンソンより上ともいえる。

たしかにジャッキー・ロビンソンは20世紀初の黒人メジャーリーガーである。しかし、メジャー昇格はロビンソンが先だが、同僚のキャンパネラやニューカムもドジャーズと契約したのは同時期だった。さらにいえば、ロビンソンがメジャーデビューした47年に、アメリカンリーグのラリー・ドービー（Larry Doby, 1924-）がアメリカンリーグのクリーブランド・インディア

ンズ（Cleveland Indians）に入団している。ただわずかに2、3ヶ月おそいというだけだ。彼もメジャー通算13年で実働の期間はロビンソンより長いうえ、本塁打王2回のほか、打点王や得点王にも輝いており、8年連続20本以上の本塁打で、100打点以上を5回、本塁打と打点で三冠王を2回も獲得するなど実績でははるかに上の名選手である。それなのに、こんなわずかな時期の違いだけを根拠に、ジャッキー・ロビンソンだけを黒人初のメジャーリーガーとして祭り上げるのはどうしてなのだろうか。

　ブランチ・リッキーはドジャーズの社長として、ロビンソンと同時にロイ・キャンパネラやドン・ニューカムにも声をかけていた。すなわち、ロビンソンを黒人初のメジャーリーガーにしたのは、ほかならぬブランチ・リッキーの功績なのだ。メジャーリーガーになりたいというロビンソンたちの意思は、リッキーによる採用という決断がなければ無意味だったはずだ。もしかしたら、20世紀初の黒人メジャーリーガーは、彼がいなければ実現していなかった。いや、いずれ出てきただろうが、ずっと遅れていただろうことはたしかなのだ。

　そのうえ、1962年にロビンソンは黒人としてはじめて野球殿堂入りを果たした。その後続々と殿堂入りする黒人選手が出たが、キャンパネラは69年、ロビンソンと同年にメジャーデビューしたラリー・ドービーにいたっては36年もあとの98年とかなりおそく、本人は80歳になっていた。そもそもドン・ニューカムは殿堂入りさえしていない。この差はどこからくるのか。プロ野球の実績からいえば決して劣らない、それどころかはるかに上とも思えるのに、である。

　たとえばハンク・アーロンという黒人選手がいる。デビューはロビンソンより15年ほどあとだが、生涯ホームラン755本というとてつもない記録を持つ。かのベーブ・ルースの714本をはるかにしのぐ大記録で、全塁打数、長打、打点でも記録をうちたてた、白人、黒人など人種を超えた存在の大打者だ。もちろん、彼は野球殿堂入りも果たしているし、尊敬されていると思うが、ロビンソンのように記念日が定められたり、騒がれたりしていない。

どうしてロビンソンひとりだけが尊敬され、賛美されなければいけないのか。

ひとつにはドジャーズ入団のときにブランチ・リッキーがロビンソンに言いきかせ、本人もひたすら守りつづけた「紳士たるおとなしい黒人」のイメージだ。おまけに、卒業はしていないとはいえ、大学教育を受けている。「おとなしい優等生」こそがロビンソンに求められたイメージなのだ。ロビンソンの努力は野球界を引退してからも続いた、いや、引退後の活動こそが彼を「アメリカの理想的な黒人」に仕上げていった。ハンク・アーロンが尊大などという噂はまったく聞かないが。

これはロビンソンがまだ現役だった1949年のことだが、黒人歌手で俳優としても著名なポール・ロブソン（Paul Robeson, 1898-1976）が、下院の非米活動委員会に召喚されたことがあった。ポール・ロブソンは成績優秀でラトガース大学を卒業し、学生時代はフットボールでも活躍した。その後コロンビア大学で法律を学び、弁護士の資格を獲得した正真正銘のインテリだ。黒人であることを理由に弁護士事務所に採用されなかった彼は俳優に転じ、オニールの「皇帝ジョーンズ」、ミュージカル「ショーボート」などに出演したり、歌手としてヨーロッパ諸国で黒人霊歌のリサイタルを開くなど国際的に活躍しており、ジャッキー・ロビンソンやジョー・ルイスとともに、黒人の三大有名人のひとりだった。ソ連にもたびたび招かれて熱烈歓迎を受け、共産党シンパのレッテルを貼られてもいた。冷戦まっただ中のアメリカでは要注意人物だったのだ。

そんなロブソンが1949年にある国際会議で「アメリカの黒人は自分たちを弾圧してきた白人のために、自分たちを認めてくれたソ連の人たちとの戦争に行くことは考えられない」と発言した。このため彼は非米活動委員会に召喚されたのだ。そして、ジャッキー・ロビンソンに証言台に立って、彼の発言に抗議するよう要請があった。ロビンソンはロブソンが43年にプロ野球界の人種差別をやめるよう抗議したことがあることを知っていたし、今回の発言にも共感する部分もあって悩んだ。しかし、わざわざ国会が自分に証

言を求めていることに感激して証言台に立つことにした。

ロビンソンは「自分もロブソンとおなじく、おこがましくもアフリカ系アメリカ人の代表として発言できる資格はないが、人種差別をなくすために闘いつづけるつもりだ。しかし、そのために共産主義者の助けは必要としない」と言った。この言葉にブランチ・リッキーも満足したし、国民もロビンソンをほめ讃えた。

ロビンソンは黒人選手にはめずらしく大学教育を受け、ブランチ・リッキーもそこを買っていたし、本人も自覚していた。しかし、ポール・ロブソンの学歴はロビンソンのそれをはるかに上まわっていた。ロブソンはラトガース大学をきちんと「卒業」し、さらにコロンビア大学で弁護士の資格も得た、正真正銘のインテリである。ロビンソンがそのことに少しも劣等感をもっていなかった、といえるだろうか。

引退、そして作られる伝説

それではロビンソンの引退後の活動を順に追ってみよう。彼は1957年に引退、現役生活10年と決して長くはないが、メジャーデビューしたのが28歳とおそかったため、すでに38歳になっていた。引退すると、コーヒー会社チョック・フル・オーナッツの副社長となった。60年の大統領選挙ではケネディではなく、ニクソンを支持した。ケネディも支持を頼みにきたのだが、彼がロビンソンの目を見ないので印象が悪く断ったという話もあるが、実はそれより8年前の52年の大統領選挙のときに、ロビンソンはニクソンに会ったことがあった。共和党の党大会が行なわれたホテルのロビーでロビンソンに会ったニクソンは、ともにカリフォルニアの出身であることを告げ、自分の母校ホイッティアー大学とロビンソンの母校UCLAの野球の試合で、ロビンソンがホームランを打ったことに触れて話が盛り上がったという。

そんな因縁もあってニクソン支持にまわったが、ケネディが勝つと、公民権運動でのケネディの姿勢を称讃し、共和党が市民権に反対したのでますま

す民主党支持になった。その公民権運動では、キング牧師やハリー・ベラフォンテなどとその先頭に立った。

1962年に黒人として初の野球殿堂入りを果たした。おなじ47年にデビューしたラリー・ドービーは36年もあとの98年だったことはすでに述べた。

64年、ニューヨーク州に黒人のための銀行フリーダム・ナショナル・バンクを設立し、全米黒人地位向上委員会（NAACP）の理事となった。

65年、テレビで黒人初のスポーツ解説者となり、ABCテレビでメジャーリーグの試合の解説を担当した。またこの年は、2月にハンフリー副大統領からホワイトハウスへ夫婦で招待を受けた。10月に母校のパサデナ短大から表彰され、11月にはUCLAからも表彰されるという栄誉が続いた。

68年の大統領選挙ではニクソン支持だったが、対立候補のロバート・ケネディが暗殺されると、民主党支持にまわった。

71年6月17日、息子のジャッキー・ジュニアが自動車事故で死亡した。ジュニアは両親が無理して白人の学校に「たったひとりの黒人生徒」として入学させたこともあって、成績がふるわず、素行にも問題が多かった。66年ヴェトナム従軍から帰国すると、恋人に娘が生まれていた。しかしふたりは結婚することはなかった。66年3月にはマリファナ、ヘロイン、22口径のピストル所持で逮捕されたが、父の威光で執行猶予になった。しかし、おなじ年の8月には少女売春で再び逮捕された。父ロビンソンが53歳で亡くなるのは翌72年だが、ジュニアはまだ24歳だった。

ロビンソンは72年、モントリオールで開かれた万国博覧会でコメンテーターを務めた。10月24日、コネティカット州スタンフォードの自宅で心臓発作のため死去、53歳の若さだった。ドジャーズは彼の背番号42を永久欠番にした。翌年にレイチェル夫人が非営利団体ジャッキー・ロビンソン財団を設立、若者たちに奨学金を交付することになった。そして、死後もロビンソンの顕彰は続くのだ。

82年、メジャーリーグデビュー35周年を祝って、記念切手が発行された。

84年、レーガン大統領より一般市民としては最高の賞である大統領自由

勲章を授与された。

　96年、妻レイチェルの編集による240ページのぶ厚い写真集が出た。

　97年、デビュー50周年を祝って、メジャーリーグの全球団が42番を永久欠番に指定した。式典にはクリントン大統領が祝辞を述べた。ここでも同時デビューのラリー・ドービーは無視された。そして、ロビンソンの表彰は21世紀になっても続いた。

　2004年、メジャーリーグ機構はロビンソンがメジャーデビューした4月15日を「ジャッキー・ロビンソン・デー」に指定した。

　2007年、メジャーデビュー60周年を祝って、ドジャーズ、カージナルス、ブルワース、パイレーツ、フィリーズ、アストロズの選手、コーチが背番号42のユニフォームを着用した。

　2009年、メジャーリーグの全球団の全選手が背番号42のユニフォームを着用した。

　2013年9月22日、メジャーリーグで永久欠番になる前からつけていたという理由で、唯一、42番の背番号を許されていたヤンキースの押さえのエース、マリアノ・リベラ（Mariano Rivera, 1969-）の引退式が行なわれた。リベラはパナマ生まれでアメリカ人ではないが肌色はアフリカ系だ。現在、パナマのほか、メキシコ、キューバ、ドミニカ、プエルトリコなどアメリカ近隣諸国から同様の選手がメジャーリーグの各チームに在籍している。この式典にはヤンキースの元同僚の松井秀喜や、ジャッキー・ロビンソンの妻レイチェルが出席した。英雄ロビンソンの威光はまだまだ衰えを知らないようだ。

作られつづける伝説

　時をおなじくしてこの2013年に、ロビンソンの「伝記」映画、「42〜世界を変えた男」が公開されている。彼の映画はまだ現役だった1950年に自ら主演した「ジャッキー・ロビンソン物語」をはじめ、かなりの数が作られているが、この時期にあらためて制作、公開する必要があったのだろうか。

だれにも知られていないロビンソンの新たな一面が紹介されているのだろうか。

　答は「ノー」である。ブランチ・リッキーとのやりとり、差別に苦しみそれに耐える姿、妻との愛情とつづくおきまりのロビンソン物語だ。翌年キャンパネラたちが入団することには触れられているが、同年にメジャーリーグ入りした選手（ラリー・ドービー）がいたことはひとことも語られない。また、ロビンソンに大きな影響を与えた兄たちは登場しない。ロビンソン自身の現役時代のみをあつかっていて、引退後の社会活動にも触れられていない。これはそれらの活動を政治的に「色眼鏡」で見られるのを避けたのかもしれない。また、引退後を描けば社会活動だけでなく、肯定的に見ようのないジュニアの非行、不道徳な行為、逮捕、事故死などを扱わざるをえないことも考慮されたのだろう。いずれにしても、ジャッキー・ロビンソンの現役プレーヤーとしての姿を生きいきと描いて、彼が初めての黒人メジャーリーガーであることを、「確認」させるためだけの映画だ。筆者には退屈な映画だったが、たしかにその「作戦」は当たったようだ。筆者が目にした新聞や雑誌の映画評に、否定的な意見は皆無だった。

　現在、ジュニアの非行や交通事故による死亡はさして大きな汚点とはみられていない。世間もそれを「大目に見よう」ということになったようだ。しかし、ことはロビンソン本人が社会に向けて自分をアピールするのに忙しくて、家庭を顧みなかったことに発しているかもしれない。家庭のことはレイチェル夫人の「担当」だったかもしれないが、彼女も夫に同行することが多々あった。

　それにしても、まさに凄まじいばかりに多彩な活動ぶりだが、2013年のマリアノ・リベラの引退式や映画「42〜世界を変えた男」を見ると、その活動、というより彼に関する「広報」活動は、いささか広報する側の焦りが感じられる。彼自身の活動を概観すると、政治的にはアイゼンハワーやロックフェラーと親しくつきあったり、ニクソン、レーガンを支持するなど保守派で共和党支持だが、民主党のケネディ、クリントンなどともつき合いがあ

り、時の政権にすりよっている印象もある。ロビンソンは常に権力者たちからの援助を期待し、彼らの期待にも応えようとしていたようだ。

　野球殿堂に付設されている博物館にはロビンソンを教材にしたプログラムがある。それは「ジャッキー・ロビンソンと言えなかったころは（Before You Could Say Jackie Robinson）」と題され、ジャッキー・ロビンソンのいなかった時代のメジャーリーグをタイトルに使って、子どもたちに人種差別の歴史や文化の多様性の重要性を学ばせるものだ。このプログラムのタイトルは「ジャック・ロビンソンと言うより早く／あっと言う間に（Before You Can Say Jack Robinson）」という、きまり文句をもじったもので、その発想はおもしろいが、ただそれだけのものだ。

　ロビンソン自身による広報活動も多彩だった。公式の場やラジオ、テレビで話したり、映画に出演したりしながら、執筆にも精を出した。新聞や雑誌で精力的に自分の意見を発表し、64年と65年に書いた自伝がありながら、72年、死ぬ直前にも自伝『うまくいかなかった（*I Never Had It Made*）』を出している。最後の自伝では、彼独特の肯定的な響きが感じられないタイトルからも察せられるように、ポール・ロブソンに対する非米活動委員会での発言について言及したり、自分の姿勢をいささか考え直すような面もみられるが、自分で自分の伝記を3冊も書くというのは尋常ではない。しかも、それぞれの自伝を書いたのが45歳、46歳と死の直前の53歳のときなのだ。ロビンソンはまさに死ぬまで自己PRに努めた人だった。

　ロビンソン自身は現役中も引退後も初の黒人メジャー選手として、社会活動や著述で自己PRを続けた。「初」の黒人メジャー選手は「たったひとり」でなければならない。象徴としてのヒーローは「たったひとり」であるほうが効果的であり、くりかえし使うことができる。政治家たちも自分たちが人種差別を許してきたこと、そして未だ完全に差別をなくしきれていないことへの「免罪符」として、効果的でなんどもくりかえし使用に耐える「免罪符」として、彼より優れていた同時期の黒人選手を無視してでも、特別な存在としてのロビンソンを「たったひとり」だけ必要としていたのだ。彼らは

ほかの黒人選手を無視して「たったひとりの英雄」作りに励んだ。新聞、雑誌、ラジオ、テレビ、映画もそれに協力するという、まさにロビンソンを英雄にする「挙国一致体制」が出来あがっていた。そのことに一般大衆は気づいていなかったのだろう。そしてもしかしたら、ロビンソン自身も、気がついていなかったのかもしれない。ロビンソンをメジャーリーグに送り出したブランチ・リッキーは1965年に亡くなっていた。それでも彼はじゅうぶん満足していただろう。

　時は流れて2016年11月、スポーティング・ニューズ誌が「メジャーリーグの歴史を変えた40人」を特集した。その1位に選ばれたのがベーブ・ルースなのは当然ともいえるが、2位は数多くのヒーローを押しのけて、なんとジャッキー・ロビンソンが選ばれたのだった。ロビンソンを英雄にする「挙国一致体制」はいまだに続いているのだ。ついでに言っておけば、同誌のランキングで3位に入ったのはかのジャッジ・ランディスだった。

7. おわりに

　日本における野球の歴史を調べていたら、明治29年（1896年）に横浜で行なわれた一高とヨコハマ・カントリー・アスレチック・クラブというアメリカ人チームとの試合の話に目が止まった。『日本新聞』にその試合の記事を書いたのは正岡子規だという。そのころ子規は「春風や　まりを投げたき　草の原」と詠んでいる。

　そもそも子規が野球に興味をもちはじめたのは明治18年（1885年）ころらしい。子規は幼名の昇にあてて、野球のことを「能球」と書いて「ノボール」と読ませたりしていた。因みに「野球」の命名者は、おなじ一高の選手だった中馬庚だという。子規は1867年生まれ、本稿の「3」でみたウォーカーより10歳下の同時代人だ。子規が野球に興味をもちはじめた1885年といえば、ウォーカーがメジャーリーガーとなった翌年だ。一高とアメリカ人の試合のあった1896年には、ウォーカーは引退しているが、アメリ

生まれのスポーツである野球を、日本の学生がアメリカ人と、しかもはるか太平洋をへだてた日本でやっているとは、夢にも思わなかっただろう。

　思えば、筆者が野球の歴史に興味をもって調べはじめてから、ずいぶんになる。おそらく、20年以上はたつだろう。ニューヨークから野球殿堂のあるクーパーズタウンを目指して、広々とした草原をひたすら北にむかって車を飛ばしたこともあった。飛行機を乗り換えてやっとたどり着いた、ミズーリ州のカンザスシティにあるニグロリーグズ・ベースボール・ミュージアムでは、日本人どころかアジア人らしい姿もほとんど見かけなかった。

　そして今回は、プロ野球の草創期の19世紀に黒人としてメジャーリーグに到達した、モーゼス・フリートウッド・ウォーカーについてかなり詳しく書くことができた。日本ではもちろん、本場アメリカでもそれほど研究の進んでいない分野である。さらに、プロ野球の初代コミッショナー、ジャッジ・ランディスに関して、アメリカでは異常なほど評価が高いが日本ではほとんど知られていない。彼につづいて登場するブランチ・リッキーは「最初の黒人メジャーリーガー」ジャッキー・ロビンソンの発掘者として有名な存在だ。しかし、人種問題に関わるこれらの人々の関係は意外に複雑だ。できるだけていねいに、細かいところに心を配って調査したつもりだが、調べの足りないところ、誤解している部分もあるかもしれない。それでもこの拙論を読んで、アメリカ野球のそんな一面にも興味をもってくださる方が、ほんの少しでも増えれば望外の幸せである。

引用参照文献

Ashe, Arthur R. Ashe, Jr. *A Hard Road to Glory*. New York : Amistad Press, 1988.

Baseball : The Biographical Encyclopedia. New York : Total Sports Publishing, 2000.

Bowman, Larry. "Moses Fleetwood Walker; The First Black Major League Baseball." Westport, Conn. : Meckler Pub. C., 1986.

Chalk, Ocania. *Pioneers of Black Sport*. New York : Dodd, Mead & Company, 1975.

Donald Lankiewicz, "Fleet Walker in the Twilight Zone" (Queen City Heritage, Cincinnati, Historical Society, Summer 1992).

Encyclopaedia Britanica. Chicago : Encyclopaedia Britanica, Inc.. 1973.

Falkner, David. *Great Time Coming : The Life of Jackie Robinson from Baseball to Birmingham*. New York : Simon & Schuster, 1995.

Ideno Tetsuya. 出野哲也（編）『メジャーリーグ人名事典』、彩流社、2002年。

Lipman, David. *Mr. Baseball : The Story of Branch Rickey*. New York : G.P. Putnam's Sons, 1966.

Matheney, Timothy Michael. "Heading for Home : Moses Fleetwood Walker's Encounter with Racism in America." (A Thesis for the degree of Bachelor of Arts) Princeton University, 1989.

Peterson, Robert. *Only the Ball Was White*. Oxford Univ. Press, 1970.

Rampersad, Arnold. *Jackie Robinson : A Biography*. New York : Alfred A. Knopf, 1997.

Ribowsky, Mark. *A Complete History of the Negro Leagues, 1884–1955*. New York : Birch Lane Press, 1955.

Riley, James A. Riley. *The Negro Leagues*. Philadelphia : Chelsea House, 1997.

Spink, J.G. Taylor. *Judge Landis and 25 Years of Baseball*. New York : Thomas Y. Crowell, 1947.

The Biographical Encyclopedia of the Negro Baseball Leagues. New York : Carrol & Graf Publishers, 1994.

Tygiel, Jules. *Past Time : Baseball as History*. New York : Oxford Univ. Press, 2000.

Walker, M. F. Walker. *Our Home Colony : A Treatise on the Past, Present, and Future of the Negro Race in America*. Steubenville, Ohio : Herald, 1908.

Zang, David W. *Fleet Walker's Divided Heart*. University of Nebraska Press, 1995.

ノーマン・ロックウェル作品の受容に見る
アメリカの自画像

山 城 雅 江

1. はじめに

　1990年代末頃からアメリカではノーマン・ロックウェル（1894-1978）の「リバイバル」とでも呼べる再評価の動きが高まっている。20世紀初頭から約60年にわたって第一線のイラストレーターとして活躍し、商業的にも名声的にも華々しい成功を収め、すでに生前からアメリカにおいては「最も愛されている」と形容されていたロックウェル。1910年代から50年代にかけてアメリカ最大の読者数を誇った週刊誌『サタデー・イヴニング・ポスト』（以下『ポスト』誌）を中心に、雑誌カバー、広告キャンペーン、カレンダー、ポスター、挿絵等を数多く手がけ「彼の描いたイメージは至る所にあった」[1]と表現されるほどであった。また、カレンダーやポスターだけでなく、その作品は後には様々なグッズ・雑貨等にも使用され、国内外で広く流通している。多様な媒体を通して、アメリカのみならず国際的にも非常に認知度の高い図像であるだろう。

　その長いキャリアにおいて常に「一般大衆」の人気を博したロックウェル。一方で、それとは裏腹に（あるいはまさしくそのせいで)、ロックウェル作品は、モダン・アートの最終的な到達地となったアメリカ美術界ではほとんど評価されてこなかったという側面がある。個人の独創性やヴィジョンを表現する「ファイン・アート」と異なり、商業イラストレーションは大衆の趣

味に迎合した「キッチュ」であって、中でもロックウェル作品はセンチメンタルな感情に訴えるストーリーの陳腐な描写として長い間「嘲笑の的」となってきた[2]。しかし、90年代末以降、世紀の境目の前後から、重鎮も含めた美術批評家、知識人らが積極的支持を表明し始め、主要美術館において大規模なロックウェル展が開催されるようになり、関連する出版物が増加している。また、こうした美術ビジネスの好調を追うかのように、ロックウェル作品はサザビーズやクリスティーズ開催のオークションで高額で取引されるようになり、2013年には『Saying Grace』(1951)が「アメリカン・アート」の分類において最高値を更新したことが大きな話題となった[3]。

　近年のリバイバルの前景において最も顕著なのはアメリカ美術界の態度の変化であることは間違いない。しかし、この動きがその初期において、2001年の「9.11」と時期的に重なり合っていることはやはり注目すべきであろう。本稿でも後に議論するように、ロックウェル作品はその後のメディアでの使用・露出という意味では「9.11」直後の混乱するアメリカにおいては「望ましい」必要不可欠の存在と認識された。ある意味では、美術史的再評価は、そうした歴史的・社会的背景の後押しによって更に顕在化したものと考えることができるのである。また、1970年代にも一時的なブームがあったように、ロックウェルへの注目・需要が高まる時には、その社会的後景において「ノスタルジア」の心象が広がっていることもしばしば指摘されている[4]。ロックウェル・ファンは作家のデビュー以後のアメリカにはいつの時期にも常に存在しているが、「古き良き」を求める郷愁が社会的に強まる時には、固定需要を超えてロックウェル作品が召喚され、大量（再）生産・大量消費される。そしてそれはロックウェル自身が活躍し始めた20世紀前半に関しても、多少の差異を含みつつも、同様に当てはまることである。

　本稿の目的は、ロックウェル作品の内容と受容（何がどんな風に描かれ、それがどう受け止められているのか）を、その需要が高まる歴史的・社会的文脈において検証することである。ロックウェル作品の影響・効能を大衆文化のポリティクスにおいて考察することで、現代アメリカの一つの（しかしおそ

らくは極めて「ポピュラー」な）自画像の輪郭を浮き彫りにしたい。

2. 「スモールタウン」

　ロックウェル作品の内容と社会的受容を考察するうえで欠かすことの出来ないキーワードの一つは、「スモールタウン」である。試みにブリタニカ百科事典で「ノーマン・ロックウェル」を引いてみると、「細部を写実的に描く能力に秀でて」おり、その作品のほとんどが「家族の日常やスモールタウンの情景を題材に、しばしばユーモアを交えて描いた」と説明されている[5]。「アメリカのスモールタウン生活の普及者」[6]、「スモールタウン・アメリカの生活と壮大な愛国主義を描いた有名なイラストレーター」[7]という具合に、支持するにせよ、非難するにせよ、ロックウェル作品と「スモールタウン」はアメリカの文化的文脈では極めて「自然な結びつき」となっている。もちろん、4,000点以上もの作品すべてが「スモールタウン」を舞台としているわけではなく、なかには1960年代以降に公民権運動や社会問題を扱って主題をシフトさせた晩年の作品等、非常に有名なものもあるのだが、『ポスト』誌を中心とする約半世紀の業績を考えると、その組み合わせは決して不自然ではない。例えば、歴史家ニール・ハリスは、遍在するロックウェル作品のイメージに登場する人、場所、状況が、大都市出身者にとってはほとんど馴染みがなく、別世界の生活のように感じたと記している[8]。ロックウェル自身も自らの自伝のなかで、都市と田舎の生活を対極的に捉えており、前者に対する嫌悪と、後者に対する郷愁の念の混じった愛好が自らの作品の主題と大きく関わっていると述べている[9]。ハリスと同様、ニューヨーク市出身のロックウェルだが、40歳代半ばでニューヨーク郊外のニュー・ロシェルからニュー・イングランドのスモールタウンへと移住し、以後、作品の主題とも相まって「スモールタウン的感性の記録者」[10]としてのペルソナを一層強めることになるのである。

では「スモールタウン」とは何であろうか。文学者ウェイン・フランクリンによれば「スモールタウン」は「地図上というよりもむしろ、アメリカ人の胸の内や精神に存在する」[11]ものである。また、映画研究者エマニュエル・レヴィは「アメリカ文化において突出して扱われ、アメリカの集合意識に深く根付いたシンボル」[12]と表現している。「スモールタウン」は単なる「小さな町」や「田舎町」に翻訳できない、ある特別な「場」に関わる概念・イメージなのである。

もちろん、概念としての「スモールタウン」が「依拠」する、地図上の、歴史的実在としてのスモールタウンは存在する。研究者によって多少の差異はあるが、スモールタウンは人口が500〜3万人程度[13]の、地理的にも人口的にも「田舎」と「都会」の間に位置する町、外観についてもいくつか種類はあるものの、鳥瞰図ではグリッドの構図で、鉄道の駅、広場、スモールタウンの換喩ともなっている商業的な中心地としてのメイン・ストリート（郡庁舎や銀行、郵便局、小さなホテルや映画館、家族経営の雑貨店、理髪店、食堂、バーなどが立ち並ぶダウンタウン）、その外郭に学校や住宅地、少し離れた所に池や川、点在する農場、という形が一般的とされる。歴史的に見ると、特に中西部においては19世紀西漸運動の拠点となっており、周辺の小さな村や集落（農業、畜産業、鉱業、林業を営む）と結ぶネットワークの経済的・政治的・文化的要地であった。他のタウンとの地理的距離の大きさから、共同体としてのある一定の自己充足性を有していた各地のスモールタウンは、しかし、20世紀初頭の自動車の到来により大きな変化を余儀なくされる。自動車によって高まった地理的移動性や拡張する高速道路に象徴される近代化が、地域ネットワークにおける人・モノの流れを変え、メイン・ストリートは空洞化し、共同体的結合が弱まっていく。1920年の国税調査で都市部の総人口がそれ以外の地域（田舎の、村や町といった離れた共同体）の総人口を初めて上回ったことが報告されるが、その頃から変貌の兆候を見せ始めるスモールタウンが出てくる[14]。経済的推進力を失い全体的に衰退するものや、かつての町はずれに建てられた商業施設や居住地域を取り込む形で全体とし

てはビッグタウン、あるいはスモールシティへと拡大するものが徐々に現れてくるのである。

　こうした実在するスモールタウンより「派生」して、19世紀から20世紀初頭にかけて形成されてきたイメージが、「美徳や幸福に満ちた民主主義の理想の地」[15]としての「スモールタウン」である[16]。建国神話でもあるニュー・イングランドの植民地／村（プリマス植民地やジェームスタウン等）の神聖な契約に基づく「丘の上の町」イメージや、レオ・マークスの定義した、文明と自然のはざまにある理想的風景としての「パストラル」なども融合[17]し、早くから半ば神話化していた「スモールタウン」であるが、資本主義の急速な伸展に伴い、そこに（大）都市との対比が加味されるようになる――「甘いイノセンスに特徴づけられた、人間の本質の最善が一点の曇りもなく花開く環境、都市の悪徳や複雑さ、取り返しのつかない悲劇などのない田園の楽園」[18]。都市の急激な変化、非人間性、疎外などに対して「スモールタウン」の安定、健全さ、密接な繋がりといったものが対置される。資本主義や近代化の弊害に汚染されず、共通の価値観や集団的信頼を維持した、自己充足する「孤島」的共同体のイメージである。「国家の歴史はその村の歴史を拡大したもの」[19]であるとウッドロー・ウィルソンは述べたが、国家の本質は「アメリカ村」に内在し、日々の暮らしの中で直接的に経験され理解されうるものであるとするこの考えは、「スモールタウン・アメリカ」という表現にも底流している。アメリカは「アーバン・アメリカ」（あるいは「サバーバン・ネーション」）ではなく、その真髄・精神を体現するのは「スモールタウン」であるという（自己）認識である。

　20世紀初頭に実在のスモールタウンがその形を変え始めると、「スモールタウン」をめぐる言説は「郷愁」の色を濃くしていく。近代化の荒波に押し寄せられて、アメリカ的価値観の体現者が消滅の危機に瀕している、自己充足したアメリカ的生活・日常がそのアイデンティティを失いつつある、という嘆きが、「スモールタウン」のロマンティシズムをますます刺激し、それによってアメリカ文化における重要度が質・量ともに上がっていくことにな

る。文学研究者ライアン・ポールは、実体から離れた抽象的な概念である「スモールタウン」は、その「瀕死」の語りにもかかわらず、あるいはそれゆえに、決して死滅することはないと鋭く指摘している[20]。実際、「スモールタウン」は20世紀の間も多様な分野において頻出テーマの一つとなっている。文学、演劇、映画、テレビ等の物語の舞台としてだけでなく、広告や会社イメージにおける使用、また雑誌などでは写真を多用した「スモールタウン」特集がしばしば組まれていた[21]。アカデミズムにおいても1930年代以降に社会学でスモールタウンが新ジャンルとして注目を集め、社会科学的検証の対象となったが、そうした研究も「スモールタウン」イメージを共有しており、かえって、その言説を補強することとなった[22]。19世紀後半以降、スモールタウンはポストカード写真を通してその魅力を発信してきたが、それは今日では観光業における「ノスタルジア」を喚起する宣伝戦略にも引き継がれている[23]。自動車王ヘンリー・フォードが1929年に建設し人気を博した野外博物館グリーンフィールド・ビレッジや、メイン・ストリートUSAを中心に広がるディズニーランド（初開園は1955年）などは、「スモールタウン」が「再生」された好例である。また「スモールタウン」言説が極めて効果的な領域として「政治」を挙げておかなければならない。アメリカでは19世紀から、所属政党にかかわらず、特に大統領を中心に多くの政治家が「スモールタウン」との関わりで自ら（の政策）をアピールする。「消滅の危機」によって「スモールタウン」は、むしろ、一層の勢いと「リアルさ」を獲得したと言えるのかもしれない。

3. 物語を語るロックウェル作品

ロックウェルがイラストレーターとして活躍した時期（1911年に初めて挿絵を担当、『ポスト』誌と関わったのは1916年〜1963年）、この「スモールタウン」イメージはすでに広く（再）生産され消費されていた。美術批評家・多木浩二はロックウェルについての論考で「彼のイラストレーションは、個人

的なメッセージというより、大衆のコンフォルミズムの日常の生活のなかから浮上してきたものを、ほんの少し移動させることであった」[24]とすでに述べていたが、では「スモールタウン」の表現内容・方法において、ロックウェル作品が行った「ほんの少しの移動」とは何かが重要であろう。それは、多木も的確に指摘しているように、絵で「物語を語る (story-telling)」という特質である。ロックウェル作品はどれも一見して分かるように、一つの明快な物語を持っている。人物の表情や仕種、服装、小道具や背景などを巧みな場面構成で緻密に描き出し、タイトル以外の言葉による説明の要らない、小さな物語を明示する。ロックウェル作品の収集家としても知られる映画監督スティーブン・スピルバーグやジョージ・ルーカスが称賛するように、ロックウェル作品は、単なるイラストというよりも、映画監督のようなキャスティング力や場面構成力によって生まれたものに近いと言えるのかもしれない[25]。ロックウェル自身、自伝において自らをディケンズと重ねる等、物語的構造をもった絵を描くことのできる稀なイラストレーターという自負を強く持っていた[26]。

『No Swimming』(1921) はこの特徴の最も分かりやすい例である。水に濡れたまま半裸で服を持って駆け出す三人の少年たちと一匹の犬、その背後には「水泳禁止」の立札が立っている。彼らがなぜ駆け出しているのか、何が起こったのかは一目瞭然、飛び交う声や会話まで聞こえてくる絵である。しかし、ロックウェル作品には、見る者にその物語を「読む」ことを要求するものも非常に多い。ディテールに拘った綿密な写実に留意することで、そのストーリーを読み解くことができるように描かれているのである。例えば、『Runaway』(1958) では、軽食カウンターの手前左にがっしりとした警察官とその隣の少年の二人が背を向けて座っている。カウンターの奥には店員が二人の間あたりの位置で、こちらに顔を向けて描かれている。少年が座る椅子の足元には長い棒、その先に布で包んだ荷物が括り付けられていることから、少年が家出を図ったことが分かる。店員は少し面白がったような表情で少年を見つめており、警察官は上半身を少年の方に少し傾けている。少年の

服がまだ汚れておらず、乱れてもいないことから、家を出てまだしばらくしか経っていないことが分かる。タウンを出る前に見回り中の警察官に会ったが、警察官はすぐに少年を家には戻さずに少し話をするためにダイナーに立ち寄ったのだろうか。少年らしい反抗への理解、諭す父親のような表情が浮かんでいる。ダイナーは床も壁も掃除が行き届いており、店員のシャツもタオルも真っ白く清潔で、勤勉で誠実な働きぶりを示している。警察官が少年の悩みに耳を傾けることができるということは、差し迫った事件などない、長閑な地域なのだろう。少年の右隣りには誰もいないが、カップがまだ残されていることから、つい先ほどまでもう一人の大人がこの輪に加わっていたのではないかという推測も可能である。どの子も皆に見守られて成長できるこの物語の舞台が、都市ではなく、「スモールタウン」であることは言うまでもない。画面には、タイトルから受ける不穏な印象とは正反対の、安心感や信頼感、愛着などが満ちている。不快なものに出会うことのない安全な画面に、周到に配置されたコードを読み解き、小さな「心温まる」物語を理解するのである。

　ロックウェル作品が「スモールタウン」の視覚言説において提供した新しい表現方法とは、この「ワンフレーム・ストーリー」である。そしてその内容は、細部にも目を凝らせば誰にでも理解でき、愛されるユーモアと、「かつて」も喚起させられるようなペーソスに満ちた、日常の、小さな物語である。同じ視覚メディアでも「スモールタウン」は頻出テーマだが、例えば、写真のもつ直接性は、モノクロがどれだけ郷愁を加えようとも、異質なものや不都合なものを不可避的に含んでしまうし、言葉による説明が不可欠である。また、映画や演劇は展開するそれなりの長さのストーリーに加え、多様な人・モノが制作に関わるため、必然的に脱構築的契機を孕んでしまう。「自分自身のアイディアを描き、自分の物語を語りたい」ロックウェルにとって意識的に制御可能な表紙イラストは、最も適した媒体であったと言えよう[27]。どれだけ写実的であっても、描かれたものには、写真のような直接性から離れた「フィクション」の余地があり、そこでロックウェルは「自分

がそうあってほしいと思う生活」の登場人物たちを具体的かつ「リアル」に視覚化し、小さな物語を積み重ねて「大衆」に提供した[28]。フィクションとノン・フィクションの複雑なシナジーによって構成されるユートピアの住人たちは、善良で、慎ましく、互いに関心をもち、健康で、快活で、冗談やいたずらが好きで、トラブルといってもかすり傷程度、無害で憎めない、ささやかな「欠点」をもつ、充足した人々である。美術評論家ピーター・シェルダールは、ロックウェルが描くアメリカは「人々への愛のある関心と、典型的という概念を引き起こすというだけの理由で『典型的』となっている状況から生まれたもの」であり、ロックウェルは「記録者ではなく、詩人」であると述べていた[29]。ロマンティシズムやセンチメンタルな情緒は、「典型的」と「模範的」を融合させながら、「小さな物語」と「大きな物語」のオーバーラップを奨励するのである。

「スモールタウン」のロックウェル的物語が「大きな物語」に明確に接続され、ナショナル・アイデンティティへの形成に関わる好例としては、第二次世界大戦中に描かれた「四つの自由（Four Freedoms）」シリーズのなかの『Freedom of Speech』(1943) を挙げることが出来る。混み合ったタウン・ミーティングで一人の男性が立ち上がって意見を述べようとしている。社会的地位に関係なく、反対意見であっても、言い争いや辱めを受けることなく、誰でも自由に意見を述べることが許される──ニュー・イングランドのタウンで始まったナショナル・ヒストリーを想起させる、アメリカの草の根民主主義の本質的瞬間を描いたものとして賞賛を集める作品である。「四つの自由」シリーズは『ポスト』誌で発表され大反響を呼び、後に戦時情報局が戦争国債ポスターやスタンプとして使用、最大の売上高を記録し大成功を収め、ロックウェルは最も愛された愛国的イラストレーターとしての地位を不動のものとする。

ロックウェル作品とその物語が普及するうえで非常に大きな役割を果たしたのは『ポスト』誌であったが、『ポスト』誌は単なる「乗り物」ではなく、ロックウェル作品と極めて有機的な繋がりを持っていたことが指摘されてい

る[30]。美術研究者エリック・シーガルによれば、全米一の読者数を誇り、時には約 250 頁にもなることもあったこの週刊誌は、その政治的・文化的・商業的ヴィジョンに合う「アメリカ」の構築に非常に積極的であった[31]。イラストと大量の広告、政治や文化、ビジネスに関する多くのニュースやエッセイ、短編小説などから成る『ポスト』誌は、国を写し出し解釈することを自らの社会的役割としていたが、それは結果的に「私たち」のイメージを創出することに繋がっていた。経済発展、移民の大量流入、急激な都市化、狂騒の 20 年代、大恐慌、二度の世界大戦という激動と混乱のなかに「秩序」をもたらすこと、そのために『ポスト』誌が強調していたのは「庶民（common man）」や「良識（common sense）」である。『ポスト』誌に登場するもの全てにこのアングルがあり、視覚表現においては、イラストレーションという媒体と写実主義というスタイルを「庶民的」で「アメリカ的」なアートと捉えていた。アメリカ外の、知的な動向であるモダン・アートに対しては、反知性的なレトリックを用いて批判しながら、写実主義的イラストレーションを簡明かつ率直、コモン・センスをもった視覚言語として前面に押し出していた。したがって、ロックウェル作品の表現方法・内容は、随一の『ポスト』誌によるアメリカ的アイデンティティをめぐる言説実践と、密接に連携する統一された声明として見ることができる。前出の歴史家ニール・ハリスは、遍在するロックウェル作品のイメージを別世界の生活のように感じ、そこにある種の不快さを覚えた理由として、それが権威的、すなわち「これがアメリカで、アメリカ人はこう見えるべき、こう行動すべきだと言っているように見えた」からだと述べている[32]。『ポスト』誌の表紙カバーというもともとの文脈において考えると、ロックウェル作品とその物語は、絵によるある種の「宣伝」であったという側面が不可避的に浮上してくるのである。

4. ロックウェル作品と「ホワイトネス」、人種

　ロックウェル作品と「人種」の関係は、確かに、単純には割り切れないところがある。ロックウェルが『ポスト』誌を去り、『ルック』誌へと活動の場を移したのは 1963 年だが、それまでの作品に描かれた人々は、ごく一部を除いて、ほとんどが白人であった。これは、白人に仕えるような仕事（メイドやウェイター、赤帽等）以外で黒人を登場させてはならない、という『ポスト』誌の方針があったからと説明されている[33]。『ルック』誌に移ったのち、ロックウェルは人種差別をテーマにした作品『The Problem We All Live with』(1964) や『Murder in Mississippi』(1965) を発表、また、その他にも国連や平和部隊といった政治的メッセージのある作品を制作した。公民権運動・黒人差別をテーマにした作品は、実は数少ないのだが、実際の出来事・事件の深刻さや作品のインパクト等もあって広く知られ、ロックウェルの代表的な図像の一つとなっている。しかし「最も愛された」作家のこの主題の変化には、賞賛の声もあれば、逆に非難や困惑の声もあがったという[34]。アメリカ的日常を謳ってきた作家には相応しくない政治的主張と受け止められたのである。一方で、この晩年の作品からロックウェルを「リベラル」と位置付ける者にとっては、約半世紀にわたる「スモールタウン」作品の白さは単に『ポスト』誌のせいであり、そうした制約のなかでもロックウェルは常に「普遍」の価値やテーマを描いたとして積極的に評価している[35]。

　黒人の立場からロックウェル作品を高く評価するジェーン・ペトリックも、作品全体に一貫して流れているのは「人間性に関する普遍的な声明」であるとしている[36]。また、ロックウェル作品には白人以外の描写があるにもかかわらず、「ホワイト・アメリカ」だけを描いたような印象が流布していることを問題視している。認知度の高いロックウェル作品は、ポストカード、カレンダー、その他様々なグッズにも使用され、ある意味で「ブラン

ド」化しており、ビジネス的判断としての「白塗り（whitewash）」が存在するため作品全体の正しい理解が歪められている、だが、一方で見る側も作品をきちんと見ていないという批判である[37]。白人社会における黒人の「見えない人間」化が、ロックウェル作品においても作動しているという非常に興味深い指摘であるが、一方で、売り出す側の「思惑」や見る側の「思い込み」を取り除けば、それがそのまま作品の「普遍的価値の表現」という評価に無媒介に繋がるのかどうかについては、やはり、社会的文脈における作品検証が必要であろう。

　その意味で、『ポスト』誌とその表紙イラストとの有機的な関わりを分析する、前出のシーガルの研究は非常に示唆に富んでいる。シーガルは、『ポスト』誌のスター作家であったロックウェルとライエンデッカーの表紙イラストを、雑誌に載ったテキスト（論考や広告など）とともに検証しながら、『ポスト』誌が推進していたナショナル・アイデンティティを「ホワイトネス」の観点から分析している。20世紀に入り、急速な工業化・都市化、新移民の激増、黒人の北部への大移動、都市の貧困とスラム化、犯罪の増加、労働運動の頻発など、社会的な混乱や変動が顕著になるなかで、非「アメリカ的」とされる集団を排斥するネイティヴィズムが高揚していたが、「アメリカ的」に関する合意形成に積極的であった『ポスト』誌が支持していたのも、このネイティヴィズムの立場、当時の最新「科学」であった優生学を駆使した考え方であった。『ポスト』誌は掲載テキストを通して、吸収と同化による「メルティング・ポット」論への非難、劣等民族・人種によるアメリカの弱体化の危機、遺伝的退化から優等人種を守る必要性等を訴えていた。それまでアメリカ社会が育んできた中産階級的な市民文化や道徳規範の衰退の原因が劣等集団との「雑種化」にあるとする議論は、自由で有徳の「市民」たる資質には当てはまらない「異質性」を、「科学的」数値（知能テストや文盲率等）や文化的資質（行儀作法や習慣等）において明確化・有標化し、各集団を序列化することで成立していた。他方、白人種は「自明」「不変」であり、定義や説明の要らない「無標」であって、「普遍」のカテゴリーに

入るものとして自然化されていた。『ポスト』誌イラストの数少ない黒人描写を検証しながら、シーガルは、それが白人性や白人的作法（態度・服装・ふるまい等）のアンチテーゼとして表現されている点を指摘している。そして、ロックウェル作品の細部に至る鮮明で緻密な描写の解読から、その白人の登場人物たちが、ともすれば「無標」の抽象性・曖昧さに実践性を把握しにくい「ホワイトネス」に、具体的な形と内容（異性愛・ジェンダー規範・中産階級的コード）を与えたと分析している。コモン・センス美学の結晶としての写実主義イラストレーション、それによって提供される「白人性」の視覚的イディオムが、『ポスト』誌のネイティヴィズムとある意味で表裏一体の関係で機能していたこと（作家ロックウェルが意識的であったかどうかは別にして）を、シーガルの研究は丁寧に跡付けている。

　「ホワイトネス」や人種というテーマを通して見た場合、実は、同様のことが「スモールタウン」言説にも当てはまる。すなわち、アメリカ的生活・価値観の砦である「スモールタウン」はその言説において、人種的・文化的・階級的同質性が暗黙の前提となっている。資本主義や近代化の悪弊に汚染されていない「スモールタウン」とは本質的に「純粋性」「イノセンス」の物語であり、その対極に置かれ危険視された「都市」とは、まさしく、この民族人種的・階級的「雑種化」によって退行し、非「アメリカ的」になったメトロポリスのことである。急激な拡大や変動、混乱のなかに「秩序」を与える「ナショナル・アイデンティティ」の模索は、「スモールタウン」言説においては、都市の流動的で根無し草的な、一代限りの存在に対抗する、代々で根を張った安定したアイデンティティの提示という形をとる。「スモールタウン」が貧困や階級衝突のない平等で民主主義的なユートピアであり、安全で循環的で予測可能な場所であるのは、白人中産階級という均質性を保持しているからである[38]。

　その意味で、『ポスト』誌を去るまでのロックウェル作品全体に一定のメッセージを感知してしまうのは、必ずしも、受け手側の問題だけではないだろう。例えば、黒人でゲイのアーティストであるポップス・ピーターソン

は、ロックウェル作品の図像をもとに、オリジナルの白人の登場人物をマイノリティ（白人以外の人種、女性、LGBT等）に入れ替えた作品を発表している[39]。アメリカ社会の多彩性を反映させる彼の作品は、ロックウェル作品の単色性へのパフォーマティヴな批判となっている。他方、保守系の論客にとってはロックウェル作品とは60年代以前の作品のことで、そこにこそ、今のアメリカが失ってしまったもの、回復に向けて努力しなければならないものが存在する[40]。逆に、それ以降の作品はある種の「裏切り」、あるいは真正な声を喪失した作品で、注意を払う必要のないものである。保守派にとってロックウェル作品全てに一貫するものは存在しない。晩年の作品と明確に切り離したうえで、それ以前の作品を、再生しなければならない同質的共同体の理想形、アイデンティティの卓越した準拠枠として称えているのである。

5. ロックウェル作品と「9.11」

　本稿冒頭でも言及したように、近年のロックウェル・リバイバルは1990年代末頃、特に「Pictures for the American People」と題する大規模なロックウェル巡回展開催の頃から顕著になってきた動きであるが、その再評価のより広範な背景には、90年代における白人のアイデンティティ・クライシスが存在するのではないかとの指摘がある[41]。20世紀前半のネイティヴィズムを支えた優生学は戦後にはすでに生物科学的根拠を失っていた。また50-60年代の公民権運動や様々なマイノリティの権利運動によって「白人（男性）優位」の正当性は実定法上も根拠がないものとなっていく。70年代は「黄金時代」を懐古する「サイレント・マジョリティ」の要請が広がる一方で、しかしアメリカ社会は着実に「多文化主義」の時代に入っていく。それは各集団の個別のアイデンティティの優先、またそうしたアイデンティティの社会における無条件の承認を特徴としており、これまで「アメリカ的」とされてきた社会的統合原理や普遍的理念といったものに対する不信感を強

く表明するものであった。各集団に先立って全体を統合してきた「アメリカニズム」とは、結局は支配的集団である白人の文化的ヘゲモニーの反映であるという批判は、アファーマティブ・アクションやポリティカル・コレクトネスといった動きへと繋がっていく。90年代には、「アイデンティティ・ポリティクス」や「カルチュラル・ウォー」といった言葉で表現される、アイデンティティをめぐる闘争が複雑・過熱化する傍ら、近い将来に白人が少数派になるという予測も登場する。社会的地位の相対的な低下に対する不安感から、一部には排外主義や白人至上主義が再燃するほどに、アイデンティティが大きく揺らいだ白人中間層にとって、多文化主義「以前」を描いたロックウェル作品が力強い参照項として改めて映ったのではないかという分析である。実際「Pictures for the American People」は各地で来場者数の大幅増を記録し、通常の来場者とは異なる新たな層を獲得したと推測されている[42]。

この「Pictures for the American People」巡回展の最終開催地はグッゲンハイム美術館で、2001年11月から2002年3月に開催、いわゆる「9.11」から約二か月後のニューヨークでのロックウェル展となった。作品の愛国主義とノスタルジックなスモールタウン・アメリカには、メディアの注目も集まり、多くの来観者を記録した。「9.11」はその直後から日本軍による真珠湾攻撃との類似性が指摘されていたが、ロックウェルが第二次世界大戦中に制作した「四つの自由」シリーズは、「9.11」以降の愛国主義の高揚と重なり、象徴的なイメージの一つとなる[43]。また、非常に不安で不確実な時代への突入の感覚は、ロックウェル作品にそれ「以前」の姿、逃避、慰め、癒し、あるいは、アメリカ的価値観への信頼を回復させるインスピレーションを求めることとなった。ロックウェル作品が突然これまでになく「現在」と繋がり大きな意義を持ったという内容をメディアは大きく伝えていた[44]。こうした報道を踏まえると「9.11」によってロックウェル作品の受容・需要はやや力点が変わったように見える。すなわち、多文化社会に反発する白人中間層の準拠枠（他の集団にとってはあまり関係のないもの、あるいは文化的ヘゲモニ

ーの象徴）という意味合いよりも、ちょうど第二次大戦中のように、アメリカニズムの普遍性を確認し「私たち」「アメリカ人」を結束させるものとしてのイメージが強調されて再認識されたのである。

　そうした受容にニューヨーク・タイムスも一際大きな役割を果たしている。グッゲンハイムのロックウェル展開催と重なる、11月2日から12月1日にかけて、ニューヨーク・タイムスはロックウェルの五作品を計七回（二作品は二回登場）、それぞれ一部を修正し「挑まれる国民・国家」と題するセクションにて大きく掲載した。「9.11」が起きたこの状況をどう理解すればいいのか——混乱や嘆き、不安や怒り等が広がるなかでニューヨーク・タイムスが選んだのは、ロックウェル作品という、愛国的かつ集合記憶的な図像を基に、読者に一つのナラティブを提供することであった。11月2、4日に掲載された『Freedom from Fear』は「四つの自由」シリーズの一つで、原版は、ベッド脇で母親が子ども二人に毛布をかけ、父親はそれを見守っているという絵である。父親の手には新聞、その見出しはヨーロッパでの爆撃を伝えている。焦土と化すヨーロッパ、不安を抱えながらも、第二次大戦中は無傷であったアメリカ本土の日常の一場面を切り取った作品だが、ニューヨーク・タイムスの修正版では、新聞は2001年9月12日付となっている。燃えるワールド・トレード・センターの写真とともに「アメリカ攻撃さる」の見出しは、恐怖がすぐそこにあることを示している。その後、ニューヨーク・タイムスは、② ワールド・トレード・センターが消えたマンハッタンを遠くから見つめる祖父と孫（原版『The Stay at Homes』）、③ 小学校の教室に教師と生徒たち、黒板にはアフガニスタンの地図が掛けられている（原版『Teacher's Birthday』）、④ 寄り添いあい夕日を見つめる、星条旗を握った幼いカップル（原版『First Love』）、⑤ 子どもの差し出したボールにサインをするプロ野球選手、二人のキャップにはそれぞれ犠牲者を多く出したFDNY、NYPDの文字（原版『Brooks Robinson』）、を掲載していく。美術批評家フランシス・フラシナは、同時期に同紙に掲載された記事・特集、政府からの発表、あるいは、アメリカのメディアが報道しなかった内容とも照合しつつ、

修正版ロックウェル作品による物語を、① 原因、② 結果、③ 反撃・報復、④ 安心安全の抱擁、⑤ 喪に服しながらの「平常」の回復、と的確に分析している[45]。

　ニューヨーク・タイムスが提示したこの物語は、ロックウェル作品の特徴を十分に把握したうえで編まれており、ある意味で極めて円滑な融合となっている。どんな暴力も少なくとも行為者にとっては常に「復讐」であるのだが、「奇襲を受ける」から始まるこのナラティブは、ロックウェル的イノセンスとアメリカの無罪性を交差させ、「反撃・報復」を自然化する。原版の郷愁、悲哀、アメリカニズムが修正版ナラティブのトーンを構成し、錯綜する感情に強い影響を及ぼす。具体的で明確な特定の物語を示すことで、結局は見る者の想像力や解釈に制限をかけるロックウェル作品と同じく、修正版ナラティブは「9.11」についての唯一の読み方を提示する。混乱のなかに一つの明瞭な筋書きを見出すことは安寧に繋がるが、ロックウェルというブランドがそれを保証する。それは非常にシンプルで分かり易く、不快なものに出会うことはない、「ノーマル」で「リアル」な理解の仕方である。フラシナは、世界情勢の複雑さのなかで、あえて単純さを望むよう読者を誘う主要メディアの宣伝に、当時のブッシュ政権的愛国主義との馴れ合いや批判的声の封殺を読み取っている[46]。テロに屈しない「アメリカ的」生と、作品の登場人物たちのように修正版のシナリオに沿った日々を送ることとを等号で結ぶ、無言のメッセージとなっているのである。

　美術展の成功やメディアでの頻繁な使用は、この時期のロックウェル需要の拡大を意味している。人口に膾炙し愛国的かつ安心感を与えるロックウェル作品は、「9.11」直後のアメリカにおいて「望ましい」存在として再認識され（再）生産／消費された。「白人性」はやや後景に退き、「国家」の物語が前景化され「普遍的価値」が強調されることで統合のイメージが付された結果、より多くのアメリカ人がロックウェル作品に自己を投影することが可能となった。少し前から始まっていたリバイバルはこの受容・需要によって更新され、推進力を得ることになる。「9.11」の衝撃から一定の時間が経過

した今日も、ロックウェル関連の美術ビジネスは引き続き好調で、オークションにおける高額取引に見られるように「資本」としての価値も上昇が見込まれている[47]。リバイバルはもはや一時的なものではなく、長期化の様相を呈している、あるいは固定化したと考えることができるのかもしれない。

6. おわりに――ロックウェル作品と現在

　本稿ではロックウェル作品への需要がより一層高まる時期の歴史的・社会的文脈を、その特質・効能とともに検討してきたが、最後に、ロックウェル作品への高い支持を持続させる今日的文脈についても触れておきたい。

　ロックウェル・リバイバル持続のより広い背景には、当然ながら、状況の継続・拡大という側面があるだろう。時間の経過とともに一定の落ち着きを取り戻したとはいえ、「テロとの戦い」は長期化し、戦時と平時の区別が曖昧になるなか、「反テロリズム」と結び付いた愛国主義は日常的発現となっている。また多文化主義・文化的リベラリズムに対する反発は継続というよりも、むしろ進行している。それは「9.11」によって表出した反イスラムの動き、オバマ政権下で鮮明化した人種差別・対立、最高裁による同性婚を認めない州の違憲判決に対する不満などによって加速され、「ティーパーティ」の躍進、トランプ大統領の誕生へとつながっていく。「勤勉、愛国、まともな家族観」を旨とする、敬虔なキリスト者たる白人アメリカ人の不安感や被害者意識の深まりが、移民排斥、外国人嫌悪、人種・性差別を「本音」で語る候補者への大きな支持となった。こうした層へのロックウェル作品の訴求力は、すでに議論した通りである。

　一方で、ロックウェル作品と今日的文脈を結ぶ注目すべき要素としては、その「スモールタウン」性を挙げることが出来るだろう。非人間的な都市に汚染されない理想的孤島である「スモールタウン」、そしてその換喩である「メイン・ストリート」は、都市に象徴される資本主義・近代化が経済的エリートによるトランス・ナショナルな動向であることから、エスタブリッシ

ュメントやグローバル化といったものへの対立傾向をもともと内包していたが、それは21世紀に入り「メイン・ストリート」対「ウォール・ストリート」という形で明確に表現されるようになってきている[48]。2008年前後のサブプライム・ローン問題、リーマン・ショックによる世界的金融危機を契機に、新自由主義的グローバリズムがもたらす諸問題（格差の拡大、産業の空洞化、中間層の没落、社会的上昇の遮断など）が強く認識されるようになったが、アメリカ政府は巨額の企業救済策を提示し、議会はこれを超党派で承認した。労働者・中産階級を置き去りにし、経済を破綻させてなお少数の利益を追求する経済エリートやグローバル企業、またそれを援助する政治エリート。そうした認識とともに、この二項対立的表現がメディアや政治家の発言などでしばしば使用されるようになってきたのである。

「メイン・ストリート」対「ウォール・ストリート」に表される、グローバリズムや既得権益層に対する不信・反発が、トランプの大統領選出という結果をもたらしたことは多くの議論・分析がすでに指摘するところである。ビル・クリントン政権より新自由主義政策を進めてきた民主党、その候補者で政府の主要ポストを歴任してきたヒラリー・クリントンの「エスタブリッシュメント」性と対照的に、トランプはTPPやアメリカ企業の海外進出、ウォール街に対する批判を展開し「労働者の味方」のイメージで選挙戦を戦った。大統領就任後の動向（ウォール街関係者が経済閣僚ポストを占めていること、減税による大企業優遇等）を見ると、それがある種の「演出」となる可能性が濃厚だが、しかし目の前に具体的な「敵」を作り出す言説は多くの人、特に「グローバリズムの敗者」の主層となっている白人労働者の多くを引き付けた。同じく新自由主義グローバリズムの見直しを訴え、支持を広げたバーニー・サンダースが、同時に人種・性差別、排外主義を批判していたのに対し、トランプはグローバリズムの基本構造や「富」を問うことなく、移民問題に結び付け文化的リベラリズムの問題にすり替えた。そのむしろ分かり易いストーリーが、かえって閉塞状況打破の希望を抱かせることになったのである。

多文化主義への反発、グローバル化の拒否、反知性主義的な庶民へのアピール。「Make America Great Again」のノスタルジアが目指す、栄光に満ちたアメリカは、少なくともその主張を文字通りに受け取った支持者の目には、ある特定の均質的な構成員から成る閉ざされた自己充足的な理想世界として立ち現われている。そうであるならば、時を同じくして継続するロックウェル・リバイバルを、美術界における状況変化やビジネス戦略だけに還元することはやはり極めて難しい。社会状況と全く無関係の現象として捉えることはある種の現実逃避となってしまうだろう。

　従来、アメリカ（人）の自己認識の基本には「不断の動き」（mobility、change、speed、boundless等）があるとされてきた。実際、そうした自己認識、考え方、またその影響はアメリカの諸領域に波及・顕現しており、その理解は変わらず極めて有効であるが、しかし、アメリカにはそれとは正反対の「固定・不動」に基づくアイデンティティの流れもあり、とりわけ20世紀の激動と変化のなかでかえって根強い「人気のある」自己認識として形成されてきた。ロックウェル作品はその受容において、「未来・前進」というよりも「過去・後退」を志向するこの自己認識に、少なくとも現在までは深く関わってきたと言うことが出来るだろう。ロックウェル作品の高まる受容・需要の歴史的・社会的検証から見えてくるのは、ノスタルジア——居心地の良さや慰めを提供するが、社会の諸問題への理解や対処を妨げる傾向がある——を喚起しながら行われる、アメリカの集合的記憶や自画像をめぐる激しい交渉・せめぎ合いである。その一方で、ロックウェル・リバイバルは不可避的にその作品への本格的な吟味や精査を呼び寄せる。これまで探求されなかったテーマやアプローチで、その受容・需要に変化をもたらす可能性も全くゼロというわけではないだろう——ただし、それはロックウェル的物語・神話に亀裂や異質性を見出すこととおそらく不可分であるのだが。そのときロックウェル作品は時代・社会の必然性とどのような関係をもつのか。そこにアメリカの新しい別の自画像が浮かび上がることは果たしてあるのだろう

か。

〈追記〉
　本稿は中央大学特定課題研究（2014-2015）「20世紀アメリカにおける商業美術とアメリカ的価値観に関する社会・文化史的研究—ノーマン・ロックウェル作品を中心に」の研究成果の一部である。

1) Moffatt, Laurie Norton., "Norman Rockwell Museum : Collection in Context" (Director's Foreword), *American Chronicles : The Art of Norman Rockwell* (Exhibition Catalogue), Stockbridge : Norman Rockwell Museum Publication. 2007, p. 11.
2) 例えば以下を参照。Morris, Wright., "Norman Rockwell's America," *Atlantic Monthly*, Dec. 1957, pp. 133-138. Web. 13 Sep. 2016.　Levine, Lawrence W., *Highbrow/Lowbrow : The Emergence of Cultural Hierarchy in America*, Cambridge, MA : Harvard University Press, 1990, p. 1-9.
3) Vogel, Carol., "Norman Rockwell's America, Newly Up for Bid," *New York Times*, 18 Sep. 2013. Web. 13 Sep. 2016.　Puente, Maria., "Norman Rockwell Masterpiece Sells at Record Price," *USA TODAY*, 4 Dec. 2013. Web. 13 Sep. 2016.　ロックウェル（再）評価の美術史における概略は以下を参照。山城雅江「アメリカにおけるノーマン・ロックウェル作品の受容と現在」『総合政策研究』25号、2017年、107-120頁。
4) 例えば以下を参照。Canaday, John., "Rockwell Retrospective in Brooklyn," *New York Times*, 23 Mar. 1972. Web. 13 Sep. 2016.　Smee, Sebastian., "Nostalgia, Norman Rockwell, and . . . Donald Trump?" *Boston Globe*, 1 Jul. 2016. Web. 13 Sep. 2016.
5) Encyclopedia Britannicaのウェブサイトで「Norman Rockwell」で検索。https://www.britannica.com/biography/Norman-Rockwell
6) Zeaman, John., "Illustrations of America ; Underappreciated Rockwell Always Sweated the Details," *The Record*, 23 Nov. 2001. Web. 13 Sep. 2016.
7) Becker, Ken., "Norman Rockwell Art Attracting More Visits," *The Spectator*, 30 Mar. 2002. Web. 13 Sep. 2016.
8) Harris, Neil., "The View from the City," *Norman Rockwell : Pictures for American People* (Exhibition Catalogue), New York : Harry N. Abrams, Inc., 1999, p. 132.
9) Rockwell, Norman., *My Adventures as an Illustrator*, New York : Harry N. Abrams, Inc., 1994, p. 30-35. (originally published in 1960, and republished with

Tom Rockwell's Afterword in 1988)
10) Siegel, Ed., "Taking the Small-Town Charm out of Norman Rockwell," *Boston Globe*, 11 Aug. 1996. Web. 6 Aug. 2017.
11) Franklin, Wayne., Foreword, *Main Street Revisited: Time, Space, and Image Building in Small-Town America*, Iowa City: University of Iowa Press, 1996, xiii.
12) Levy, Emanuel., *Small Town America in Film: The Decline and Fall of Community*, New York: Continuum, 1991, p. 15.
13) ジョン・A・ジェイクルは500〜1万人、リチャード・V・フランカヴィグリアは750〜3万人としている。Jakle, John A., *The American Small Town: Twentieth-Century Place Images*, Hamden, CT: Archon Books, 1982, p. 2. Francaviglia, Richard V., *Main Street Revisited: Time, Space, and Image Building in Small-Town America*, Iowa City: University of Iowa Press, 1996, xx.
14) Poll, Ryan., *Main Street and Empire: The Fictional Small Town in the Age of Globalization*, New Brunswick: Rutgers University Press, 2012, p. 45. スモールタウンの歴史的概略についてはジェイクルを参照。
15) Herron, Ima Honaker., *The Small Town in American Literature*, New York: Pageant Books, 1959, p. 334.
16) 例えばジェイクルは文学作品を論じながら「スモールタウン」のステレオタイプとして、「理想の地」とその正反対の「抑圧や因習の地」の二つがあると指摘している。本稿ではロックウェル作品の内容との関係から前者を集中的に議論するが、社会的受容の程度や、文学以外のスモールタウン研究（社会学や映画等）を鑑みると、やはり前者の優勢は否めないと考える。
17) 例えば以下を参照。Wood, Joseph S., *The New England Village*, Baltimore: Johns Hopkins University Press, 2002. Smith, Page, *As a City upon a Hill: The Town in American History*, New York: Knopf, 1966. 大井浩二「外からのスモールタウン　ジェイムス・フェニモア・クーパーの場合」『スモールタウン・アメリカ』英宝社、2003年、15-39頁。Poll, Ryan., *op. cit.*, p. 56-61.
18) Hilfer, Anthony Channell., *Revolt from the Village 1915–1930*, Chapel Hill: University of North Carolina Press, 1969, p. 3.
19) Wilson, Woodrow., *Mere Literature and Other Essays*, Boston: Houghton Mifflin, 1924, p. 214.
20) Poll, Ryan., *op. cit.*, p. 5.
21) 多方面における浸透の全体的な把握にはポール、映画についてはレヴィを参照。会社イメージとの関わりは以下が詳しい。Marchand, Roland., *Creating the Corporate Soul: The Rise of Public Relations and Corporate Imagery in American Big Business*, Berkeley: University of California Press, 1998. また雑誌における写

真特集は以下を参照。Webb, Sheila., "A Pictorial Myth in the Pages of "Life" : Small-Town America as the Ideal Place," *Studies in Popular Culture*, Vol. 28, No. 3, April, 2006, pp. 35-58.

22) Igo, Sarah E., *The Averaged American : Surveys, Citizens, and the Making of a Mass Public*, Cambridge, MA : Harvard University Press, 2007, Chp. 2-3.

23) ポストカードや写真イメージについてはジェイクルを参照。観光については、オンライン上で「スモールタウン」性を謳う町が検索可能で、スモールタウンを紹介するガイド・サイトや本なども豊富に存在する。ユーザー同士が助け合うQ&Aサイトでは「ロックウェルの絵から飛び出したようなスモールタウンがどこにあるか教えて下さい」といった質問も見られる。

24) 多木浩二「夢の投影機―大衆コンフォルミズムとロックウェルの政治学」『美術手帖』605巻、1989年2月、86頁。

25) Stewart, James B. "Norman Rockwell's Art, Once Sniffed At, Is Becoming Prized," *New York Times*, 23 May 2014. Web. 13 Sep. 2016.

26) Rockwell, Norman., *op. cit.*, p. 51, 375-376.

27) *Ibid.*, p. 284.

28) *Ibid.*, p. 34.

29) Schjeldahl, Peter., "Still on the Side Of the Boy Scouts ― But Why Not?" *New York Times*, 24 Jun. 1973. Web. 13 Sep. 2016.

30) 以下を参照。Segal, Eric J., "Realizing Whiteness in U. S. Visual Culture : The Popular Illustration of J. C. Leyendecker, Norman Rockwell, and the *Saturday Evening Post*, 1917-1945," Ph. D. Dissertation, University of California, Los Angels, 2002.

31) *Ibid.*, p. 1-31.

32) Harris, Neil., *loc. cit.*

33) 例えば以下を参照。Claridge, Laura., *Norman Rockwell : A Life* (Modern Library Paperback Edition), New York : Random House, 2003 (originally published in 2001), p. 180-181. Solomon, Deborah., *American Mirror : The Life and Art of Norman Rockwell*, New York : Farrar, Straus and Giroux, 2013, p. 373.

34) 例えば以下を参照。Larson, Judy L. & Maureen Hart Hennessey., "Norman Rockwell : A New Viewpoint," *Norman Rockwell : Pictures for American People* (Exhibition Catalogue), New York : Harry N. Abrams, Inc., 1999. pp. 44. Petrick, Jane A., *Hidden in Plain Sight : The Other People in Norman Rockwell's America*, Miami : Informed Decisions Publishing, 2013, p. 54.

35) 例えば以下を参照。Moffatt, Laurie Norton., "Why Norman Rockwell Matters," *The Berkshire Eagle*. 28 Dec. 2013. Web. 13 Sep. 2016. Rifkin, Ned., "Why Norman

Rockwell, Why Now?" *Norman Rockwell : Pictures for American People* (Exhibition Catalogue), New York : Harry N. Abrams, Inc., 1999. pp. 17-20.

36) Petrick, Jane A., *op.cit.*, p. 117.
37) Petrick, Jane A., *op.cit.*, p. 113-118.
38) しかし、この同質性はあくまでも概念上である。実際のスモールタウンは決して完全な同質的空間ではなく、民族・人種・階級的な異種混淆性を有していた。またポールは19世紀の文学動向である「村落への反抗」をそうした同質性の虚構を暴露した作品として評価している（Poll, Ryan., *op. cit.*, Chp. 2.）。
39) ピーターソンの作品は以下のサイトで見ることが出来る。https://www.popspeterson.com/reinventing-rockwell
40) Segal, Eric J., *op.cit.*, p. 56-57.
41) Ceglio, Clarissa J., "Review : Complicating Simplicity," *American Quarterly*, Vol. 54, No. 2 (Jun. 2002), pp. 297-302.
42) Muchnic, Suzanne., "Rockwell Posts Some Gains with Critics," *Los Angeles Times*, 28 Oct. 2000. Web. 13 Sep. 2016. Ceglio pp. 297-298 参照。
43) Becker, Ken., "Norman Rockwell Art Attracting More Visits," *The Spectator*, 30 Mar. 2002. Web. 13 Sep. 2016.
44) 例えば以下を参照。Penelope, Green., "Rockwell, Irony-Free," *New York Times*, 28 Oct. 2001. Web. 13 Sep. 2016. Ward, Bruce. ,"Norman Rockwell, Hipster," *New York Times*, 16 Feb. 2002. Web. 13 Sep. 2016.
45) Frascina, Francis A., "Advertisements for Itself : *The New York Times*, Norman Rockwell, and the New Patriotism," *The Selling of 9/11 : How a National Tragedy Became a Commodity*, New York : Palgrave Macmillan, 2005, p. 75-96.
46) *Ibid.*, p. 92-94.
47) 例えば以下を参照。Trescott, Jacqueline., "Filmmakers Spielberg, Lucas Share Rockwell's Americana at Smithsonian," *Washington Post*, 2 Jul. 2010. Web. 13 Sep. 2016. Stewart, James B., *op. cit.*
48) Poll, Ryan., *op. cit.*, p. 14-15.

忘れられた日本の恩人
Benjamin Smith Lyman

川﨑　清

1. はじめに

　ライマン（Benjamin Smith Lyman）を立項している国語辞典、人名辞典の記述をみると、ライマンは明治政府に雇用された米国人地質学者であり、北海道をはじめ日本各地の地質調査に従事し炭田、油田の開発に貢献した人物であることが書かれている。また来日は明治5年（1872）と記述されている。前者はその通りであるが、地質学者としての仕事はライマンの「歴史的意味を有する」事績の半分に過ぎない。それ故、それらの記述は残りの半分を伝えていない点で大きな瑕疵があると言わざるを得ない。後者の来日年度の記述は間違いである。それ故、訂正されなければならない。また国語学、日本語学辞典（事典）のライマンの項には、非連濁規則としての「ライマンの法則」の説明はあるが、ライマンがなぜ連濁の研究に取り組んだのか、研究の動機、目的の説明がない。そのため研究の意義を理解しにくい難がある。

　従って、本稿の目的は3つある。1つは、ライマンの「歴史的意味を有する」事績の伝えられていない半分を紹介し、併せてなぜ残りの半分が伝えられないままであったのか、その事情に関して可能な限り妥当な説明をすることである。2つ目は、来日年度は明治6年（1873）とすべきことを証拠を添えて示すことである。3つ目は、そもそもなぜライマンが日本語の連濁の研究に取り組んだのか、代表的なライマン研究者の研究成果を紹介すること

で、研究の動機、目的を明らかにし、ライマンの日本語研究の意義を示すことである。

2. 辞典の記述から見るライマンの日本における認知度と理解度

　ベンジャミン・スミス・ライマン、あるいはライマンと聞いて、何をした人かわかる日本人は少ない。地質学、ないし日本語学の音韻論を専攻している少数の人は知っているかもしれない。しかし、その少数の専門家でさえ、実はライマンの来歴と業績について正確な知識を持つ人はいないのが実情である。その点を確認するため、日本で 2013 年 12 月に出版された最新にして最大の人名辞典にあるライマンの項を引いてみよう。以下のよう記述されている。(下線は本稿筆者)

　　ライマン Lyman, Benjamin Smith　[日] 來曼　1835.12.11 ～ 1920.8.30　●アメリカの地質学者、鉱山学者。ハーヴァード大学を卒業し、北海道開拓使に招かれて来日 [1872：明治 5]、北海道地質調査主任となり、石炭、石油、硫黄等を調査し教育にも当たった。のち工部省に転じ [76]、日本の石油調査を行い、帰米 [81] 後はペンシルヴェニア地質調査局長として勤務し、また東洋文明の紹介に努めた。[主著] 日本蝦夷地質要略之図、1876。北海道地質総論、1878 (英語版は 1877)

(岩波世界人名大辞典 3013 頁)

　これが最新にして最大の人名辞典の記述である。地質学の専門家はライマンが明治時代に明治政府から招聘されたお雇い外国人で米国人だと理解するであろう。しかし、一般人あるいは日本語学が専門の人はこの辞典で説明されているライマンが「ライマンの法則」の発見という日本語学に関する業績を挙げた人でもあることを判断できないであろう。ライマンの日本語学への貢献にはまったく言及がないからである。

　既に古くなっているが広辞苑第六版 (2008 年刊) のライマンの項も見ておこう。(下線は本稿筆者)

ライマン［Benjamin Smith Lyman］アメリカの地質学者。1872年（明治5）北海道開拓使に招かれて来日。北海道の炭坑や石油・硫黄資源を調査。(1835-1920)

(広辞苑第六版 2921 頁)

　立項はされているがもっぱら地質学者としての説明しかない。また岩波世界人名辞典、及び広辞苑の記述に本稿筆者が下線を施した箇所であるライマンの来日年度「1872 年（明治 5）」は両辞典とも間違いである。

　日本におけるライマンについての理解は、現在のところ両辞典の記述内容にみられる通り、地質学者として明治政府に雇われた米国人、という面に限定されているのである。どういうわけか、ライマンが日本語音韻論の重要な法則である「ライマンの法則」を発見し、国語学史上初めて論文の形で発表した日本語学、言語学上の重要人物であることは忘れ去られているのである。

3.　ライマン論文の最初の日本人読者「小倉進平」のライマンについての知識

　同学の畏友鈴木豊博士のご教示によるのだが、日本語研究において「ライマンの法則」という表現を最初に使用したのは森田武である。1977 年森田が「日葡辞書に見える語音連結上の一傾向」（『国語学』108）の中でこの表現を使用し、これ以降「ライマンの法則」という表現が術語として流通し始めた。それは「連濁」[1]という言語現象を扱う形態音韻論の領域でのことであった。しかし、そのライマンとはどこの国の人で、いつ、どこで日本語を学び、研究したのか、日本語研究者の間でもわからなかったのである。ただライマンという人物の日本語研究を最初に読み、抄訳をして紹介した学者は小倉進平（1882〜1944）であることはわかっていた。

　小倉は 1910 年に「ライマン氏の連濁論（上）」「（同）（下）」（『国学院雑誌』

16-7・8）において、自身がライマンの論文を紹介するようになった経緯について以下のように述べている。（原文は縦書き、旧字体であるが本稿では横書き、新字体で引用する）

    原名は "The Change from Surd to Sonant in Japanese Compounds" といひ、ライマン氏（Benjamin Smith Lyman）が一八八三年に亜米利加東洋学会に於て講演した "On the Japanese Nigori of Composition" といふ論文を増補して一八九四年に出版したもので、総て十七ページより成る一小冊子である。それが四十一年中に大学図書館に寄贈せられたものを、藤岡助教授から余に批評するやうにと貸与せられたのである。

　文中「藤岡助教授」とは藤岡勝二（1872〜1935）のことで上田萬年（かずとし）（1867〜1937）を継いで東京帝国大学言語学教授となる人である。その藤岡から当時東京帝国大学助手であった小倉が渡されて批評するよう頼まれたのが「ライマン氏の連濁論」であった。なお、なぜライマンの論文が明治 41 年（1908）に東京帝国大学図書館に寄贈されたのか、その経緯は不明である。
　さて、ライマンの連濁論を最初に読んだ小倉がライマンの来歴についてどの程度知っていたのかという点であるが、次の記述が参考になる。小倉は 1916 年に「連濁音に就いて」という論文を『朝鮮教育研究会雑誌』第 13 号に発表する。内容は小倉（1910）と同じものであるが、再出の理由を説明する部分を書き加えて、以下のように述べている。（下線は本稿筆者）

    （前略）然るに今から約三十年前に、一米国人が連濁音の事を論じ、日本語学者の覚醒を促した事がある。余は嘗て該書を披見し、明治四十三年頃其の内容を世に紹介すると共に、之に対する批評を東京某雑誌に掲載した事がある。

　小倉（1910）には言及がなかった著者の国籍について、上文に見るように「一米国人」という記述があり、小倉はライマンが米国人であると知っていたことをうかがわせる。しかし、その記述は、恐らくは、確証に基づいてな

されたというよりも、ア）英語で書かれた論文であること、イ）小倉が読んだ 17 ページからなる小冊子の表紙右下に「From the "Oriental Studies" of the Oriental Club of Philadelphia. 1894.」とあること、ウ）論文冒頭のパラグラフに「一八八三年に亜米利加東洋学会に於て講演した（省略）といふ論文を増補して一八九四年に出版したもの」とあること、の 3 点を推断材料として、とりわけウ）のくだりにある、講演から出版までの 11 年という年月を考慮して、著者ライマンは米国在住者であると推量し、その国籍を米国としたものと思われる。しかしながら、この連濁論を書いた人物が明治政府に雇われた地質学者の米国人ライマンと同一人物であることを知っていたかどうかはやはり不明とせざるを得ない。その点は措くとして、小倉がライマンの論文の価値を十分に理解しかつ高く評価していたことは上文中の「日本語学者の覚醒を促した」という文言からわかる。だからこそ小倉は同じ論文をいささかの補訂を加え、論文タイトルを変えて再出版する気持ちになったのである。ライマンは良い最初の読者を得る僥倖に恵まれたといえるであろう。

4. ライマンの来歴が日本語学者に不明となる経緯

　ライマンの連濁論の抄訳である小倉 (1910) は非常によくできていたが、十分な反響はなかった。しかし、論文の内容が朝鮮で日本語教育に従事する教員には必要不可欠なものであるため、小倉はその論文タイトルを変えて再出版し普及を図った。それが小倉 (1916) であり、それは更に 1920 年に刊行された小倉自身の論文集『国語及び朝鮮語のため』にも再録されたのである。こうしてライマンの連濁論は日本語研究者、日本語教育者及び読書子の目に触れやすい形で整ったのであるが、その入手しやすい便利さがライマンの来歴を不明にすることに一方ではつながってしまったようでもある。というのも小倉が抄訳して紹介したライマンの原論文そのものは簡単に目にすることができない事情があり、ライマンの来歴について疑問を持っても、探究することが不可能になっていたからである。

上記の事情の結果として、連濁研究者はライマンの連濁論については、もっぱら入手しやすい小倉の抄訳を通してその内容を知り、引用することが行われるようになった。また、その小倉（1910）の刊行自体もライマンの離日（1880 年 12 月）から 30 年も経っていることもあり、お雇い外国人の米国人地質学者ライマンと日本語の連濁現象を研究したライマンとが同一人物であることを思いつく人は小倉自身も含めて実はいなかったのではないかと思われる。そして、連濁研究者が文献を参照するときには最初に出た小倉（1910）のみにあたり、それで事足りるとしてしまうことが多いこともライマンの来歴探究を進め得なかった理由となるだろう。というのも小倉（1916）およびそれを再録した小倉（1920）には「一米国人」という文言が付け加えられてそれぞれ 2 か所に出てくるのだが、研究者がそれらの文献を見ないためにその「一米国人」という記述の存在すら知られずに忘れ去られてしまったと推量されるのである。

そしてまたライマンの来歴探究には非常に不運なことが起こった。小倉（1920）が出てから 50 年以上を経た 1976 年、ライマンの連濁論を徹底的に論じる論文が出たのである。それは故金田一春彦博士が *Sophia Linguistica* Ⅱに発表した「連濁の解」という論文である。なぜ不運なことかというと、博士がその文中で「ところで連濁について一番重要な法則を見出したのはドイツのライマン（B. Lyman）で」あり、「ライマンという人はどういう人であったか、伝記を明らかにできないのは残念である」と記述したからである。故金田一博士がなぜライマンをドイツ人としたのか、その理由は不明である。恐らくは小倉（1910）のみを見て推測したのであろう。またやや大胆な憶測になるが、ライマンの滞日期間と重なる時期に明治政府が招聘した地質学者にドイツのナウマン[2)]がいたこと、加えてシュリーマン（ドイツ人考古学者）[3)] ハウプトマン（ドイツ人劇作家）[4)] などの著名なドイツ人の名前も影響したのかもしれない。困ったことには、この碩学の論文以後、連濁研究においてはライマンをドイツ人として誤った記述をする文献や辞典が多く出てしまったのである。平成 19 年（2007）1 月に明治書院から刊行された『日本

語学研究事典』においてさえ「連濁」の項目の中で「連濁不生起の規則をまとまった形で論じたのは、ドイツ人ライマンで」(同事典 p. 357) という誤った記述が依然としてなされている状態である。

5. 明らかにされたライマンの来歴と事績

1991年に屋名池誠氏が大阪女子大学紀要『百舌鳥国文』第11号に「〈ライマン氏の連濁論〉原論文とその著者について」を発表した。それまで小倉の抄訳によってライマンを読んだ人は、1894年に連濁についてここまで深い洞察をしたライマンとはどこの国のどのような人かと疑問に思い、その疑問を解きたいと思ってきたのであるが、まさに屋名池氏のこの論文によって、ライマンはどこで生まれ、どこで教育を受け、どのような経緯で日本に来て、何をした人か、初めて知ることとなったのである。

屋名池氏は在籍する大学所蔵の英学資料を整理する必要から、横浜市立横浜開港資料館において調査をするうちにブルーム・コレクション[5]に遭遇し、その中に小倉が目にしたライマンの「一小冊子」を発見した。更に関連資料を調べて「意外にも謎の人ライマンは手近な百科事典や人名辞典にさえ載っているほどの著名人」(同紀要 p. 92) だったことを確認したのである。すなわち連濁論を書いたライマンとお雇い外国人の米国人地質学者ライマンとが同一人物であったことを突き止めたのである。

屋名池氏は小倉が目にしたライマンの「一小冊子」は論文集に収められた1論文であり、その原論文を収載する論文集とは *Oriental Studies A SELECTION OF THE PAPERS READ BEFORE The Oriental Club of Philadelphia 1888–1894* であることも突き止めた。しかし、この論文集は「わが国の図書館には所蔵されていない」(同紀要 p. 93) と記している。だが幸いなことに、2007年に文京学院大学外国語学部教授鈴木豊氏がこの論文集が国立国会図書館に所蔵されていることを確認している[6]。

屋名池氏が発見したライマン原論文には彼の連濁規則を説明するためにヘ

ボンの『和英語林集成』第二版（1872年刊）から採られた膨大な数の例語がローマ字表記で挙げられている。屋名池氏はその例語のすべてを『和英語林集成』第二版により校合して、カタカナで見出しを示し《　》内に漢字またはひらがなを示して、どの語かわかるようにした。1例を示すと「オトシ＝バナシ《落語》」のようになる。屋名池論文はライマンの来歴を明らかにしたばかりでなく、ライマンの連濁研究の動機をも考察し、研究の全容を初めて世に知らしめたものであり、行き届いた内容の極めて価値の高い論文であった。

6. ライマン死亡時の米国でのライマンの扱いからわかること

ライマンは1920年8月30日に数え年85歳で天寿を全うした。その死は翌日 The New York Times に報じられた。以下にその死亡記事全文[7]と日本語訳を示す。

BENJAMIN S. LYMAN,
NOTED GEOLOGIST, DEAD
Mining Engineer Who Made the
First Geological Survey of
Japan, Dies at 85

PHILADELPHIA, Aug. 30. –Benjamin Smith Lyman, geologist, mining engineer and inventor of worldwide reputation, died today at Chellenham, Pa., near here. He is acknowledged to have made the first geological survey of Japan, for which he was highly honored in that country. He worked there from 1873 to 1879 and uncovered and surveyed valuable coal and mineral beds. He was 85 years old.

 Benjamin Smith Lyman was born in Northampton, Mass., Dec. 1. 1835, the son of Samuel Fowler and Almira Smith Lyman. He was graduated from Harvard in 1855, and the Ecole des Mines, Paris, in 1861. He studied at the Royal Academy of Mines,

Freiberg, in 1862.

He spent several years in private geological work and later as a mining engineer was employed by the Public Works Department of India surveying oil fields. From 1873 to 1879 he was chief geologist and mining engineer for the Japanese Government. From 1887 to 1895 he was assistant geologist of the State of Pennsylvania. Mr. Lyman had traveled all over the United States, British America, Europe, India, China, Japan and the Philippines in connection with his geological researches

He was a Fellow of the American Association for the Advancement of Science and the American Institute of Mining Engineers and was an honorary member of the Mining Institute of Japan. In 1871 Mr. Lyman invented a solar transit.

［日本語訳］
著名な地質学者ベンジャミンS.ライマン氏死去
日本初の地質調査をした鉱山技師85歳で没

フィラデルフィア、8月30日発。地質学者、鉱山技師であり、世界的に有名な発明家であるベンジャミン・スミス・ライマン氏は当地に近いペンシルヴェベニア州チェルトナムにて本日死去した。彼は日本で最初の地質調査をし、かの国で非常に尊敬されていた。彼は1873年から1879年にかけて日本で働き、貴重な石炭層や鉱床の発掘と調査をした。85歳であった。

ベンジャミン・スミス・ライマン氏は1835年12月11日マサチューセッツ州サウサンプトンでサミュエル・ファウラー、アルミラ・スミス・ライマン夫妻の息子として出生。1855年にハーヴァード大学を卒業し、1861年にはパリにある鉱山学校を卒業。更に1862年フライベルクにある王立鉱山学校で学んだ。

彼は民間の地質調査に数年間従事した後、鉱山技師としてインド公共事業省に雇用され、油田の調査にあたった。また1873年から1879年まで日本政府により雇用され、地質学者、鉱山技師主任として働いた。1887年から1895年まではペンシルヴェニア州の地質調査局副局長であった。ライマン氏は地質研究の関係でアメリカ合衆国をは

じめ、英領北アメリカ、ヨーロッパ、インド、中国、日本、フィリピンにまで及ぶ広範囲にわたる旅行をした。

ライマン氏はアメリカ科学振興協会、アメリカ鉱山技師協会の会員であり、日本鉱物学会の名誉会員でもあった。1871 年には太陽子午線儀を発明した。

（注：英文記事の下線部は誤植である。日本語訳ではその部分を正しく直し下線を施してある。）

　この死亡記事にはライマンの生没年、出生地、死没地、両親の名前、学歴、留学歴、職歴、訪問国、発明品の情報があり、ライマン生前の活動の概略が理解できるようになっている。

　このライマンの死亡記事は 253 語を費やして報じられているが、この扱いは著名人にのみなされるものである。一般市民の死亡は死亡通知欄（obituary column）に単に通知（notice）として氏名、年齢、職業、死亡日が載るだけであるが、ライマンの死は社会的事件として記事（article）の扱いで掲載されたのである。当時の The New York Times における死亡記事の扱い方については鈴木豊、川﨑清（2015）を参照されたい[8]。

　ライマンのことを知らない日本人でもヘボン（James Curtis Hepburn）やフェノロサ（Ernest Francisco Fenollosa）のことは知っているであろう。この 2 人の死亡も The New York Times で報じられたが、ヘボンの死は 238 語[9]フェノロサの死は 264 語[10]で報じられたのである。ライマンの死はこれらの有名な宣教師やお雇い外国人と同じように大きな扱いをもって、世界で最も有名な新聞の 1 つである The New York Times に報道されたのである。ライマンは米国では彼らと同等の名士であり重要人物であった。

7.　なぜライマンは米国で忘れ去られずに、彼の死は大きく報じられたのか

　個人の死亡が社会的事件として新聞に報道される場合には、家柄、個人の業績、社会的貢献度の 3 つが考慮される。上記の観点からライマンの死亡記

事がなぜ米国で大きく扱われたのか点検してみよう。

　まず第1に、彼の出自と学歴である。ライマンは1855年にハーヴァード大学を卒業した。米国には植民地時代からアメリカ独立戦争までに1636年創立のハーヴァード大学をはじめ15の大学が創立されている[11]。ライマンの青年時代に、東部にあるその15大学で教育を受ける者は名家の出身であり、その卒業生は社会的に大きな影響力を持った人物となった者が多い。彼らは聖職者、法律家、政治家、事業家、教育者として米国各地に散り、各界著名人と交流して友人、知人も多かった。従って、そのような名家の後裔であるライマン本人に対する米国上流社会の人々の注目度も高かったと思われる。このような事情が彼の死亡を大きく扱わせる理由の1つとなったと思われる。

　その点を確認するために少し長くなるが、米国史研究者 Fumiko Fujita（藤田文子）の英文著書からライマンの伝記的事実を語る部分を要約し日本語で示す。「ベンジャミン・ライマンは1631年にボストンに上陸したリチャード・ライマンから数えて8代目にあたる。ライマン家の人々は特に裕福ではないが、知的には恵まれた素質を持っていた。ベンジャミンの祖父ジョーゼフは1783年にエール大学を卒業、裁判所に50年ほど勤務した。ジョン・クウィンシー・アダムズ（第6代大統領の息子）、ダニエル・ウエブスター（政治家）、ラルフ・ウォルドー・エマソン（詩人）ら当時の著名人と親交をもった。この祖父は子供たちに上品さと倹約の気風を教え、一種のノブレス・オブリージュの精神を植えつけた。ジョーゼフには11人子供がいたが、その1人キャサリンはフランクリン D. ルーズベルト大統領の祖母となった人物である。ベンジャミンの父サミュエルはハーヴァード大学を卒業、父ジョーゼフの後を継ぎ裁判所に40年以上勤務した。サミュエルの妻アルミラは1871年にスミス女子大学を創立したソフィア・スミスのいとこにあたる。ベンジャミンも同窓の学友と共にラルフ・ウォルドー・エマソンを訪ねたり、ヘンリー・デイヴィッド・ソロー（詩人）と食事を共にしたりした」[12]

　上に見たように、ライマンの育った家庭環境は知的に恵まれており、代々

の人々が当時の一流の知識人と交流していた。我々のライマンも若い時代から米国文学史にその名を残す人物と交流した。ライマン家の人々は、それぞれが米国史に大きな足跡を残す素養をもった人々であったのである。

　第2に、ライマンの日本渡航以前、および帰米後の米国における活動が社会的に有意義であり、その功績を顕彰すべきとする人々がライマンの周囲にいたことがあげられる。ライマンは当時の名士の1人である伯父のJ. P. レスリーと共にアメリカ各地の地質調査に日本渡航以前にも帰米後にも携わった。当時の米国は産業化推進用のエネルギー資源を確保するために、自国の鉱物資源や石油資源の発掘調査と国土開発に真剣に取り組んでいた。それ故、伯父のJ. P. レスリーとライマンが従事した地質調査の仕事は国家の発展に直結するものであり、その社会的意義は高く評価されたのである。

　更にライマンはフィラデルフィア東洋学会[13]、米国哲学協会[14]に所属し、学会の運営に中心的な役割を果たしていた。フィラデルフィア東洋学会の会合などはライマンの自宅で開催されたこともあった[15]。ライマンはそれらの学会で中国語、日本語について研究成果を発表した。どの学会も創立時の会員を見ると、当時の一流の知識人が会員となっていたことが分かる。そして、相互に知的に啓発しあい、単なる社交以上の交流をしていたことがうかがわれる。地質調査の仕事や上記の学会を通して知り合った友人、知人が米国各地におり、ライマンの消息に関心を持っていたと思われる。そのような事情もライマンの死を大きく扱わせたと考えられるのである。

　第3に、米国には開拓者精神を称揚する伝統があることである。その伝統に従えば、ペリーとの交渉で1854年に開国した後進国日本に太平洋を渡って赴き、8年間にわたり日本の近代化に尽くして大きな功績を上げたライマンに対しては、米国社会はしかるべき敬意を払うことが必要と考えられたのである。そのような伝統の存在もライマンの死を大きく扱わせた事情だと思われる。

　以上、ライマンが米国で忘れ去られずに、その死亡記事が大きく扱われた理由を3つ考えてみた。

8. なぜ日本語研究者としてのライマンは忘れられていたのか

　ライマンは米国では The New York Times を読む階層の人々の間では少なくともその死亡記事を掲載する必要がある大きな存在であった。一方日本では、ライマンがお雇い外国人の地質学者として主として北海道の地質調査に大きな貢献をし、その過程で日本人の有能な弟子を育成した功績はその分野の人々の間で語り伝えられてきた。しかし、ライマンの「歴史的意味を有する」事績のもう半分である言語研究に関する功績、すなわち日本語の連濁に関する規則を発見し、それを国語学史上初めて論文にまとめて発表した功績は、正当な評価を得られない状態がほぼ1世紀続いてしまったのである。その原因は不幸な偶然が重なったとしか言いようがない。

　まず、ライマンの連濁論の最初の読者である小倉進平はその内容をよく理解し高く評価したが、論文の著者の来歴については明らかにできないまま世を去らねばならなかった。ライマンを「一米国人」と推測したもののそれ以上のことは言い得なかったのである。

　4.で「ライマンの原論文そのものは簡単に目にすることができない事情」があると書いた。その事情が不幸な偶然の1つ目である。具体的には、まず小倉が目にした「総て十七ページより成る一小冊子」とは、『論文集』に収載された「ライマンの論文」の「別刷り（抜き刷り）」であったことである。ライマンはその「別刷り」にノンブルを改めて振り直してパンフレットを作成し、それを知人に配ったのである。小倉はそれを「17頁の単行書」とみなしたのか、その紹介文に「一小冊子」と記した。そのため、後の研究者もその「別刷り」を独立した1書籍と思い込んだまま、その原論文を探したため、結局発見できずに終わるしかなかったのである。原論文を見るためには、それを収載した論文集をあたらなければならないが、「別刷り」であるとの認識がなければ、当該論文を収載する『論文集』を探す動機もなくなるのである。そのため、小倉以後の研究者はもっぱら小倉（1910）だけを見て

ライマンの連濁論を知り、論ずるしか道がなかったのである。

　不幸な事情の2つ目は、小倉 (1910) が雑誌に出た年が既にライマンが離日 (1880) して30年を経ているので、お雇い外国人ライマンと論文執筆者ライマンとをつなげる発想が出にくい点である。

　不幸な事情の3つ目は、上の事情がある中で、碩学金田一春彦博士が「連濁の解」(1976) でライマンをドイツ人と記述したことである[16)]。そのため、論文執筆者ライマンと明治政府に招聘された米国人地質学者ライマンとを結び付けようとする発想そのものが心理的に絶たれてしまったことである。仮に誰かが Benjamin Smith Lyman という人名をお雇い外国人名簿の中で見たとしても、連濁論を執筆したライマンとは同名異人としか思わなかったであろう。

　さて、1894年のライマン連濁論の発表から97年を経た1991年に屋名池誠 (1991) が発表された。この論文によって、ようやくお雇い外国人ライマンと連濁論執筆者ライマンとは同一人物であることが証明され、その来歴が明らかとなった。しかし大学紀要に掲載された論文であったため、その論文が人目にとまり、その真価が正当に評価されるまでに相当時間がかかってしまったのである。それが不幸な事情の4つ目であるとしてよいであろう。

　不幸な事情の5つ目は、その屋名池氏が小倉の目にしたライマンの「一小冊子」の原論文を収載する論文集 *Oriental Studies* は日本国内にはない、と上記紀要に書いてしまったことである。そのため、その論文集を探そうとする研究者の意欲に水を差してしまう結果となった。確かにライマンの原論文の内容を知るだけなら屋名池誠 (1991) を読むことで用は足りよう。しかし研究を進めるには本物に触れることを目指すよう研究者を鼓舞することも必要なのである。というのも、その探索の経過の中で思わぬ副産物を産み出すことがあるからだ。そのような効果はセレンディピティ (serendipity) と名づけられ、様々な分野の世界中の研究者に注目されている。本物に触れることを目指すうちにひらめく着想があることが実感されているゆえであろう。

　以上に挙げた不幸な事情の複合的な影響なのであろうか、屋名池誠 (1991)

以後の執筆、刊行になる国語辞典、人名辞典は数多(あまた)あるのだが、ライマンを立項した辞典では 1 つの例外もなく、その記述内容は、明治政府が招聘した米国人のお雇い外国人であり、地質調査の方面で功績があった、としか書いていないのである。ライマンの日本語学、言語学方面での貢献はすっかり忘れ去られた格好になっている。既に屋名池誠 (1991) の発表時から四半世紀以上の月日が経過している。ライマンの日本語学、言語学への貢献をこれらの辞典の記述に加えて、ライマンの「歴史的意味を有する」業績の全容を伝えたいものである。

9. ライマンの来日年度は明治 6 年（1873）であった

2. で岩波世界人名辞典 (2013) と広辞苑第六版 (2008) に立項されたライマンの記述を見たが、来日年度はいずれも明治 5 年 (1872) となっていた。これら以外の辞典でも下記で述べる歴史辞典 1 点を例外として、来日年度の記述は同じである。

実はこれらの辞典類の刊行以前にライマン研究には画期的な進展があったのである。それは、マサチューセッツ大学アマースト校図書館司書でライマン研究者である副見恭子氏が同図書館所蔵のライマン・コレクションを整理分類し、手書き資料の判読に成功したことを指す。副見氏は「ライマンの米国出航から横浜上陸までの日記、経費を記録した出納帳、米国の父にあてた手紙の手書きの記述を丹念に判読」して、ライマンの来日日時を 1873 年（明治 6 年）1 月 17 日であると正確に特定したのである。なお 17 日の夕刻に着いたため、税関は既に閉まっており、正式の上陸は 18 日となった模様である[17]。

上で触れた歴史辞典とは日本最大の歴史辞典である吉川弘文館刊『国史大辞典』(全 15 巻・17 冊) のことで、その第 14 巻（1993 年 4 月刊）に「ライマン」が立項されている。そこの記述だけはライマンの来日年度を「明治六年（一八七三）一月、開拓使の招きで来日」と正確に書いている[18]。

6. で見た The New York Times の記事においても「He worked there from 1873 to 1879」となっており、来日が1873年と記述している。なお、念のために書いておくと、記事中の1879年はライマンの離日年度を意味しない。ライマンの明治政府との契約は1879年度までであったが、ライマンはやり残した仕事の区切りをつけるため、1880年12月22日の離日の日まで自費で滞日したのである[19]。

ただ明治5年と6年は特別な年であったことも事実である。明治維新政府は和暦で明治5年11月9日（西暦1872年12月9日に相当）に太陰暦から太陽暦に改暦するという詔書（天皇の命令）を突然発表した。同時に太政官布告（維新政府の最高官庁が公布した法令）で、明治5年は12月2日で終わり、翌日から明治6年1月1日とする、としたのである。すなわち布告からわずか23日で改暦を断行し、和暦を西暦に合わせたのである。このため、各分野でこの時期の記録にはいろいろと混乱があるのである。ライマン来日に関する日本側資料にもこの混乱の影響が出ているのだと思われる。しかし、西洋諸国では太陽暦が使用されており、ライマンはアメリカを旅立った日から日本上陸の日までの毎日の様々な経費を記録し、横浜に上陸した時にかかった諸費用も記録している。その日が1873年（明治6年）1月17日なのである。ライマンは翌日18日に江戸に行き、到着した旨、開拓使長官黒田清隆へ18日付けで手紙を書いている[20]。

10. なぜライマンは連濁を研究したのか

ライマンは来日後、地質学者としての仕事の遂行と並行して、すぐに日本語の研究にも精力的に取り組んだ。彼にはもともと言語に対する深い関心があり、上陸後2ヶ月も経たないうちに、父親への手紙に「子供のおとぎ話を読めるようになった」と報告している[21]。その結果、彼が到達した日本語研究の水準は専門の言語学者のものと比較しても全く遜色のないものとなった。その研究成果は今日「ライマンの法則（Lyman's Law）」と呼ばれる日本

語の音韻規則として結晶し、日本人研究者の間ではもとより世界の言語研究者の間でも流通するものとなっている。

　ライマンはそもそもどのような動機で日本語の「連濁」の研究に取り組んだのであろうか。屋名池誠（1991）はライマンの語学研究には「正書法への関心」と「語源や原初的構文法への関心」の2系列があり、連濁研究はライマンの関心が前者から後者に移っていくかなめの位置にあるとしている。そして更に次のように述べる。「ライマンの連濁研究は、本来、日本語ローマ字正書法のための基礎研究であったことがよくわかる。漢字表記では、同一語が連濁しようが、不連濁であろうが表記面には反映されないので、漢字表記を常用している人間は、読むときはともかくも、書くときは連濁、不連濁には無関心でいられる。しかしローマ字表記では、清音か濁音かが決まらなければ表記ができないのであるから、いきおい連濁現象には敏感にならざるをえないのである」[22] すなわち、ライマンの連濁研究は日本語ローマ字正書法を確立するために、その基礎研究をすることを目的としてなされたとしている。

　また鈴木豊（2007）も屋名池誠（1991）を参照しながら以下のように述べる。「日本語の連濁現象は日本語のローマ字表記化にとって避けがたい問題であった。連濁の問題は漢字と仮名を使用する日本人には大きな問題として意識されることはないが、清濁を異なる文字で表さなくてはならない（つまり、濁点を使用しない）ローマ字表記においては大きな問題として浮かびあがってくるのである。連濁研究が外国人の手によって開拓されたことには必然性があったのである」[23]

　なぜ日本人ではなく米国人のライマンがあの時期に（ライマンの滞日期間1873年から1880年までを含め帰米後も）本業の地質調査のかたわら、日本語の連濁現象の研究に取り組んだのか、屋名池誠（1991）、鈴木豊（2007）の引用部分の記述から理解できるであろう。すなわち、日本語のローマ字表記化を図ろうとすると、手首（テ・クビ）、石灯籠（イシ・ドウロウ）のような日常語となっている多くの複合語を表記するためには、複合語の後部成素の語頭が

清音になるか濁音になるか決めることができなければならない。ライマンは日本人ではないからこそそのことにいち早く気が付いて、複合の際の清濁の決定原理を解明することに心血を注いだのである。その結果、我々のライマンは「ライマンの法則（Lyman's Law）」すなわち「複合語の後部成素中に濁音が既にある時は連濁を妨げる」という法則を発見し、論文としてまとめ発表できたのである[24]。

11. おわりに

　本稿執筆者は7年前に日本語の連濁現象を研究対象として意識し、ライマンの法則を知った。そしてライマンという稀にみる人物を知ったのである。同じ大学に勤務する日本語研究者である畏友鈴木豊博士に教えられたのである。もとより筆者は日本語研究に貢献するには専門家としての素養に欠ける身である。従って、せめてライマンその人の来歴や事績について、一般の知識や理解に不十分な点がある場合には、その点を補完する仕事ができれば幸いであると思い、本稿を執筆し縷々上で述べた次第である。

　本稿執筆時（2017年9月）はライマン没後97年目にあたる。3年後の2020年には没後100年となり、18年後の2035年にはライマン生誕200年となる。それぞれの節目の年までにライマン研究をどれだけ進展させられるのか、また日本語の連濁研究をどこまで深められるのか、大きな期待を抱いて筆を擱くこととする。

　　1）「連濁」については以下の説明を読まれたい。
　　　「連濁はなんのために存在するのか」については以下のように考えられている。すなわち自立語と自立語が複合するときに、前部となる自立語と後部となる自立語の境界（形態素境界）を後部成素の語頭を濁音化させることによって、それらが別別の2語としてではなく、新たなより大きな1つの形態素＝複合語として扱われるべきことを示すために存在する、というものである。形態素境界となる後部成素の語頭子音を濁音化すると、なぜ2つの自立語が別別の2語と

してではなく、新たなより大きな1つの形態素＝複合語として解釈されるのかは、日本語の濁音の分布条件を見ると理解できる。すなわち、現代日本語の和語においては次の濁音分布の規則PQRがあるからである。

 P：（原則として）語頭に濁音は出現しない
 Q：1つの形態素（意味を担う最小の単位）に濁音は複数出現しない
 R：複合語を形成するにあたり、後部成素となる形態素に既に濁音がある場合には、その語頭子音を濁音化させない。（つまり連濁しない）（このRを「ライマンの法則」という）
 （例）イ） フデ＋ハコ──→フデ─バコ
    ロ） キタ＋カゼ──→キタ─カゼ

 イ）は「フデ」と「ハコ」という2つの自立語を複合して、新たな1つの形態素＝複合語「フデバコ」として解釈させる必要がある。そのために、後部成素「ハコ」の語頭子音を濁音化させて、つまりPの規則を破らせて、そこが語頭という解釈を排除することで、「フデバコ」が、新たな1つの形態素＝複合語であると表示するのである。この濁音化を「連濁」という。この連濁には例外があり、その規則がRである。

 ロ）は「キタ」と「カゼ」という2つの自立語が複合して「キタカゼ」となるが、それを新たな1つの形態素＝複合語として解釈させる必要がある。そのためには後部成素「カゼ」の語頭子音を濁音化し「連濁」させたいのだが、後部成素「カゼ」には既に濁音「ゼ」があるので、語頭子音を濁音化させることはできない。これがRの規則であり、「ライマンの法則（Lyman's Law）」と呼ばれる。この場合には連濁させずに複合語を形成する。このRの規則、すなわち「ライマンの法則」は極めて強力で、例外はほとんどないとされている。

2) ナウマン（Edmund Naumann）（1854～1927）ドイツの地質学者。明治政府の招きで来日。地質調査をするほか化石を研究。ナウマン象の名は最初にその化石を研究したナウマンに因む。

3) シュリーマン（Heinrich Schliemann）（1822～1890）ドイツの考古学者。トロイアの遺跡を発掘。『古代への情熱』岩波文庫（1954）などが日本語に翻訳されている。

4) ハウプトマン（Gerhart Hauptmann）（1862～1946）ドイツの劇作家、小説家。1912年度ノーベル文学賞受賞。『日の出前』岩波文庫（1939）など多数が日本語に翻訳されている。

5) ブルーム・コレクションは横浜生まれのフランス系アメリカ人 Paul C. Blum（1898-1981）の旧蔵書。

6) 鈴木豊（2007）「ライマンの日本語研究」p. 227、『文京学院大学外国語学部文

京学院短期大学紀要』6 pp. 225-239 文京学院大学総合研究所
7) http://query.nytimes.com/mem/archive-free/pdf?res=9B07E3D71E3CEE3ABC4950DFBE66838B639EDE（ライマン死亡記事　2017年8月31日閲覧）
8) 鈴木豊・川﨑清（2015）「日本語音韻史述語の英訳に関する研究(3)」p. 12,『文京学院大学総合研究所紀要』第16号 pp. 9-28 文京学院大学総合研究所
9) http://query.nytimes.com/mem/archive-free/pdf?res=9F03E4D81531E233A25751C2A96F9C946096D6CF（ヘボン死亡記事　2017年8月31日閲覧）
10) http://query.nytimes.com/mem/archive-free/pdf?res=9906E4DD1739E333A25754C2A96F9C946997D6CF（フェノロサ死亡記事　2017年8月31日閲覧）
11) 中山茂（1994）『大学とアメリカ社会』朝日新聞社、p. 14.
アメリカ政府が成立するまでにできた植民地大学は全部で15校。そのうち現在まで生き残っているのは以下の9校である。（　）内は創立年。ハーヴァード（1636年）、ウイリアム・アンド・メリー（1693年）、エール（1701年）、ニュージャージー（後プリンストンと改名）（1746年）、キングズ（後コロンビアと改名）（1754年）、フィラデルフィア（後ペンシルヴェニアと改名）（1755年）、ロード・アイランド（後ブラウンと改名）（1764年）、クウィーンズ（後ラトガーズと改名）（1766年）、ダートマス（1769年）（改名した大学名は紙面節約のため本稿筆者が当時の大学名の直後に書き入れた）
12) Fujita, Fumiko (1994) *American Pioneers and the Japanese Frontier : American Experts in Nineteenth-Century Japan* Contributions in Asian Studies, Number 4 London Greenwood Press, pp. 43-44.
13) フィラデルフィア東洋学会（The Oriental Club of Philadelphia）は1888年4月に設立された米国で最も古い学会の1つである。設立時の会員には米国内外の当時の一流の知識人が参加している。ライマンもその1人であり、日本人では馬場辰猪、ドイツ人ではマックス・ミュラーの名前がある。
14) 米国哲学協会（The American Philosophical Society）は1743年、ベンジャミン・フランクリンが唱道者となって設立された米国最古の学会である。創立時の会員には米国建国の父と言われるジョージ・ワシントン、トマス・ジェファソンも名を連ねている。19世紀には英国からはチャールズ・ダーウィン、ドイツからアレクサンダー・フォン・フンボルトが参加している。
15) The Publication Committee *Oriental Studies A SELECTION OF PAPERS read before The Oriental Club of Philadelphia 1888–1894,* Boston GINN & COMPANY 1894, p. 8.
そこに「1888年5月14日にライマン氏の家で集会」と記録されている。
16) 「連濁の解」（1976）のライマンの国籍の記述は訂正された上で、同論文は『日本語音韻音調史の研究』（2001年刊）吉川弘文館、『金田一春彦著作集第6巻』

17) 副見恭子（1990）「ライマン雑記」『地質ニュース第427号、1990年3月号』pp. 54-55. なお「ライマン雑記」には(1)と番号が振られてはいないが、事実上これが(1)である。[ライマン雑記]はその後2010年4月発行の(23)まで続いた。（この研究に多くを教えられた。ライマンの人となりを知るには必読の文献である。しかしライマンの日本語研究の内容については連載の最終回に至るも触れていない）
18) この項目の執筆者は地質学者今井功氏（1925〜2006）であるが、恐らく彼は注17）の副見氏の文献を見て、それまでの認識を改めた上で『国史大辞典』の項目を執筆したと推測される。今井氏自身かつて『地質ニュース』誌上で「地質調査事業の先覚者たち」という連載を担当し、その中でライマンを扱っているが、その時はライマンの来日年度を「彼の来日は1872年（明治5年）である」と書いている。（『地質ニュース第111号、1963年11月号』pp. 30-31.）なお、今井氏もライマンの日本語研究には一切触れていない。今井氏は既に他界されているので、これ以上の確認はできない。
19) 副見恭子（1990）「ライマン雑記」(2)『地質ニュース433号、1990年9月号』pp. 40-42.
20) 注17）文献 pp. 54-55.
21) 注12）文献 p. 46.
22) 屋名池誠（1991）「〈ライマン氏の連濁論〉 原論文とその著者について 付. 連濁論原論文「日本語の連濁」全訳」p. 84,『百舌鳥国文』11、大阪女子大学大学院国語国文学専攻院生の会
23) 注6）文献 p. 238,
24) Lyman, B. Smith（1894）"THE CHANGE FROM SURD TO SONANT IN JAPANESE COMPOSITION" *Oriental Studies A SELECTION OF PAPERS read before The Oriental Club of Philadelphia 1888-1894* Boston GINN & COMPANY 1894, pp. 160-176, The Oriental Club of Philadelphia

参 考 文 献

〈論文・書籍〉

今井功（1963）「地質調査事業の先覚者たち」(4)、『地質ニュース』、工業技術院地質調査所

小倉進平（1910）「ライマン氏の連濁論（上）」「（同）下」、『国学院雑誌』16-7・8

小倉進平（1916）「連濁音に就いて」、『朝鮮教育研究会雑誌』13、朝鮮教育研究会、＊小倉進平（1920）に再録

小倉進平（1920）『国語及朝鮮語のため』、ウツボヤ書籍店、＊小倉進平（1916）

を再録

小倉進平（1980）『小倉進平博士著作集（四）』、京都大学文学部国語学国文学研究室、＊小倉進平（1920）を再録

金田一春彦（1976）「連濁の解」、*Sophia Linguistica* II、＊金田一春彦（2001）（2005）に再録

金田一春彦（2001）『日本語音韻音調史の研究』、吉川弘文館、＊金田一春彦（1976）を再録

金田一春彦（2005）『金田一春彦著作集第 6 巻』、玉川大学出版部、＊金田一春彦（1976）を再録

桑田権平（1937）『來曼先生小傳』、自家版

鈴木豊（2005）「ライマンの法則の例外について――連濁形「―バシゴ（梯子）」を後部成素とする複合語を中心に―」、『文京学院大学外国語学部文京学院短期大学紀要』 4、pp. 249-265、文京学院大学総合研究所

鈴木豊（2007）「ライマンの日本語研究」、『文京学院大学外国語学部文京学院短期大学紀要』 6、pp. 225-239、文京学院大学総合研究所

鈴木豊・川﨑清（2013）「日本語音韻史述語の英訳に関する研究」、『文京学院大学総合研究所紀要』第 14 号、pp. 107-114、文京学院大学総合研究所

鈴木豊・川﨑清（2014）「日本語音韻史述語の英訳に関する研究(2)」、『文京学院大学総合研究所紀要』第 15 号、pp. 75-91、文京学院大学総合研究所

鈴木豊・川﨑清（2015）「日本語音韻史述語の英訳に関する研究(3)」、『文京学院大学総合研究所紀要』第 16 号、pp. 9-28、文京学院大学総合研究所

中山茂（1994）『大学とアメリカ社会』、朝日新聞社

森田武（1977）「日葡辞書に見える語音連結上の一傾向」、『国語学』108、国語学会

副見恭子（1990-2010）「ライマン雑記」(1)-(23)『地質ニュース』、地質調査総合センター

藤田文子（1993）『北海道を開拓したアメリカ人』、新潮社

屋名池誠（1991）「〈ライマン氏の連濁論〉原論文とその著者について 付．連濁論原論文「日本語の連濁」全訳」、『百舌鳥国文』11、横組 pp. 1-63、大阪女子大学大学院国語国文学専攻院生の会

Fujita, Fumiko (1994) *American Pioneers and the Japanese Frontier : American Experts in Nineteenth-Century Japan* Contributions in Asian Studies, Number 4, London Greenwood Press

Lyman, B. Smith (1885) "On the Japanese Nigori of Composition, by Mr. B.S. Lyman, of Northampton, Mass." *Journal of the American Oriental Society* 11, pp.

cxlii-cxliii, The American Oriental Society

Lyman, B. Smith (1894) "THE CHANGE FROM SURD TO SONANT IN JAPANESE COMPOSITION" *Oriental Studies A SELECTION OF PAPERS read before The Oriental Club of Philadelphia 1888–1894* Boston GINN & COMPANY 1894, pp. 160-176, The Oriental Club of Philadelphia

The Publication Committee of The Oriental Club of Philadelphia (1894) *Oriental Studies A SELECTION OF PAPERS read before The Oriental Club of Philadelphia 1888–1894*, Boston GINN & COMPANY

〈辞典〉

岩波書店辞典編集部(2013)『岩波世界人名大辞典』、岩波書店
国史大辞典編集委員会(1993)『国史大辞典』、第14巻、吉川弘文館
新村出編(2008)『広辞苑』、第六版、岩波書店
飛田良文編(2007)『日本語学研究事典』、明治書院

〈新聞〉

The New York Times 1908年9月27日号(フェノロサ死亡記事掲載、ただし本稿には引用なし)
The New York Times 1911年9月22日号(ヘボン死亡記事掲載、ただし本稿には引用なし)
The New York Times 1920年8月31日号(ライマン死亡記事掲載、本稿6.に引用)

アメリカ英語における「定型表現 (cliché)」の使用とその遷移について

加藤木 能文

1. 本稿における cliché の扱い

　本稿では英語の「定型表現」、特に 19 世紀以降のアメリカ英語におけるいわゆる「クリーシェ (cliché)」の使用とその歴史的変化について若干の考察を加えてみたいと思う。cliché は定義の難しい用語である[1]が、本稿ではその定義の議論の詳細に触れることは避け、繰り返し使われる傾向が比較的強い定型表現のうち、句動詞 (phrasal verb) や群前置詞 (group preposition) 類を除いて考える、という緩やかな形で捉えたい。すなわち、It's all Greek to me (「私にはちんぷんかんぷんだ」) や pie in the sky (「絵に描いた餅」) は cliché であるが、catch up with (「追いつく」) や pull over (「車を道の片側に寄せる」) は句動詞、in spite of (〜にもかかわらず) は群前置詞であるとして区別する。これらは全て、一つ一つの単語の意味の合計が全体の意味にならない、即ち、意味における「合成の原理」が成立していないという点では同じであるが、cliché の方はなぜその意味に使われるかについてより多くの手がかりを残していると言える。日本語で使われる「神は細部に宿る」や「五十歩百歩」といった慣用的表現も、その由来を聞けばある程度は納得がいくものであり、英語の句動詞ほど意味との結びつきが恣意的ではないと言うことができよう。

　cliché は日本語にも英語にも数多く存在するが、恐らくこれはどの言語で

も事情は同じであろうと思われる。常套句、月並み表現という意味で「使い古された陳腐な表現」といった否定的なニュアンスで扱われることも多いが、その言語の話し手にとっては便利で使い勝手が良いゆえに多用されるといった面は否定できないであろう。こうした定型表現の使用状況を知ることは、言語の面からアメリカ文化の解明に光を投げかける一助になるに違いない。

　定型表現の使用状況の歴史的変化を調査するに当たって、基本となる資料としてはアメリカの Brigham Young University（=BYU）[2]で開発・運営されている Corpus of Historical American English（COHA）というデータベースを主として用いた。運営している組織のウェブサイトに載っている説明によれば、このコーパスは、1810 年代から 2000 年代に至る 4 億語を超える資料を収録しており、データはフィクション、雑誌、新聞、ノンフィクションの書籍といった区分がなされたテキストから集められている[3]。また、同じ運営主体（BYU）が公開している Corpus of Contemporary American English（COCA）も補助的資料として参照した[4]。

　どのような cliché を調査対象とするか決めるに当たっては、複数の cliché 辞書を参照した。何を持って cliché とするか自体が決定できなければ、どんな表現を調べるかも厳密には決めがたいのであるが、やはり使用頻度は一つの大きな要素とするべきであろう。

　そこで現代の代表的なクリーシェ辞典の一つである Betty Kirkpatrick の *Clichés : Over 1500 Phrases Explored and Explained* (1996) や、Eric Partridge の *A Dictionary of Clichés* (1940) を中心に、その他幾つかの辞典を参照して、比較的使用頻度が高いであろうと思われる 276 の項目を、前述の、1810 年代以降の英文テキストを 4 億語以上という巨大な規模で蓄積している言語データベース（コーパス）である COHA（Corpus of Historical American English）を用いて調べた[5]。当然予想されることであるが、辞書項目としては同等の扱いになっていても、実際の使用の状況は、時期についても度合いについても

大きく異なるのである。

　例えば「事故がいつ起こってもおかしくない」という意味で用いられるとされる accident waiting to happen は、COHA では 1970 年代の次の例が初出であり、

law has made every intersection with a traffic light an accident waiting to happen. (1978)

それ以降の出現回数も計 4 回に留まるのに対し、「古き良き日々」の意で使われる good old days は、1820 年代の

It is a pity the good old days of Richard the First could not be restored. (1825)

から 2000 年代の

Some educators suggest that nostalgia for the good old days in which everything could be freely discussed on campuses is based on a myth. (2001)

まで、実に 407 回に及ぶという大きな違いがある。この論考では、良く知られてはいても出現頻度の低い cliché については原則的に扱わず、少なくとも 19 世紀初頭から現在に至るいずれかの時期に広く使われた表現に優先順位を置いて論じたいと思う。

2.　単語としての cliché について

　もう一つ、cliché を選ぶ際に留意すべきことがあるとすれば、それは一つの単語のみからなる cliché をどう扱うか、ということであろう。言うまで

もなく、cliché は常に複数の語からなるとは限らない。例えば、古代ギリシャ語に起源を持つ、Eureka! という語などは、単語にして cliché の資格を十分に備えているように思われる。伝説によれば、古代ギリシャの数学者・物理学者であったアルキメデス（Archimedes）は、浮力の原理を発見した際に、Eureka! という言葉を発したとされている。この古代ギリシャ語は、現代英語にも取り入れられて、何か大きな発見を行なった時や今まで自覚していなかったことに気付いた時などに用いられている。

このこと自体はたいていの英語辞書に説明されており、現代語にまで取り入れられ、使い続けられている原因と目されるアルキメデスのエピソードについても、古代ギリシャに関する書籍に当たれば容易にその詳細を知ることができるであろう。しかし、実際にこの表現が現在の英語の中で「どのように、そしてどの程度」使われているのかはにわかには分からない。そこで COHA で検索してみると、使用頻度に関しては以下のような結果が得られた。即ち、このコーパス内でのこの表現の初出は 1823 年であり、それ以来 2008 年までの間の資料の中に、合計して 413 回使用されている。これは今回調査対象とした 300 近くの定型表現の中で 5 番目に多い数字である。その使用頻度をグラフ化すると次のようになる。

図1　eureka!

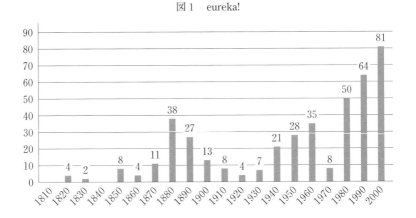

ここから読み取れる傾向は、Eureka! という表現は 1820 年代に使われ始め、19 世紀末に向かって使用頻度は徐々に上がっていったが、20 世紀の初めから 1930 年代くらいまでは使用が減少していき、その後 1940 年代以降は 1970 年代の例外を除いて一貫して増加傾向にあり、特に近年は頻繁に使用されている、ということであろう。

　実際の使用例としては、

Let us beware of that shallow science so ready to shout Eureka, and reverently acknowledge a mysterious intuition here displayed which joins with the latest conquests. (1868)
　Truth is, innovation is rarely the product of pure inspiration, that "Eureka!" moment when some genius comes up with a wholly new idea. (2002)

といったものがあげられる。
　但し、ここで注意すべきことは、"from Fayetteville to Eureka Springs" (1881) や "In May I went to Eureka College, to preach the baccalaureate sermon." (1887) の例で分かるように、Eureka! の全てが「分かった！」という意味で使われているわけではないということである。この 2 つの例では、Eureka は明らかに地名そして学校名である。これ以外にも、劇場名（Eureka Theater）、会社名（Eureka company）といった例が見つかる。複数語からなる cliché であっても、語句の字義通りの意味で用いられる可能性はもちろんあるが、単独の語の場合のように、人名・地名・社名・校名などにそのまま使用される可能性はずっと少ないと推定しても良いであろうと思われる。こうした事情を考慮すると単語の cliché の使用状況の調査に当たっては、複数語からなる cliché の場合よりも遥かに慎重なアプローチが必要であると言える。

3. Cliché 使用の歴史的変遷

以下、調査した 300 近くの cliché のうち、比較的使用頻度の高いもの、及び使用状況の歴史的変化が時代の変遷に応じて特徴的なものの幾つかを取り上げていくこととしたい。

pave (paved / paving) the way　（総出現回数 788 回）

まず第一に取り上げるのは、pave the way という慣用表現である。字義通りには「道を舗装する」の意味であるが、慣用表現としては「〜への準備をする」「〜への道を拓く」といった cliché として用いられる。pave the way の形で検索すると COHA では 340 件の例が見つかるが、paved the way で更に 321 件、paving the way で 127 件ヒットする。合計数は 788 件であり、この値は今回調査した全項目の中で最大であった。

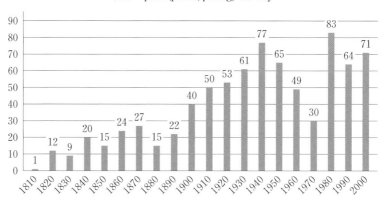

図 2　pave (paved, paving) the way

具体的な使用例を COHA のデータから見てみると、次のような実例が見つかる。

This distinction seems to us to pave the way for a convenient three-fold division of the various sciences. (1836)

　General Harrison declared that Cromwell merely desired to pave the way for the government of Jesus and his saints. (1899)

　The development of phosphors for fluorescent lamps and TV helped pave the way for a succession of other devices. (1957)

　If the Soviet Union seriously desires a reduction in tensions it can readily pave the way for useful negotiations by actions in the United Nations and elsewhere, (1960)

　The new research on lightning and storm duration could pave the way to more-accurate predictions of flash floods. (1989)

　Innovations in batteries and materials will pave the way for these new fuel sources. (1995)

　各年代を通じて豊富な例が見つかる。1944年の次の文からは、スペインの独裁者フランコと彼の率いたファランヘ党への言及がある。

　Franco has already sent one hundred well-trained Falangist priests to South America to pave the way for an ultimate conquest of that continent by the fascist forces. (1944)

　アイゼンハウアー大統領が登場する1957年のデータや、カーター大統領をめぐる1979年のデータからも当時の雰囲気が伝わってくる。

　Mr. Eisenhower faced the realization that sometimes the highest duty of a President is to pave the way for those who come after him. (1957)

　The Israeli Cabinet accepts President Carter's two key compromises to pave the way for a peace treaty. (1979)

pave the way の cliché としての用例は年代を追うごとに増加の傾向にある。また、例文を吟味すると、例えば次にあげる例から、この pave the way という cliché が、良い方向への「準備をする」とか、「道を拓く」ことを意味するとは限らないことが分かる。

a dastardly peace would pave the way for speedy, incessant, and more appalling warfare. (1863)

Always, in life, little events pave the way for great catastrophes. (1884)

They start strange hopes and longings in the human heart, and they pave the way for disappointments and disasters. (1912)

If you abandon it you pave the way for complete destruction of the miners' union in Illinois. (1932)

Defensive tactics, defensive strategy, can only pave the way to eventual defeat. (1950)

この表現は字義通りの意味、即ち「道を舗装する」という意味合いで用いられることは少なく、専ら cliché としての「何らかの結果や目的に導く」という意味で使われていることが圧倒的に多いというのも一つの特色になっている。字義通りの意味に使われていると思える例外を一つだけあげておけば、

Virgin Islands were a Danish territory until 1917, (and they) used broad, flat rocks to pave the way (2003)

が該当しそうであるが、ごく少数である[6]。

under the sun　（総出現回数 766 回）

次に、under the sun という慣用表現を取り上げたい。字義通りの意味で

は「太陽の下に」と言うことになるが、一般的に「この世界で」「世の中で」といった広い空間を表す表現として使われている。この句は、今回調査した中で2番目に多い766度の出現が見られたclichéである。調査結果をグラフにすると、次の通り。

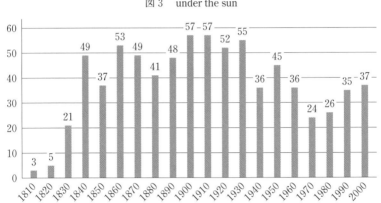

図3　under the sun

これを見ると、under the sun は、1810年代から使われ始め、1830年以降は現在に至るまで常に高い頻度で用いられ続けてきた、と言うことができよう。歴史をたどれば、この句はイギリスにおける宗教改革の先駆者 Wycliffe が1382年に行なった聖書の翻訳（Ecclesiastes 1:9）に既に使われている。("Nothing under the sun is new.") 17世紀には既に cliché になっていたと Kirkpatrick (1996) は見ている。

具体的な例を見てみると、

There is nothing new under the sun, says Ecclesiastes. (1905)
Yet there is no artist under the sun who can create art of quality without faith in human values. (1932)
They'll do anything under the sun to promote their frontiers. (2001)

といった例が見られる。もちろんこの句の場合でも、

the hours he spent under the sun. (2001) や
Charlie's eyes opened wide like day lilies under the sun. (2009)

のように cliché としての意味ではなく、字義通りの意味と解釈される例も存在する。しかし、2000 年以降に現れた 67 例の中で cliché ではなく、字義通りに解釈するべきであることが明白なのは 8 例だけで、他にどう解釈すべきかやや判断に迷う例が 5 例、残りの 54 例は次のような cliché としての用例であった。

we could talk about anything under the sun. (2000)
to sell newspapers with any opinions under the sun (2000)
Everything is clean and pure under the sun. (2004)
treated every subject under the sun, from the story of creation to the roles of men and women. (2008)

67 例中の 54 例、即ち 80.59 パーセントが cliché として用いられている状況を踏まえれば、under the sun という表現は、明らかに現代アメリカ英語の中で慣用的に使われていると結論付けることができよう。

believe it or not （総出現回数 437 回）
「信じられないでしょうが」「まさかと思うでしょうが」といった聞き手にとって驚くべき情報を伝える前に使う常套句。この表現が多用されるようになったのは、アメリカの漫画家ロバート・リプリー（Robert L. Ripley）が、1918 年に New York Globe 紙で開始した漫画 Believe It or Not! が評判になったことが関係していそうである[7]。1949 年には NBC のテレビ番組のタイトルとしても Believe It or Not! が使われ、Ripley はその番組のホストも務めた。

この番組は、彼が亡くなった後も何回もシリーズ化された人気番組となった。

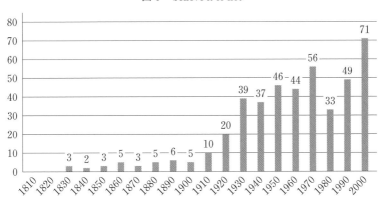

図 4　believe it or not

一見して分かるとおり、1910 年代から出現回数が急に上がり、1930 年代から現代に至るまで使用される頻度は基本的に上昇傾向にあると言えよう。具体例としては、

Aristotle, believe it or not, became a great influence in certain parts of Chicago. (1982)

And not long ago, believe it or not, there was an international symposium on The End of Postmodernism (1995)

When I met Isabelle, she was a knockout, believe it or not. A beauty queen from Cleveland. (1998)

Believe it or not, these serious politicians were all kids once. (2002)

Believe it or not, there apparently was a guitar solo in Toto's pop hit (2006)

といったものがある。一方、次の例は cliché としての用法とは言えないと判断すべきであろう。

Yes, my lady, whether you believe it or not, yourself, you are but little better than a gone girl (1839)

It makes no difference to me whether you believe it or not. (1862)

こうした例の他にも、この句の場合には、Ripley's Believe It or Not! というテレビ番組や cartoon への直接の言及の形での引用も多い。しかし出現回数の多さから見て、この句は現代アメリカ英語で cliché としての確固たる地位を築いたと見て良いと思う。

it goes without saying （総出現回数 419 回）[8]

人々に周知されているので「言うまでもない」という意味で広く用いられている。Kirkpatrick (1996) は、「19 世紀末に使われ始めたと言われている」と書いているが、出現回数のデータを見れば、それが裏付けられている。なお、複数の専門家が、この表現はフランス語の cela va sans dire の翻訳から来たものだとの見解を述べている。

COHA で見られる (it) goes without saying の出現回数をグラフ化すると以下のようになる。goes の形での出現は計 369 回である。

図 5　it goes without saying

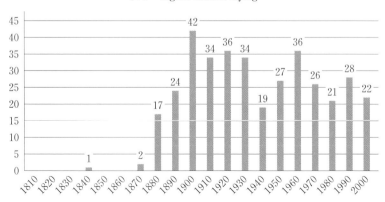

具体的な使用例としては、まず it goes without saying については以下のような例が見つかる。

It goes without saying that her husband was not the only man in love with her. (1911)

That the cowboys knew the location of the flocks goes without saying, (1912)

It goes without saying that she has been wife to me in name only. (1916)

And it goes without saying that no device will turn you into a creative genius. (1990)

It goes without saying that the network promoted the changes heavily in the affected markets. (1994)

And it goes without saying that rosemary makes for a better-tasting burger! (2006)

更に、(it) went without saying は、以下のように使われてきた。

図6　it went without saying

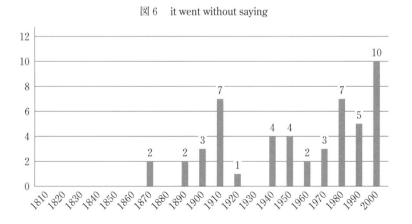

具体的には、次のような使用例がある。

It went without saying that if Mother liked a thing in that home Father would, too. (1917)

That the labor was hard and long, went without saying. (1922)

It went without saying that the Southerners must also be anxious over the outcome of that big fight (1954)

Was this something everybody knew and so went without saying? (1980)

it went without saying that she was on a very tight budget. (2004)

なお、gone without saying についても調査した。3例だけ見つかるが、次のように say が節でなく名詞句を目的語に持ち、ここで扱ってきた cliché としての用法とは異なるものばかりであった。また1921年以降、この gone という過去分詞形での使い方の例は COHA では現れていない。

if we had gone without saying good-by to you. (1882)

He had gone without saying a word to the commander, and though that was a breach of etiquette, (1884)

He can't have gone without saying good-by. (1921)

good old days　（総出現回数 407 回）

過去の過ぎ去った日々を感傷的な気持ちで振り返る時に使われる常套句である。「古き良き時代」というほぼ直訳の表現が日本語でもしばしば聞かれることからも、この過去を懐かしむ感情は、かなり普遍的なものに思える。グラフから読み取れるのは、この表現が頻繁に使用されるようになったのは19世紀末で、20世紀になってから好んで使われる傾向にあるということである。極めて平凡な単語を組み合わせたものであり、ずっと以前から使われていても良さそうであるが、実際には比較的近年の句であると言えよう。実際の用例としては、以下のような文や語句がある。

図 7　good old days

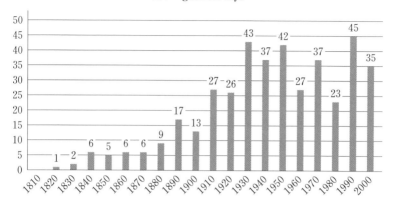

but in those good old days living was easy. (1914)

the alumni who return to warm up the fraternity-house with stories of the good old days. (1916)

In the good old days of the old-time religion, the unchurched were far more numerous (1949)

The "good old days" of modest government spending may never return. (1951)

Remember the good old days when the milkman (upon delivering the milk) would take away the empty bottles (1992)

　生活の現代化が進めば進むほど、長閑だった昔の暮らしを懐かしむ気持ちは強くなりそうであり、今後このcliché の出番はますます増えることが予想される。

make ends meet　（総出現回数 398 回）[9]

　「収支を合わせる」「収入の範囲内で生活する」と言う意味で使われる慣用表現である。データの出現回数の記録からして19世紀になってから使われ

るようになった cliché と見ることができるが、起源はずっと古いという説もある。(Partridge (1940)) O.E.D. によれば、フランス語における決まり文句の joindre les deux bouts（二つの端をつなぎ合わせる）から来ていると考えられる。

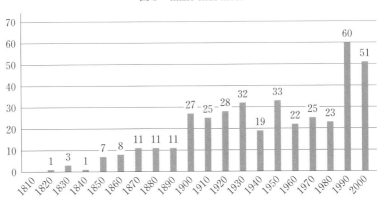

図 8　make ends meet

具体例を見てみよう。

More than 7 million Americans hold two or three jobs to make ends meet. (1992)

When he came to California in 1930, he made ends meet by picking peaches. (1993)

For example, Sasha, a political scientist in Yerevan, makes ends meet by teaching at three public institutions and two private ones (2000)

The majority of people work to pay bills and make ends meet. (2003)

he made ends meet working as a reporter for a local newspaper and interviewing native Alaskans. (2004)

I'm writing a literary masterpiece, but I make ends meet with a weekly gossip piece you may have seen called La Vie Parisienne. (2007)

この表現は、COHA での実際の例文を見る限り、cliché としての使用率、即ち「収支を合わせる」という意味で用いられている場合が圧倒的に高いことが伺われる。字義通りの意味での用例はほとんど見られないのが特徴である。

a rolling stone　（総出現回数 318 回）

字義通りには「転がる石」の意であるが、「居場所や職業を転々と変えて、落ち着かない人」を表す慣用句になっている。更にニュアンスとしては、そのため経済的にあまり成功していないことを含意する場合がしばしばある。この表現の出現回数を調べてみると、特徴的と思われるのが 1910 年代〜1920 年代における突出した出現頻度である。この 20 年間だけで 126 回の使用例があり、1900 年代以前及び 1930 年代以降の使用の少なさとの鋭い対照が際立っている。これは、この論考でデータベースとして利用している COHA というコーパスがこの年代に The Rolling Stone という雑誌を資料収集の対象としていることに由来する。1910 年代の 43 例がこの雑誌名、他に 8 例が Rolling Stone という大文字で言及される固有名詞としての用例であると判断されるので、cliché としての用例は多くても 13 例に留まる。また 1920 年代については、50 例に渡って Rolling Stone が人名として用いられて

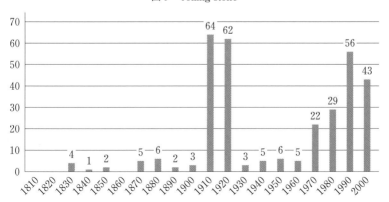

図 9　rolling stone

おり、cliché としての使用は多くても 12 例に過ぎない。近年においても固有名としての使用が大半であり、表現自体の出現回数に拘らず、cliché としての用例は見かけほど多くないと見て良いであろう。しかし cliché として意味は完全に了解されており、定着しているようである。

具体的な使用例は以下の通り。

A rolling stone and a roving trade gather no moss. (1833)

thou hadst best settle thyself down in life in thy youth, for a rolling stone gathers no moss. (1838)

I may not gather moss, but I'm not a rolling stone, ... neither is my heart – (1885)

He's a rolling stone, and that is why I can't just locate him. (1911)

What he fears is a mossy stone and a rolling stone. (1918)

he had wanted to be another Goethe and had ended up as a rolling stone. (1955)

Everyone is so insecure ... what can a Rolling Stone do at forty? (1969)

In other words, for today anyway, I'm a rolling stone, and rolling stones gather no moss – and do no blogging. (2007)

次に挙げる 1912 年の例と 1982 年の例は雑誌名、1915 年の 2 例は明らかに固有名詞であろう。1922 年の例では、Rolling Stone が人名として使われている。

We have missed two issues of The Rolling Stone, (1912)

For luncheon I went over to the Rolling Stone Restaurant. (1915)

this very lovely and intelligent young girl happened to be a waitress at the Rolling Stone Inn. (1915)

"Excuse me, young man. But did you say – Yaquis?" asked Rolling Stone, and there was a new and eager note in his voice." (1922)

His English was no worse than the average Rolling Stone reviewer's. (1982)

なお、1800年代にrolling stoneが使われた例が20あるが、その中の8例がA rolling stone gathers no moss. ということわざの直接の引用、ないしは微細な修正を加えた引用の形を取っており、この表現がことわざから独立したclichéになっていった過程の様子がうかがわれる。

the last straw （総出現回数305回）

このclichéは、It is the last straw that breaks the camel's back.（ラクダの背骨を折るのはその一本の藁である）ということわざに由来し、「様々なことが積み重なってきたつらい状況を、最終的に耐え難いものにするきっかけ」という意味で用いられている。日本語の言い回しの中では「堪忍袋の緒が切れた」と通ずるものがある。19世紀後半から使用が増え、20世紀になってから完全にclichéとしての定着を見たと言えよう。

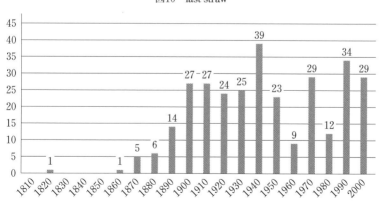

図10　last straw

具体例を幾つかあげると、次の通り。

The intonation was the last straw. The colonel lost all control of himself. (1891)

Miss Shelby's extra order is just the last straw that'll break the camel's back, I'm afraid. (1902)

I could feel that my presence was the last straw to this unfortunate medical camel. (1905)

Last night was not the last straw. It was the whole straw-stack. (1909)

They made me absolutely furious. But the last straw was Einstein's theory of relativity. (1976)

The announcement that he would run in the November 1988 elections was the last straw. (1987)

1902年の例のような、このclichéの派生元となっていることわざをほぼ完全に引用する形で用例が19世紀には特に目立った。煩を避けるため列挙しないが、It is the last straw とか That was the last straw といった単純な形での使用は実に多い。

out of the blue　（総出現回数 299 回）
「青い空から」が字義通りの意味であるが、「思いがけず、突然に」「何の前触れも無しに」という cliché として広く使われている。ややニュアンスは違うが、日本語の「青天の霹靂」に通ずるものがあるように感じられる。実際、完全な文ではないが、

a real institution of learning, everything appeared auspicious, when suddenly out of the blue a bolt fell. (1907)

A bolt out of the blue, or rather out of the sodden gray of a hot, sticky afternoon! (1931)

that had come so suddenly upon him like a bolt out of the blue. (1936)

this latest increase hit us like a bolt out of the blue. (1976)

といった例から見ると、「青空からの稲光」が「突然」のイメージの源になっているように感じられる。Eric Partridge は *A Dictionary of Clichés* (1940) の中で、out of blue を a bolt from the blue と関連付け、"A figurative thunderbolt from a blue sky" と説明した後、"a blow, a misfortune that is unexpected, unannounced" と付け加えているが、実例を見ると「突然起こる」のは必ずしも不運な事例ばかりではない。また、1949年の次の例は、out of the blue が、本来は out of the blue sky を意味することを例証していると思われる。

Out of the blue sky you suddenly started telling me about presents you got. (1949)

使用頻度をグラフ化すると、次のようになる。

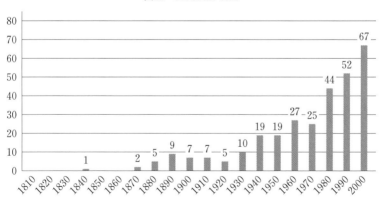

図11　out of the blue

具体的使用例は以下の通り。

That night, out of the blue, comes a message, inviting him to live with a maiden aunt, (1915)

I was spending a Christmas vacation with a friend, and right out of the blue, a movie producer offered me a job acting – as a young cop (1951)

This Indian proposal, coming entirely out of the blue so far as the American Government was concerned, appeared to be wholly illogical. (1954)

"And furthermore," she said out of the blue, "I am going to get my hair bobbed." (1963)

Things don't happen out of the blue. (1986)

また、次の３つのデータを見ると、この out of the blue という表現が suddenly と共起している。この cliché は、「突然性」に関してさほど強い冗長性を感じさせないのかも知れない。

Out of the blue sky you suddenly started telling me about presents you got (1949)

Then, suddenly, out of the blue she had met Dutch . . . and everything had changed. (1975)

and then suddenly out of the blue, Harry took her hand. (1984)

グラフから分かるとおり、１例だけ時代が離れているが、1845 年の次の文の中での out of the blue は、明らかに cliché ではなく、out of the blue light で一つの構成素を成していると判断できる。

I found that these deoxydizing rays extended out of the blue light down towards the yellow (1845)

また、1889 年の例文の中の out of the blue も、out of the blue eyes の一部である。

She saw the light die quickly out of the blue eyes and the rich peachlike bloom from the delicate, dimpled cheeks.

これも含めて、1845年から1929年までの用例36の中で、「突然に」を意味するclichéとして用いられていることが確実なのは7例のみである。clichéの意味で使われ始めた最初の例は、COHAのデータで見る限り、1896年の次の例文からであると思われる[10]。

they said, a sudden change, had dropped on him heavily out of the blue. (1896)

1931年から1959年までの48例の中では39例が「突然に」の意味で用いられていると判断できるから、この表現がclichéとして本格的に使われるようになったのはやはり20世紀になってから、特に1930年代以降と言って良いようである。

in a nutshell　（総出現回数 282 回）

字義通りには「ナッツの殻に」を意味するが、慣用的に「簡略に述べれば」「要するに」の意で用いられる。19世紀半ばにclichéになった、とKirkpatrick (1996) は述べているが、使用頻度のグラフはこの見解を裏付けている。但し、文全体に掛かる文副詞（sentential adverb）としての用例は、COHAのデータでは

To put the matter in a nutshell, there are three main grounds on which our educational system rests (1887)

が初出であり、この形からより簡略化されたin a nutshellへと移行していったようである。初期は、動詞句を修飾する場合も名詞句を修飾する場合もあ

178

るが、いずれにせよ in a nutshell は文内の特定の構成素に作用し、文全体にかかる形にはなっていない。現在に至るまで、この用法は続いており、in a nutshell の用例全てが文副詞としてのみ使われるようになったわけではない。

Here is the principle of democracy in a nutshell. (1916)

the New York Times put the whole situation in a nutshell in its front-page headlines : (1929)

Rear Admiral Tanetsugu put Japan's fears in a nutshell : unless Germany and Italy can trap the British Fleet in the Mediterranean, (1941)

Nixon himself summed the entire Watergate matter up in a nutshell when, at the very end of the interview, he admitted he did (1977)

That's the whole Apollo concept in a nutshell : nothing fancy, but it got the job done. (1996)

図12　in a nutshell

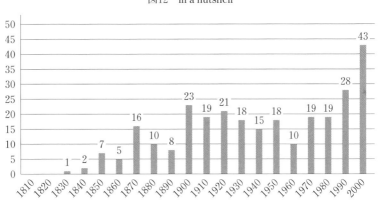

COHA から cliché としての使用例を拾うと、次の通り。

To put the matter in a nutshell, sir, two checks were presented some weeks ago, signed by you. (1909)

　Here, in a nutshell, is Great Britain's problem today. (1934)

　And there, in a nutshell, is the reason for Mr. Gilbert's unpopularity : (1936)

　Here, in a nutshell, we have Rousseau's whole social philosophy. (1969)

　To put it in a nutshell : I think I have caught a virus that attacks the brain. (1978)

　In a nutshell, Castro hopes to achieve the neat trick of attracting capital without attracting capitalism (1993)

　In a nutshell, several current theories point to a link between estrogen levels and breast cancer (1997)

　In a nutshell, the United States spends too much and saves too little, (2006)

　in a nutshell は、また字義通りの用法が極端に少ないのも特徴である。1994年の次の例文などが希少な例外である。

we see the acorn, which is oakness in a nutshell. Once that shell is broken open, all the oakness will break loose (1994)

lady of the house　（総出現回数 261 回）

　「家の女主人」を意味し、かなりの程度、実際の所有者の妻であることが多いと思われる。日本語の「奥様」「奥さん」に近いニュアンスで使われてきたが、現在では女性は lady という表現より woman を好むし、外で仕事をしていて家にいない時間も多いので時代遅れになりつつある。

　使用頻度のグラフからは、19世紀の中後期に多用された後、漸減傾向にあることが分かる。

　実際に使われた例を見ると、やはり servant とか maid-of-all-work といった時代を感じさせる言葉と共起している文が目立つ。

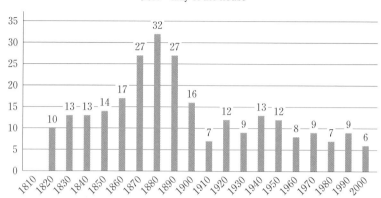

図13　lady of the house

As the visitors are announced by the servant, it is not necessary for the lady of the house to advance each time towards the door, (1861)

Then the lady of the house addressed her Ethiop maid-of-all-work : (1893)

You can inform the lady of the house, nigger, that Colonel Hardman and staff have come to take (1895)

The orphan was silent, but the lady of the house replied promptly : "Yes, come as often as you can (1896)

Will the lady of the house dine with us this evening? (1921)

To him, it was wrong for the lady of the house to wash dishes. His mother had never washed dishes. (1933)

Rent hurts only once a month, whereas the price of pork chops hits the lady of the house every time she shops. (1948)

Their father had never remarried. Christianna was the lady of the house, and was often her father's hostess now at important dinners (2006)

　訪問販売のセールスマンなどによって、1834年に使われた以下の例文が現在でも発せられることがあるという。人によっては時代錯誤と感じるかも

知れない。

Is the lady of the house at home? (1834)

woman of the house　（総出現回数 80 回）

前項で、「現在では女性は lady という表現より woman を好む」と記したが、woman of the house も cliché としての使用頻度は落ちている[11]。

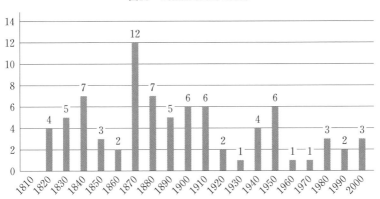

図14　woman of the house

COHA の資料には以下のような例が見つかる。

The woman of the house and her daughter were exceedingly civil to me, (1843)

I went aroun' to the front gate, where the woman of the house was a-standin' talkin' to somebody, (1870)

The woman of the house cooked for us (1900)

The doctor pointed. "We're going there. Got to see the woman of the house. (1954)

It was to be a really old-fashioned Christmas, and that required the woman of the house to be bustling in the kitchen with an apron roasting turkey (1981)

the fair sex　（総出現回数 167 回）

「女性」を指す cliché であるが、外見だけを重要視するような anti-feminism の響きがあり、使用は減少している。グラフを見ると、19 世紀のうちはかなりの頻度で用いられていたが、20 世紀にはいると漸減傾向を見せ、COHA のデータで見る限り、2000 年代以降は使われていない。1980 年代に 10 件の出現が見られるが、その内 5 件は作家の Russell Hoban が書いた *Riddley Walker* というサイエンス・フィクション小説からの例であるから、割り引いて考える必要があろう。

Partridge（1940）は、この表現はフランス語の le beau sexe (the beautiful sex) の翻訳として英語に登場し、The Spectator の共同創設者の 1 人であり、随筆家・脚本家・政治家でもあった Joseph Addison（1672-1719）が使用したことで広まった、としている。

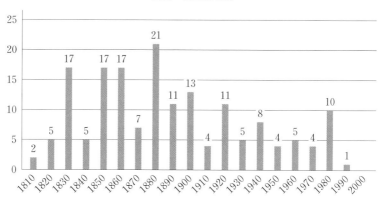

図15　the fair sex

具体的な使用例を幾つかあげれば以下の通り。

One might think that none go to heaven in this country but the fair sex. (1838)

Irresistible appeal to that sentiment which is said to be the weakness of the fair sex . . . curiosity! (1867)

I only have one failing . . . I adore the fair sex! I have only one misery . . . they do not adore me! (1881)

Drinks popular with the fair sex are iced cane juice and iced water sweetened with grenadine or raspberry syrup. (1933)

His experiences with the fair sex . . . and he has had them in plenty . . . have not always been fortunate. (1936)

He had quite a way with the fair sex. (1982)

この表現が女性に対する偏見を含んでいるという意識は当時の使い手の中にも意識的・無意識的にあったようである。次の例はその現れでもあるように思われる。

The sarcasms of Hume on the incapacity of the fair sex for works of art are said to have greatly animated her efforts. (1854)

I fear in those days our moods did not connect intellect and the fair sex. (1922)

Eric Partridge (1940) の辞典には、女性を指す表現として the weaker vessel という cliché が記載されているが、これはさすがに 1956 年の事例を最後に使用されていない。それでも COHA の検索結果を見ると、1840 年代から 1950 年代の間に 28 回の出現記録がある。

a piece of cake 　(総出現回数 246 回)

極めて容易・簡単な事柄を表現するのに用いる cliché である。日本語で言えば「朝飯前」に相当する。元は軍隊用語であると言うが、20 世紀になってから使用が増え続け、現在に至っている。

図16　a piece of cake

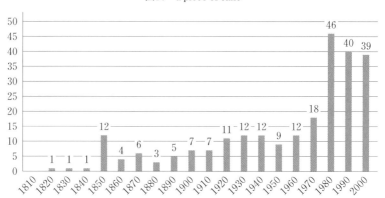

COHAで見つかる具体例を若干記せば、以下の通りである。

Work, honestly, was a piece of cake. (1979)

every addict knows that getting straight is a piece of cake compared with staying straight. (1984)

But I thought it was a piece of cake. The problem would be solved. (1989)

You tell us that after the Cambrian explosion, everything else was a piece of cake. (1995)

I suppose Somalia was easy and Sarajevo was a piece of cake. (1993)

"Can you run a snowplow?" "Piece of cake," (1999)

This guy makes most schoolwork look like the proverbial piece of cake. That's because school is a perfect fit for born linguists like Riley. (2002)

For somebody with C.P., changing clothes is no piece of cake. (2003)

And staying friends with your ex is a piece of cake. (2007)

この表現の cliché としての用例を調査するに当たっては、当然のことながら以下のような字義通りの用例を除外する必要がある。

He had a big piece of cake in one hand and a glass of wine or tea in the other. (1900)

The lady then gave each of the smaller children a large piece of cake. (1931)

Marla pinched a piece of cake and popped it into her mouth. (1993)

a vicious circle　（総出現回数 241 回）

「悪循環」を意味する。ある問題への対応がかえってそれを悪化させたり、別の問題をひき起こしたりする場合に良く使われる。19世紀半ばから使われ始め、20世紀に入ってから盛んになった。もともと論理学では循環論法（circular reasoning）、即ちある命題を証明する際に、その命題そのものを仮定して論ずる方法を意味した。

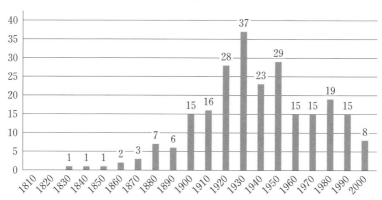

図17　a vicious circle

Russia is turning in a vicious circle : the impatience of radicalism induced repression, repressive measures were followed by resistance (1888)

So the tariff, by refusing to accept our debtors' goods, starts a vicious circle from which there is no escape. (1925)

To end this vicious circle, let girls of good will turn teachers. (1937)

Unemployment creates unemployment in a vicious circle 25,000 miles in circumference. (1931)

It becomes a happy circle instead of a vicious circle. (1947)

bad housing, poor schools, lack of skills, discrimination. That is the vicious circle we must break. (1967)

It's a classic vicious circle: more tourists bring more hotels, which bring more tourists. (1994)

vicious circle の非 cliché 用例は、気づいた限りでは固有名詞として Vicious Circle を使った以下の例のみである。

They called themselves the Vicious Circle, (1951)
The Vicious Circle's gags ran from harmless to vicious. (1951)

quid pro quo　（総出現回数 195 回）

ラテン語で「対等の見返り」(*this* for *that*) の意。Kirkpatrick (1996) にも引用されているが、シェークスピアが『ヘンリー 6 世』で既にこの句を使っている。

'I cry you mercy, 'tis but *quid* for *quo*' (*Henry* VI, Part I, 5:3)

使用例を詳細に分析すると、文脈によって、この句は「やられたのと同じ程度に仕返しする」場合にも「払った犠牲と同等の価値の対価を求める」場合にも使えるようである。

具体例は以下の通り。ラテン語からの直接の借用であることから、cliché 以外の意味での用例は原則として存在しない。

they can rely upon him for a quid pro quo whenever their own affairs

図18 quid pro quo

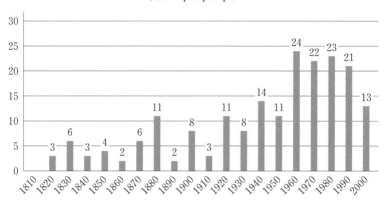

demand it. (1895)

The principle of all right exchange is equivalence, the quid pro quo, as the common phrase is. (1907)

They propose above all to obtain a quid pro quo for everything they yield. (1921)

For bribery there must be a quid pro quo – a specific intent to give or receive something of value in exchange (2006)

Establishing a quid pro quo is necessary to prove political bribery. (2006)

1937年の次の例文からは、20世紀前半の政治的駆け引きの様子がうかがわれる。

Chamberlain will no doubt try to obtain a quid pro quo for sacrificing Czechoslovakia and Austria and agreeing to destroy the League of Nations (1937)

また、次の3例は20世紀後半の政治状況の反映であろう。

Mr. Bhutto energetically denied that Peking had exacted a quid pro quo for Kashmir. (1964)

South Africa has persuaded the United States to see Namibia's independence as a quid pro quo for a Cuban withdrawal from Angola (1987)

State Department legal adviser, Edwin D. Williamson, said in interviews there was no quid pro quo for hostages involved in negotiating this large Iranian claim. (1992)

happily ever after　（総出現回数 190 回）

童話やおとぎ話の結末に典型的な表現で、日本語では「末永く幸せに暮らしました」と言い表されることが多い。新婚のカップルへの祝いの言葉としてもよく使われるが、Kirkpatrick によれば、近年では皮肉やユーモアを込めて使われることが多くなったと言う。この評価はデータからも伺えるようである。

図19　happily ever after

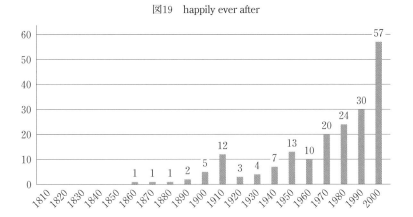

出現回数のグラフを見ると、この表現は19世紀の半ばから使われ始め、1910年代まで緩やかに上昇した後、一旦減少に転じ、その後20世紀の半ば

からは急激な上昇を見せている、と言える。
具体例を見てみよう。

So Desire and Marianna were married, and lived happily ever after. (1919)

his problematical Duchess can soon come back to England and live more or less happily ever after. (1936)

The adulterers get married and live happily ever after in a house that Frank Lloyd Wright built. (1959)

He should have lived happily ever after. But then, along came Ernest the Bad-the nonwriting Hemingway. (1969)

Good was rewarded, evil was punished and the characters got to live happily ever after. Real life, of course, was nothing like that. (2002)

For I have not lived " happily ever after " since that day. (2006)

近年の3例においては、happily ever after が名詞句として用いられており、新しい傾向と判断される。

I still believe in romance and I still believe in happily ever after. (1995)

Sure, it's nice for the kids. But what happens when happily ever after breaks down and Mom is stranded in the middle of nowhere (2005)

I wanted to be the person that navigated him to happily ever after. (2007)

また、この表現はほぼ全てが cliché として用いられており、COHA の190例を調べた限りでは、次が唯一の例外として、固有名の用法である。

It's impossible to enjoy a front row seat for Happily Ever After when you're waiting for the other shoe to drop, (1999)

terra firma　(総出現回数 166 回)

ラテン語で、terra ("land") + firma ("firm")、「固い大地」「安全な陸地」を意味する。水中、空中に比して、陸地が安定しているという意味合いもある。19 世紀初期から使われ始め、同世紀中葉には盛んに使用された。ラテン語源ということもあり、やや衒学臭があるのか、20 世紀になってからは少し使用頻度は落ちているが、それでも現在に至るまで使われ続けている。

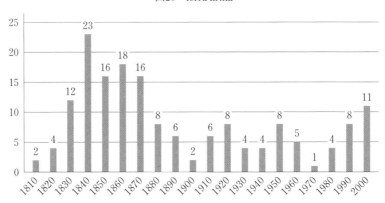

図20　terra firma

I must confess, I prefer terra firma – O. lord – O, lord! (1817)

So, you are one of those who landed me on terra firma the other night? (1847)

The first thing, when we touched terra firma, was to look back regretfully toward the mountain. (1863)

These sojourns into the future are a bit exhausting. Let us return to terra firma. (1939)

The curvature of the earth can be computed very comfortably on terra firma by a proper mathematical interpretation of easily observable facts. (1948)

But when it comes to the man-made law on terra firma, I know it, I obey it, and I respect it. (1949)

Chameleons are largely arboreal and rarely visit terra firma except to lay eggs or to engage in courtship. (1990)

terra firma はラテン語起源であるため、ほぼ全ての使用例が cliché としての用例である。例外的に固有名詞として用いられるが、COHA のデータでは次の 3 例のみ。

And so far Terra Firma has won five of 12 races and earned $38,485. (1957)

Antarctic Peninsula, planned to stop at another remote spot—a little-known archipelago named the Terra Firma Islands, lying at 68 deg 42' south. (2001)

Guy Hands' Terra Firma private equity firm (2007)

better half （総出現回数 150 回）

男性が自分の妻を指して使うが、やや古びた表現になってきていると思われる。元々は一つであった存在が二つに分かれて二人の人間になったのだという考え方はローマ時代にさかのぼり、ホラティウスは友人のことを better half と呼んだそうである。

使用状況を見ると、1830 年から 1874 年までのデータに her better half という表現が見つかり、その時期までは妻が夫を指す言葉としても使われていたことが伺われる。

she continued, stretching her neck out of the window, and addressing her better half, (1830)

her better half startled Katy with the exclamation, "Mrs. Cameron! Thunder and lightning!" (1867)

when she also, like her better half, sallies forth in search of provender. (1874)

また、1892年のデータは、発言者が女性であると思われ、夫である配偶者のことを my better half と呼んでいる。

It was Billy's last night on earth ; Billy was my better half, and a handsome, young cock he was, (1892)

しかしその後この用法は絶えて、専ら男性が自分の妻を指して使うようになったようである。

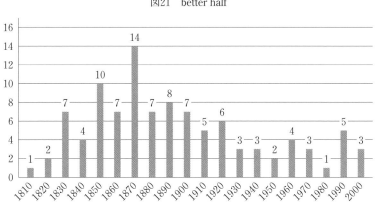

図21　better half

better half で検索すると、次のような例文がかなりの数ヒットする。

nothing troubles me but the asthma, which clipped the better half of my remarks. (1839)

Here I soon lost the better half of my ready cash (1843)

And yet, as played by Walter Matthau, he is the better half of The Odd Couple. (1968)

Before he'd slept with her, William thought that Clare had gotten the better half of the bargain. (2006)

　これらの例は明らかに「配偶者」を意味する cliché としての用法とは異なる意味で用いられており、出現回数のデータから除く必要がある。上のグラフはそうした必要な修正を加えた後のものである。
　さて、cliché としての用例には次のようなものがある。

he saw his better half peeping through the half-opened door at him with a prying, suspicious glance. (1836)

Whatever he had lent his aid to had been planned by his better half, in whom he had unbounded confidence. (1871)

During the last century, however, the "part" of better half has become less and less attractive in America, (1900)

Marion, his beloved better half, was his unquestioned authority in all such matters, (1902)

Husbands spoke patronizingly of "my better half" while arguably enjoying the better deal. (1981)

pound of flesh 　（総出現回数 113 回）
　シェイクスピアの「ベニスの商人」に由来する cliché であり、「どうしても返さなくてはならない借り」、転じては「履行すべき義務」を表す。「ベニスの商人」第 4 幕第 1 場で、高利貸しのシャイロックが借金の返済に困ったアントニオから、約束どおり胸の肉 1 ポンドを要求するエピソードから来ている。19 世紀後半から 20 世紀前半にかけてよく使用された。シェイクスピア劇の中でも特に有名な場面であり、現在でも使用頻度は高い。

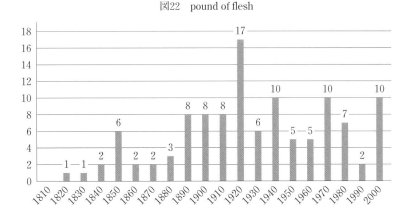

図22　pound of flesh

COHA から具体的データを拾うと、以下のような例が見つかる。

We had paid our pound of flesh whenever it was asked for, (1864)

She thinks the pound of flesh you took was a little too near the heart. (1904)

I plainly see that like Shylock you are determined to have your pound of flesh. (1921)

He declared this was no time for the United States to adopt a "pound of flesh" policy in dealing with the nations allied with us in the great war (1923)

They get up in Congress to demand the last pound of flesh immediately. (1925)

Both of them demand the pound of flesh nearest the heart, and both are satisfied that they are humanitarians, (1955)

She never did try to collect her pound of flesh. (1982)

They have wasted taxpayers' money to extract their pound of flesh from this arrogant black politician. (2006)

次にあげる 1890 年の例を含め、シェイクスピアの「ベニスの商人」からの直接の引用が全部で 113 のデータの中で 11 例含まれている。

And lawfully by this the Jew may claim a pound of flesh, to be by him cut off Nearest the merchant's heart. (1890, Merchant of Venice)

この pound of flesh という表現に関しては、字義通りの意味での用例はほとんど見あたらない。唯一と思われる例外は以下。

She keeps back no pound of flesh. She is so thin and tense and nervous. (1912)

the salt of the earth （総出現回数 115 回）

新約聖書マタイ伝第 5 章 13 節に、イエスの言葉として 'Ye are the salt of the earth'（「汝らは地の塩なり。」）とある。この言葉は、イエスの教えに従ったがゆえに迫害を受けた人々に対して発せられたものである。比喩的に、「望ましい、優れた資質を有する人」の意味で用いられるようになった。初めて英語で活字になったのはチョーサー（Chaucer）の The Canterbury Tales の中、Summoner's Tale であるとされる[12]。

図23　the salt of the earth

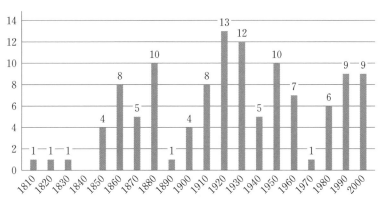

聖書起源の表現であるが、出現頻度を見る限り、19世紀半ば以降、ほぼコンスタントに使われ続けていると言うことができる。後に触れるが、この表現は cliché としての用法がほとんどであり、出現数がほぼそのまま cliché としての使用例であると解釈できる。

how many was not asked – who were to be reckoned among the "salt of the earth" – unpretending Christians. (1859)

I am tempted to say that the sinners of those days were the salt of the earth. (1867)

The family was hideous all round, but the salt of the earth. (1896)

The people in the church are the salt of the earth. (1909)

You ain't met Jan yet, have you? He's the salt of the earth, Janoah Eldridge is. (1921)

"I'm nothin' but a rough cowboy, an' she's the salt of the earth. I don't see what she sees in me." (1921)

You're the old-fashioned, intellectual type of Catholic. The salt of the earth. (1952)

American voters are used to being told that they are the salt of the earth and there's a good time coming. (1960)

One comes to understand the phrase, the salt of the earth, then. (2002)

やや気になるのは、

But we – you and I – the dominant, evolved race – the salt of the earth and the masters thereof! (1903)

they are the salt of the earth, the only remaining pure Anglo-Saxons here . . . . (1936)

といった選民思想が表れていると思わざるを得ない例文があることである。「人として望ましい資質を備えている」という意味が、個人に対してではなく、ある特定の民族や人種に対して用いられた場合、常に誤った判断に導かれるであろうことは言うまでもない。なお、2001年のデータの中に

Last year, he received the Lutheran Immigration and Refugee Service's Salt of the Earth Award, a national honor. (2001)

という例文があり、また2005年のデータにはSalt of the Earth Church of God in Christ という教会名が出てくるが、非常に例外的であり、この salt of the earth という表現は押しなべて cliché として用いられていると言って過言ではない。

fait accompli （総出現回数 154 回）

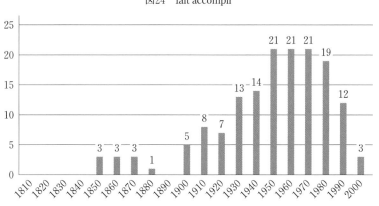

図24　fait accompli

un fait accompli と冠詞までフランス語のままで使うやり方は、全部で154のデータの内、8件のみで、更にその内7件は1904年以前のものである。1件だけずっと後、1970年に出てきているが、これは cliché としての fait accompli ではなく、フランス語を文として引用したものであるから除外すべきであろう。1905 年以降のデータで fait accompli に冠詞が付く場合、全て a か the で、英語に同化した借入語になったと言えよう。

This the men seemed to consider un fait accompli, and sat down to smoke. (1856)

he might take the treaty in his hand as a fait accompli, and demand the evacuation. (1871)

With most men marriage is un fait accompli. (1904)

Germany needed the acceptance of the fait accompli by the Allies, (1918)

Yugoslavia resorted to the time-honored principle of executing a fait accompli : she sent her troops across the line and took what she wanted. (1922)

Germany would have bowed before the fait accompli of her defeat and would have executed it. (1925)

the fact that integration of Negro students in Southern higher education is largely a fait accompli. (1955)

Soviet leaders were now faced with the question whether to accept this second revolutionary fait accompli, (1956)

Lloyd George sought to by-pass them and present them with a strategical fait accompli by direct negotiations with the Allies. (1970)

The return of Cuba from years of isolation is a fait accompli. (1975)

But Wall Street acted as if a pending transaction was a fait accompli. (1989)

Will Israeli occupation become a permanent fait accompli, in spite of – yes in spite of – a peace treaty? (1994)

pie in the sky （総出現回数 32 回）

字義通りには「空に描いたパイ」の意であり、間接的には、実現しそうも

ない希望、現実には存在しない利益を表す。日本語の「絵に描いた餅」に相当しよう。20世紀初頭、労働組合の the Industrial Workers of the World の歌の歌詞に 'You will eat, bye and bye, / In the glorious land above the sky! / Work and pray, live on hay, / You'll get pie in the sky when you die.' とある。実際の用例にも、この歌詞を踏まえたものが見つかる。

図25　pie in the sky

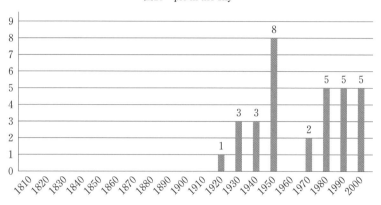

グラフからは、この表現の起源からして当然ながら1920年代以降に使われ始めたことが示されている。

You'll eat pie in the sky when you die. (1928)

In the old days the masses waited for pie in the sky. Now they're waiting for the revolution. (1950)

That's the only thing these schools do. They hold out a slice of pie in the sky – and it just ain't there. (1975)

When I do my project, it won't just be a pie in the sky, it will be real. (1983)

"But that's kind of pie in the sky." (1997)

次の2例などは、この句が労働組合の歌から生じた事情を反映していると

Mr. Musiker came upon some students, presumably radical since they were singing Pie in the Sky. (1937)

Critics of the Left still caricature the evangelical promise as "pie in the sky by-and-by," while critics from the Right even more devastatingly point (1994)

COCA では 101 例が見つかる。

put the cart before the horse （総出現回数 64 回）

「馬の前に荷車をつける」の意。本来は当然ながら、荷車を付けるのは馬の後ろでなければなくてはならないので、事を行なう順序が逆であること、正しい順番がひっくり返っていることを表す cliché となった。ラテン語で「前が後ろの」に由来する英単語 preposterous「馬鹿げた、非合理な」に意味的に近接する。日本語では「前後撞着」という熟語がやや近いかと思われる。

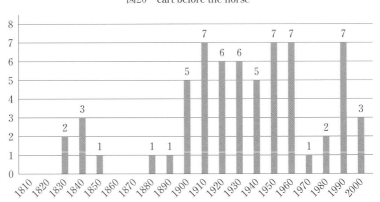

図26　cart before the horse

実際の使用例を拾うと、

To suppose the contrary, is in fact the vulgar error of putting the cart before the horse, or mistaking the effect for the cause. (1835)

Massachusetts, by adopting the Constitution, and then recommending amendments, had put the cart before the horse. (1841)

Abolitionism has the cart before the horse in their preachments : (1844)

Are you not putting the cart before the horse, and substituting the cause for the effect? (1907)

To suggest a settlement first and the organization of peace afterwards is to put the cart before the horse. (1916)

A theory of inherent personality types therefore puts the cart before the horse. (1940)

Sarah Stevenson interrupted, "but aren't we putting the cart before the horse? Isn't ethics a personal matter?" (1993)

The trouble is that both the World Bank and the IMF place the cart before the horse. (1994)

本格的に使われるようになったのは20世紀になってからであるが、1800年代の例文もまさにclichéとしての用法で用いられている。

4. Cliché 使用の文化的背景

取り上げるべきclichéは尽きないし、調査した全ての項目について使用状況の変化のグラフだけでも記載したいところではあるが、紙数の制限もあり、末尾に付した「項目別の出現頻度表」と「上位100項目の出現頻度順リスト」でもってそれに代えたい。本稿における限られた調査結果においても明らかなように、同じclichéと言っても現在の実際の言語活動の中でどの程度の頻度で用いられているかは大いに異なる。中にはcliché辞典には載っていても生きた言語生活の中では既に消えてしまったと言わざるを得ない

ものもある。また現在生きた形で用いられている定型表現でも、その使用状況の歴史的変遷を調べてみると、常に同じような出現数が見られてきたわけではないことが分かる。例えばフェミニズム運動の高まりと人々の考え方の変化が the lady of the house とか the fair sex といった意識的無意識的にある種の偏見を内包していると思われる表現使用の漸減傾向を説明する大きな要因になっていることは明らかであろう。それぞれの時代での使われ方が、近現代のアメリカ文化の歴史の一面を反映していると言うことができるのではないだろうか。

1) *Clichés*（1996）の著者 Betty Kirkpatrick は、序文で "it has become something of a linguistic cliché to say that it is difficult to define a cliché" と述べている。Eric Partridge も *A Dictionary of Clichés* (1940) の序文で cliché 定義の難しさに触れている。
2) アメリカ合衆国ユタ州の私立大学　cf. https://home.byu.edu/home/
3) 以下は、このコーパスのウェブサイトによる説明である。

    The Corpus of Historical American English (COHA) is the largest structured corpus of historical English. COHA contains more than 400 million words of text from the 1810s-2000s (which makes it 50-100 times as large as other comparable historical corpora of English) and the corpus is balanced by genre decade by decade. (https://corpus.byu.edu/coha/)
4) 同じく、ウェブサイトの説明を引用する。

    The Corpus of Contemporary American English (COCA) is the largest freely-available corpus of English, and the only large and balanced corpus of American English. The corpus contains more than 520 million words of text (20 million words each year 1990-2015) and it is equally divided among spoken, fiction, popular magazines, newspapers, and academic texts.（https://corpus.byu.edu/coca/）
5) 但し、cliché の中には動詞を含むもの、代名詞を含むものなどがあり、それらは当然ながら幾つかの変化型を有する。例えば、make ends meet には過去形・過去分詞形の made ends meet があり、(meet) one's Waterloo には、動詞 meet が met になることに加えて、所有格代名詞 (my, your, his, her, our, their) を別個に調査する必要があるので、この 276 と言う数字は厳密なものとは言えない。
6) カッコ内の語句は、筆者が補ったもの。
7) There he drew cartoons for the New York Globe, and he originated his first

"Believe It or Not!" cartoon for that paper's issue of December 19, 1918 ; (https://www.britannica.com/biography/Robert-L-Ripley)
8) この総出現回数については、goes without saying での検索結果369回に、went without saying の50回を加えている。本文で述べた理由により gone without saying の3回分は含まない。グラフは、goes without saying と went without saying を区別して示してある。また、goes without saying という形での検索であるから、少数ではあるが that goes without saying といった例を含んでいる。
9) 動詞 make の過去形、過去分詞形である made との組み合わせ made ends meet や現在分詞、動名詞形 making との組み合わせ making ends meet を含む。
10) これ以前のデータとして、COHA には Nation という雑誌からの以下の例がある。

Then, out of the blue, as a result of Stewart's theory, Sacco and Vanzetti were arrested. (1894)

しかし、サッコとヴァンゼッティの有名な冤罪事件は1920年代であるから、このデータの年代には何らかの誤りがあると推定せざるを得ない。
11) woman of the house について、1870年代にやや突出した出現回数が観察されるが、これは COHA がフィクションの資料として用いたアメリカの女流作家 Constance F. Woolson の作品 *Two Women* からのデータが9例含まれているからと思われる。これを除けば、3例であり、他の年代との整合性は保たれている。この作品は戯曲のように、発言者が会話ごとに明記される形式を取っており、従って「女主人」が発言するたびに、以下の例文のように Woman of the House と表記される。

He died last night at three – quite easily. The Lady. Alone? Woman of the House. A surgeon from the camp was here. The Lady. Where is the man? Woman of the House. Gone back. (1877)
12) チョーサーの引用は以下の通り。彼はこの句をラテン語訳聖書から引用したものと思われる。

Ye been the salt of the erthe and the savour.

実際に COHA で使用頻度を調査した項目は次ページ以下の表にまとめられている。項目の次の数字は COHA で検索した結果得られた出現数である。

表1　COHAで検索したcliché一覧

accident waiting to happen	5	fait accompli	154
action speaks louder than words	24	far be it from me	144
all systems go	7	few are chosen	20
as large as life	50	first things first	133
ate like a horse	5	flog a dead horse	2
ballpark figure	6	fools rush in	17
be my guest	108	forbidden fruit	155
believe it or not	437	full steam ahead	33
better half	150	F-word	21
better than one	175	general exodus	19
between a rock and a hard place	8	generation gap	73
between jobs	51	girl the lily	5
by any other name	107	give and take	256
cannot see the wood for the trees	7	give up the ghost	53
castles in the air	87	go against the grain	169
cool as a cucumber	57	go in one ear and out the other	5
deus ex machina	40	go the extra mile	20
dog eat dog	36	go through with a fine tooth comb	5
dog in the manger	44	go to the dogs	61
down-and-out	68	going to the dogs	74
dressed to kill	43	golden boy	82
drink like a fish	21	golden girl	69
drop in the bucket	109	golden opportunity	185
drop in the ocean	14	good old days	407
eagle eye	168	grand old dame	2
early bird	142	grand old lady	10
earnest consideration	52	grand old man	103
eat like a horse	7	grand old woman	2
eat one's hat	26	grass is always greener	11
elephant never forgets	1	green-eyed monster	24
end of an era	74	half a loaf is better than none	5
enfant terrible	55	handwriting is on the wall	4
eureka!	413	have you heard the latest?	8
fair sex	167	heart in mouth	9
fair-weather friend(s)	18	heart is in the right place	22

hit the nail on the head	73	larger than life	140
hope against hope	34	last but not least	115
horses for courses	4	last straw	305
I hate to mention it but	3	laughed out of court	15
ignorance is bliss	51	lay one's cards on the table	136
ill-gotten gains	77	leave in the lurch	165
in a certain condition	2	leave no stone unturned	100
in a nutshell	282	let bygones be bygones	93
in an interesting condition	6	let sleeping dogs lie	32
in flagrante delicto	19	let the cat out of the bag	65
in less than no time	57	light at the end of the tunnel	35
in the pipeline	75	like a red rag to a bull	11
in vino veritas	21	like it was going out of fashion	23
it goes without saying	369	like there was no tomorrow	7
it never rains but it pours	21	like two peas in a pod	5
it takes two to tango	6	little bird told me	9
it's a small world	88	little grey cells	4
it's always darkest before the dawn	4	little pitchers have big ears	7
jump on the bandwagon	10	live happily ever after	190
just doing one's job	45	long arm of the law	9
just what the doctor ordered	23	love is blind	49
keep a low profile	29	make a mountain out of a molehill	13
keep a stiff upper lip	86	make ends meet	398
keep at arm's length	3	make hay (while the sun shines)	74
keep the wolf from the door	43	make waves	29
kept at arm's length	5	manna from heaven	43
kept the wolf from the door	3	many are called (but few are chosen)	27
kick(ed) the bucket	54	miss(ed) the boat	57
kill(ed) the fatted calf	14	miss the bus	26
kill the goose that lays the golden eggs	7	money is the root of all evil	33
kill two birds with one stone	98	move the goalposts	3
kiss of death	65	my lips are sealed	39
know what's what	48	neat as a new pin	6
know which side one's bread is buttered	32	necessity is the mother of invention	13
lady of the house	261	need a hole in the head	24
land of milk and honey	39	needle in a haystack	58

neither here or there	2	pound of flesh	113
never the twain shall meet	8	proof of the pudding	41
nimby	10	pull the wool over someone's eyes	66
nine-day's wonder	2	put one's shoulder to the wheel	44
nip in the bud	21	put the cart before the horse	64
nitty gritty	9	put two and two together	117
no expense spared	6	QED	14
no laughing matter	120	quid pro quo	195
not in my back yard	3	quiet as a mouse	35
not to know whether to laugh or cry	43	quite the reverse	141
nothing to write home about	20	quod erat demonstrandum	11
of which more anon	9	race against time	40
off the beaten track	49	rain cats and dogs	228
on the horns of a dilemma	30	rain or shine	170
of the side of the angels	31	rat race	69
once in a blue moon	27	red-letter day	34
one foot in the grave	46	rest is history	36
open sesame	84	ride off into the sunset	30
open(ed) the floodgates	30	risk life and limb	5
opening gambit	30	rolling stone	318
out of the blue	299	Rome was not built in a day	18
over one's dead body	97	rose by any other name	22
party's over	69	rough diamond	46
pass(ed) muster	158	salt of the earth	115
pass(ed) the buck	114	saved by the bell	14
pave(d) the wav	788	see a man about a dog	8
pay through the nose	36	see eye to eye	343
pearls before swine	47	sell like hot cakes	40
penny dropped	8	separate the sheep from the goats	19
pick(ed) up the thread	30	shape of things to come	288
picture of health	42	ships that pass in the night	11
pie in the sky	32	show must go on	33
piece de resistance	75	sign of the times	93
piece of cake	246	sixes and sevens	52
playing with fire	73	skeleton in the cupboard	6
point of no return	96	smell(ing) a rat	44

so far so good	93	two peas in a pod	22
so near and yet so far	13	ugly duckling	83
speak of the devil	32	unavoidable delays	18
spill(ed) the beans	80	uncrowned king	31
square peg in a round hole	3	under a cloud	208
storm in a teacup	3	under the sun	766
strike while the iron is hot	22	up in arms	188
take pot luck	12	up the creek	170
take the bull by the horns	84	up with the lark	10
talk of the devil	13	upset the applecart	8
terra firma	166	variety is the spice of life	30
the buck stopped (here)	13	vexed question	133
the man of the house	138	vicious circle	241
necessity is the mother of invention	37	wages of sin	103
the twain shall meet	12	walls have ears	36
there is no accounting for tastes	24	wash one's dirty linen in public	10
there's fire where there's smoke	33	waste not, want not	25
there's no such thing as a free lunch	6	water under the bridge	41
throw the baby out with the bath(water)	6	who shall remain nameless	17
till death do us part	25	witching hour	44
till death us do part	22	with the motley	8
tip of the iceberg	59	wolf in sheep's clothing	31
to coin a phrase	16	woman of the house	80
toe the line	47	word in your ear	18
too many cooks spoil the broth	36	word to the wise	61
tried and true	123	words fail me	15
turn over a new leaf	147	world is my (your) oyster	18
turn the clock back	61	you can take a horse to water, but..	26
turn the other cheek	165	you can't take it with you	91
two and two together	169	you pays your money	3
two heads are better (than one)	15	zero hour	84

表 2　調査した cliché の出現頻度上位 100
Frequency list of some clichés

rank	cliché	frequency
1	pave the way	788
2	under the sun	766
3	believe it or not	437
4	eureka!	413
5	good old days	407
6	make ends meet	398
7	goes without saying	369
8	rolling stone	318
9	the last straw	305
10	out of the blue	299
11	in a nutshell	282
12	lady of the house	261
13	give and take	256
14	a piece of cake	246
15	vicious circle	241
16	cats and dogs	228
17	under a cloud	208
18	quid pro quo	195
19	happily ever after	190
20	up in arms	188
21	golden opportunity	185
22	better than one	175
23	rain or shine	170
24	up the creek	170
25	against the grain	169
26	two and two together	169
27	eagle eye	167
28	the fair sex	167
29	terra firma	165
30	the other cheek	165
31	leave in the lurch	165
32	pass muster	158
33	forbidden fruit	155
34	fait accompli	154
35	better half	150
36	turn over a new leaf	147
37	far be it from me	144
38	early bird	142
39	quite the reverse	141
40	larger than life	140
41	man of the house	138
42	cards on the table	136
43	vexed question	133
44	first things first	133
45	tried and true	123
46	no laughing matter	120
47	salt of the earth	115
48	last but not least	115
49	pass the buck	114
50	pound of flesh	113
51	drop in the bucket	109
52	be my guest	107
53	by any other name	107
54	wages of sin	103
55	grand old man	103
56	no stone unturned	100
57	two birds with one stc	98
58	over one's dead body	97
59	point of no return	96
60	sigh of the times	93
61	let bygones be bygones	93
62	so far so good	93
63	can't take it with you	91
64	a small world	88
65	castles in the air	87
66	keep a still upper lip	86
67	the bull by the horns	84
68	open sesame	84
69	zero hour	84
70	ugly duckling	83
71	spill the beans	82
72	golde boy	80
73	woman of the house	80
74	until death do us part	78

rank	cliché	frequency
75	ill-gotten gains	75
76	in the pipeline	75
77	piece de resistance	75
78	end of an era	74
79	going to the dogs	74
80	make hay	74
81	generation gap	73
82	hit the nail on the head	73
83	playing with fire	73
84	golden girl	69
85	rat race	69
86	down-and-out	68
87	pull the wool over	66

rank	cliché	frequency
88	kiss of death	65
89	let the cat out of the bag	65
90	cart before the horse	64
91	word to the wise	61
92	turn the clock back	61
93	tip of the iceberg	59
94	needle in a haystack	58
95	cool as a cucumber	57
96	in less than no time	57
97	miss the boat	57
98	enfant terrible	55
99	kick the bucket	54
100	give up the ghost	53

参 考 文 献

Ammer, C. (2013) *The Dictionary of Clichés.* Skyhorse Publishing

Fisher, Lucy R. (2016) *Clichés : A Dictionary of Received Ideas.* Independently published

Kirkpatrick, B. (1966) *Dictionary of Clichés.* Bloomsbury

Partridge, E. (1940) *A Dictionary of Clichés.* Routledge & Kegan Paul

Richard Voigt, R & Voigt, L (2012) *The Cliché Bible.* Createspace Independent Publishing Platform

Rogers, J. (1986) *Dictionary of Clichés.* Ballantine Books

メタフィクションと対テロ戦争
——ポール・オースター『闇の中の男』における政治性——

近藤まりあ

1. はじめに

　現代アメリカ作家ポール・オースター (Paul Auster, 1947-) は、初の散文作品『孤独の発明』(*The Invention of Solitude*, 1982) を経て、後に「ニューヨーク三部作」と呼ばれる『ガラスの街』(*City of Glass*, 1985)、『幽霊たち』(*Ghosts*, 1986)、『鍵のかかった部屋』(*The Locked Room*, 1986) が広く読まれるようになり、批評家からも高い評価を受けた。ニューヨーク三部作で特徴的であるとされるのはそのメタフィクション性、つまり現実とフィクションの境界を曖昧にし、フィクションの虚構性を際立たせるような要素である。

　たとえば『ガラスの街』は、「ポール・オースター」という名の私立探偵への間違い電話が発端となる。「ポール・オースター」のふりをして電話に出た主人公クインは奇妙な事件に巻き込まれて混乱し、助言を求めて本物の「ポール・オースター」を訪ねるというプロットを持つ。『幽霊たち』においては、登場人物の名前がすべて色の名前となっている。私立探偵ブルーは、調査対象であるブラックの部屋に忍び込む。ブラックが書いた書類を盗み見るとそれはブルー自らが書いた報告書だった。ブルーは愕然とし、自己と他者の境界が溶解していく。『鍵のかかった部屋』では、語り手「私」が、行方不明になった幼なじみの作家ファンショーを追跡する。前二作と比較するとリアリスティックな設定だが、この小説の作者を自称する語り手「私」は

終盤になって、『ガラスの街』と『幽霊たち』も自分が執筆したものなのだと言い、テクストと作者の関係を混乱させる。オースターはこういった作品で、メタフィクション全盛期であった 80 年代の読者に新鮮な驚きを与えた。

　その後もオースターはコンスタントに小説を発表するが、それらの作品の重点は趣向を凝らした仕掛けから小説の物語性へと移行していったように思われ、ニューヨーク三部作ほど顕著なメタフィクション性は見られなかった。だが三部作の約 20 年後、2007 年に出版された『写字室の旅』（Travels in the Scriptorium）は 80 年代のオースター作品を彷彿とさせるものだった。鍵のかかった部屋に閉じ込められた、オースターを思い起こさせる老作家ミスター・ブランクの許に、過去のオースター作品の登場人物たちが訪ねてくる。最終的にこのブランクという作家は、過去にオースターが執筆した『鍵のかかった部屋』の登場人物ファンショーがテクストに書き込んだ登場人物だったことが判明する。自己言及的なインターテクスチュアリティを持ち、作者と登場人物とが最後に反転するという仕掛けの『写字室の旅』の読者は、オースターが今もなおメタフィクション性を追求し続けていたことにむしろ驚いたのではないだろうか。

　その翌年出版された『闇の中の男』（Man in the Dark, 2008）も、ひとひねりした構成となっている。舞台は 2007 年。72 歳のオーガスト・ブリルは、眠れない夜に物語を想像する。この物語世界では 2001 年 9 月 11 日の同時多発テロは起こっていない。ツイン・タワーもまだ存在し、イラク戦争にも至っていない。しかしアメリカは別の戦争に直面している。ブリルの想像する物語の主人公オーエン・ブリックが迷い込んだ世界では、アメリカ二度目の内戦が勃発している。2000 年の大統領選挙でジョージ・W・ブッシュが勝利したことを受け、ニューヨーク州を中心とする 16 州が合衆国からの脱退を宣言し、内戦となったのである。突如アメリカ内戦に直面したブリックは、国内を荒廃させるこの戦争を終結させるために、その物語を想像するブリルを殺害するよう命じられる。『闇の中の男』においては、物語の登場人物が、作者に影響を与える可能性が示唆されている。またこの作品では、メタフィ

クション的な手法とされる入れ子構造も用いられ、大枠となる物語の中にいくつもの別のエピソードが組み込まれている[1]。

　それと同時に『闇の中の男』は、これまでになく政治的な要素が強調された作品である。この小説は、同時多発テロ以降のブッシュ政権の外交政策と対テロ戦争・イラク戦争に、直接的あるいは間接的に言及している。9・11を経た今、いかに「戦争」を描くかということは多くのアメリカ作家にとってますます重要な問いとなっている。『闇の中の男』は、メタフィクショナルな形式を採用しつつ政治的な面も併せ持つ。そもそもメタフィクションはフィクションの虚構性を際立たせるための装置であり、言語による遊戯的な要素も含む。このような形式をあえて今採用し、政治性と両立させることにはどのような意味があるのだろうか。本論ではこの点に関し、オースターの他作品やインタビュー、9・11をテーマとした他作家の作品等を参照しつつ考察したい。

2.　『闇の中の男』における政治性

　まず、『闇の中の男』という小説が9・11や対テロ戦争・イラク戦争とどのようなかかわりを持つのか確認したい。2000年の大統領選挙でアル・ゴアを破ったジョージ・W・ブッシュが第43代大統領となり、2001年の同時多発テロを受けて対テロ戦争が推進される中、オースターはインタビューやエッセイなどでしばしばブッシュ政権を批判するようになる。

　2002年9月9日号の『ニューヨーク・タイムズ』にはオースターのエッセイが掲載されている。オースターはこのエッセイで、多くの移民によって成り立つニューヨークという街の多様性や、住民の他者に対する寛容さに言及する。ニューヨークの多くの住民はブッシュ政権の政策に懸念を抱いていると述べ、ある雑誌の表紙に掲げられた「アメリカはニューヨークから出ていけ」(USA OUT OF NYC) というフレーズを紹介する。そこからオースターは、ニューヨークが合衆国から脱退し、独立都市国家になる可能性について

言及している[2]。

『闇の中の男』が出版されたのはその6年後である。先に述べたようにこの作品は、ニューヨーク州を中心とした16州が大統領選の結果に不満を持ち、合衆国からの脱退を宣言するという設定を持つ。つまり『闇の中の男』は、ブッシュ政権に対するオースターの不満や怒りから生まれたアイデアをモチーフとした物語内物語を持つと考えることができる[3]。

また、2003年のインタビューでオースターは以下のように発言している。

> 右翼が支配権を握った今、我々は新たに危険な領域に突入した。私がこれまでの人生で経験した中で最も恐ろしい時期であることは明らかだ。我々がアメリカ民主主義の優れた点を破壊し尽くしてしまう危険性は非常に高い。そしてあの悪党どもは故意にやっていると思う。何もかも承知の上でだ。
> Now that the right wing has taken over, we've entered a new realm of danger. It's certainly the scariest moment that I've experienced in my lifetime. In a serious way, we're running the risk of eroding all that's good about American democracy; and I think these sons of bitches are doing it on purpose, with their eyes wide open[4]．

一方『闇の中の男』では、ブリルの孫娘であるカーチャの元恋人タイタスはイラク戦争に反対しており、この戦争は「アメリカ史上最悪の政治的過ち」(the worst political mistake in American history)であり、「チェイニー、ラムズフェルド、そして国を主導するファシストの悪党どもと一緒にブッシュは刑務所に入れられるべきだ」(Bush should be thrown in jail — along with Cheney, Rumsfeld, and the whole gang of fascist crooks who were running the country)と発言する[5]。インタビューでのオースター本人による発言と照らし合わせれば、こういったタイタスの台詞はオースターの政治的立場をそのまま反映していると考えられる。だがやがて、タイタスはイラクに赴き、物資輸送のためのトラック運転手として戦争に参加したいと言う。それはアメリカ軍に協力するためではない。タイタスにとってそれは「倫理的決断」(a moral decision)(172)ではなく、「歴史の一部となるのはどういうことなのかを知る」(discover what it feels like to be part of history)(173)ことが重要なのだ。

しかし、タイタスはイラクで武装グループに拉致される。手を縛られ頭にフードをかぶせられたタイタスの首に斧が何度も振り下ろされる。頭部は切断され、目はナイフでえぐられる。映像はインターネット上に配信され、カーチャとブリルもそれを見ることとなる。この設定は、2002年にジャーナリストのダニエル・パール（Daniel Pearl）がパキスタンで拉致され、殺害され、その動画が配信されたケースに非常によく似ており、オースターはおそらく現実の出来事を基にタイタスの殺害場面を描いたと思われる。『闇の中の男』は、オースターの小説においてはこれまでにないほど、現実の政治的状況がプロットに深くかかわり、また、著者の政治的姿勢が反映される小説となっている。

3. トラウマと物語

『闇の中の男』では、メタフィクション的な手法でもありオースターがしばしば小説の枠組みとする入れ子構造も用いられている。この物語内物語の役割について、ここでテクストに沿って考察したい。主人公オーガスト・ブリルは、妻ソーニャと死別する。ブリルの娘ミリアムは夫と離婚し、そして孫娘カーチャの元恋人タイタスは殺害される。自らと娘・孫娘の苦しみを背負い、ブリルは眠れない夜に物語を紡ぎ始める。なぜなら、「物語の中にいる限りは、忘れたいことを考えずに済む」（as long as I'm inside them, they prevent me from thinking about the things I would prefer to forget）(2)からである。ブリルはまた、以下のように考える。

> ソーニャのことを考え始めたくない。まだ早すぎる。もしそうしてしまったら、彼女のことを何時間も考え続けることになるだろう。物語から離れないことだ。それが唯一の解決法だ。物語から離れず、そして終わりまで辿り着けたらどうなるか見てみよう。
> I don't want to start thinking about Sonia. It's still too early, and if I let myself go now, I'll wind up brooding about her for hours. Stick to the story. That's the only

solution. Stick to the story, and then see what happens if I make it to the end. (22)

ブリルがブリックの物語に没入するのは、彼が現実世界の悲しみから逃れるためである。そこで描かれるのは現実逃避の手段としての、ある意味消極的な物語／フィクションの役割である。だがやがてブリルの姿勢には変化の兆しが現れる。

> 夜中に物語を作り出す。愛しい子供達、私たちは前進しているんだ。(中略) そうだ、ミリアム。人生は嫌なものだ。でもお前には幸せになってもらいたい。Making up stories in the middle of the night — we're moving on, my little darlings, [. . . .] Yes, Miriam, life is disappointing, but I want you to be happy. (87)

物語を作る過程自体が、何か建設的な効果を持っているようである。2001年の同時多発テロを描いた他作家による小説にも、こういった「物語の効用」が強調されるものが見られる。ドン・デリーロ (Don DeLillo) の『堕ちてゆく男』(Falling Man, 2007) では、崩落しかかったツイン・タワーから他人のブリーフケースを抱えて脱出したキースが主人公となる。キースとブリーフケースの持ち主であったフローレンスはツイン・タワー内部で経験した９月11日の惨事について互いに語りあうことを必要とし、フローレンスはそれを語ることで何とか平常心を取り戻す。また、キースの妻リアンは、アルツハイマーの患者たちにエッセイを書かせるセッションを運営しており、患者たちはそこで同時多発テロについて熱心に語る。彼らの語るその「出来事」についての物語は、患者たちだけではなくリアンにとっても重要なものとなる。さらにキースとリアンの息子は、友人と共に独自の物語を生み出す。ツイン・タワーはまだ存在し、これから飛行機がタワーに衝突するという物語を子供たちは信じ、毎日双眼鏡で空を眺める。『堕ちてゆく男』の登場人物たちはそれぞれの視点から、その不可解な出来事を自分のものとして語り直す作業を切実に必要としている。

また、ジョナサン・サフラン・フォア (Jonathan Safran Foer) の『ものすご

くうるさくて、ありえないほど近い』(*Extremely Loud and Incredibly Close*, 2005)では、9・11で父親を亡くした少年オスカーが語り手となっている。オスカーは、亡くなった父親のクローゼットから鍵を発見する。彼はその鍵が何を開くためのものなのかを知らなければならないと感じ、ニューヨーク中を歩いて探し回る。オスカーの語りの合間には、彼の祖父母による手紙が挟み込まれ、祖父母それぞれが体験した第二次大戦中のドレスデン爆撃や、自らの生涯が語られる。この小説についてクリスティアン・ヴァースルイス(Kristiaan Versluys)は、ジュディス・ルイス・ハーマン(Judith Lewis Herman)の『心的外傷と回復』(*Trauma and Recovery*, 1992)等を援用しつつ、オスカー・祖父・祖母という三人の登場人物が言語化できないトラウマを抱えており、彼らがそのトラウマを、言語／物語を通して明らかにしようとしているとする。「トラウマを残す記憶は、物語ることのできる記憶に変えられなければならない」(traumatic memory must be turned into narrative memory)[6]からである。この小説でオスカーは、自らに起こった出来事を意味付け、言語化し、物語化し、出来事を自分のものにしようと格闘する過程を経て、最終的にそのトラウマを克服する兆しを見せる。

　『闇の中の男』の場合はどうだろうか。ヴァースルイスは別の著者との共著論文で、『闇の中の男』のブリルのトラウマに関しても考察している[7]。ブリルの場合、彼の作る物語には弊害も伴う。それは、物語がむしろ自らのトラウマから目を逸らすための役割を果たしているからである。ブリルにとって物語は第一に逃避の手段だったのであり、そして彼は自らのトラウマを直接的に物語るわけではない。だがアメリカ内戦についての物語を生み出すことがブリルに何らかの効果を与えていることは確かである。最終的に彼は自らの物語に決着をつけ、現実世界の娘と孫娘を救う役割を担おうとする。『闇の中の男』は、「物語を語ることのセラピー的効果」(the therapeutic effects of storytelling)と、「自ら生み出した空想世界で自己を見失う危険性」(the dangers of loss of self in a self-constructed fantasy world)の間で何とか妥協点を見出しているのである[8]。

一方、ブリルの孫娘カーチャは、ニューヨークで映画を専門に学んでいたが、元恋人タイタスが惨殺されたのちに学校をドロップアウトし、ヴァーモントの祖父と母親の許に戻る。当初放心状態にあったカーチャはやがて次々とDVDで映画を観るようになる。憑かれたように映画を観るカーチャを心配するブリルは、「この強迫的な映画鑑賞を、自己治療の一形態、未来について考える必要性から逃れ、自らを麻痺させるためのホメオパシー的な薬」とみなすようになる（I began to see this obsessive movie watching as a form of self-medication, a homeopathic drug to anesthetize herself against the need to think about the future）（15）。そして二人は以下のようなやり取りをする。

> 映画がドラッグのようになってるじゃないか。減らした方がいいと思うよ。しばらくやめた方がいいかもしれない。
> それはできないの。イメージが必要なの。他のものを見て気を紛らわさないと。
> They're turning into a drug, you know. I think we should cut down, maybe even stop for a while.
> I can't do that. I need the images. I need the distraction of watching other things. (166)

ブリルがそうであったようにカーチャの場合も、映画は、消し去りたい物語／イメージを別の物語／イメージで覆い隠すための消極的な役割を担う。しかし祖父ブリルと共に映画の解釈を考えながら、カーチャは少しずつだが元の精神状態に戻り始める。ブリルとカーチャにとって物語はどのような形で作用したのだろうか。そのヒントを、オースターの過去の作品に見出すことはできないだろうか。

4. 物語の効用

　そもそもオースターは、散文を書き始めた初期の頃から「物語の効用」について考察し、それを作品に反映してきた作家だった。ここで確認しておき

たいのが、オースター初の散文作品であり、その後のオースター作品におけるテーマがいくつも散りばめられた『孤独の発明』である。そこでは自伝的な要素を用いて、父親と息子の関係について考察がなされる。父親の死に直面した語り手「私」は、亡くなった父親について語らなければならないという思いに駆られる。だがその一方で正しく父親を描写できない言葉の無力さを痛感し、語ることをためらう。しかし長い逡巡ののち、「私」は最終的に父親を自らの言葉で物語化することを選ぶ。そして「私」にとって思いがけないことに、不完全な言葉であれ何らかの形で語ることにより、それまで不可解だと感じていた父親に全面的にではないにせよ、共感を覚えることができたのである。語り手は『千一夜物語』(*The Thousand and One Nights*) を引き合いに出す。シェヘラザードは王に物語を語り続けた結果、命を救われた。物語によって語り手／聴き手は一時的に現実から目を逸らし、再び現実に戻って来た時には世界を違う視点で見ることができるようになる。語り手は、「物語とは、論理的議論でないからこそ、壁を打ち破ることができる」(A story, however, in that it is not a logical argument, breaks down those walls) と記しており[9]、その後のオースター作品では、こういった「物語の効用」が繰り返し強調されることになる。

　比較的最近の作品でこのテーマが特に強調されるのは、『ブルックリン・フォリーズ』(*The Brooklyn Follies*, 2005) におけるカフカの逸話であろう。登場人物トムが語る逸話は、以下のようなものである。カフカが晩年にベルリンに住んでいた際、散歩中にある少女に出会う。少女は、大切な人形を失くして泣いていた。カフカは少女に対し咄嗟に、人形は旅に出たのだと言う。そして帰宅後、人形についての虚構の物語を作り上げ、それを人形からの手紙という形で執筆し、少女に読んで聞かせる。人形が少女の許に帰ってこれない理由について、カフカは手紙を三週間にも渡って何通も書き続け、読み聞かせ、最終的に少女の悲しみを癒すことに成功する。

　この逸話を語りながらトムは言う。「もしカフカが美しく説得力のある嘘を思い付けたら、少女の喪失を別の現実に代えることができます。たぶん偽

りの現実でしょう。でもフィクションの原理に従えば、それは真実で信用できるものなんです」(If he can come up with a beautiful and persuasive lie, it will supplant the girl's loss with a different reality — a false one, maybe, but something true and believable according to the laws of fiction)、「彼女には物語があります。運よく物語の中で生きることができ、想像世界の中で生きられたら、この世界の苦しみは消滅します。物語が続く限り、現実はもはや存在しないんです」(She has the story, and when a person is lucky enough to live inside a story, to live inside an imaginary world, the pains of this world disappear. For as long as the story goes on, reality no longer exists)[10]。いかにもオースター的なこの逸話により示されているのは、フィクションの力は「私たちが意味や関係を見出し、自らの内的・外的世界とどうにか折り合いをつける助けとなる」(help us make sense, relate and somehow come to terms with the world inside and outside us)ということである[11]。

『闇の中の男』においてブリルの娘ミリアムはナサニエル・ホーソーン(Nathaniel Hawthorne)の末娘ローズの伝記を書いているが、伝記に引用されたローズの詩の一フレーズをブリルは気に入る。「奇妙な世界が続いていくなか」(As the weird world rolls on)(45)というそのフレーズは、小説中繰り返し引用される。そしてもうひとつ繰り返されるフレーズがある。ブリルがカーチャと共に観た映画のひとつ、小津安二郎の『東京物語』(1953)における台詞である。母親が亡くなったにもかかわらず葬儀が終わると老いた父親を残してすぐに東京へ戻ってしまった兄や姉を見て、末娘が「嫌ねえ、世の中って」(Life is disappointing)(87)と言う。『闇の中の男』においてカーチャがドラッグのような役割を期待した映画は後述するように、主に戦争や死や悲哀を描くものである。これらの映画も、ブリルが現実逃避のために想像する世界も、彼／彼女のトラウマを直接的に物語るものではない。しかしそれらは、"Life is disappointing"、"As the weird world rolls on"といった繰り返されるふたつのフレーズに集約されるような、彼らの身に起こった出来事のメタファーとなっている。さらに言えば、同じ『東京物語』で、夫を戦争で亡

くした紀子に対して義父が言う台詞「わしはあんたに幸せになってほしいんじゃ」（I want you to be happy）(78) も繰り返されるもう一つのフレーズだが、最終的に娘ミリアムや孫娘カーチャを救う役割を担おうとするブリルを予言するようでもある。ブリルとカーチャが見出す物語の効用とは、オースターがこれまで描いてきた、「意味や関係を見出し、自らの内的・外的世界とどうにか折り合いをつける助け」となることであり、それは「論理的議論でないからこそ、壁を打ち破ることができる」のである。小説の終盤で、眠れないカーチャはブリルの部屋にやってくる。ブリルはカーチャにこれまでの自分の人生について語り、カーチャはブリルに、自分とタイタスの関係について語る。いくつかの物語に逃避を求めた後、二人はそれぞれ自らのトラウマと向き合う。そしてブリルは、一緒に映画の脚本を書くことを提案する。自分に向けて語っていた物語を映画にする。それが、「治療法」(a cure) (168) なのだとブリルは言う。

5. 入れ子構造とメタフィクション

　ブリルとカーチャにとって必要だったそれぞれの物語は、『闇の中の男』においてメタフィクションという形式で提示される。では、物語がメタフィクション形式で提示されることの意味や効果はどのようなものだろうか。フィクション内の登場人物が「現実世界」に影響を与えようとすることに加え、『闇の中の男』においてはさらなる入れ子構造を用いて様々な戦争や死が描かれている。まず大枠となっているのが、小説内で「現実世界」とされるオーガスト・ブリルの物語である。ここでは現実のアメリカがそうであったように、ブッシュ政権により対テロ戦争・イラク戦争が始められている。そしてその物語の中に、主人公ブリルの想像世界として描かれるのがオーエン・ブリックの物語である。そこでは、2000年の大統領選を境に分断され荒廃したアメリカの姿が描かれる。

　ブリルの世界の戦争は現実のアメリカの歴史に即しており、ブリックの世

界の戦争は「フィクション」となるが、いずれの主人公も、戦争によって耐え難い状況に追いやられる。カーチャの元恋人のタイタスが武装グループにより殺害される場面は、おそらく現実の出来事に基づいているだろう。一方でブリックが殺される結末は、ブリルによる創作である。物語の終盤では、爆発音ののち、燃え上がり崩れ落ちる家から走り出たブリックは、「連邦軍」の兵士の持つ機関銃で脚を撃たれ血が噴き出る。次に銃弾はブリックの右目を貫き、彼は瞬時に命を落とす。タイタスの殺害場面とブリックの殺害場面いずれに関しても、オースターは同じように目を背けたくなるような残酷な場面として描いている。

　そして『闇の中の男』にはさらに、戦争にまつわる別の逸話が三つ連続して登場する。いずれも、ブリルが知人から聞いた話であり、ブリックの物語を語り終えた後に思い出す逸話として描かれる。一つ目の逸話は、かつて高校で文学の授業を担当していた女性教師についてのものである。知人の話によれば、この女性教師は後に、強制収容所で看守に背いた見せしめに、両手両足を拘束されその鎖を四台のジープに繋がれて八つ裂きにされた。二つ目は、ユダヤ系の少女に恋をしたナチス親衛隊の大尉についての逸話である。大尉は少女を2時間だけ眺めさせてもらえば家族のために出国ビザを発行する、という手紙を少女の家族に宛てて送り、家族は少女にそれを実行させる。そして最後の逸話は、ある女性チェロ奏者が語ったものである。彼女の夫は失踪した。後にビルの6階から落下し発見された夫は、外務省に勤務していると見せかけて実はソ連とフランスの二重スパイとして、フランス側に情報を流していた。ソ連当局から追われていた夫が窓から墜落して死亡したのは、1989年のことだった。二つの逸話は第二次世界大戦、最後のものは冷戦時代を舞台としている。繰り返される戦争についての逸話は、ひとつひとつを短編小説のように読むこともできる。こういった戦時中の個人の逸話は、それらが現実にあった出来事に基づいているのか、オースターによる完全な創作なのか、読者には判断できない。

　また、カーチャが祖父ブリルと共に鑑賞する映画四本（『大いなる幻影』

(*Grand Illusion*, 1937)、『自転車泥棒』(*The Bicycle Thief*, 1948)、『大樹のうた』(*The World of Apu*, 1959)、『東京物語』)は、戦時中の捕虜の脱走や、戦後の貧困から抜け出せない家族の苦闘、妻を出産によって亡くした男とその息子、夫を戦争で亡くした女性とその義父についてなど、いずれも戦争や死別による苦しみを描くものである。さらに付け加えれば、『闇の中の男』という小説が捧げられているのは、イスラエルの作家デイヴィッド・グロスマン（David Grossman）とその妻、長男、長女、そしてレバノンにおける戦闘で亡くなった次男ウリである。

このように『闇の中の男』の入れ子となる物語は、現実（歴史）と物語（フィクション）の境界を複雑化するような形で提示されている。ではこの作品は、かつてリンダ・ハッチオンが「歴史記述を含むメタフィクション」(Historiographic Metafiction) と呼んだ小説群のように、現実と物語の虚構性を際立たせ、小説だけでなく歴史も人間の構築物でありフィクションにすぎないということを主張するものなのだろうか[12]。

『孤独の発明』の語り手は、「現実はチャイニーズ・ボックスであり、無限に続く箱の中の箱である」(Reality was a Chinese box, an infinite series of containers within containers.)[13]と言い、現実を認識する際の枠組みとして入れ子構造をとらえていた。『闇の中の男』では、入れ子のひとつであるパラレル・ワールドに迷い込み混乱するブリックに対し、フリスクと呼ばれる男性が説明を試みる。

> 現実はいくつもある。唯一の世界など存在しない。いくつもの世界があり、互いに並行して進んでいくんだ。世界と反世界、世界と影の世界、どの世界も他の世界の誰かによって夢見られ、想像され、書かれたものだ。どの世界も、精神が生み出したものだ。
> There are many realities. There's no single world. There are many worlds, and they all run parallel to one another, worlds and anti-worlds, worlds and shadow worlds, and each world is dreamed or imagined or written by someone in another world. Each world is the creation of a mind. (69)

そしてブリルは後に、「現実世界と想像世界は同じものだ。非現実的な物についての思考であれ、思考は現実だ」(The real and the imagined are one. Thoughts are real, even thoughts of unreal things) (177) と考える。『闇の中の男』でオースターが試みるのは、フィクションとリアリティの間の境界を溶解させることである。ブリルは言う。

> 自分を物語に登場させることで、物語は現実になる。あるいは、自分が現実のものではなくなる。自分自身の想像の産物になる。
> By putting myself into the story, the story becomes real. Or else I become unreal, yet one more figment of my own imagination. (102)

「ポール・オースター」が登場した『ガラスの街』がそうであったように、物語の中に作者が登場することで、現実とフィクションの境界は曖昧になる。しかしここでオースターが行っているのは、従来のメタフィクションが目指していた、小説や歴史の虚構性を際立たせるということだけではなく、逆に虚構のリアリティを際立たせることでもあるのだ。

ブリックが迷い込むウェリントンの町は、開戦から４年目の内戦によって荒廃し、人々の心も荒んでいる。この町の様子は、オースターの『最後の物たちの国で』(*In the Country of Last Things*, 1987) で舞台となった地域を思い起こさせる。主人公であるアンナ・ブルームは行方不明になった兄を探す旅に出るが、「最後の物たちの国」から逃れられなくなる。そこでは文字通り物が一つずつ「最後の物」となりやがて消滅し、その結果消滅した「物」の名前も存在しなくなる。子供は生まれず、人間も次々死んでいく。『最後の物たちの国で』はＳＦ的であるとインタビュアーから指摘されたオースターは、それをはっきりと否定し、この作品はワルシャワのゲットーやレニングラード占領といった歴史的事実に強く基づくものだと述べている[14]。オースターは、『闇の中の男』における虚構世界とよく似たこの「最後の物たちの国」のリアリティをむしろ強調している。

またオースターはインタビューで、小説に描かれた想像世界が現実世界と

交わることの興味深さについて言及している。オースターは、「壁と隷属状態と自由」をテーマとした小説（『偶然の音楽』（*The Music of Chance*, 1990））を書き終えたまさにその日にベルリンの壁が崩壊したことを強調する[15]。オースターはそこに、偶然の一致と呼ぶには強すぎるつながりを見ている。そして2003年に出版された『オラクル・ナイト』（*Oracle Night*）という小説では、主人公の作家が書く物語が、未来を予知するかのように、現実世界に影響を与えていく様子が描かれる[16]。

こういった例からもわかるように、そもそもポール・オースターは、虚構のリアリティを非常に強く意識している作家なのである。そして『闇の中の男』でブリルが「自分を物語の中に登場させることで、物語は現実になる」と言っていたように、オースターはメタフィクション的構造を用いて物語の蓋然性をさらに高める効果を上げている。このような視点からもう一度『闇の中の男』を眺めてみると、以下のようになる。

ブリルの物語は現実のアメリカの歴史に即しており、この現実世界では、9・11からイラク戦争に至り、ブッシュ大統領はアメリカの敵としてオサマ・ビンラディンやサダム・フセインを名指しする。一方でブリックの世界ではアメリカが内部で「連邦州」と「独立州」に分裂する。オースター的世界では、この二つの物語世界は侵食しあう。そこで示唆されるのは、9・11によって露にされたものはアメリカ対テロリストという分かりやすい二項対立ではむしろないということである。「この戦争は何が原因で、誰が誰と戦っているんだろう、と彼は考える。今回も北部対南部？　東部対西部？　赤（共和党）対青（民主党）？　白人対黒人？」(he wonders what the fighting is about and who is fighting whom. Is it North against South again? East against West? Red against Blue? White against Black?) (23) といったブリックの問いによりオースターは、簡単に二分することのできないアメリカの様々な分断を示している。

タイタスがイラクに行ったのはアメリカのために戦うことが目的ではなく、「歴史の一部となるのはどういうことなのかを知る」ためだった。アリ

キ・ヴァーヴォグリ（Aliki Varvogli）は、タイタスが国のために戦った犠牲者としては描かれておらず、それによりオースターが愛国的な感傷を排している、と指摘している[17]。こういった設定と同様に、敵／味方という明確な対立を混乱させるような入れ子構造を用いている点からも、『闇の中の男』は、「戦争」を扱う小説でありながら、被害者の立場から愛国心を掻き立てるような言説には陥らない。

6. おわりに

　アメリカ内戦についてのパラレル・ワールド、戦争に関する三つの逸話、カーチャとブリルが鑑賞する映画、さらにこの小説の献辞が示すのは、9・11やイラク戦争だけではない様々な戦争・紛争に翻弄される個人の姿であり、その中には現実の出来事を想起させるものもあれば、オースターの創作となるものもある。『闇の中の男』において入れ子構造で示されるこういった逸話・物語・フィクションはいずれも現実世界と同じリアリティを持ち、現実世界を相対化する役割を果たす[18]。
　オースターはインタビューで以下のように言っている。

> 小説家や詩人が直接政治を作品に取り込むのは危険だと思っている。我々が市民として声を上げる権利や必要性や時によっては義務を持たないと言っているわけじゃない。しかし小説に価値があるのは——小説に限定して言うとだが——それが個人に、個人の尊厳と重要性に関わるものだからだ。大きすぎたり抽象的すぎたりするような思想を一度扱いだすと、もはや感動を与えるような芸術は生み出せないし、作品に価値はなくなる。たとえば私が今どれだけ怒っていようとも、私の作家としての仕事は、後に退かず、自分のささやかな物語を書き続けることだ。
>
> I believe that it's dangerous for novelists or poets to entangle themselves directly with politics in their work. I'm not saying that we don't all have a right and a need and sometimes a duty to speak out as citizens, but the value of fiction — let's just confine ourselves to that for the moment — is that it's about the individual, the

dignity and importance of the individual. Once you start dealing in ideas that are too large or too abstract, you can't make art that will touch anymore, and then it's valueless. No matter how angry I am right now, for example, I believe my job as a writer is to stick to my guns and keep writing my little stories.[19]

　パオロ・シモネッティ（Paolo Simonetti）は、オースターがホーソンのように「戦争や死を扱うのにふさわしい『文学的』方法」(an appropriate "literary" way to cope with war and death) を探し求めていた、と指摘する[20]。オースターにとっては、個人の物語を書くことこそが政治的な営みである。タイタスの台詞のような直接的な政権批判はあるにせよ、オースターは、リアリズム的、ジャーナリズム的、あるいは政治パンフレット的な方法で9・11や対テロ戦争・イラク戦争を描くことは避けている。むしろ、重層的なメタフィクション的構造・入れ子構造を用いてフィクションと現実世界の境界を曖昧にし、政府やテロリストやメディアが作り上げる分かりやすい構図を混乱させることこそ、「戦争」を描くためにオースターが採った方法なのである。

1) 『闇の中の男』でオースターが用いるメタフィクション的手法が既に新鮮味を失っており、またこの作品がまとまりのないエピソードの連なりとなっているといった点を指摘し批判する書評も少なくない。
　　Richard Eder, "Behold the Kind-of Hero, in a Sort-of Civil War," *The New York Times*, August 26, 2008. 〈http://www.nytimes.com/2008/08/26/books/26eder.html?mcubz=3〉
　　W. M. Hagen, "World Literature in Review," *World Literature Today*, May-June 2009. pp. 59-60.
　　Tom LeClair, "Sleepless in Vermont," *New York Times Book Review*, September 21, 2008. p. 21.
2) Paul Auster, "The City and the Country," *The New York Times,* September 9, 2002. 〈http://www.nytimes.com/2002/09/09/opinion/the-city-and-the-country.html?mcubz=3〉
3) 拙稿「9・11とアメリカの作家たち」Chuo Online. 〈http://www.yomiuri.co.jp/adv/chuo/research/20140814.html〉を参照。

4) John Reed, "Paul Auster with John Reed," *The Brooklyn Rail,* August 1, 2003. 〈http://brooklynrail.org/2003/08/books/paul-auster〉 本インタビューを含む英語文献からの引用はすべて拙訳である。
5) Paul Auster, *Man in the Dark,* London : Faber and Faber, 2008. p. 172. 以下、同書からの引用は括弧内にページ数を記す。
6) Kristiaan Versluys, *Out of the Blue : September 11 and the Novel*, New York : Columbia UP, 2009. p. 79.
7) Sien Uytterschout and Kristiaan Versluys, "Desperate Domesticity? Translocating the Political into the Personal in Lynne Sharon Schwartz's *The Writing on the Wall* and Paul Auster's *Man in the Dark*," *9/11 : Topics in Contemporary North American Literature*, ed. Catherine Morley. London : Bloomsbury Academic, 2016. pp. 125-45.
8) *Ibid.*, pp. 141-2.
9) Paul Auster, *The Invention of Solitude,* New York : Penguin, 1982. p. 152.
10) Paul Auster, *The Brooklyn Follies*, London : Faber and Faber, 2005. pp. 154-5.
11) Stefania Ciocia and Jesús Ángel González, "Introduction," *The Invention of Illusions : International Perspectives on Paul Auster,* ed. Stefania Ciocia and Jesús Ángel González. Newcastle upon Tyne : Cambridge Scholars, 2011. p. 9.
12) Linda Hutcheon, "Historiographic Metafiction : Parody and the Intertextuality of History," *Intertextuality and Contemporary American Fiction*, ed. O'Donnell, P., and Robert Con Davis. Baltimore : Johns Hopkins UP, 1989. pp. 3-32.
13) *The Invention of Solitude, op.cit.,* p. 117.
14) Paul Auster, *The Art of Hunger* : *Essays, Prefaces, Interviews and Red Notebook*, New York : Penguin, 1997. pp. 320-321.
15) *Ibid.*, pp. 293-4.
16) また、オースターは『闇の中の男』で、大統領選の結果に不満を持ち合衆国から独立しようとするニューヨーク州を描いたが、その 8 年後の 2016 年にドナルド・トランプが大統領選に勝利し、カリフォルニア州の連邦離脱運動が話題になった。
17) Aliki Varvogli, "'The Worst Possibilities of the Imagination Are the Country You Live in' : Paul Auster in the Twenty-First Century," *The Invention of Illusions, op.cit.*, p. 51.
18) ジョナサン・サフラン・フォア『ものすごくうるさくて、ありえないほど近い』においては 9・11 がテーマの一つとなっているが、フォアが小説内で 9・11 に関する記述と並置しているのは、ドレスデンの爆撃と広島への原爆投下についての挿話である。アメリカ側が被害者となった出来事を、加害者となった

二つの出来事と並置することで、フォアはアメリカの被害者意識を相対化することに成功している。そういった意味でこの効果は『闇の中の男』におけるメタフィクション的構造による効果に類似する面がある。拙稿「*Extremely Loud and Incredibly Close* におけるユダヤ性と普遍性」(『人文研紀要』第76号、中央大学人文科学研究所、2013年、219-230頁) を参照。

19) John Reed, *op. cit.*
20) Paolo Simonetti, "Loss, Ruins, War : Paul Auster's Response to 9/11 and the 'War on Terror'," *The Invention of Illusions, op. cit.*, p. 28.

最末尾の一句はコロスか、それともアイロニーか
—— メルヴィルの「バートルビー」再訪 ——

福士久夫

　メルヴィルの「バートルビー」(1853年) の最末尾の一句とは、ニューヨークはウォール街に法律事務所を構える弁護士である語り手 (「私」) が発する、言わずと知れた「ああ、バートルビー！　ああ、人間！」という対句構造を有する一句である。この一句にコロス (chorus) を読みとるのか、それともアイロニーを読みとるのかに、本稿は関わる。リーア・ニューマンは、この一句を「コロス的インヴォケイション」とみる批評を2例とりあげている (46, 62)。ニューマンは最初の事例にコメントして、この一句に「メルヴィルにとって」の「人間の受容力と運命についての一般的真実」(46) を読みとっているとしている。コロスを読みとるとは、それを発する語り手の背後に作者であるメルヴィルを想定しながら語り手に同調し、それが作品の最末尾の一句であることから、語り手が最終的に到達したと考えられる世界観ないし人間観を受容する批評の謂いである。これに対して、アイロニーを読みとるとは、語り手が発する最後の一句に作者メルヴィルが込めている (かもしれない) アイロニーを読みとることによって、表面的には語り手の最終的な世界観ないし人間観と考えられるものをアイロニックに覆す批評の謂いである。本稿の筆者が与する、あるいは選びとる立場を先に言ってしまうなら、それは後者である。前者も1つの可能な批評の立場であることは否定しないが、筆者としては賛成できない。

　本稿は以下において、筆者が前者の立場に賛成できない理由を、メルヴィルを作者とする「バートルビー」というテクストの構造、構成上の特質、語

り手の語り方ないし言葉遣いの特質などにまで踏みこんで提示するべく、主要には以下の3事を果たすつもりである。しかし以下の論述は、遺憾ながら、かなりの程度に錯綜し前後するので、本稿読者の理解の便宜のために番号を付し相当数の節に区切りながらすすめることにしたい。

　第1に、「コロス説」に立っていると考えられる批評の近年における1例として、ダン・マッコールによる「バートルビー」についてのモノグラフ『バートルビーの沈黙』を、主要には、その結論をなす第5章「信頼できる語り手」を検討する。第2に、「アイロニー説」に立つと考えることのできる、近年における「バートルビー」論のうちで、これまでのところ筆者が最も充実した論考の1つと考えているシーア・ポスト゠ローリアのそれ、すなわち彼女の著書の第8章「独創的信頼――雑誌フィクションにみる定期発行雑誌の慣行」における関連個所を検討する。第3に、「バートルビー」におけるメルヴィルの現在時制と過去時制の巧妙な使い分けに着目する視点から「アイロニー説」に立つ筆者自身の読みを提示する。

1

　最初に、「コロス説」に立つと考えられるマッコールをみる。マッコールは「バートルビー」の語り手である弁護士（「私」）を「信頼する（trust）」(McCall, 102) としている。マッコールは語り手を「信頼できる（reliable）語り手」とみる立場は、いわゆる「バートルビー・インダストリー」(99) において「少数派」(99) であることを自覚している。それゆえにこそマッコールは、第5章「信頼できる語り手」において、語り手をそのようにみなす理由、つまり、いかなる性質の語り手であるがゆえに「信頼できる語り手」とみなしうるかを示すことに、大いに腐心している。

　マッコールの第2章からの引用の検討から始める。マッコールは、Morris Beja という批評家が R.D. Laing を引用しながら、「メンタルでエモーショナルな錯誤はしばしば耐えがたい状況に対する繊細な精神の真正な反応である」(51) ことを示そうとしているとし、その上で、「これはメルヴィルが頻

繁に口にすること——世界はぞっとするような場所（monstrous place）であるがゆえに、それをはっきりとみることは、人を狂わせることになる——である」(51) と書いている。マッコールは続けて以下のように書く。

> 私はひどく驚いてしまうのだが、批評家たちはしばしばこう断言して憚らない、バートルビーを「**生来の治癒し難い病**」の罹病者であるとみる、語り手の弁護士によるバートルビー理解は、彼がバートルビーに対する責任を負うつもりはないこと、バートルビーの面倒をみるつもりのないことを暴露しているのである、と。愛するだれかの気の狂うさまを目にするからといって、そのだれかを愛するのを止めてしまうことになるわけではない。ベジャは言う、「弁護士が書記バートルビーに対する真正の愛情をたしかに経験するようになるのを認識し損ねるのは、「バートルビー」という物語の行き過ぎたシニカルな読みだけである」と。弁護士が最初はバートルビーに「**普通の人間的（humane）なところをなにひとつ**」見ないことと、弁護士の最後の叫び「**ああ、バートルビー！ ああ、人間！**」との間には、なかなかな物語が挟まっているのである。(51-52、「 」は「バートルビー」からの引用)

おいおい縷々論じるように、筆者は、バートルビーが「生来の治癒し難い病」に罹っているとする見方とは異なる「別の見方」も可能であると考えているが、しかるにマッコールはここで、批評家たちの「行き過ぎたシニカルな読み」に抗して、バートルビーが「生来の治癒し難い病」に罹っていることを認めている。なぜマッコールがそのように認めるのかと言えば、語り手がそう言っているからである。つまり、マッコールがのちに結論的な章である第5章「信頼できる語り手」において示すように、1つには、「われわれ読者がバートルビーについて知り得ることはすべて語り手の弁護士に起因する」(133) からであり、もう1つには、当の弁護士が「信頼できる語り手」だからである。「われわれ読者がバートルビーについて知り得ることはすべて語り手の弁護士に起因する」を、筆者自身の読み方を少し先取りしながら筆者の言葉で言い直すなら、読者がバートルビーについて知り得ることはすべて——語り手以外の他の登場人物たちのバートルビーについての発言も、語り手が何処からともなく耳にする「1つの模糊とした噂話」(Melville 1984,

635) も含めて——語り手が選ぶ語や文言や口調で、語り手が選ぶ順序で、語り手が選ぶ時制で語ることに起因していると言い得る。そして語り手にそうした語や文言や口調や順序や時制などを選ばせているのは作者のメルヴィルその人と言えるであろうがゆえに、「バートルビー」のテクストの全体はメルヴィルによって統御され紡がれていると主張できることになる。となると、メルヴィルに親しんでいる読者には知られているはずのアイロニーや諷刺や韜晦やミスディレクションなどがメルヴィルその人の手によって「バートルビー」のテクストのどこかに織り込まれていて、マッコールのいう「信頼できる語り手」のバートルビーに対する「真正な反応」(McCall, 99) も実はそうした修辞学によって覆されているかもしれない可能性を否定できないということになる。とはいえ、アイロニーや諷刺やミスディレクションなどが織り込まれているかもしれない箇所に特定の印が付いているわけではないから、読者は作中に発見することのできる自分なりの根拠に基づいて、あるいは読者自身の生活（史）や読書経験や問題意識などに規定されているはずの直感や連想に基づいて、それらを各読者なりに読みとる外はないのであるけれども。

2

　マッコールが「18歳」で初めて「バートルビー」を読んだときに抱いた意見と彼の本書執筆時点での意見とが結び付けられている第5章からの箇所を、次に検討する。——「私は18歳のときに初めてこの物語を読んだ。私はバートルビーが死んでしまっていたことに気づいて打ちひしがれた。そのとき私は**「王たちや顧問官たちとともに」**がヨブ記からの引用であることを知らなかった。**「王たちや顧問官たちとともに」**という句は私には厳粛で真剣で決定的（majestic and solemn and final）であるように思われた。［この句につづく］あの**「と私は呟いた」**は、この句の周りに深い静寂／沈黙（hush）を醸し出した。（略）バートルビーの姿は非常に風変わりで、滑稽で、痛々しく、彼の死は納得がいくと同時に衝撃的でもあったので、私は語り手が先

ほどの句を呟いた瞬間を（略）[ハーシェル・パーカーのように、語り手が]「甘美な自己承認」の「最後の安い買い物」をする好機とみることはなかった。私は語り手を信頼した。／30年たった今も、私は依然として語り手を信頼している。彼は私にはこの上なく知的で、奇抜かつアイロニックで、寛大で、自覚的で、情熱的で、また頗る有能であるように思われる」(101-102、「　」は「バートルビー」からの引用)。

　上の引用の2つ目の段落にみることができるように、マッコールは語り手を「信頼」しているが、その理由は、最終の一文にみられるような性格上の特質を有しているからである。筆者としては特に「アイロニック」という特質に注目したい。上の引用の最初の段落で引き合いに出されているハーシェル・パーカーは、もっと前の箇所でも引用されている（101）が、パーカーはそこにおいて「アイロニー」というタームを用いながら、最結末の「ああ、バートルビー！　ああ、人間！」にアイロニーを読みとっている（Parker 1979, 164）。ポスト＝ローリアや筆者もアイロニーを読みとる。ところがマッコールは、上の引用では、読者を「沈黙」へと導くという意味で「ああ、バートルビー！　ああ、人間！」と同構造を有していると彼（＝マッコール）が考えているくだり、すなわち「「王たちや顧問官たちとともに」と私は呟いた」（Melville 1984, 671）に、パーカーが「甘美な自己承認」の「最後の安い買い物」をする「好機を見出す」という言い方でアイロニーを読みとっているのを、賛成できない読みの事例として引き合いに出しているわけである。となると、マッコールのいう「アイロニー」と、パーカーのいう、のみならずポスト＝ローリアや筆者のいう「アイロニー」は、その意味ないし機能が異なるのか、という疑問が頭をもたげることになる。

　マッコールは第5章でRichard Chaseの「バートルビー」についての指摘——「歴然と悲劇的であり、同時にせつないほどに喜劇的である」という指摘——に注目している。マッコールはこの指摘を受けて次のように書いている——「われわれが[「バートルビー」という]物語について、また物語の語り手である弁護士についても、もしも専らペイソスと悲劇[の側面]にし

か目を向けないとするならば、［われわれの理解は］不正確なものになる。われわれは物語が同時にとてもファニーなものでもあることを見てとることができるのでなければならない。もっと正確に言うなら、われわれは際立って複雑な単一の感情をみてとらなければならない。つまり、物語を深遠な二重性において捉えてこそわれわれは、それを真に理解するのである」(147) と。マッコールは語り手を規定して「自己分裂 (self-division)」(121) という語も用いているが、これはマッコールの理路に則して言うなら、彼のいう「複雑な単一の感情」、「深遠な二重性」に語り手が向かいあったときに呈する心的状態と考えることができるであろう。

　つまり、マッコールの言うには、語り手は彼が語る周囲の人物や事象に対して「アイロニック」(102) に対することができるだけでなく、「セルフ・アイロニー」(125) の棘でみずからを刺し、みずからの「自己分裂」を曝け出すことのできる類の語り手でもあり、それゆえにこそ彼の発する言葉は「真正な声」(128) であり、彼は「信頼できる語り手」なのである。マッコールは語り手を規定して、「セルフ・アイロニー」以外にも、それに類する文言を目につくほどに繰り出す。すなわち、「弁護士の己自身の苦痛にみちた見直し」(108)、「弁護士の己自身についてのこの上なく深い不信」(121)、「弁護士が己自身の感情に対してたえず投げつける軽蔑の嗤い」(123)、「手の込んだ自己縮小」(125)、「自己毀貶」(126-127)、「自己疑惑」(128)、「厳格かつ徹底的な自己点検」(128)、「不条理なほどにデーモンに駆られた自己矛盾」(147) などである。

　上で筆者が口にした疑問が、再び頭をもたげてくる。これほどまでに苛烈に「セルフ・アイロニー」の棘で己を刺すことのできる語り手が、あるいはそのようにアイロニーの棘で己を刺すことのできる類の語り手であると繰り返し指摘できるマッコールは、バートルビーの死の確認に際しての「「王たちや顧問官たちとともに」と私は呟いた」や、最末尾の「ああ、バートルビー！　ああ、人間！」に対しては、なぜアイロニーを読みとることがないのであろうか。

3

　アイロニーを読みとるどころか、マッコールは、これらの「呟き」や「叫び」ないし「嘆息」が「厳粛で真剣で決定的」(101)であり「覚醒のピーク」(100)であるとし、また、これらの箇所が醸し出すとされる「沈黙」に、あるいはバートルビーの「沈黙」に、読者が拝跪することを求めていると言えなくもないほどである。マッコールは検討中の第5章に先だって、第4章の最後のパラグラフにおいて、「バートルビーから沈黙を取り上げること」は彼を「辱める（dishonor）」こと、「彼に大きな暴力を加えること」(98)になるのだとしている。またこれにも先だって、第2章の最後のパラグラフの最末尾でこう書いている。「彼［＝バートルビー］のどこがおかしいのかとわれわれが尋ねるとき、バートルビーは語ろうとしない、語り手には語ることができない、物語自体も語ることはない。それは物語の核心に厳存する謎である。われわれの問いかけに対して繰り返される返答、そして最も深遠な返答は、沈黙である」(58)。その上でマッコールは、第5章「信頼できる語り手」の最後の連続する2つのパラグラフ、つまり『バートルビーの沈黙』の最終の2つのパラグラフ（152-153）において、著書自体のポイントが「バートルビーの沈黙」にあることを読者に思い起こさせるようにしながら、バートルビーの「沈黙」を論じて著書全体の結論としている。

　そこにおいて、バートルビーの「沈黙」はどのように論じられているか。要約的に摘記してみる。――「われわれはバートルビーを、語り手の弁護士を通じて、彼のみを通じて知るのであるから、語り手の声を［正しく］理解しなければならない。語り手を誤解するならば、人はバートルビーを［正しく］理解することはできない。語り手について真に注目すべきことは、彼が実際に大いに信頼にたる人物だということである」。「この物語の最も深い意味」をさぐることは、「バートルビーの沈黙の動機ではなくその深さ広さ（dimension）を理解すること」に等しい。バートルビーの「沈黙」は「大洋のような静寂」であり、「畏怖すべき沈黙」である。われわれのだれもが、

「バートルビーの言うことだけを聞く」のに対して、「語り手はその中に沈黙を聞く」。「語り手を信頼できないとすることは、(略) バートルビーを説明するために「表面」の下を穿るのと同種の誤り」を冒すことである。われわれはそのとき、「ちいさな幾つもの誤った意味を選びとって大きな真なる意味を捨てる」ことになる。「バートルビー」の結末をなす「後日談」の箇所とされるパラグラフで、「語り手は (略) 沈黙の中になおも何かを聞こうと努めている」。しかし彼は、「最終的に「ああ、バートルビー！　ああ、人間！」と叫び、そして彼自身沈黙する」。そのとき語り手は、物語の劈頭において「「プルーデンス (prudence)」と「メソッド (method)」を自慢してみせた人物とは異なる人物」に変貌している。弁護士はバートルビーの死に接して「悲しみ」に襲われ、それゆえに彼は「彼自身の生活に覚醒し、そして [彼の]「人間 (humanity)」[観]は永久に変化してしまったのである」。

　筆者はマッコールのこうした主張を、彼が「ああ、バートルビー！　ああ、人間！」にコロスを読みとっていることの論拠としたい。どのような趣旨のコロスと言えるであろうか。筆者の察するにそれは、人の、「人間 (humanity)」の、「生 (life)」は、「悲しみ」と「沈黙」の相において捉えるときに、その「最も深遠な意味」をおのずとあらわすのであり、しかるに「沈黙」の「表面」の下を「穿る」などして、「沈黙」の「動機」などの「説明」を加えることは「人間」の「生」に「恥辱を加える (dishonor)」ことである——といった趣旨のコロスということになるであろう。

　筆者は「ああ、バートルビー！　ああ、人間！」にアイロニーを読みとる立場であるから、「コロス説」に賛成できない理由を具体的に論じなければならないが、手始めに筆者は、第2節の末尾で提起した「疑問」に答えを与えることから始めることにしたい。

4

　「疑問」に答えを与えるために、回り道をしたい。筆者は本稿の第1節で、マッコールが語り手の弁護士に同調して、バートルビーを「生来の治癒し難

い病」の罹病者であるとみる立場を明らかにしている箇所を第2章から引いて検討したが、マッコールは第5章において、みずからその箇所に立ち返っている。以下に引用される第5章からの一節は、マッコールが例の「セルフ・アイロニー」などの一連の文言を用いて語り手を特質を抉る途中の箇所、具体的には、「語り手の弁護士の己自身の苦痛にみちた見直し」(108) という指摘と、「弁護士の己自身についてのこの上なく深い不信」(121) という指摘の間に位置している。

> 私は第2章において、バートルビーを心的に病んでいるとみる現代における幾つかの診断例を検討した。私はここでは、そもそもバートルビーが心的に病んでいると仄めかすこと自体、社会的な意識を持つ読者にとっては、ひどく嫌悪すべきことなのだということを、指摘しておかなければならない。そのような読者はだれもが(略)、バートルビーを語り手が彼をみるように、すなわち「**度を越した生まれつきの病**」の罹病者とみることは、それ自体ひとつの裏切り、階級的特権の合理化のひとつである、と暗示している。語り手の弁護士はわれわれの頽廃した社会的取り決めの召使である、それゆえ彼は、彼自身頽廃しているに相違ないというわけである。だが、もし彼がそうでないとしたらどうであろうか。もしバートルビーがわれわれの最良の衝動をもってしても、われわれの最も賢明な社会的取り決めをもってしても、手の施しようのない人間だとしたらどうであろうか。本物語における最も鋭い問いは、バートルビーにどう対処する（deal with）かである。本物語がこの問いに与えている最も深い答は、われわれには何もなしえない、である。／しかしこの答は聞くも苦痛な答である。バートルビーは治癒しえない、と認めなければならないというのであろうか。(略) だが、もしもわれわれが語り手を真摯に受けとめないとしたら、われわれはバートルビーを真摯に受けとめることは決してできないであろう。もしわれわれが語り手の言うことに耳を傾け［彼の言うことを真摯に受けとめ］るならば、バートルビーを注視することは、結局のところ、語り手にとってはあまりにも難儀で、あまりにも大きな当惑を伴う、あまりにも苦痛なことであったがゆえに、彼には能くなし得ることではなかったと、われわれに向かってたえず語っているのを耳にするはずである。(113、「　」は「バートルビー」からの引用)

ここからわれわれは、少なくとも筆者は、マッコールの語り手の弁護士の

誠実な性格を規定する「弁護士の己自身の苦痛にみちた見直し」（などの一連の文言）は、マッコールが語り手の言うことを「真摯に（seriously）受けとめ」ようとする姿勢のあらわれであること、そしてそのような姿勢の結果として、語り手が誠実に己自身の内面と向き合い、結果的に「苦痛」に直面してしまうことになるとはいえ、バートルビーが「度を越した生まれつきの病」（Melville 1984, 653）に罹っていると認めざるを得ないのだと、マッコールが考えていることを再確認することができる。

　先ず、バートルビーは「度を越した生まれつきの病」の罹病者であるとみる意見についてコメントするなら、先に示唆した可能な「別の見方」──バートルビーはあらかじめ「度を越した生まれつきの病」に罹っていて、それゆえあらかじめ「手の施しようのない人間」なのではなく、語り手の事務所で働くようになってからのある時点から、「手の施しようのない」人間のように周囲に見え始めたのだとする見方──に立つ場合には、語り手の言うことから「われわれになしうることは何もない」という結論を引き出すことは早計に過ぎる結論であり、語り手の言うことを「真摯に受け止める」姿勢を隠れ蓑にして、バートルビーを「度を越した生まれつきの病」の罹病者であるとする語り手の意見の「合理化」、正当化であると言えなくもないことになる。筆者のいう「別の見方」からすれば、語り手には少なくとも、「**故ジョン・ジェイコブ・アスター**」に代表される金持ちたちにとっては「**著しく安全な**」弁護士から「**不正と非道**」に「**憤激する**」「**危険**」を冒す類の弁護士へと転身する道が残されているのであり、「なしうることは何もない」わけではない（「　」は「バートルビー」からの引用）。だからむしろ、語り手の弁護士の言うことを「真っ当に（seriously）」検討するときには、彼に問われるべきは、なぜそうした転身の道を選びとらないのか、である。

　次に、「弁護士の己自身の苦痛にみちた見直し」などの一連の指摘は語り手の弁護士が己自身の内面と「真摯に」向き合う誠実な姿勢を物語るものであるという見解についてコメントするならば、のちに具体的に示す筆者独自の視角からの読みを先取りして言えば、それらの指摘は、バートルビーが語

り手の法律事務所の戸口に現われ、「書記」として雇われ、のちに「私としてはいたしたくないのですが」という決め台詞を連発しはじめる時点から、「墓場」の異名をとる拘置所内で死亡する時点までの間に語り手によって試みられた、彼の生存、「生（life）」の在りようを支える「イデオロギー」の枠内にバートルビーを囲い込む企て、あるいはその枠内でバートルビーを理解する企ての１つひとつが悉く失敗に帰したことと不離密接なのではないか。どういうことか。

5

　どういうことか。前節末尾の筆者自身の一文における筆者の主旨は、語り手の弁護士の性格規定に関わる、「セルフ・アイロニー」などのマッコールによる一連の指摘は、どれもみな、バートルビーの生存中に、バートルビーが「私としてはしたくないのですが」や無言などの何らかのリスポンスを返すことができた間に、「私」がバートルビーに対して試みた種々の「対処」（マッコール）が、その都度、バートルビーがそうした何らかのリスポンスを返すことによって挫折せしめられたのだが、そうした挫折せしめられた際の「私」の内面に即した指摘とみることができるということにある。ところが、バートルビーの死が確認されたあとでは、「私」がバートルビーにどのように「対処」しようと、どのような言葉を発しようと、どのような「合理化」、自己正当化を企てようと、バートルビーはもはや死の「沈黙」の中に沈んでいるのであり、もはやいっさい応答することはないから、「私」の内面ももはや挫折を味わい傷つくことはない。だからマッコールも、「セルフ・アイロニー」という言葉によって象徴されるような指摘をする必要もない。

　こうしたコメントにおいて筆者はある特定の読みの立場を選びとっている。しかしこのような読みは、マッコールも複数回論及しているパーカーの論文（Parker 1979）がすでに提示している読みであって、筆者独自の読みというわけではない。マッコールはパーカーの読みを斥けているが、筆者は基本的に賛成する。

パーカー (Parker 1979) は以下のように論じている。――「語り手はバートルビーの遺体を見下ろしながら、「王たちや顧問官たちとともに」と呟くとき、彼が経験しているのは、**「純粋なメランコリー」**あるいは**「人を圧倒する、刺すようなメランコリー」**と彼が呼んだメランコリーではなく、気楽な、気ままな類のメランコリーである」(163)。語り手はヨブ記からの一句を「適切さを誇る口調」(163) で暗誦してみせるが、語り手はそのとき、「いかにも彼らしく、当の一句を深い嘆きから、調子の高い優雅な感情の吐露へと歪曲している」(163)。そしてパーカーによれば、「同じ伝」(163) ということになるが、配達不能便局についての例の**「模糊とした噂話」**が語り手にとって**「不思議な暗示的な興味」**の対象となるのは、それが彼に「おだやかな、高みから見下ろすような悲しみ、甘美なメランコリー」(163) をいだくのを許すからである。つまりパーカーに言わせると、「語り手の注意深く設えられている精神状態を頑固なバートルビーが乱すことがもはやなくなった今、彼は安心してそうした感傷性 (sentimentality) に耽ることができる」(163-164) わけである。最末尾で、「語り手が「ああ、バートルビー！　ああ、人間！」と嘆息するとき、彼は、かつて彼をつかのま悲劇的な人生感覚に極めて近い感覚へと到らしめた、あの**「共通の人間性 (common humanity)」**の感覚を意識的に喚起しようとしているわけではない」(164)。そうではなく、「結末の言葉は語り手の奇妙な書記との経験を、操作可能な、不愉快ではない言葉遣いへと変えている、つまり結末の言葉はバートルビーがついに［語り手の］コントロール下にあることを示しているのだ」(164)。(以上において、「　」は「バートルビー」からの引用。) パーカーの指摘――「語り手の注意深く設えられている精神状態を頑固なバートルビーが乱すことがもはやなくなった今」、「バートルビー［は］ついに［語り手の］コントロール下にある」――は、バートルビーがもはや「語り手の注意深く設えられている精神状態」を「乱す」ことがないように、語り手が安心してそれを維持できるように、バートルビーが語り手の魂胆に従って、つまりメルヴィルその人の魂胆に従って、とうとう死の眠りにつくことになったのだというアイロニー

を、言い当てようとしている。

6

　コメントをつづける。語り手は「悲惨（misery）」ないし「悲惨な（miserable）」という語を数回用いている。最初に出てくる事例においては、「悲惨な」はバートルビー個人について用いられる。バートルビーの悲惨さとは、彼の「際立った」「貧困」と「凄まじいばかりの」「孤独」（Melville 1984, 651）がその中身であると考えられる。次の用例においては、「悲惨」という語は「この世」の「悲惨」として一般化され、「この世」の「幸福」と対比されている（652）。もっと後の箇所でも「悲惨」は複数回使われるが、一方では特定の個人バートルビーについて使われ、他方では人間一般について使われている。

　筆者はここで、この「悲惨」という語は、メルヴィルも読んだと考えられるトーマス・ジェファソンの『ヴァージニア州覚え書』の「質問XIV」における以下の一節を想起させるものであることを指摘しておきたい。ジェファソンはこう書いている。「悲惨はしばしば詩における最も感動的な筆致の生みの親である。——黒人たちの間には悲惨は溢れているのに、なぜなのか理由は知らぬが、詩は彼らの間にまったく見当たらない。愛もまた詩人に独特の衝撃を与えるものだ。黒人の愛は［たしかに］激しいが、それは［黒人たちの場合］感覚を燃え立たせるだけで、想像力をかり立てることはない。信心深さは、たしかに、フィリス・ホイートリーのような人間を生みだしている。しかし信心深さは、ただのひとりの詩人も生みだすことはできなかった。ホイートリーの名前で出版された作品は批評に耐えうる類のものではない」（266-267）。

　この一節について、デーヴィッド・ウォルドストレイチャーは以下のようにコメントしている。「［上の引用が示すような］ホイートリーに対してジェファソンが示す扱き下ろしの反応は、彼女の詩と彼女の社会的アクション——彼女の生存という事実だけではなく——が、ジェファソンに突きつけた

脅威を暗示している。というのもジェファソンは、ホイートリーの詩集を1冊、たしかに所持していたからである。彼女は宗教的な人間であるがゆえに、詩人ではないし、奴隷制度に異を唱えることもできない、とジェファソンは書いているが、ホイートリーをこれほど独創的に誤読した事例は他にはないだろう」(111-112)。ウォルドストレイチャーがアイロニーを込めて「独創的」と形容しているこの「誤読」は、しかしながら、ジェファソンの狭猾さの極みとでも形容したくなるような意識的な「誤読」だったかもしれない。ウォルドストレイチャーは上の引用につづけてこう書いている。「ジェファソンが『ヴァージニア州覚え書』を完成したときには、ホイートリーはすでに物故していて、彼女は応答することができなかった」(112) と。このウォルドストレイチャーの指摘と、上でみたパーカーの指摘、バートルビーはついに「王たちや参議官たちとともに［眠りについている］」、つまり死の眠りについているのだから、「バートルビー［は］ついにコントロール下にある」という指摘とは、ホモロジカルな口調を鳴り響かせている。両指摘はともに、人の意識により憑いて離れず、「脅威」を「突きつけ」てくる——第4節で筆者が用いた言い回しで言うなら、「生存、「生 (life)」の在りよう」をたえず問いかけてくる——人物の死を奇貨として、有体に言うなら、死人に口なしをよいことに、己の立場を合理化し正当化しようとする姿勢を看破し、それを刺していると言えるのではないか。となると、パーカーが前世紀の70年代末に読みとった転覆的なアイロニーの「戦略」(のちにみるポスト＝ローリアの用語) に、メルヴィルは同時代にすでに開眼していたことになる。

7

コメントを加えつつある筆者自身の一文（第4節末尾）において筆者は鉤括弧付きの「イデオロギー」という術語を用いているが、これはスティーヴン・ゼルニックの論文「メルヴィルの「書記バートルビー」——歴史、イデオロギー、文学の一研究」(1979) からの借用である。この論文は「バートルビー」の劈頭の2つ目のパラグラフに登場してくる、アメリカ史上に実在

したジョン・ジェイコブ・アスター（?-1848）を論の中心に据えることによって、「バートルビー」が発表された当時のアメリカ、19世紀中葉のアメリカの「歴史」と「イデオロギー」を抉り、それら両者との決してストレートではない関係の中で「文学」を、つまりは、メルヴィルのひときわ異彩を放つ短篇「バートルビー」を論じ、その特質を21世紀の今日においても参照に値するレベルで剔抉した注目すべき「バートルビー」論である。

　ゼルニックは「バートルビー」から以下の一節——

> 　故ジョン・ジェイコブ・アスターは私の第一の美質はプルーデンス（用心深さ）であり、次のそれはメソッド（几帳面な手順）であると躊躇なく断言した。なにも見栄を張って言うのではなく、単純に事実を伝えるために言うのだが、私は故ジョン・ジェイコブ・アスターに弁護士として雇われなかったわけでもなかった。私は喜んでこの名前を繰り返すものであることを認める。というのも、この名前には朗々とした円やかな響きがあり、まるで金塊のような響きを奏でるからだ。遠慮なく言い添えるが、私は故ジョン・ジェイコブ・アスターが私を高く買ってくれたことに何も感じるところがなかったわけではない。
> （Melville 1984, 635-636）

を引いた上で、こう書いている。——「アスターの名前は物語中に現われる唯一のフルネームであるが、それは語り手にとって魔術的な力（potency）をもっている。その名前を繰り返すことによって語り手は、アスターの権力、威信と一体化する。メルヴィルの同時代人たちの多くにとっては、しかしながら、アスターの名前は独占権力の、コミュニティが体現する価値観の破壊者の、政治的腐敗の、傲慢な、新しい富の貴族階級の出現の、法の抜け目ない操作によって被い隠された大々的な盗みの、未開地とその住民たちの搾取の、また、アメリカ人たちの相当数を賃金奴隷制や経済的依存状態へと引き下げた社会的諸関係の再編の象徴であった。アスターはおそらく、1848年に死亡したとき、ニューヨークで最も憎まれている人物であった。彼の富の巨大な力は、アメリカ社会の民主的な約束にとっての脅威として理解されていた」(75)。ゼルニックはこうも書いている。「いかなる立法府のメンバー

も、いかなる裁判官も、あるいはいかなる行政府権力者も、アスターの人を腐敗させる影響力から安全ではなかった」(77)。ジェファソン大統領、マディソン大統領、モンロー大統領、ミシガン準州知事ルイス・キャス、国務長官アルバート・ギャラティン、ニューヨーク州知事ジョージ・クリントンなども、無事ではすまなかったのである (77)。

ゼルニックは「メルヴィルは彼の読者がアスターのことを知っている——詳細に、ではないとしても、少なくとも、くっきりとしたアウトラインにおいて——とあらかじめ想定することができたし、また語り手の弁護士によるアスター賞賛［上の「バートルビー」からの引用をみよ］は、物語のもろもろの出来事をアスター的価値観という設定の内部に位置づけることになるとあらかじめ想定することができた」(79) と指摘をした上で、以下のように分析している。「語り手は彼自身の目に、彼が彼自身をわれわれに提示してみせるのと同じように——ひとりの身持ちの良い、尊敬に値する、善意の人——に見えている。彼は、にもかかわらず、アスターの権力と威信の所産である」(79) と。

以上をみるだけでも筆者は、ゼルニックの読みはマッコールの読みとは截然と異なっているとの印象をもつ。ゼルニック論文は、筆者の知る限り、「バートルビー」批評において論及されることはめったにない。本稿の序の部分で論及したニューマンも、「最大限の全面性」(x) を標榜するわりには、無視している。マッコールはそれに論及している。珍しいことなので筆者はマッコールがゼルニック論文を検討している箇所を注意深く読んだ。マッコールはすでにみたように、語り手の弁護士は「信頼できる語り手」であるとする「少数意見」の立場からゼルニックの読みをクリアしてみせたつもりであろうが、彼はゼルニックという鞍馬を高い所でではなく低い所でクリアしたに過ぎないのではないのかという思いを、筆者は拭いきれない。

ゼルニックによれば、「バートルビー」についての批評の「最も大きな混乱は物語自体の内部に説明のための合理的な視点を見つけ出そうとする企てに起因している。というのも、アスター的世界においては、最も明白な信念

でさえ1つの迷妄に過ぎないからである。語り手である弁護士のアスター的世界における実際の役割と彼の社会的諸経験は、イデオロギーのモルタルで堅固に塗り固められた壁の背後に隠されたままである。弁護士は彼が雇い入れている労働者たちとの搾取的関係を、彼らについての自身の残忍な見方を、彼らを支配する自身の強圧的な権力を認識するならば、彼は弁護士であることを止め、尊敬されるに足る体面、アスターが彼に対して抱いてくれていたと想像される敬意、彼［＝弁護士］の生活が提供する安楽と安心などを放棄しなければならないであろう。アスター的世界の機構の伝導歯車としての彼の生活の不毛さを、もしも彼が感じ取っていないとするならば、彼はバートルビーに悩まされることなどけっしてないかも知れない［と言わなければならない］。彼の生活が空虚であればこそ、「**全ての正義、全ての道理が相手側にある**」［のかも知れない］と彼が想像する機が熟したのである」(79、「 」は「バートルビー」からの引用)。メルヴィルの物語「バートルビー」は、「それと意識した、イデオロギーについての、現実の巨大な破壊的圧力に抗してでも諸々の規範を維持することについての物語である。(略) 19世紀中葉に、階級的抑圧と搾取の進行を物語る形跡が明確化するもとで、法、普遍的に適用可能な理性的手順、諸システムの秩序などに対する啓蒙主義的信頼が薄らいでいった。経済的自己利益の最も徹底的な追求こそは社会の実行可能で教化された基本原理であるとする主張は、国民の全階層の人々が悲惨で受動的な状態に立ちいたるにつれて、かつてほどに説得力のあるものに思われなくなった。不可譲の諸権利という観念そのものが狭量な利益計算の圧迫を受けて解体し、その解体は人間関係に新しいレベルの歪みをもたらし、伝統的なヒューマニズムの諸理想の一切を撥ねつけたのである」(79-80)。

8

ゼルニックによれば、「バートルビー」は、「イデオロギーについての複雑で精妙な探究」(80) である。「背景設定はありふれたものである。［語り手の］弁護士のもっともな道理は人を安心させるものである。弁護士の視点を

欠陥のあるものとして暴露するような事例はなにひとつ［見当ら］ない。彼方に在るもの――バートルビーその人――の表象は不分明である。そして［導き出される］解決は、唯一分別ある解決であるように見える。物語を弁護士の打ち解けた声をとおして提示することによってメルヴィルは、彼の読者の能力に、すなわち弁護士の生きられたイデオロギーをイデオロギーとして理解する能力に、多大な要求を突きつけてくる。そうするなかでメルヴィルは、読者をより確実に物語の言葉遣いの中へと引き込む。読者は不安定な状態になり、そして実際的な解釈行為は、自己認識のプロセスとなる」(80)。この引用の「読者」を論じている箇所にコメントを付しておきたい。メルヴィルは「バートルビー」のある箇所で、1つのパラグラフを丸ごとわざわざ丸括弧で囲み、語り手はここでは読者に向かって直接語りかけているのだという素振りを見せながら、語り手に「炯眼の読者（[t]he reader of nice perceptions）はお気づきのように」(Melville 1984, 645) などと言わせている。この「炯眼の読者」という言葉は、メルヴィルが『白鯨』執筆中に匿名で発表した論文「ホーソーンとその苔」における「炯眼の読者（eagle-eyed reader）」を想起させる。「炯眼の読者」は、「ホーソーンとその苔」においては、ホーソーンの数篇のスケッチにおいて「こっぴどい欺き」の対象になっていると匿名の著者によって指摘される、「頁の表面をざっと読み飛ばす浅薄な読者たち」と対比されている（Melville 1984, 1168）。

　ゼルニックによれば、「バートルビー」におけるメルヴィルの「支配的なメタファー」は「壁」(80) である。「バートルビー」のサブタイトルは「ウォール街（壁の街）の物語」であり、語り手の弁護士の「事務所」は、「仕切り、衝立、そして壁」によって「画定」(80) されている。窓の外には、「さらに多くの壁」があり、「全体的な眺望へのアクセス」を「遮断」(80) している。「壁」のメタファーと対をなす、もう片方のメタファーは「ヴィジョン」(80) である。「壁」、「衝立」、「仕切り」は、弁護士を「彼が雇用する労働者たち」から「隔離する」だけではない。かれら労働者たちを、「視界の外に」おいたままにもする。そして、「外的な［物理的］隔離は同時に内的

な［認識の］脱臼でもある」(80)。

　ゼルニックはこう指摘している。「19世紀中葉のイデオロギー上の危機は数多の作家たち、特にイングランドの作家たちによって取り組まれたが、「バートルビー」の精妙さ［のレベル］に近づいた作家はひとりもいなかった」(87) と。どういうことか。――「英国の産業主義は［合衆国のそれよりも］はるかに進み、［それゆえ］労働運動やチャーティズムなどの重要な対抗勢力をすでに生みだしていて、それが政治闘争という形のイデオロギー上の危機の表われとなった。ギャスケル夫人、ディケンズ、カーライルなどは、［そのような］価値観と社会的安定の危機をすでに認知している受容力のある読者を想定することができた。合衆国における劇的な事例であるアスターのケースは、［カーライルのいわゆる］「イングランド問題の状態」とは、どうみても同等ではなかった。この違いは英国の作家たちにとって幾つかの点では強みであったが、他の点では弱みであった。彼らは読者一般に対して、メルヴィルにはできない類の、受容力のある態度を期待することができる一方で、他方では、彼らを支持してくれる社会と彼らの読者である階級の人々［の双方］を破壊することのない改良策を提起しなければならないという政治的緊急性によって縛られていた」(87)。

　ゼルニックはつづけてこう指摘している。「メルヴィルは彼の読者が易々と受容力のある態度を示すなどとは決して想定することができなかった」(87)。だから、かわりに、「読者の安楽な思考形態を擬態［することによって］、彼らの信念を崩壊させようとした」(87)。ゼルニックによれば、「書記バートルビー」、「ベニート・セレーノ」、「乙女たちの地獄と独身男たちの楽園」などの物語は「転覆的」であり、これらの物語の「戦略」は、「適切な価値観についての人を安堵させる類の理解」に到達することよりも、むしろ「疑念と混乱を唆すこと」(87) である。「メルヴィルの読者への影響は強烈にネガティヴである。彼の物語はアストリア［「バートルビー」に出てくる、アスターにちなんだ地名］の安楽な規範［の体系］に狙いを定めた解体行為である。成熟した政治的対抗勢力を少しも見てとることができないがゆえ

に、メルヴィルのアイロニーは辛辣であり非妥協的である。メルヴィルの登場人物たちは彼らのかかえている諸問題を認識するに至ることはないし、メルヴィルもそれを読者に期待していないように思われる」(87)。つまり、こうである。ギャスケル夫人、ディケンズ、カーライルなどは、「そのブリリアンスにもかかわらず、できれば反対したいと考えているイデオロギーの枠内に留まっている」のに対し、メルヴィルは「そうしたイデオロギーの外側で」物を考え始めたのである。「バートルビー」は、「深く階級分裂した世界におけるイデオロギーの機能とそれが［人々の］経験に及ぼす強い影響力についての充実した理解を提示するとともに、社会過程についての高度な認識をも提示している」(87-88)。

「メルヴィルにとってのイデオロギーは整然とした体系をなすものであり、それが影響を及ぼす人びとには不可視であり、それを便として生きる階級の生存利害によってしかるべき位置に固定されている。諸短篇は結局いかなる安定した解決にも辿りつくことはないがゆえに、読者の心を乱す態のものである。これらの諸短篇は読み手を安堵させるような規範に到達することは決してない」(89)。「バートルビー」は、及びメルヴィルの「中期の諸短篇」は、問題の「解決 (resolution)」としての「結末 (closure)」の「欠如」(89) を「特徴」としており、「イデオロギーの強固な壁」を「突破する」(89) 具体的な方途を提示することは決してない。ゼルニックはのちにみるように、バートルビーの、あるいは「バートルビー」の「沈黙」に論及するが、筆者の理解では、この「沈黙」はすぐ上でみたような「決してない」で終わるゼルニックの指摘と不離密接なはずである。

メルヴィルがこれらの短篇において用いているのは、いわゆる「余波 (after-shock)」の技法である。「物語が人を慰めるような仕方で決着をつけられているように思われるとき、われわれは［本当は］、われわれの信念を侵食する、あるいは長い間誤解されていたジョークのオチの場合のように一瞬で勘違いを暴く、厄介な残滓の存在に気づかなければならない」(89) のである。「バートルビー」は「この方法の勝利」(91) を証する一例である。「物

語はシームレスである。いかなる特定の時点においても物語はその秘密を曝け出すことはない」。それどころか物語は、「弁護士の十分な威信の感じられない認識や歪められた感受性などを、読者にノーマルなものとして受容するように促している」(91)。だが、「バートルビーの縮減しえない要素」、すなわち「バートルビーの執念深い沈黙」(91)が「厄介な残滓」として残り、読者の意識に「より憑い」て、読者を「読者自身の生に立ち返らせる」(91)ことになる。これこそは、「バートルビー」に即した場合の「物語の「余波［効果］」(91)である。たとえば、「われわれはバートルビーの繰り返される拒絶に激昂する」(91)。しかしバートルビーは、「歪められた現実に対してわれわれが毎日繰り返す妥協」という「壁」の「向こう側で生きている［われわれ自身の］亡霊」(91)でもあるのだから、われわれの「激昂」は、実は、「妥協という壁の向こう側」でわれわれ自身が実践している「抵抗」に対する「激昂」ということになる。また、われわれの大抵の者は「内密には「不合理」」(91)なのだから、バートルビーが「不合理」であると言うも、実はわれわれ自身の「内密な」姿がそう見えているのである。さらに、「無神経な管理システム」に、「その外見上の秩序がわれわれ自身に奉仕するのではなく、われわれと懸隔し、われわれに敵対的で、われわれには不明瞭な支配権力に奉仕しているシステム」(91)に、「われわれはできるなら抵抗したいと念じている」(91)のであってみれば、バートルビーの「抵抗」は実は「われわれ［の］念じている」「抵抗」であるとも思えてくる。語り手はこの「亡霊」に接し、どのような影響を蒙ったのであろうか。ゼルニックはこう書いている。「みずからの亡霊との対決はプルーデンスとメソッドの人を動揺させはしたものの、それは結局のところ彼を、物語のあとがき(postscript)の部分にみえる凝ったセンチメンタリズムと取って付けたような深遠な趣きと、一般化された悲哀の嘆息（「ああ、バートルビー！　ああ、人間！」）とに、導いたにすぎなかった」(86)。ゼルニックが用いている「亡霊(ghost)」は、語り手がバートルビーを擬える語として複数回（4回）用いている語であり、またバートルビーを語り手のダブル(double)とみるアイデ

アは、ゼルニックが明示しているように、モーディカイ・マーカス論文からの借用である。

　ゼルニックはこう結論づけている——われわれは「バートルビーを決定的に理解できるわけではけっしてない」(91)。バートルビーは「合理的に振る舞うことを拒否するし、合理的に説明されることも拒否する」(91)。バートルビーは「底なしの渦巻であり、故意の否定によっていっさいを呑みこむ。彼の問いかけ、「**ご自分で理由がわからないのですか**」は、読者をアスター的世界のしかるべき場所に留めおく「**最も明白な信念**」に対する究極の挑戦である」(91、「　」は「バートルビー」からの引用)。

9

　筆者は第4節において、「別の見方——バートルビーはあらかじめ「度を越した生まれつきの病」に罹っていて、それゆえあらかじめ「手の施しようのない」(マッコール) 人物なのではなく、語り手の弁護士の事務所で働くようになってからのある時点から、周囲に「手の施しようのない」人物であるかのように見え始めた」と書き、また「バートルビーが語り手の法律事務所の戸口に現われ、「**書記**」として雇われ、やがて「**いたしたくないのですが**」という決め台詞を連発しはじめる時点から、「**墓場**」の異名をとる刑務所内で死亡する時点までの間」(「　」は「バートルビー」からの引用) と書いた。生存中のバートルビーと死後のバートルビーに対する語り手の「対応」(マッコール) に違いを見てとることができること、またそのような違いの中にメルヴィルのアイロニーを読みとることができるかもしれないということについては、これまでの幾つかのコメントによって解明し得たと思うので、本節を含む以下の幾つかの節では、上の筆者自身からの引用にいう「ある時点」＝「決め台詞を連発しはじめる時点」にこだわってみることにしたい。

　「ある時点」とはどの時点であろうか。「いたしたくないのですが」という決め台詞を連発しはじめた時点から、バートルビーが事務所内の周囲の人々に「手の施しようのない」人物であるかのように見え始めた」ことは一読で

あきらかもしれない。しかしながら、語り手の弁護士が作成した法律文書の原本を書記たちが筆写した写しを「照合する」(Melville 1984, 642) 仕事やちょっとした雑用を、バートルビーが拒否して決め台詞を連発しはじめる時点と、バートルビーが「筆写」自体を、「書くことはもうこれ以上しないことに決めました」と言い放ち、驚愕した語り手が「理由は何だ」ときくと、「ご自分で理由がわからないのですか」(Melville 1984, 656) と問い返した時点との間には、仕事の拒否という見かけは同じでも、何か質的な差異があるようにも思える。「照合」する仕事に加われと命じられたときに、バートルビーがその都度「いたしたくないのですが」と応じても、語り手はバートルビーが「貴重な掘り出し物」(649) という内心の思いを捨てることはないのに対して、バートルビーが「書くことはもうこれ以上しないことにしました」、「筆者は放棄しました」(657) と言い放ったときには、語り手はバートルビーが「首飾りのよう［な］役立た［ず］」に成り下がったばかりか、「担うのが辛い石臼」(657) に成り下がったと、激昂気味に内心を吐露するのだから、これら2つの時点には、何か質的な違いがあると言えるのではないか。だが、これで本当に、「筆写」の「放棄」(657) とそれ以前の「照合」の拒否との違いを説明したことになるであろうか。「照合」の拒否の段階においても、語り手は内心では十分に激昂していたのではないか。

　筆者はこれら両者間の本当の違いは、語り手がバートルビーを雇うときに交わしたはずの契約（事項）の中に、前者の「筆写」は含まれていたのに対して、後者の「照合」の仕事は含まれていなかったことに求め得ると考えている。「照合」の仕事は、語り手が問わず語りに言っているように、「習慣と常識」(645)、「この事務所の慣例」(654) ではあっても、違反することは許されない契約（事項）には含まれていなかったのではないか。「バートルビー」において「契約 (contract)」という語は一度たりとも使われていない。しかしバートルビーは「求人広告」(641) を見て語り手の事務所の戸口に現われたのであるから、その中に仕事の内容は「100語につき4セントの相場で筆写する」(649) ことなどと書かれていたかもしれないし、また語り手は

面接のときにバートルビーに「資格について少し言葉を交わし」(642)、そのあとで「彼を雇った (I engaged him)」(642)──「engage」が「雇う」という意味で使われる場合の用例に従って「I engaged him」を補足するとしたら、「I engaged him as a scrivener」と補足し得るのではないかと推測される──のだから、そのとき上記のような仕事の中身が（口頭で）契約事項として確認されたかもしれない。ところが、「照合」の仕事は、それが語り手の意識の中で「筆写」の仕事に付随するものと当然視されていたことが災いして、契約（事項）に含められなかったのではないか。「照合」の仕事が契約に明記されていないことを内心意識しているからこそ語り手は、「照合」の仕事もするように「バートルビーを説得した」(644) のだし、バートルビーと同じ書記として彼が雇い入れているターキーとニッパーズに、「バートルビーをそっこく首にする (dismissing) としても許されるのではないかね」(648) などと、相談をもちかけたりしたのではないか。そうであるならば、「照合」の仕事をするかしないかはオプションということになるから、バートルビーはこのオプションに「私としてはいたしたくないのですが (I would prefer not to)」という適切この上ない言葉遣いで応じたのである。一方、前者については、バートルビーは先ず「私としては筆写したくないのですが」と応じたのではなく、「もう書くことはしないことに決めました」(656)、「筆写は放棄しました」(657) とはっきりと己の意志を伝えるリスポンスを選んだのである。

　そしてこれ以降、語り手は他の書記たちに相談など当然ながらしたりせずに（それどころか彼らは、法律書生兼給仕として雇われているジンジャーナットも含めて、語り手のナレーションに現われることはいっさいない）、バートルビーに辞めてもらうために種々の算段を講じるが、悉く失敗に終わり、挙句語り手は、バートルビーを今までの事務所に残したまま、新しい事務所にみずから移る (move) などの成り行きとなる。アメリカ合衆国憲法の第1章10節1項に、「契約条項」として知られる、「契約の権利義務 (the Obligation of Contracts) をそこなうような法律を制定すること」(Tobita, 1202) という条項

が含まれている。弁護士である語り手がこれを知らないはずはない。だから、バートルビーが「もう書くことはしないことに決めました」と言ってのけた瞬間に契約のことを持ちだしていたならば、事は簡単に片がついたかもしれないのに、語り手は契約（事項）には一切ふれず、「ひとりの身持ちの良い、尊敬に値する、善意の人」(Zelnick, 79) と人に思われたいという気配をぷんぷんと漂わせながら、「善意の人」のイメージを汚さない範囲で様々な算段、「対処」（マッコール、第4節をみよ）策を講じたものだから、事はすぐ上でみたようにややこしい事態に陥ることになった、つまり、語り手は自縄自縛的に喜劇ないし不条理喜劇とも言えなくないような事態に陥る羽目になったのである。先に、マッコールを検討した際に見たように、彼はチェイスのいう「悲劇的」要素と「喜劇的」要素の二重性の指摘に注目した。マッコールが「バートルビー」理解にとって必須とみた「二重性」の中の「喜劇」性とは、すぐ上で指摘したような、語り手がバートルビーに振り回されてというよりは自縄自縛的に陥った窮状を、言い当てていたのではあるまいか。とまれ、語り手が契約のことをいっさい持ちださなかったことに、つまり作者メルヴィルが語り手に契約のことをいっさい持ち出させなかったことに、メルヴィルの辛辣な意図を看取することはじゅうぶん可能であろう。

10

バートルビーが「筆写は放棄しました」と宣言してから間もなくして、語り手はバートルーに解雇通告、退去通告を申し渡す。「6日以内に無条件で事務所から退去しなければならない」(657)。「筆写」の「放棄」は明白な契約違反なのだ。6日経ったあと、事務所に行って「衝立のうしろ」(657) を覗いてみると、バートルビーは立ち去っていない。「私」はあれこれと思案する。たとえばこうである。――「どうしたらいいのか、と私は独り言ちた、（略）どうすべきなのか。この男、というよりむしろこの亡霊を、どうするべきだと［私の］良心は言うのか、こいつを厄介払いする、そうしなくてはならぬ。だが、どうやってだ。この蒼白い受け身一方の哀れなやつを突

き出したくはない――このような無力な被造物をお前の戸口から突き出したくはあるまい。そんな残酷さでお前の名を汚したくはあるまい。そうだとも、そんなことはしたくない。いっそのことこの男を死ぬまでここで暮らさせて、それから死骸を壁に塗り込めるほうがまだましだ。それじゃ、どうしたいのだ。お前がいくらなだめすかしても、この男は微動もしないぞ。賄賂([b]ribes) はお前の机の上の文鎮の下におきっ放しだ。要するに、この男がお前にしがみつく方をよしとしている (prefers to cling to you) のは明白だ」(663-664)。「私」の「独語」のなかの「良心」は、契約にある仕事をさえしようとしない男を「戸口から突き出す」のは、ウォール街であれ、どこであれ、常識的な対処の仕方であったはずなのに、この「無力」な男を「戸口から突き出す」ような「残酷」なまねを「私」にさせたくないらしいようだ。この「独語」はまた、「私」が6日前にバートルビーに受け取ってもらおうとした余分の「20ドル」は、実は、「賄賂」のつもりであったことを証し立ててもいる。そしてそれが「おきっぱなし」だということは、バートルビーは「給料」分の12ドルも含めていっさい受け取っていない、いや、受け取るつもりなどないということであろう。となれば、オプションの「照合」の仕事であれ、契約にある「筆写」の仕事であれ、拒否したのだから、給料は受け取るつもりはないということも含めて、バートルビーは先刻いっさい承知だったということになるではないか。

　次に、「ご自分で理由がわからないのですか」(656) というバートルビーの謎めいた問いかけを検討してみたい。この問いかけについて、バートルビーがあらかじめ「度を越した生まれつきの病」(653)、「生来の治癒し得ない病」(653) の罹病者であるとはみない「別の見方」に立つ筆者の立場からすれば、マッコールによっても、マッコールが検討した多数の批評家たちによっても、ゼルニックによっても、またのちにみるポスト＝ローリアによっても提出されていない、可能であると考えられる2つの、同系統の解釈を、以下において提示する。だが、その前に、語り手自身のリスポンスがどのようなものであったかを先ずみておかなければならない。

バートルビーが、「「ご自分で理由がわからないのですか」と冷淡に言い返した」とき、語り手の「私」はこれに、先ずは、言葉を口に出して応答することはないが、胸の内で以下のように反応する。(だから、実は以下の語り手の内なる思いは、読者しか知りえない思いである。)──「私は彼をまじまじとみつめた。眼が鈍くどんよりと見えるのにきづいた。すぐに閃いた、事務所に来てから最初の数週間、ほの暗い窓明かりでぶっつづけに筆写してきた結果、一時的に視覚が損なわれたのかもしれないと」(656)。「幾日か過ぎた」あとも、一向に筆写しようとしないバートルビーに筆写を促すと、筆写は永久に放棄したのだと彼は言う。「何だって！」と私は叫んだ。「たとえ眼が完全に良く──前よりも良くなっても、筆写したくないと言うのか」(657)。「「筆写は放棄しました」と彼は答えて、さっと脇へ行った」(657)。こうなると、もっとあとの所で、いわゆる「危険の引き受け (assumption of risk)」という法律上の術語を連想させる「assumption」という語（表面的には仮設、想定の意）が反復使用される──語り手は「the doctrine of assumptions」(660) という思わせぶりな一句も使ってみせる──こともあって、バートルビーが筆写を止めたのは眼を損ねたせいだとする、いかにもまことしやかな「私」の反応は、作者メルヴィルが仕組んだ「ミスディレクション」(Powell, 160) ではないかという気がしてきて、読者は、少なくとも筆者は、改めて「ご自分で理由がわからないのですか」に立ち向かわされることになる。これは実は、「私」の肺腑を衝く問いかけであり、同時にメルヴィルの読者への謎掛けなのではないか、と。

11

筆者が可能であると考えている解釈は2つである。1つは、検討中の箇所も含まれている、過去時制で語られているバートルビーの「生涯の出来事」の物語中では、バートルビーが「私」の事務所の「戸口」に現われ「私」に雇われたときに、以下の事実、作品の冒頭で現在形を用いて語られている事実、すなわち、「私」が「30年間」(Melville 1984, 635) 続けて来ている弁護士

業の主たる業務内容が、「金持ちたち」（635）（彼らの代表格は、ゼルニックが指摘しているように、作中にただひとりフルネームで登場してくる故ジョン・ジェイコブ・アスターである）の「契約書や抵当証書、不動産権利証書」などを扱う「ぬくぬくとした仕事」（635）であり、わけても、「私」が「不正と非道に（略）憤激することなど滅多にない」［「金持ちたち」などには］「著しく**安全な男**」（強調はメルヴィル）であるという「私を知っている者なら皆」知っている（635）ことを、あらかじめ知らされていた（と錯覚する読者がいても不思議ではない、というのも語り手の語りは、対話の相手に向かって直接話法や間接話法で言葉が口にされる場合を抜きにすれば、そのほとんどが彼の語る物語の中に登場して来る人物たちには知る由のない、物語を読む読者しか知らない、演劇ジャンルのいわゆる「独白」であると言えなくもないからである）などとは、無論どこにも書かれていないのであるから、バートルビーは「私」の作成した文書を幾つか筆写したあとのこの時点で、初めてそのことに否応なしに気付き、弁護士が作成したそうした原本の筆写にこれ以上付き合うつもりはないという軽蔑の意をこめて発した問いかけであるという解釈である。

　もう1つは、同じ「生涯の出来事」の中の、今や拘置所に収監されているバートルビーを訪ねて来た「私」が、囚人の「賄い」（669）を仕事にしているカツレツという名の男（670）に、バートルビーともども「偽造者／捏造詐欺師（forger）」（670）ではないか、あるいはその知り合いではないのかと疑いをかけられる箇所と関連付ける解釈である。バートルビーが「私」の作成した原本を筆写しながら、故ジョン・ジェイコブ・アスターのような「金持ちたち」の有利になるような「偽造／捏造」の気配をその原本に「明敏（nice perception/acuteness）（645/649）にも嗅ぎつけたのだとしたらどうであろうか。筆者がこのような解釈を思いついたのは、「偽造詐欺師」と知り合いなのではないかと疑いをかけられたときに「私」が発した否定の言葉のなかの、無くもがなの違和感を喚起する語「socially」が、「never socially but personally or intimately」というアイロニックな補足を促したからであり、さらに、この言葉に続いている言葉が問わず語りに語る「私」の、なにやら

慌てた様子のせいでもある。当該箇所を原文のまま引用する。――「"No, I was never socially acquainted with any forgers. But I cannot stop longer. Look to my friend yonder. You will not lose by it. I will see you again."」(670)。自分の雇用主である弁護士の作成した原本に「偽造／捏造」の気配があるということになれば、のちに論ずることを少し先取りして言うならば、「政変」(672)のとばっちりで、首都ワシントンでの「配達不能便（デッドレター）局」(672)での仕事を失い、絶望し、放浪した挙句にニューヨークで得た、「原本」を筆写する「書記」という仕事は、バートルビーにとってはまるで価値のない「死文（デッドレターズ）」を筆写する徒労と見えたとしてもおかしくないし、それどころか、彼の働いている法律事務所こそは彼の「絶望」をいっそう「募らせる」(672)「デッドレター局」そのものともみえてくるのではないのか。こうして、筆者の読みでは、「ご自分で理由がわからないのですか」は、語り手の法律事務所所長に自身の事務所を「死文局」として自己確認させるという、激烈なアイロニーの棘を隠し持っていることになる。

12

次に、ポスト・ローリアの著書の第8章「独創的信頼――雑誌フィクションにみる定期発行雑誌の慣行」を検討する。検討は第8章の中の「バートルビー」に関わる箇所の理路を詳しく辿りながら行うが、その理由は、1つには、ポスト＝ローリアが本文において1回マッコールを短く引用し、注において1回論及しているに過ぎないものの、その実ポスト＝ローリアの「バートルビー」論は、のみならず、それが含まれている彼女の第8章「独創的信頼」の全体が、1980年代を代表する「バートルビー」論となったマッコールの『バートルビーの沈黙』の核心をなす章である最終章「信頼できる語り手」に対する全面的な反論として読み得ると筆者は考えるからである。ポスト＝ローリアの第8章の主タイトル「Creative Reliance」は、章の全体を精読したのちにもう1度立ち返ってみると、マッコールの最終章のタイトル「The Reliable Narrator」中の「reliable」をアイロニックに踏襲していると

思えてくる。「Creative Reliance」中の「reliance」の訳を「依拠」などとはせずに、「The Reliable Narrator」の訳に合わせて「信頼」という訳語を筆者が選択した所以である。ポスト＝ローリアの第8章とゼルニック論文との関係についても一言するなら、ポスト＝ローリアは、ゼルニック論文に論及しているマッコールを読んだわけだから、ゼルニック論文を知らないはずはないのに、無視している。ポスト＝ローリアの「バートルビー」論の理路はときとして、ゼルニックのそれとよく似ているから、気になる。

　メルヴィルは生前に発表した中短篇のうちの7篇（すべて短篇）を、「1850年代において政治的に最も保守的で最もセンチメンタルな月刊誌の1つ」(Post-Lauria,165)であった『ハーパーズ』誌──1850年創刊、1860年までにその発行部数は「10万部を越え［た］」(167)──に発表した。「コケコッコー！　あるいは、高貴な雄鶏ベネヴェンターノの鳴き声」(1854年12月号)、「貧者のご馳走と冨者の食べ残し」(1854年6月号)、「幸福な失敗──ハドソン川のある物語」(1854年7月号)、「バイオリン弾き」(1854年9月号)、「独身男たちの楽園と乙女たちの地獄」(1855年4月号)、「ジミー・ローズ」(1855年11月号)、「ギー族」(1856年3月号)が、その7篇である。

　ポスト＝ローリアは第8章の前書き的箇所において概略以下のように述べている。メルヴィルが『ハーパーズ』に寄稿した短篇のうちの多くに見られる「特定のタイプの社会批判」は、「落ちぶれること」についての「隠された自伝的な省察」とみなされてきたが、こうした省察は著者メルヴィルの「個人的な戦略」に限定されているわけでも、それによって決定づけられているわけでもない。メルヴィルが『ハーパーズ』に寄せた物語群における「社会的疎外」や「名も無い世に埋もれた生活」のテーマは、『ハーパーズ』流のフィクションの「ある大きな伝統」の一部を構成している。「社会批判」といっても、そこにはまたメルヴィルの「抑制」もはたらいているのであり、その点もみなければならない。それはメルヴィルが、当誌の「コンヴェンション」、つまりは、当誌の「編集方針」や「大衆的なセンチメンタリズムに立つ月刊誌」という「慣行」にみてとることのできるコンヴェンション

を「意識的に用いたこと」、「是認さえしたこと」を物語っている（165）。

　他方でメルヴィルは、生前発表された中短篇のうちの中篇「ベニート・セレーノ」を含む7篇を、『パトナムズ』誌──1853年創刊、「平均で毎号およそ1万6千人」（177）の購読者を擁した──に発表した。「書記バートルビー、あるウォール街の物語」（1853年11月号及び12月号）、「エンカンタダス──魔の島々」（1854年の3月号、4月号、5月号）、「避雷針売りの男」（1854年8月号）、「ベニート・セレーノ」（1855年10月号、11月号、12月号）、「鐘塔」（1855年8月号）、「煙突物語」（1856年3月号）、「林檎材のテーブル、あるいは新奇な精霊の顕現」（1856年5月号）が、その7篇である。『パトナムズ』誌に発表された「バートルビー」などの5篇は、のちにメルヴィルの『ピアッザ物語』（1856年）に収録された。本稿における「バートルビー」からの引用は、この『ピアッザ物語』に収録されたヴァージョンによっている。

13

　ポスト＝ローリアは第8章の前書き的部分において概略こう述べている。メルヴィルは『パトナムズ』の編集者たちの標榜する「リベラルな哲学」に奨励されて寄稿したフィクションの中に、「極めて複雑かつ巧妙に処理した」「政治的、社会的、美的な諸テーマ」（166）の幾つかを含めた。このように「処理」された「諸テーマ」は、メルヴィルの「散文」の「特質」である「象徴性の豊かな言語」や「不均質な文体」（166）に訴えることによって可能となったと言えるが、こうした「特質」をもった「散文」は、一般に『パトナムズ』所載のエッセイや物語の「トレードマーク」（166）ともなった。メルヴィルは「1850年代の主要な文学雑誌2誌」の互いに対蹠的な「慣行」に「気を殺がれる」のではなくむしろ「刺激」（166）されて、「不均質な文体」の創出という「文学的独創性」（166）を発揮したとポスト＝ローリアは書き、メルヴィルが中短篇執筆期に至って初めて、「不均質な文体」や「象徴性の豊かな言語」、また検討中の章のもっとあとの所に出て来る「意図的に曖昧な多層的テクスト」などを獲得ないし達成したと読めるような書き方

をしているが、メルヴィルはこうした「特質」を、早くも『マーディ』(1849) において達成していたと言えるのではないかと、筆者は考えている。だから筆者の意見では、メルヴィルは 1850 年代の主要な文学雑誌 2 誌の互いに対立的な編集方針や慣行とも、見事にネゴシエートし得たのである。

　メルヴィルが『パトナムズ』に発表した中短篇には、「社会経済的、人種的、またジェンダーに関わる不公平な事態」についての「リアリスティックな評価」(166) が含まれている。『ハーパーズ』に発表されたメルヴィルの物語は「社会的な問題」を「暗示的でセンチメンタルな修辞学」(166) を用いて扱っているのに対して、『パトナムズ』に発表されたそれらは、「社会的政治的な現実を和らげるセンチメンタルな見方」を「批判」(166) している。ポスト゠ローリアの第 8 章中の「『ハーパーズ』における非党派的なセンチメント」と題された節によれば、『ハーパーズ』の「圧倒的な人気」は、「ミドルクラスの全セグメントを喜ばせる」、すなわち「アメリカ国民の大多数」に雑誌が「届く」ように配慮するという「編集方針」(167) に起因している。当誌は「論争を忌避した」(167) のである。『ハーパーズ』は「あらゆる種類の偏見や党派心からの完全な自由」(167) を標榜し、こうした「離れ業」を、「政治的、社会的問題や宗教的トピック」に関して「非党派的スタンス」(167) を維持することによって果たした。つまり『ハーパーズ』所載の「センチメンタルなフィクション」は、「1850 年代にアメリカ社会を苦しめていた社会問題」であるところの「苦しみ、虐待、貧困、搾取など」の「モチーフ」(167) を、「道徳的な気丈さの様式化された肖像」の「鋳型」(167) にはめ込んだのである。換言するなら、『ハーパーズ』の「センチメンタルな文体」は、「貧者、特権を与えられていない者、周縁に追いやられている者」たちの存在が具現していた「社会問題」を、「忍耐と黙従という道徳主義的な原理」の「称揚」へと転換してみせたのである。

　『ハーパーズ』所載のフィクションにおける「階級の強調」(168) は、「労働階級の人々」と「成長を遂げつつある新しいミドルクラス」との間で生起しつつあった「社会的隔たりの深化」(168) を反映している。「特権を与え

られているミドルクラス」を象徴する、「超然とした態度」の「傍観者＝語り手」(168) は、彼らが語る「出来事」から「身を切り離し」、彼らほど「幸運に恵まれていない」人物たちを「成功の階段の上部」(168) から観察する。語り手たちは「貧困と疎外の悲惨」に「アルードする」が、一方で彼らの語る「不運な登場人物たち」の「境遇」から「わが身を切り離す」ことによって、(「貧困と疎外の悲惨」に苛まれる) 人びとの「絶望」から「読者の感情移入」を「逸らす」(168) のである。これをポスト＝ローリアは次のように言い換えている。『ハーパーズ』の語り手たちは登場人物たちの「浪費された人生」に「はっきりとした意見を表明する」かわりに、「あるコンヴェンショナルな反応」、すなわち、「センチメンタリズムを滲ませた［作品の結末における］最後の叫び」、たとえば、「心安らかにみまからんことを！」といった叫びにおいて「最高潮をむかえる」類の反応に訴えた (168) のだ、と。このようなエンディングは、「物語が提起する」「未解決の社会問題」と「直截的に取り組むこと」を回避し、「語り手の善意」を「間接的に賞揚する」(168) 働きをすることになる。

14

ポスト＝ローリアの分析はつづく。「労働者階級、移民、アフリカ系アメリカ人、および先住アメリカ人」を「社会」の「周縁部――そして外部――」に「排除するプロセス」は、そうした人々が、「ミドルクラスがその (略) 権能を増強する」につれて経験することになった、「実際の排除と隷従」を反映 (168) している。こうしたプロセスは、メルヴィルが『ハーパーズ』に発表した諸短篇にも看取することができる。メルヴィルはそこにおいて「逆転した運勢や社会的ステータス」などの「時代の社会問題」に焦点を当てている。しかしメルヴィルの語り手たちは、『ハーパーズ』の「流儀」に従って、「不運な人々」――具体的には、(「幸福な失敗」、「ジミー・ローズ」における)「零落した」人びと、(「バイオリン弾き」における)「名声の喪失」、(「コケコッコー！」、「貧者のご馳走と冨者の食べ残し」における)「貧困」、(「独身男た

ちの楽園と乙女たちの地獄」における)「社会的不公平」——の「物語」を「記録する」一方で、それら「不運な人々」から「わが身」を「切り離し」(169) ている。加えて言えば、語り手たちは、(「コケッコー!」、「幸福な失敗」、「バイオリン弾き」などにみることができるように)「貧困や人知れぬ埋もれた生活」はむしろ「人を気高くする美徳である」とする「イデオロギー」に支持を与え (169) ている。メルヴィルはその「題名」や「イメージ」においては「社会的批評」を「暗示」し、彼の物語が「支持を与えているように見える」当の物語の「イデオロギー構造」に、それに代わる「オルタナティヴな可能性」のイメージを付与しているとはいえ、「初期のいくつかの長編小説」や『パトナムズ』に発表した中短篇に看取されるような「直截な批判的分析」については、それを「回避」している。どのように回避したかと言えば、作品の結末における感嘆の叫びによってである。メルヴィルが『ハーパーズ』に寄せた短篇から具体例を示すなら、こうである——「神よ、ジミーの薔薇を永久に生きながらいさせ給え!」(Melville 1984, 1290)、「わが身を「貧者のご馳走」からも「富者の食べ残し」からもお救いくださいますように」(1241)、「コケコッコォー!——オーッ! オーッ! オーッ! オーッ!」(1226)、「失敗をもたらして下さった神に栄光あれ」(1195)、「ああ! 独身者たちの楽園よ! ああ! 乙女たちの地獄よ!」(1279)。

　次に「『パトナムズ』のリベラルな言語」と題された節をみる。『パトナムズ』の編集者たちは以下のように主張した。「『ハーパーズ』所載のフィクション」は「社会的諸問題」とそれらに対する「語り手たちの感情的(emotional) な反応」との間の「つながり」を、「抽象化されたセンチメント」を強調することによって「切断」(177) している、と。『パトナムズ』のこうした「反センチメンタリズムのスタンス」は、「センチメンタルな書き物」の「一貫して**明快で、誠実で、透明な**」散文」(「　」は『パトナムズ』の1853年2月号からの引用) に対する「不満」を表し、かつ『パトナムズ』所載のフィクションにおいて実現されている「意図的に曖昧な多層的なテクスト」を「支持する」(177) ものであった。

15

　最後に「「書記バートルビー」における転覆的なセンチメント」と題された節を検討する。メルヴィルが『パトナムズ』に寄せた最初の短篇である「書記バートルビー──あるウォール街の物語」(以下において、従前と同じく「バートルビー」と略記) は、当誌の文学的環境内で利用可能であった「不均質な語りのスタイル」(182) をメルヴィルが「利用」したことを証ししている。『パトナムズ』の作家たちの「センチメンタルな修辞学」に「反対する」という「共通のスタンス」と、時代の「ヘジェモニックな価値観」への「異議申し立て」という彼らの「コミットメント」は、ポスト゠ローリアによれば、メルヴィルが「バートルビー」において用いた「戦略」を解明する点において大いに有効 (182) である。

　メルヴィルは「バートルビー」において「センチメンタルなスタイル」を「それ自体に対抗する方法的な武器」として用い、そうすることによって、「『パトナムズ』の編集スタンス」(182) に強い支持を与えている。「バートルビー」は「部分的にセンチメンタル」ではあるが、その「全般的な流儀」は「『ハーパーズ』のセンチメンタリズム」よりも「『パトナムズ』の不均質性」とより符節が合っているのであり、「蒼白なほどにこぎれいで、救いがたいほどに孤独なバートルビーのような個々の人物たちに対するウォール街の破壊的な影響」を描きだしている (182)。

　メルヴィルは「バートルビー」において「センチメンタルな視角」を示すために、『ハーパーズ』流の「超然とした語り手たち」と「類似した語り手」(182) を創造している。具体例を1つ挙げるならば、ポスト゠ローリアは、「バートルビー」は『ハーパーズ』の1852年12月号に掲載された「ある依頼人の物語」の「パターン」にいくつかの点で「ならっている」(182) としている。「バートルビー」の語り手は、「他者との関わりあい」の気持を「持っていないこと」(182) をみずから力説している──「私を知っている者は皆、私のことを著しく**安全な**男だと考えている」(Melville 1984, 635)。語り手

である弁護士は、「他者の権利の弁護に携わることはない」(Post-Lauria, 182)、つまり「私は不正と非道に危険なほど憤激することは滅多にない」(Melville 1984, 636) のである。彼が選択するのは、「ぬくぬくとした隠れ家の涼やかな静けさ」(635) のなかで、「金持ちたちの債券、抵当証書、不動産権利証書などを扱［う］ぬくぬくとしたビジネス」(635) である (Post-Lauria, 183)。

　『ハーパーズ』所載の物語群の「非常に多数の語り手たち」と同じく、「バートルビー」の語り手は、雇い入れている「従業員たち」の「生活」から「究極的には」「わが身を切り離す」(183) のである。語り手は彼と彼のスタッフを分け隔てる「折戸式の衝立」(642) の後ろに「退却」(183) する。「衝立」は雇用主である（語り手の）弁護士と雇い入れている書記などの従業員とを分け隔てる「権威の距離」の「比喩」であり、この距離ゆえに語り手は、従業員たちに「屈従」を要求することができるのである。

　「バートルビー」の語り手は「弁護士の役割と語り手の役割」という「二重の役割」を帯びていて、彼の「文字通りの対象」と「物語上の対象」との関係は、「二重のナラティヴ（物語／語り）」［の「存在」］(183) を暗示している。語り手の「雇用主」としての「役割」は彼の「社会的意識」を「制限」(184) している。語り手は雇い入れているスタッフの「労働生活」に「関わる」のではあるが、それは「他者に対して権威を揮う」ことによって、「ウォール街の世界の内側」で「生き残る」という「人よりも勝れた能力」を示す (184) ためである。しかし、雇い入れたスタッフと距離をとって権威を揮うという語り手の「方法（メソッド）」は、彼自身にも「矛先を向ける」(184) ことになる。つまり、バートルビー以外のスタッフは彼に「従順に」従うが、バートルビーは彼に従うことを「したくない (prefer[s] not to)」という言い方で拒絶するのである。バートルビーのこのような態度は、何らかの「異なる種類の社会的関わり合い」──「厳格に構造づけられた［ウォール街という］金融世界の内側に囚われた個人の生き残り」──の「必要性」(184) を、延いては、「異なる物語流儀（スタイル）」(184)［の「必要性」］を「前景化する」(184) ことになる。「バートルビー」という物語は、語り手の

「方法（メソッド）」を「分析し」かつ究極的にそれに「疑義を呈する」(184)物語でもあるというわけである。語り手は一方では、「バートルビーのような不満をかかえている雇用した人を援助することの出来る雇用主」であり、他方では「バートルビーの悲劇的な物語を説明することの出来る語り手」(184)でもある。

ポスト＝ローリアによれば、「バートルビー」においてメルヴィルは、「代替可能な複数の視角」——「バートルビー」における「異なる語りのモード」——を前景化している。彼は「語りのメソッドへの複数のアプローチ」を対比し、読者に「センチメンタルなスケッチ」(184)を提供しようと思えばいくらでも提供できると豪語している(184)が、語り手は「バートルビーについての語りについては、慎重にセンチメンタルなモードを棄てる一方で、彼自身の物語のために意識的にセンチメンタルなモードをリザーブしている」(184)。「メソッド」という語は、「語り手によるバートルビーへのメソディカル・アプローチ」(185)と「語り手による語り手「について」の物語における語りのメソッド」(185)の両者を解く「二重の鍵」(184-5)である。

ポスト＝ローリアは、バートルビーの物語を「センチメンタル化」したりすれば、「語り手が語り手として揮う彼自身の権威と体面を犠牲にしてバートルビーを神聖化することになるかもしれない」(185)としている。「センチメンタル化」するなら、読者は「ウォール街の悲劇的な犠牲者」としてのバートルビーの肖像画(185)に強く印象づけられることになったのではないか。つまり、筆者の言葉で言い直すならば、センチメンタリズムがアンクル・トムを聖化することによって奴隷制度を糾弾することになったように、「センチメンタル化」によるバートルビーの「聖化」(185)は、語り手を「直截に糾弾する」(185)ことになったのではないかというのである。なぜなら、語り手は「雇用主として」バートルビーの「悲劇」に「大きな責任がある」(185)からである。しかしながら、語り手はみずからの物語に「センチメンタルな修辞学」を擢用することによって、バートルビーの悲劇を逸らし、その悲劇のインパクトを減ずる(185)道を選ぶ。こうして語り手は、バート

ルビーという「彼のサブジェクト［＝対象／主題］」に対する「語りのコントロール」と「優位性」(185) を維持する。この意味においてポスト＝ローリアは、語り手がバートルビーの死に際してヨブ記 3 章から「王たちと顧問官たちとともに」を引くのは、「深嘆」というよりむしろ「高みから見下ろすような悲しみ」を選んだからだと指摘するハーシェル・パーカーに賛成している (185)。

16

　ポスト＝ローリアによれば、「バートルビー」の「後日談」はバートルビーの「悲劇の共感的な解釈」を促すかにみえるとしても、そこにおいて語り手は、バートルビーなどの労働者がおかれている「嘆かわしい労働条件」や、その結果としての「労働者に対する有害な影響」(185) への「洞察」から、実は「退却」している。つまり語り手は、「コンヴェンショナルなセンチメンタルスタンス」の背後へと退却して行く、とどのつまり、「ああ、バートルビー！　ああ、人間！」という一句を発しながら (185)。語り手のこの突然で最終的な退却は、「センチメンタリズムの限界」を証したてている (185)。ポスト＝ローリアが言うには、語り手が「複数の物語」——**彼の［ビジネス空間である］ウォール街の物語と語り手の［ビジネス空間であるウォール街の］世界の内側におけるバートルビーの崩壊／死の物語**」(186、強調はポスト＝ローリア)——を語ることのなかに、読者は「語り手のメソッドのアイロニー」(186) をみることになる。語り手である弁護士のウォール街の物語は、「語り手によって構築されているようなものとしてのこの［ウォール街の］世界において必然的に生起するはずの個人の自尊心の汚損を記録している」(186)。こうした状況に原因がある「両立しえない 2 つの結果」(186) ——バートルビーに具現されている結果と語り手である弁護士に具現されている結果——を考えあわせると、語り手は「職場がもたらす人間の非人間化」の事態を「踏み越えて生き延びるため」(186) に、「センチメンタリズムを通じて自己弁護しなければならない」(186) というわけである。

「バートルビー」において問題となっているのは、「語り手のセンチメンタルスタンスと「メソッド」」であり、また暗々裏には「センチメンタルな書き物という世間に受けのよい慣行」(186) にほかならない、とポスト゠ローリアは指摘している。「バートルビー」を締めくくる語り手の「言明」(186) ――「ああ、バートルビー！ ああ、人間！」――は、ここでのコンテクストからすれば、かつてある批評家が述べたような「漠然としたセンチメンタリティ」の顕現なのではなく、「じっくりと考え抜かれた、正味のセンチメンタリティ」(186) の顕現であり、そしてそれこそは、メルヴィルが「「そうした言葉」を用いることによって提起しているポイント」(186) にほかならないのである。つまりメルヴィルは「バートルビー」という物語をそのような仕方で「組み立てる」ことによって、「語り」に対する「語り手のセンチメンタルなアプローチ」は、実は、自身の「イデオロギーの変革」を、すなわち、「安穏な生活を送る語り手」が「考慮してみる気など（略）ないところのスタンスの転換」を、「必然化する」ことになるはずの「高度に難儀な状況」から、「彼自身を引き離す手段である」ことを暴露している (186) のである。

17

最後に、パーカーやゼルニックやポスト゠ローリアなどから（また筆者とは立場を異にするマッコールからも）多くを学びつつも、メルヴィルの時制の使い分けに着眼するという、これらの批評家たちとは異なる経路を経て「アイロニー説」に至る筆者自身の読みを提示することにしたい。メルヴィルが巧妙に時制を使い分けているのではないかという視角は、ウィルソン・ヘフリンの以下の一節に触発されて着想されたものである。――メルヴィルは『タイピー』において、「それ以降も幾つかの小説においても用いた創作技法」、すなわち「ナレーションとコメンタリー」を組み合わせる技法を「用いた」(142)。「物語の話者としてのメルヴィルは、中断されることのないナレーションに専心することはめったになかった。メルヴィルは（略）「ひど

く脱線する」衝動にしばしばかられた。第1作の最もドラマチックなくだりの幾つかにおいてさえも彼は、この脱線の傾きに抵抗できなかった。『タイピー』の全34章の中の9つの章（第20章、24-31章）は、ほぼもっぱら、説明（exposition）と論駁（polemic）に充てられている」(142)。みられるとおり、ヘフリンは時制のことには何も論及していないが、筆者が『タイピー』の「9つの章」などを精査してみたところ、「ナレーション」の部分では基本的に過去時制が用いられ、「コメンタリー」の部分においては基本的に現在時制が用いられていることを確認することができた。『タイピー』以外の作品、たとえば、『白鯨』や『ピエール』においても、このことは当てはまると筆者は考えている。というわけで、メルヴィルにおける時制の使い分けへの着眼、ということになる。

18

「バートルビー」は3つのパートに分けて考えることができる。第1のパートは作品冒頭の3つのパラグラフからなる。第2のパートは、語り手の「私」によって第1パート（作品冒頭の第1パラグラフ）において「バートルビーの生涯の出来事」とされ、同じく第1パート（の第3パラグラフ）において「この小さな物語」——この句が含まれているくだりは「この小さな物語が始まる時点よりも少し前に」(636) となっているのだから、第1パートはバートルビーについての「物語」本体とは区別されている——と呼ばれている、作品の最も大きな部分を占めるパートであり、具体的には、作品の第4パラグラフ (636) から、第2パートと第3パートを区切る「＊　＊　＊」(671) までの部分である。第3の、最後のパートは、第1パートにおいて（作品冒頭の第2パラグラフ）、語り手によって「後日談」とされている、「＊　＊　＊」のあとの1つの長いパラグラフと、その後日談を、あるいは作品全体を総括すると考えられる4語だけのパラグラフ——「ああ、バートルビー！　ああ、人間！」——からなる部分である。これら3つのパートはすべて語り手である弁護士の「私」によって語られている。第2パートは基本的に、バー

トルビーが語り手の事務所の戸口に現われてから「墓場」という異名をもつ拘置所内で死亡するまでの、既に過ぎ去った過去の物語に即応する過去時制で語られている。第3パートは、基本的に第1パートと同じく、語りの現在に即応する現在時制で語られている。

　第1パートと第3パートが現在時制で語られ、第2パートが過去時制で語られるといっても、それは「基本的に」という限定つきの話である。基本的に現在時制で語られている第1パートと第3パートのなかに過去時制が使われている箇所があるし、基本的に過去時制で語られる第2パートのなかに現在時制が使われている箇所もある（この現在時制には、主節の伝達動詞が過去時制であるにもかかわらず披伝達節の動詞が現在時制のまま据え置かれる場合の現在時制も含まれる）ことに留意しなければならない。それについてはのちに論じることにして、先ず、「第1パート→第2パート→第3パート」という「バートルビー」の構成を問うことから始めたい。

　「バートルビー」の3つのパートを過去→現在→未来という時間の通常の流れからみると、第2パートが既に過ぎ去った過去の物語として先ずあって、次にそれを「バートルビーの生涯の物語」＝「この小さな物語」として語るつもりであることを表明する、語りの現在を提示する第1パートがあり、さらにその次に、第1パートで予告される「後日談」が同じ現在時制で語られるところの第3パートがくるということになる。したがって「バートルビー」は、mutatis mutandis、「第2パート→第1パート→第3パート」という順序で語ることもできたはずである。だが実際には、「第1パート→第2パート→第3パート」という順序で語られている。だから、この順序が選ばれていることには、何かの魂胆が秘められているかもしれない。この魂胆はまずは語り手の魂胆であると言えるであろうが、語り手にこの順序の語りを選ばせているのは当然ながら作者のメルヴィルであるから、根本的にはメルヴィルの魂胆であると言って差し支えないはずである。

　第1パートにおいて、第1パートが作品の冒頭部分に置かれなければならない理由らしきことが2つ語られている。1つは、第2パートの「主要登場

人物」バートルビーを「十分に理解する」(635) ために、幾つかのことがらが第１パートで先ず語られる必要があるからである。語り手は、「先ず私自身、私が雇い入れている者たち、私の事務所と環境全体について、少しく言及しておくほうが適当であろう」(635) としている。第１パートで語られるのは、しかしながら、「私自身」のことだけである。「私が雇い入れている者たち」のことなどは、第２パートに持ち越され、過去時制で語られることになる。「私自身」のことだけが現在時制で語られるということは、過ぎ去った過去の話をこれから語ろうとする「私」が、語りの現在において、どのような境遇、どのような心境にあるのかを読者に知らしめようとする意図があるからだと考えられる。もう１つは、最後の第３パートが「後日談」として語られることをあらかじめ読者に印象づけるためであると考えられる。メルヴィルは、他のいくつかの散文作品でも用いている彼得意のナラトロジー上の仕組み（device）と言えなくもない〈後日談〉の仕組み（メルヴィルは「バートルビー」発表時点までに既に、『オムー』、『マーディ』、『レッドバーン』、『白ジャケット』、『白鯨』、『ピエール』において「後日談（sequel）」という（術）語を作中で用いている）を、ここ「バートルビー」でも用いている。第１パートを成す最初のパラグラフにおいて、バートルビーについて、「充実した満足のいく伝記」を書こうにも、「本人の口から直に発せられたこと (the original sources)」、それも彼の場合「ほんの僅か」(635) しかないが、それを抜きにすれば「資料（materials）は皆無」(635) であるから、まことにこころもとない話だ、といった趣旨のことが語られるが、パラグラフの最末尾で、ただ１つ、「後日談に (in the sequel) 現われることになる、１つの模糊とした噂話」(635) のことだけは「知っている」と明かされる。「後日談」においてどのような「噂話」が語られるのか、興味がわくところだ。

　というわけで、筆者としては、次に第３パートの「後日談」の検討に移りたいと考えるが、それは次節以降に回して、本節においては、最後に、「バートルビー」における語り手の語りの現在はいつごろであったと見当をつけることができるかを考えてみたい。「バートルビー」の第１パート中の冒頭

の第3パラグラフに以下のくだりが見える。「この小さな物語の始まる少し前に、私の仕事は繁忙をきわめていた。ニューヨーク州の今は廃止になっている、衡平法裁判所主事という古いオイシイ役職がすでに［私に］与えられていたからである。(略)［しかし、ニューヨーク州の］新憲法によって、衡平法裁判所主事の役職は突如として廃止された（略）。(略) 一生この役職の利得が受けられるものと当てにしていたのに、私はわずか数年しかそれを受けることができなかった（略）」(636)。史実によれば、1846年に制定されたニューヨーク州「新憲法」が「衡平法裁判所」を廃止したのは1847年7月1日現在のことであったのだから、上の引用に照らすと、語り手の語りの現在はどうしても1847年7月1日以降の時点でなければならないということになる。さらに、すでにみたように、ジョン・ジェイコブ・アスター (?-1848) は「故ジョン・ジェイコブ・アスター」として登場してくるのであるから、語りの現在はアスターの没年である1848年以降でなければならない。そして先にみたように、「バートルビー」が『ハーパーズ』に発表されたのは1853年の11月号と12月号だったのだから、語りの現在は結局、1848年におけるアスターの死亡時点と1853年の年末との間のある時点と考えてよいであろう。先の第3パラグラフからの引用文から、「この小さな物語の始まる少し前」に「私」が「衡平法裁判所主事」に就任し、「わずか数年 (a few years) しか」つづけられなかったことがわかるが、ここでの「わずか数年」を2、3年と理解するならば、「この小さな物語の始まる少し前」とは、1847年7月1日から逆算して、1844年か45年の7月頃と言えるであろう。こうしてバートルビーが「私」の事務所の「戸口」に現われたのはその頃であった、と推測することができる。

19

「後日談」としての第3パート (671-672) において語り手は、「噂話の中身はこうであった」、すなわち、「バートルビーは首都ワシントンの配達不能便局の下級職員であったが、政変のせいで、そこから突然放逐された」(672)

と「噂話の中身」を開示した上で、次のように現在時制で語っている。「配達不能便（Dead letters）！　まるで死人たちのような響きではないか。生来の本性と不運のせい（by nature and misfortune）で蒼ざめた絶望に傾きがちな男を想像してみよ、たえず配達不能便を扱い、焼却処分のためにそれを仕分けする仕事以上に絶望を募らせるのに相応しい仕事がほかにあるだろうか」（672）と。つまり、「配達不能便」を扱う仕事が「生来の本性と不運のせいで蒼ざめた絶望に傾きがちな」バートルビーに「相応しい」仕事とされ、さらには、そのような関係付けをうけて総括するかのように、たった4語だけの作品の最末尾の一句、「ああ、バートルビー！　ああ、人間！」（672）が発せられる。となれば、第1パートにおいて第3パートがあらかじめ「後日談」として設定されるのは、それに読者の注意を惹きつけ、それを総括する最末尾の一句をコロスとして、つまりバートルビーのあらかじめの「絶望」の「私」の受容と不離密接なものとしての、バートルビーの境涯に対する「私」の共感の発現として、読者に感受してもらうためだったのではないか、という忖度を誘うことになる。ということは、さらに想像を逞しくするならば、第1パートにおいて、「バートルビーの生涯の物語（the life of Bartleby）」（635）を語りたいと思うものの、「資料」が皆無であるために語りあぐねている語り手が、「模糊」としたものであるとはいえ、1つの「噂話」を耳にすることによって、「十全な生涯の物語（the complete life）」（第1パート、635）は語りえないとしても、少なくとも、巧い結末をつけて語ることはできると内心考えることになったではないか、言い方を換えるなら、語り手はこのときすでに、結末としての第3パートの具体的な中身をありありと脳裏に思い描いていたのではないか、と考えることができるということにもなる。

　だが、筆者としては、何かのマジックかトリックにでもかかっているというか、違和感を覚えないではない。この「後日談」はバートルビーについての「後日談」であるといつの間にか思い込んでいたのに、「噂話」の中身は、「現語り手が彼［＝バートルビー］と知り合いになる前」（第3パート、671）の話なのであるから、これを言うのなら、後日談（sequel）ではなく前日談

（prequel）と言うべきではないかという疑問に関わる。しかしこの疑問は、「sequel」を「something that takes place after or as a result of an earlier event」（電子辞書版 *ODE* による）と思い込んだ筆者の早とちりに帰せられるべき疑問に過ぎないようだ。「sequel」は別の語義、「a ... work that continues the story or develops the theme of an earlier one」（同上）、要するに「続き」ないし「続編」という意味で理解されなければならないのであろう。この意味で理解すれば、苦しいが、一応辻褄が合うのではないか。とはいっても、その場合、「the theme of an earlier one」が「バートルビー」において何に相当するか、つまり、何の「続き」なのか、別途明らかにされねばならないであろうけれども。ゼルニックは第1パートに出てくる「sequel」という語を踏襲せずに、われわれのいう第3パートを指して、「the story's postscript」(86) と言っているし、「will appear in the sequel」を「後でのべるだ［ろ］う」と訳している日本語訳 (Hara, 7) もある。であれば、結局、「sequel」ではなく、「postscript」などの語を用いる方がより適切であったということになるが、メルヴィルが「sequel」を擢用したのには、それなりの魂胆があったとしたら、どうであろうか。筆者が陥ったような思い込みを誘い、何かおかしいと、あれこれと読者に反芻させて、何かに気づかせるという魂胆が。

20

筆者は第 18 節において、「バートルビー」を「第 2 パート→第 1 パート→第 3 パート」という順序で語る可能性を示唆したが、実際に頭の中でその順序に並べ変えてみるならば、「sequel」の意味をバートルビーとの関連で「something that takes place after or as a result of an earlier event」と思い込むことは甚だ不都合であることに気づく。この順序で読む場合、読者はバートルビーが獄中で死亡したことを、第1パートを読み始める段階ですでに知っているのであり、一方「the sequel」において語られる「噂話」はバートルビーの生前の1時期を補足してくれるに過ぎない。だから、「the sequel」は

バートルビーその人のその後についての「後日談」ではなく、むしろ、耳にした「噂話」による補足を通じてバートルビーの生前の生活（「the life of Bartleby」）を見直すに至るという「私」についての「後日談」であると理解されなければならない。この「the sequel」の理解には、離れ業の感があるとするならば、残された道は、すでに指摘したように、「the sequel」を「続き」と理解する外はない。検討中の順序で読む場合、「続き」は最初のパートとして読者が既に読み終えている第２パートの「続き」とみる外はないが、「噂話」は第２パートのどのようなことの「続き」であると言えるであろうか。それを解明すること（こそ）は、時制の使いわけに着眼する筆者自身の読みの眼目の１つではあるのだが、それはもう少し後回しにして、検討中の順序で「バートルビー」を読むことが露わにする ridiculous な、あるいは absurd な事態を、先ずは指摘しておきたい。

リディキュラスないしアブサードな事態は、第１パートと第３パートを続けて読んだ上で、もう１度第１パートに立ち返ってみれば、看過しようもなく露わになる。第１パートの第２パラグラフで、「ぬくぬくとした涼やかな隠れ家のなかで、金持ちたちの契約書、抵当書、不動産権利証書などの間でぬくぬくと仕事をこなす、そういった野心のない弁護士たちのひとり」、「私を知っている人たちは皆、私を著しく**安全な男**と見なしている」などと、のうのうと、ぬけぬけと、現在時制で現在の自身のことを語ることができる「私」、また第１パートの第４パラグラフにおいて「余談である」としながら、「この小さな物語が始まるより少し前に」、「愉快なほどに報酬が良かった」「衡平法裁判所主事という古いオイシイ役職がすでに［私に］与えられて」いて、「一生この利得が受けられるものと当てにしていた」が、ニューヨーク州の「新憲法」の制定（という政変）のせいで、それが「突如として廃止された」(636) と、過去の事実を当然にも過去時制で語る一方で、すぐに第１パートの基本時制である現在時制に立ち返って、「私は滅多に怒りだすことはないし、まして不正と非道に危険なほど憤激することなど滅多にない」が、「この際は、向こう見ずにも断言するのをゆるしてもらわねばなら

ぬ」(636) と、自覚的に激昂することのできる「私」、弁護士業という仕事自体を廃業する事態に追い込まれたわけでは決してなく、「古いオイシイ役職」を失ったに過ぎないのに、激昂できる「私」(「私」は激昂して当然であるから激昂するのであって、思わず激昂するのでは決してない) は、すぐ続く第3パートで、同じ現在時制で、バートルビーの「絶望」は、本当は「政変」のせいで「突然放逐された」ことに原因があったのかもしれないのに、それとは無関係な、「生来の本性と不運」に根差すものなのではないかという自身の「想像」(672) を、どのような離れ業をもってすれば、読者に向かって受け入れるように促すことができるのであろうか。そして、そうした、なかなかに鉄面皮な「私」が発する、「ああ、バートルビー！ ああ、人間！」という感嘆の叫びに、読者は、どのようなマジックにかかれば、すんなりと同調できるのであろうか。このあからさまにリディキュラスな成り行き、(事務所から一向に動こうとしないバートルビーを「浮浪者 (vagrant)」と断じて警察に突き出す行為の不合理を衝いた、第2パートにおける「私」の言葉を借りて言うなら、)「あまりにもアブサード」(664) な成り行きに気づくや否や、少なくとも筆者は、最末尾の一句はコロスなどではなく、メルヴィルの仕組んだ痛烈なアイロニーとして読まれるべきなのではないかと考え始める。

　このような「あまりにもアブサードな」印象を読者の胸中に残さないためには、第1パートと第3パートとの間に一定の時間の経過を設定しなければならないであろう (し、どのような時制を用いてそうした時間経過を設定するのかも難問となるであろう)。これに対して、第3パートに「あの書記の死後数カ月して聞き及んだ」「噂話」と書かれていて、第1パートと第3パートとの間における一定の時間経過という措置はきちんと果たされているという反論が提出されるかもしれない。しかしこの、第1パートと第3パートの間に「数カ月」の時間の経過が見られるという認識は、錯覚でしかない。なぜなら、「私」は「噂話」を第1パートですでに耳にしてしまっているのであり、第1パートの語りの現在は「あの書記の死後数カ月」が経過した後のある時点だからである。

21

　第3パートの、「生来の本性と不運のせいで蒼白い絶望に陥りがちな男を想像してみよ、たえず配達不能便を扱い焼却処分するためにそれを仕分けする仕事以上に、そのような絶望を募らせるのに相応しいと思われる仕事がほかにあるであろうか」というくだりに、もう1度立ち返ってみたい。みられるとおり、「生来の本性と不運のせいで蒼白い絶望に陥りがちな男を想像してみよ」という具合に、バートルビーを「生来の本性と不運」に根差す「絶望に陥りがちな男」と「想像」することを、読者は語り手によって促されている。だがバートルビーの「絶望」は、「政変のせいで突然放逐された(リムーヴド)」ことが原因で出来したかもしれないという「別の見方」――筆者は先回りして、早くも第1節や第2節において、また他の節においても、この「別の見方」に論及した――も可能なはずだし、そのような読みを選ぶ読者がいてもいいのではないか。何しろバートルビーは、「噂話」によれば、「政変」のせいで職場から「突然放逐された(リムーヴド)」のだから、バートルビーにすれば、徒事ではなかったはずである。バートルビーがそのせいで「絶望」に襲われたとしても少しも不思議ではない。

　ジェームズ・L・ヒューストンは、著書の第4章において、センサスに基づいて作成された「合衆国政府雇用人員、1816-1901年」なる図表を掲げ(141)、こうコメントしている。「軍事と郵政の部門の職員は一様に1815-1888年間に連邦政府によって雇用された人々のおよそ88％を占めた」(139-140)。図表に即して1831年、1841年、1851年に限定して具体的な数字を示すならば、1831年には、全体として22,664人が政府によって雇用されていたが、このうち郵便局で仕事を得ていた人は38.7％であった。1841年については、全数が38,831人で、郵便局は36.8％、1851年に関しては、全数が46,973人で、郵便局は45.5％であった。「アメリカ人の殆どが、とは言わないとしても、アメリカ人の多数が経済的な破滅の瀬戸際で暮らしていた」(Huston, 140)時代に、みられるとおり、一定数の人びとが政府から仕事を与

えられ、一定の定期的な収入を得て、命をつないでいたのである。首都ワシントンの「配達不能便局」で職を得ていたバートルビーも、そうした人々の1人であったと言えるとするならば、バートルビーはあらかじめ「絶望」していたのではなく、むしろ「突然放逐された(リムーヴド)」ゆえに「絶望」的な気持ちに襲われたのだとする「別の見方」はごく真っ当な見方であると言えなくもないことになる。

22

　次に、「Bartleby had been a subordinate clerk in the Dead Letter Office at Washington, from which he had bee suddenly removed by a change in the administration」(672) を、「バートルビーは首都ワシントンの配達不能便局の下級職員であったが、政変のせいで、そこから突然放逐された(リムーヴド)」と筆者が訳す理由についてコメントしておきたい。

　先ず、「政変」という訳について。「a change in the administration」は、「経営方針の変更」や「経営陣の交代」と訳し得るし、あるいは「政府の交代」や「政権の交代」と、要するに「政変」とも訳し得る。筆者としては「政変」と訳すが、その理由は幾つかある。1つには、そう訳す方が、すぐ傍の「突然放逐された」という一句とより適合的になると考えられるからである。第2パートで語り手は彼の事務所から歩いてすぐの所に所在しているらしい「the Custom House and Post Office」(641) ――「the Dead Letter Office at Washington」を連想させる「the Post Office」は第2パートにもう一度出てくる――に言及している。この「税関 (Custom House)」からの連想で、ホーソーンが『緋文字』(1850) の「税関」と題された序章と、その序章において、「[ホーソーンにとって] 敵対的な党の政権の樹立」(31) という政変、すなわち、1848年の大統領選挙による、ホーソーンが加担していた民主党からホイッグ党への政権交代のせいで、ホーソーンが税関の「主任行政官」(11) という役職を失ったことを想起するとき、この想起によって読者は、「a change in the administration」は「政変」と解されるべきであ

ると考えても不思議ではあるまい。バートルビーの失職が政治がらみだったということになれば、読者は「バートルビー」のもろもろの細部——当の「he had been suddenly removed」もその１つである——を、かなりの程度に違った意味合いで理解することになるであろう。

　さらには、パーカーの論文（Parker 1974）は、「政変」という訳の方がより適切らしいことを教えてくれる。パーカーは、「Parker 1979」において１部だけ引いて紹介している、メルヴィルも読んだと考えられるAlbanyの『Register』紙（September 23, 1852）に載った「dead-letters」に関する長いルポルタージュ的記事の全文を、「Parker 1974」に収載している。この記事の末尾の部分にもともと『レジスター』紙の編集者の注が付されていて、「この記事は最近における郵便省の長（the Head of the Department）の交代以前に書かれた」(99)と記されている。パーカーは更にこれに注を付して、「郵政省の長」の「最近における交代」とは、「郵政（省）長官（Post Master General）」がNathan K. HallからSamuel D. Hubbardへと交代したことを指すとしている（99）。「Smithsonian National Postal Museum : U. S. Postmasters General」というウェッブサイトによると、たしかに、郵政長官の地位は1852年8月31日にNathan K. HallからSamuel D. Hubbardに引き継がれている。また同サイトは、郵政長官は当時、閣僚の一員として大統領によって任命された（1789年から1971年までそうであった）こと、それゆえに基本的に大統領の任期に合わせて4年毎に交代したことも教えてくれる。筆者は「United States Post Master General」についての「Wikipedia」も読んでみたが、それによると、閣僚の一員としての郵政長官は当時、大統領選挙における功労者に割り当てられることが多かったらしいなどと書かれていた。

　この記述を読んで筆者が想起したのは、1853年にアメリカ反奴隷制協会（AAS）が展開した、「アメリカ最初のダイレクト・メール作戦」として知られる、反奴隷制を主張するパンフレットをダイレクト・メールで南部の宗教界のリーダーたちや市民のリーダーたちに送付する運動に伴って、南部の都市チャールストンで発生した事件と、この事件に対する当時の郵政長官

Amos Kendall（彼は『英米史辞典』によれば、ジャクソン大統領が初当選した1823年の大統領選のときの有力な支持者であった（Matsumura, 388）し、のちにジャクソンのいわゆる「台所内閣（Kitchen Cabinet）」の一員ともなった（367））、並びに彼を郵政長官に任命したジャクソン大統領が示した反応である。「America's First Direct Mail Campaign‐National Post Museum」というウェブサイトによれば、事件は「Lynch Men」と呼ばれる暴徒たちの一団が1835年7月29日の夜にチャールストン市の郵便局に押し入り、AASから送られて来たダイレクト・メールの入った郵便袋（AASからのダイレクト・メールはチャールストン郵便局長Alfred Hugerの手によってあらかじめ分類されていた）を盗み出し、つまり「配達不能便」（「バートルビー」）化し、翌30日にほぼ2,000人の群衆の見守る中で、それを路上で焼いて、つまり「焼却処分」（「バートルビー」）して、気勢をあげた事件をさす。同サイトによれば、この事件に対して、ケンダルは奴隷制を維持しようとする南部の「州権（states' rights）を支持して郵政に関する連邦（federal）諸法を蔑にする」姿勢を示し、ジャクソンはジャクソンで同年に議会に送った教書において、「アボリショニストのグループが郵便システムを使って彼らのメッセージを南部へ送付することを禁止する法律の制定を求めた」とされている。

23

次に、「he had been suddenly removed」を「彼は突然放逐された」と訳すことについて。バートルビーが「筆写は放棄しました」と明言し、この決心を翻すつもりが彼にはないことがわかった段階で、語り手は直接バートルビーに向かって、あるいは内心の思案において、「leave（事務所を退去する）」、「quit（事務所を退去する）」、「depart（事務所から退去する）」、「dismiss（解雇する／退去する）」などの語を用い始めるが、その早い段階で語り手はバートルビーに「6日間の猶予」を与えるから、「removalに向けて最初の一歩」(657)を踏み出すように通告する。この、「バートルビー」において1回だけ使われる「removal」という語は、アンドルー・ジャクソン政権下における「移

住法 (the Removal Act)」（1830 年）を想起させるものであるところから、筆者はこの語を敢えて「移住(リムーヴァル)」と訳す。語り手は「removal」を用いたことを皮切りに、「remove（解雇する／退去する／移住する／片付ける）」という、幾つもの語義を持つ動詞形も多数回用い始める。「remove」の「バートルビー」における用例として、検討中の用例以外でもう１つ筆者が注目したのは、以下の用例である。先ず原文のまま示す。「[the landlord] had sent to the police, and had Bartleby removed to the Tombs as a vagrant」（668）。この一文は、「家主は警察を呼びにやり、バートルビーを１人の浮浪者として「墓場」［＝ニューヨーク市拘置所］に移送させた」とでも訳せるであろう。そして「バートルビー」の最後の頁に出てくるのが、この検討中の「he had been suddenly removed」である。これは無論「彼は突然解雇された」と訳せば十分に意味が通るのであるが、筆者がそれをあえて「突然放逐(リムーヴド)された」と訳すわけは、「移住(リムーヴァル)」という訳語と同じく「移住法」を連想できるようにしたいからである。

　さて、ここで、「バートルビー」における「removal」ないし「remove」という語の含意の受けとめ方において、筆者がなぜ「移住法」のコンテクストに敢えて拘るのかについてコメントしておくのが適当であろう。「移住 (removal)」政策は、アングロ＝アメリカ史の中に長い前史をもっている。この前史をアメリカ史に限定して、2 つの側面に分けて概説するとするならば、1 つは合衆国における先住民問題、いわゆる「インディアン問題」に対処する政策としての「移住」政策であり、もう 1 つは、いわゆる「貧民救済 (poor relief)」の文脈において採用された「移住」政策である。

24

　先ず前者について。アントニー・ウォレスは、「ジェファソンは最初［大統領就任 3 年目の］1803 年に彼独自の［インディアン］移住政策 (removal policy) を練り上げ」、それに基づいて、「連邦政府の移住——非自発的なそれであれ、自発的なそれであれ——政策」が、「「文明化」を受け付けない、

あるいは、合衆国に敵対して戦争を仕掛けてくるインディアンに対処するための解決策」として、「トーマス・ジェファソンによって確立された」(275) と書いている。だから、ジャクソン政権の「インディアン問題」に対する対策としての「移住法」は当政権のオリジナルな政策ではなく、具体的な法律（立法）の形をとったところに新味（どぎつさ）があったとはいえ、基本的にはジェファソン政権の政策を踏襲したものであった。この点は、割合よく知られている事柄であろう。では、「移住政策」は、少なくともジェファソンのオリジナルではあったと言ってよいのであろうか。「移住政策」をウォレスからの上掲の引用が指摘するような理由（ウォレスも著書の至るところで指摘しているように、この政策の真の狙いは先住民であるインディアン諸族に、彼らの生活空間である先祖伝来の土地を譲渡させる、あるいはそれを奪取することにあった）を理由にして、インディアン諸族に適用した点においてはオリジナルであったと言えるかもしれないが、「移住」政策自体は、ジェファソンが大統領に就任するはるか以前から、主要には18世紀アメリカ（アメリカが植民地であった時期も含む）のニューイングランド地域において、「貧民救済（poor relief）」の分野――「貧民」問題は、合衆国政府にとって、「インディアン問題」と並んで厄介な問題の1つであった――で採られていた政策であるから、ジェファソンは「移住」というアイデア自体については、それからヒントを得たとしても不思議ではない。

　後者にもはや踏み込んでしまったが、筆者の知る限り、後者の方面について書かれた近年における充実した著作の1つは、ルース・ウォリス・ハーンドンの『歓迎されざるアメリカ人たち』(2001) である。本書のペーパーバック版の裏表紙に内容を紹介する広告文が印刷されているが、それを末尾のくだりを省略して訳すならば下掲の通りである。以下の論述の都合上一文ごとに文末に番号を付して訳出することにしたい。――

　　18世紀アメリカには、命をつなぐ食べ物が手に入らない、医療を受けられない、あるいは住まいを確保できない人々を援助するための、いかなる統一的な福祉

制度も存在しなかった（①）。ホームレス問題、放浪者問題、貧困問題を管理するために、ニューイングランドの各タウンが大いに頼ったのは、イングランド法から受け継いだ「立ち退き通告（warning out）」制度であった（②）。これは、地域社会のリーダーたちが望まれていない人や家族の正当なホームタウンを見きわめ、彼らを今住んでいる場所から立ち退かせ、表面上は彼らがケアを受けることのできる彼らの元来のホームタウンに帰らせるための法的な処理のことであった（③）。立ち退き通告制度は地域社会の貧民の一般的福祉援助にともなう経費と責任を軽減し、各タウンにそれ自身の貧民の面倒をみる責務を負わせるものであった（④）。しかしホームレス問題と貧困問題は今日におけると同様、初期アメリカにおいても厄介な問題だったのであり、立ち退き通告制度は社会的病弊の根本的諸原因に取り組む点ではほとんど何もなし得なかった（⑤）。／『歓迎されざるアメリカ人たち』は、ロードアイランド［植民地／州］の種々のコミュニティを立ち退くことを余儀なくされた40人のニューイングランド人の物語を蘇らせることによって、初期アメリカの貧困問題に血のかよった人間の顔を付与している（⑥）。ロードアイランドの各タウンはニューイングランドの他の地域よりも、立ち退き通告についてのより良い、より完全な記録を残し、この公的な記録には他の地域からロードアイランドに移入した人々の記録が含まれているので、これらの記録文書に依拠してロードアイランド全域の貧しい人々の諸経験を記述することができるのである（⑦）。

　以上は『歓迎されざるアメリカ人たち』のほぼ全容を伝えてはいるが、「イントロダクション──ぎりぎりの生活を送る人々の世界」(1-26)におけるハーンドンの記述に則して、いくつかの補足的説明を付加することにしたい。①に「18世紀アメリカ」とあるが、「立ち退き通告制度」は18世紀で命脈を絶ったわけではない。しかし「1780年代と1790年代に立ち退き通告制度の実施の減少」(14)が見られたのはたしかで、ハーンドンは、それは「この時期に大抵のロードアイランドのタウン」において「救貧院（almshouses）」や「矯正労働院（workhouses）」が「急発生した」(14)ことの反映であったとしている。またハーンドンは、「19世紀初頭に救貧農場（poor farms）、救護院（asylums）、矯正院（reformatories）などの設立がつづいた」(14)と指摘し、こうして「立ち退き通告の実際的な実施は19世紀に徐々に減少して行った」(14)としている。ちなみに、「バートルビー」には「救貧院（almshouse)」という語が 1 回だけ出てくる (609)。②に「イングランド法から受け継いだ」とあるが、この場合の「イングランド法」とは、「1662 年定住法 (the 1662 Settlement Law)」（4）に淵源をもつ「救貧法 (the Poor Law)」と総称される 17 世紀及び 18 世紀の議会立法（4）を指す。また、「1662 年定住法」（4）は、ウォルター・トラットナーによれば、厳密には「定住と移住の法 (the Law of Settlement and Removal)」(Trattner, 21) という名称であった。（辞典によれば、「settlement」には「生活扶助料受領権」という語義もあるから、「定住（セトルメント）法」の理解においては、われわれはこのことも銘記しておくべきであろう。）ハーンドンは、「すべての植民地」に「定住法 (settlement laws)」（2）が存在していたとし、「立ち退き通告制度」は端的に「移住」制度と呼び得るとしている (10)。⑥に「40 人のニューイングランド人の物語」とあるが、これはロードアイランドに残されている記録に基づいた、「1750-1800 年間」（2）にロードアイランド各タウンの当局者によって「浮浪者 (transients)」（4）として、つまり、「自由保有不動産 (freehold)」(17) を所持しない、「貧しい、財産を保有しない人々」(21)（「バートルビー」では「浮浪者」は「vagrant」である）として認定され、元来のホームタウンに「移住」させられた人びとの物語である。

　最後にもう 1 点、上掲の広告文ではいっさい言及されていない、「浮浪者 (transients)」として認定された人々に占める女性と非白人の割合のことを、ハーンドンの記述に則して補足する。「女性たちと有色の人々は浮浪者として認定された人々に占める割合は、ロードアイランドの全人口に占めるそれらの人々の割合と比べると著しく不均衡であった」(16)。「浮浪者として認定された成人たちの内で、3 分の 2 強は女性であった」(16)。非白人についてはどうであろうか。残されている記録において、「全 50 年間にわたって、浮浪者として認定された世帯の長の約 5 分の 1 (21.9 %) は "Indian"、"mustee"、"mulatto"、"Negro"、"black"、あるいは "of color" として識別されていた」(18)。「1780 年代の半ば以降においては、有色の人々は浮浪者として認定された人々のはるかに大きな割合を構成し、そして 1790 年代に

ピークに達し、40％ないしそれ以上を占めるに至った」(18-19)。ハーンドンは、「白人の役人たちは 1780 年代と 1790 年代において強制移住の対象者として有色の人々をターゲットにしはじめた」(19) とも書いている。これらの女性と非白人にかかわる数字は当時の一般的な労働者のおかれていた状況の反映とみてよいであろう。ハーンドンはこう書いている。うまくのし上がったごく一部の人々を抜きにした「その他の労働者たちは、人種差別と性差別に基づいた社会の積年の構造的な諸問題に直面して苦しんでいた。多数の先住アメリカ人、アフリカ系アメリカ人、そして白人の女性たちは、労働市場において一貫して不利な条件の下におかれていた」(13)。

さて、こうしたもろもろの史実を念頭において「バートルビー」を読み直すと、「バートルビー」は丸ごと、（主として「貧民救済」にかかわる）「移住」政策へのアルージョン、しかもアイロニックなアルージョンとも思えてくる。というわけで、「移住」政策へのアルージョンと見做しうるくだりは「バートルビー」に数多見いだし得るが、3 箇所だけ指摘しておきたい。1 つは、第 21 節で既に引いた、「［家主］は警察を呼びにやり、バートルビーを 1 人の浮浪者として「墓場」[＝ニューヨーク市拘置所] に移送させた」(668) というくだりである。残りの 2 つは以下の箇所である。――「バートルビーが親類か友人の名をたった 1 つでいいから口に出してくれさえしたら、私は直ちに手紙を書いて、彼らがこの可哀想なやつを引き取って、どこかの好都合な保護収容所（retreat）へ連れていくように説き伏せたであろう」(657)。「こうなったら何か容赦のない、何か異常な手を打たねばならない。何だって！　まさかおまえは、やつを巡査にしょっ引かせて、罪のない蒼白い者を公の獄に収監してもらうつもりなのか。どんな根拠でそんなことをさせることができるというのか。浮浪者なのか、この男は。何だって！　浮浪者（vagrant）、流れ者（wanderer）だというのか、この身動きするのを拒否する男が」(664)。後者についてだけ、一言コメントする。後者に、「移住」政策は「何か容赦のない、何か異常な手」であり、「根拠」がはっきりしない制度であるとする仄めかしを読みとり得るとするならば、これは語り手の内的

な自問自答に込められている痛烈なアイロニーの事例ということになるであろう。

　筆者としては以下の点も書き添えておきたい。ジェフリー・D・メイソンが引用している (52)、ジャクソン大統領が 1830 年 12 月 6 日に議会に送った年次教書中の、巧みな修辞を駆使して 1830 年 5 月 28 日に成立した「(インディアン) 移住法」の正当化をこころみたくだりにおいて、ジャクソンは「What good man would prefer . . . ?」という修辞疑問文を用いている。『白ジャケット』第 38 章（Melville 1983, 512-513）から分かるように、メルヴィルは『合衆国法令集（The Public Statues at Large of the United States of America）』なども読んでかかる類の作家だったのだから、メイソンの引用源である『A Compilation of the Messages and Papers of the Presidents, 1789-1897』の類を読んだ可能性は十分にある。とするなら、そもそもバートルビーが何度となく吐く例の決め台詞は、上掲の修辞疑問文にヒントを得た言い回しかもしれず、「私としては「移住法」は認めたくないのですが」という、ジャクソン大統領に対するアイロニックなリスポンスだったと解釈する可能性もあながち否定できないことになる。

25

　さて、どのようなアイロニーとして読まれるべきか、「ああ、バートルビー！　ああ、人間！」は。すでに見たように、ポスト＝ローリアはこの一句に、バートルビーなどの「書記たち」の「貧困」や人間疎外などの「悲惨」を直視する場合には自身の「イデオロギーの変革」に踏み込まねばならないのに、現在も続けている「ぬくぬくとしたビジネス」を守るためにはそれができないことを覆い隠す自己正当化の「センチメンタリズム」のヴェイル、それを読者に作品の最末尾で「転覆的」に剥ぎとらせるべくメルヴィルが、「私」に言わせていると解されるところの、「転覆的なセンチメント」を読みとってみせた。筆者も基本的にこれに同調するが、ここでは筆者自身の時制の使い分けという着眼に則した筆者自身の読みの理路を提示したい。

この一句に込められているかもしれないアイロニーは、バートルビーが語り手の「私」によって、「度を越した生まれつきの病」、「生来の治癒し難い病」という特定の人間本性／人間的自然を押しつけられている人物であることに気づくときに、そしてそのような人物が「人間 (humanity)」一般と等号で結ばれていることに気づくときに、おのずから浮上してくるはずである。「後日談」の箇所の分析において指摘した、筆者のいう「別の見方」は、この最末尾の一句でも黙殺されたままであり、「不運と生来の本性」ゆえにあらかじめ「絶望」を抱え込んだ一人の特定の人間が、「人間」一般と重ねられているのである。

では、次に、基本的には過去時制で語られている第2パートにみてとることのできる現在時制で語られている以下の箇所（原文のまま引用し、現在時制で語られているくだりは太字で示す）との関係で、最末尾の一句にもう一度立ち返った場合、どういうことになるかをみることにしたい。これはそのまま、第17と18節で指摘しておいた問題、すなわち第3パートの「後日談」としての「噂話」が第2パートのどのような「続き」であるのかを解明する試みでもある。──

> Revolving all these things, and coupling them with the recently discovered fact that he made my office his constant abiding place and home, and not forgetful of his morbid moodiness; revolving these things, a prudential feeling began to steal over me. My first emotions had been those of pure melancholy and sincerest pity; but just in proportion as the forlornness of Bartleby grew and grew to my imagination, did that same melancholy merge into fear, that pity into repulsion. **So true it is, and so terrible too, that up to a certain point the thought or sight of misery enlists our best affections; but, in certain special cases, beyond that point it does not. They err who would assert that invariably this is owing to the inherent selfishness of the human heart. It rather proceeds from a certain hopelessness of remedying excessive and organic ill. To a sensitive being, pity is not seldom pain. And when at last it is perceived that such pity cannot lead to effectual succor, common sense bids the soul be rid of it.** What I saw that morning persuaded me that the

scrivener was the victim of innate and incurable disorder. I might give alms to his body; but his body did not pain him; it was his soul that suffered, and his soul I could not reach. (653)

　先ず、太字の前の部分の過去時制のくだりにおいて、「[私は] いつの間にか慎重な気持ち (a prudential feeling) に襲われた。私の最初の感情は純粋な憂鬱とこの上なく誠実な同情であったのだが、バートルビーの寄る辺のなさが私の想像力に訴えてますます大きくなるにつれて、あの同じ憂鬱が恐怖に、あの同情が反発に、転じてしまったのだ」と語られていることに留意しなければならない。「私」の「生」の在り様を問わず語りに雄弁に語る鍵語である「prudence」がここでは「prudential feeling」という表現に形を変えて用いられ、それが「私の最初の感情」に一定の変更を加えたのであり、いわばその変更の中身が太字の部分である。だから、太字の部分はその前の部分に続けて過去時制で語り得ると考えられるが、実際には現在時制が擢用されている。太字の部分を注意深く読んでみると、「私」の「感情」は、「われわれの……感情」に置き換えられ、一般化されていることに気づく。そして同時に、太字の部分で現在時制が擢用される理由にも、得心がいく。現在時制が擢用されるのは、こうした一般化——「私の……感情」の「われわれの……感情」という一般的事象（事実）への転化——のせいである。太字部分の中の、「これはすべての人間の心の生得の利己性によると主張する人々は間違っている」という、「人々」を主語とする現在時制の断言文には、語り手の「私」という真の主語が隠されているであろうが、この「私」という隠された主語は、一方で「感受性の強い者」として差別化されるが、他方でこうした「感受性の強い者」の断言（＝判断）は、「常識」へと一般化されている。少なくとも筆者は、こうした現在時制による「私」の判断の一般化、「常識」化のなかに、バートルビーの「悲惨」は「度を越した生まれつきの病」（この病が「度を越し」ているのは、「ある限度 (a certain point)」を越えているからである）、つまり、ある種の生得の人間本性に起因するのであるから、こ

れに対処しようとする側(「私」のみならず「われわれ」)も「絶望」するほかはなく、もうこれ以上バートルビーの「悲惨」と付き合っていられないという「私」の「利己性」は、むしろ「常識」として赦されてしかるべきであるとする「私」の自己正当化の意図をみる。すでに論及した、第３パートにおける、「不運と生来の本性のせいで(by misfortune and nature)蒼白い絶望に陥りがちな者を想像してみよ、絶えず配達不能便を扱い、焼却処分するためにそれを仕分けする仕事以上に、そのような絶望を募らせるのに相応しいと思われる仕事がほかにあるであろうか」という現在時制のくだりは、すでに検討したように、「後日談」という装いをまとっているとはいえ、すぐ上でみたばかりの同じ現在時制による自己正当化のくだりと並べてみると、その繰り返し、「続き」とみるほかはない。であれば、「後日談」は後日談などではなく、言うなら同日談であろう。なにしろそれは、既に過ぎ去った過去の物語としての第２パートにおいて、わざわざ現在時制で、麗々しく展示されていることなのだから。「生得の治癒し難い病」という「生来の本性による」「絶望」が先ず在って、次いで「配達不能便局」での仕事がそれに「相応しい……仕事」とされているのだ。こうした読みからすれば、あの最後の一句に「コロス」を読みとる立場は、メルヴィルのこうしたトリックないしマジックによってミスディレクトされたままの読みということになる。先に筆者は、特定の人間本性を押しつけられている人物としてのバートルビーが「人間(humanity)」一般と等号で結ばれているとしたが、「humanity」は辞典によれば人間性／人間本性／人間的自然(human nature)の意でもあるから、そればかりか、「バートルビー」自体において、つまり「common humanity」(第２パート、652)という表現において、「humanity」が「human nature」の意味で使われているのであるから、最後の一句は「ああ、バートルビー！ああ、人間の性(さが)！」とも訳し得ることになるし、そう訳してもよいのではないか。そしてこの一句の中に、第２パートの中(上掲の太字の部分)に巧みに埋め込まれている語り手である「私」の自己正当化の意図が、やはり巧みに埋め込まれているのである。自己正当化とは、つまり、「私」は第２パート

において、バートルビーの「絶望」に同情し共感しようとこれ努めたのではあるが、第1パートにおいて、法律事務所所長というミドルクラスの境遇——バートルビーの一件が「新聞」沙汰 (666) にでもなって評判を落とすと、たちまちクライアントが減ってしまうかもしれないし、何かの「政変」などがあれば失われるかもしれない不安定な境遇（おそらくこのことを自覚しているがゆえに、「私」は「政変」のせいで「平衡裁判所主事」という「オイシイ」仕事が失われたという過去の事実に、現在形で自覚的に激昂するのである）——を守りたいがゆえであろう、相変わらず「オイシイ」「ぬくぬくとした」弁護士生活を続けていると現在時制で告白せざるをえないということのなかに看取できる、（「私」にとっては）現在の境遇を維持する上で死活的とも言い得る自己正当化である。

　基本的時制が過去時制である第2パートにおいて現在時制が使われている箇所をもう1つ検討してみたい。現在時制の部分をここでも太字にして、その前後の部分も含めて、原文のまま引用する——「and I contrasted them, and thought to myself, **Ah, happiness courts the light, so we deem the world is gay; but misery hides aloof, so we deem that misery there is none.** These sad fancyings — chimeras, doubtless, of a sick and silly brain — led on to other and more special thoughts ...」(652)。太字の部分を、従属接続詞を用いて被伝達節とし、過去形の伝達動詞「thought」に続けるとしても、その被伝達節の中の動詞は、ここでは、現在形のままに留めおかない限り座りが悪いであろう。なぜなら、上で見た最初の事例と同じく、ここでも、過去時制の部分の主語「I」が太字の部分では「we」へと一般化されているからである。つまり太字のくだりは、上でみた第2パートで現在時制が使われている最初の事例と同じく、「I」という主語が「we」に変えられ、もって一般化されることによって、「私」が第2パートにおいても、また第1パート及び第3パートにおいても保持しつづけている、時間の経過に左右されない世界観を示しているということになろう。では、どういうことになるか。バートルビーなどの「雇用されている人々」の境遇が第2パートで喚

起したはずの、「貧困と疎外の悲惨」(ポスト=ローリア、第 13 節をみよ) が、第 1 パートと第 3 パートにおける基本時制としての現在時制、つまり語りの現在に即応する現在時制で語られるということは、そうした「悲惨」は、語りの現在における「私」の直感や認識の中にいつのまにか否応なしに入り込んでくる、気に障る、「脅威」を「突きつけ」(ウォルドストレイチャー) てくる認識対象であり、「厄介な残滓」(ゼルニック) であることを示していよう。だからこそ、上の過去時制が使われている箇所の第 1 例 (実はこの第 1 例は、第 2 パートにおいて現われる順番は、検討中のこの第 2 例よりあとである) において、「悲惨」はみたように現在時制で周到に相対化されなければならないのだし、この第 2 例においても、第 1 例での処理を見越すかのように、認識されるや忽ち、「悲しい空想――疑いもなく、病んだ愚かしい頭の妄想」として、帳消しの処理を施されねばならなかったのではあるまいか。

　第 8 節や 13 節、あるいはその他の節でみたように、ゼルニックが端的に、ポスト=ローリアはやや詳細に指摘している合衆国のアンティベラム期における階級分裂の事態について、ジョン・イーヴレフはこう書いている。「工業化／産業化 (industrialization)」が、「アンティベラム期の合衆国北部の諸都市において職人階層 (artisan) の労働システム掘り崩し」、「上昇移動の機会をほとんどあるいはまったく提供することのない、熟練を要しない不利益な「賃仕事 (job)」あるいは「出来高払い (piece)」の「仕事」が、「熟練を必要とする手仕事 (trade)」や「天職 (calling)」を旨とする「北部の職業構造」に「取って代る」(ix) 結果となった。こうして当時、職人階層を「掘り崩し」ながら「労働階級」(ix) が成立していたと考えられるが、この「労働階級」について、デーヴィッド・リーヴァレンツは、Sean Wilentz の労作『Chants Democratic』(1984) を論評しながら以下のように書いている。先ずリーヴァレンツは、ウィレンツの「1 つの大きな達成」は、「1850 年までに明白に存在していた」いわゆる「労働階級」が「悲劇」に直面していたことを「紛れもない」事実として明らかにしたことにある (Leverenz, 76) とし、

次に、「合衆国は［実際には］長きにわたってロウアーミドルクラスの国［でしかない］」のに、人びとは「見せかけのミドルクラスの神話と幻想をよすがとして暮らしている」というウィレンツの見地を紹介した上で、「そういった神話のうちで最もきわだっているのは、だれでも「大成功」できるという信念でありファンタジーである」(77) とし、実際には、「1825 年から 1850 年にかけての合衆国北東部における根本的な階級闘争は、労働者とボスとの間のそれではなく、盤石の体制を誇る商人や地主のエリート階級に対する資本家ミドルクラスの挑戦だった」(77) と指摘している。つまり「労働者」は「階級」として「明白に存在していた」にもかかわらず、当時の「階級闘争」の表舞台に容易に登場し得なかったところに彼らの「悲劇」はあったというのである。このような時代状況の中で、バートルビーのような「出来高払いの仕事」についている底辺層の労働者、「政変」などの「不運」——ハーンドンによれば、「浮浪者として認定された労働者たち」の貧困のきっかけとしての「不運」(13) は「病気、事故、自然災害、破壊的振舞い」(13) などであった——のせいで失職すれば、忽ち「移住」政策の対象にされて、「浮浪［罪］」の咎で「拘置所」や「救貧院」送りにされてしまうような労働者に何ができたというのか。メルヴィルは「バートルビー」において、これに対して 2 つの答えを仄めかしていると言えなくもない。1 つは、「手の施しようのない」存在として世間にみずからを晒すことによって世間を挑発する道である——「あの男は今や建物全体を亡霊みたいにうろつき回り、昼は手摺に腰掛け、夜は玄関で眠り続ける。みんな心配しておるんです。依頼人たちは事務所を見放しつつあるしね。野次馬連中 (mob) が騒ぐ心配もいくらかある」(Melville 1984, 666)。もう 1 つは、「受け身の抵抗ほど真面目な人間を苛立たせるものはない」(646) という一文から伺い知ることのできる「受け身の抵抗」の道である。この道はバートルビーに即して言えば、「私としてはいたしたくないのですが」から始まって、「浮浪罪 (vagran[cy])」の咎で収監された拘置所内で、「食事をしないこと」(671) によって、「やつれ」(671) 果てて死に至るという道である。つまりバートル

ビーの死は自殺であり、彼自身の選好（preference）、「自由行為（voluntary agen[cy]）」（640）、「自由意思（[w]ill）」（662）の結果であり、いわゆる「自己所有権（self-ownership）」（Steinfeld, 185-187）の逆説的、究極的な行使にほかならない。「私」は、「私としてはいたしたくないのですが」によって象徴されるバートルビーの「受け身の抵抗」に当初から強烈な能動をみていたはずであり、だからこそ「私」は困惑し、たじろぎ、反発したのであろう。そしてバートルビーの「死」を確認したあと初めて、死人に口無しということで、「王たちや参事官たちとともに［眠っている］」などと、したり顔で言うことができたのである。こう考えると、「バートルビー」の作者メルヴィルは、バートルビーの最終的な選択、最後に「死」を選びとる自由意志に、それとはもっと「別」の、各読者なりの自由意思、能動を読み込むことをひそかに期待していたのではないかとも思えてくる。ありとあらゆる危機に直面せしめられ、バートルビーにも似て「絶望」を生きることを強いられながら生活する現代の読者であるわれわれは、「能動」のどのようなイメージを紡ぐことを期待されているのであろうか。

引用参照文献

Evelev, John. *Tolerable Entertainment : Herman Melville and Professionalism in Antebellum New York.* Amherst and Boston : University of Massachusetts Press, 2006.

Hara Hikaru. 原光訳『メルヴィル中短篇集』、八潮出版社、1995 年。

Hawthorne, Nathaniel. *The Scarlet Letter.* New York and London : W. W. Norton & Company, A Norton Critical Edition (Third Edition), 1988.

Heflin, Wilson. *Herman Melville's Whaling Years.* Edited by Mary K. Bercaw Edwards and Thomas Farel Hefferman. Nashville : Vanderbilt University Press, 2004.

Herndon, Ruth Wallis. *Unwelcome Americans : Living on the Margin in Early New England.* Philadelphia : University of Pennsylvania Press, 2001.

Huston, James L. *Securing the Fruits of Labor : The American Concept of Wealth Distribution 1765–1900.* Baton Rouge : Louisiana State University Press, 1998.

Inge, M. Thomas.ed. *Bartleby The Inscrutable : A Collection of Commentary on Herman Melville's Tale "Bartleby the Scrivener."* Hamden, Conneticut : Archon

Books, 1979.
Jefferson, Thomas. *Writings*. New York, N.Y. : The Library of America, 1984.
Leverenz, David. *Manhood and the American Renaissance*. Ithaca and London : Cornell University Press, 1989.
Marcus, Mordecai. "Melville's Bartleby as Psychological Double" (1962). In Inge : 107-113.
Mason, Jeffrey D. *Melodrama and the Myth of America*. Bloomington and Indianapolis : Indiana University Press, 1993.
Matsumura Takeshi. 松村赳・富田虎男編著『英米史辞典』、研究社、2000 年。
McCall, Dan. *The Silence of Bartleby*. Ithaca and London : Cornell University Press, 1989.
Melville, Herman. *Pierre, Israel Potter, The Piazza Tales, The Confidence-Man, Uncollected Prose, Billy Budd*. New York, N.Y. : The Library of America, 1984.
＿＿＿. *Redburn, White-Jacket, Moby-Dick*. New York, N.Y. : The Library of America, 1983.
Parker, Hershel. "The 'Sequel' in 'Bartleby'" (1979). In Inge : 159-165.
＿＿＿. "Dead Letters and Melville's Bartleby." *Resources for American Literary Study*. Vol. IV, No. 1 (Spring 1974) : 90-99.
Post-Lauria, Sheila. *Correspondent Colorings : Melville in the Marketplace*. Amherst : University of Massachusetts Press, 1996.
Steinfeld, Robert J. *The Invention of Free Labor : The Employment Relation in English & American Law and Culture, 1530–1870*. Chapel Hill & London : The University of North Carolina Press, 1991.
Tobita Shigeo. 「アメリカ合衆国憲法」（飛田茂雄訳）、飛田茂雄編『現代英米情報辞典』、研究社出版、2000 年：1187-1238。
Trattner, Walter I. *From Poor Law to Welfare State : A History of Social Welfare in America*. Third edition. New York : Free Press, 1984.
Waldstreicher, David. "Phillis Wheatley : The Poet Who Challenged the American Revolutionaries," *Revolutionary Founders : Rebels, Radicals, and Reformers in the Making of the Nation*, ed. by Alfred F. Young, Gary B. Nash, and Ray Raphael, New York : Vintage Books, 2012 : 97-113.
Wallace, F. C. Anthony. *Jefferson and the Indians : The Tragic Fate of the First Americans*. Cambridge, Massachusetts : The Belknap Press of Harvard University Press, 1999.
Zelnick, Stephen. "Melville's "Bartleby, The Scrivener" : A Study in History, Ideology, & Literature." *Marxist Perspectives*, Winter 1979/80 : 74-92.

執筆者紹介（執筆順）

田中　啓史（たなか　けいし）　客員研究員　青山学院大学名誉教授
山城　雅江（やましろ　まさえ）　研究員　中央大学総合政策学部准教授
川﨑　清（かわさき　きよし）　客員研究員　文京学院大学経営学部教授
加藤木　能文（かとうぎ　よしふみ）　研究員　中央大学経済学部准教授
近藤　まりあ（こんどう　まりあ）　研究員　中央大学経済学部准教授
福士　久夫（ふくし　ひさお）　客員研究員　中央大学名誉教授

アメリカ文化研究の現代的諸相

中央大学人文科学研究所研究叢書　65

2018年3月10日　初版第1刷発行

編　者　中央大学人文科学研究所
発行者　中央大学出版部
　　　　代表者　間島進吾

〒192-0393　東京都八王子市東中野742-1
発行所　中央大学出版部
電話 042(674)2351　FAX042(674)2354
http://www2.chuo-u.ac.jp/up/

© 加藤木能文 2018　ISBN978-4-8057-5349-1　㈱千秋社

本書の無断複写は、著作権法上の例外を除き、禁じられています。
複写される場合は、その都度、当発行所の許諾を得てください。

中央大学人文科学研究所研究叢書

1　五・四運動史像の再検討　　　　　　　　　A 5 判　564頁
　　　　　　　　　　　　　　　　　　　　　　　（品切）

2　希望と幻滅の軌跡　　　　　　　　　　　　A 5 判　434頁
　　　反ファシズム文化運動　　　　　　　　　　3,500円
　　　　様々な軌跡を描き、歴史の壁に刻み込まれた抵抗運動
　　　　の中から新たな抵抗と創造の可能性を探る。

3　英国十八世紀の詩人と文化　　　　　　　　A 5 判　368頁
　　　　　　　　　　　　　　　　　　　　　　　（品切）

4　イギリス・ルネサンスの諸相　　　　　　　A 5 判　514頁
　　　演劇・文化・思想の展開　　　　　　　　　（品切）

5　民衆文化の構成と展開　　　　　　　　　　A 5 判　434頁
　　　遠野物語から民衆的イベントへ　　　　　　3,500円
　　　　全国にわたって民衆社会のイベントを分析し、その源
　　　　流を辿って遠野に至る。巻末に子息が語る柳田國男像
　　　　を紹介。

6　二〇世紀後半のヨーロッパ文学　　　　　　A 5 判　478頁
　　　　　　　　　　　　　　　　　　　　　　　3,800円
　　　　第二次大戦直後から80年代に至る現代ヨーロッパ文学
　　　　の個別作家と作品を論考しつつ、その全体像を探り今
　　　　後の動向をも展望する。

7　近代日本文学論　大正から昭和へ　　　　　A 5 判　360頁
　　　　　　　　　　　　　　　　　　　　　　　2,800円
　　　　時代の潮流の中でわが国の文学はいかに変容したか、
　　　　詩歌論・作品論・作家論の視点から近代文学の実相に
　　　　迫る。

中央大学人文科学研究所研究叢書

8　ケルト　伝統と民俗の想像力　　　　　　　　　Ａ５判 496頁
　　古代のドイツから現代のシングにいたるまで、ケルト　　　4,000円
　　文化とその稟質を、文学・宗教・芸術などのさまざま
　　な視野から説き語る。

9　近代日本の形成と宗教問題〔改訂版〕　　　　　Ａ５判 330頁
　　外圧の中で、国家の統一と独立を目指して西欧化をは　　　3,000円
　　かる近代日本と、宗教とのかかわりを、多方面から模
　　索し、問題を提示する。

10　日中戦争　日本・中国・アメリカ　　　　　　　Ａ５判 488頁
　　日中戦争の真実を上海事変・三光作戦・毒ガス・七三　　　4,200円
　　一細菌部隊・占領地経済・国民党訓政・パナイ号撃沈
　　事件などについて検討する。

11　陽気な黙示録　オーストリア文化研究　　　　　Ａ５判 596頁
　　世紀転換期の華麗なるウイーン文化を中心に20世紀末　　　5,700円
　　までのオーストリア文化の根底に新たな光を照射し、
　　その特質を探る。巻末に詳細な文化史年表を付す。

12　批評理論とアメリカ文学　検証と読解　　　　　Ａ５判 288頁
　　1970年代以降の批評理論の隆盛を踏まえた方法・問題　　　2,900円
　　意識によって、アメリカ文学のテキストと批評理論を
　　多彩に読み解き、かつ犀利に検証する。

13　風習喜劇の変容　　　　　　　　　　　　　　　Ａ５判 268頁
　　王政復古期からジェイン・オースティンまで　　　　　　　2,700円
　　王政復古期のイギリス風習喜劇の発生から、18世紀感
　　傷喜劇との相克を経て、ジェイン・オースティンの小
　　説に一つの集約を見る、もう一つのイギリス文学史。

14　演劇の「近代」　近代劇の成立と展開　　　　　Ａ５判 536頁
　　イプセンから始まる近代劇は世界各国でどのように受　　　5,400円
　　容展開されていったか、イプセン、チェーホフの近代
　　性を論じ、仏、独、英米、中国、日本の近代劇を検討する。

中央大学人文科学研究所研究叢書

15 **現代ヨーロッパ文学の動向**　中心と周縁　　A5判 396頁
　　　　　　　　　　　　　　　　　　　　　　　　　　　4,000円
　　　際だって変貌しようとする20世紀末ヨーロッパ文学
　　　は、中心と周縁という視座を据えることで、特色が鮮
　　　明に浮かび上がってくる。

16 **ケルト**　生と死の変容　　　　　　　　　　A5判 368頁
　　　　　　　　　　　　　　　　　　　　　　　　　　　3,700円
　　　ケルトの死生観を、アイルランド古代／中世の航海・
　　　冒険譚や修道院文化、またウェールズの『マビノー
　　　ギ』などから浮かび上がらせる。

17 **ヴィジョンと現実**　　　　　　　　　　　　A5判 688頁
　　　十九世紀英国の詩と批評　　　　　　　　　　　6,800円
　　　ロマン派詩人たちによって創出された生のヴィジョン
　　　はヴィクトリア時代の文化の中で多様な変貌を遂げ
　　　る、英国19世紀文学精神の全体像に迫る試み。

18 **英国ルネサンスの演劇と文化**　　　　　　　A5判 466頁
　　　　　　　　　　　　　　　　　　　　　　　　　　　5,000円
　　　演劇を中心とする英国ルネサンスの豊饒な文化を、当
　　　時の思想・宗教・政治・市民生活その他の諸相におい
　　　て多角的に捉えた論文集。

19 **ツェラーン研究の現在**　　　　　　　　　　A5判 448頁
　　　詩集『息の転回』第一部注釈　　　　　　　　　4,700円
　　　20世紀ヨーロッパを代表する詩人の一人パウル・ツェ
　　　ラーンの詩の、最新の研究成果に基づいた注釈の試
　　　み、研究史、研究・書簡紹介、年譜を含む。

20 **近代ヨーロッパ芸術思潮**　　　　　　　　　A5判 344頁
　　　　　　　　　　　　　　　　　　　　　　　　　　　3,800円
　　　価値転換の荒波にさらされた近代ヨーロッパの社会現
　　　象を文化・芸術面から読み解き、その内的構造を様々
　　　なカテゴリーへのアプローチを通して解明する。

21 **民国前期中国と東アジアの変動**　　　　　　A5判 592頁
　　　　　　　　　　　　　　　　　　　　　　　　　　　6,600円
　　　近代国家形成への様々な模索が展開された中華民国前
　　　期（1912〜28）を、日・中・台・韓の専門家が、未発
　　　掘の資料を駆使し検討した国際共同研究の成果。

中央大学人文科学研究所研究叢書

22 ウィーン　その知られざる諸相
もうひとつのオーストリア

A5判　424頁
4,800円

20世紀全般に亘るウィーン文化に、文学、哲学、民俗音楽、映画、歴史など多彩な面から新たな光を照射し、世紀末ウィーンと全く異質の文化世界を開示する。

23 アジア史における法と国家

A5判　444頁
5,100円

中国・朝鮮・チベット・インド・イスラム等における古代から近代に至る政治・法律・軍事などの諸制度を多角的に分析し、「国家」システムを検証解明する。

24 イデオロギーとアメリカン・テクスト

A5判　320頁
3,700円

アメリカン・イデオロギーないしその方法を剔抉、検証、批判することによって、多様なアメリカン・テクストに新しい読みを与える試み。

25 ケルト復興

A5判　576頁
6,600円

19世紀後半から20世紀前半にかけての「ケルト復興」に社会史的観点と文学史的観点の双方からメスを入れ、複雑多様な実相と歴史的な意味を考察する。

26 近代劇の変貌
「モダン」から「ポストモダン」へ

A5判　424頁
4,700円

ポストモダンの演劇とは？　その関心と表現法は？　英米、ドイツ、ロシア、中国の近代劇の成立を論じた論者たちが、再度、近代劇以降の演劇状況を鋭く論じる。

27 喪失と覚醒
19世紀後半から20世紀への英文学

A5判　480頁
5,300円

伝統的価値の喪失を真摯に受けとめ、新たな価値の創造に目覚めた、文学活動の軌跡を探る。

28 民族問題とアイデンティティ

A5判　348頁
4,200円

冷戦の終結、ソ連社会主義体制の解体後に、再び歴史の表舞台に登場した民族の問題を、歴史・理論・現象等さまざまな側面から考察する。

中央大学人文科学研究所研究叢書

29 ツァロートの道
　　ユダヤ歴史・文化研究
　　　18世紀ユダヤ解放令以降、ユダヤ人社会は西欧への同化と伝統の保持の間で動揺する。その葛藤の諸相を思想や歴史、文学や芸術の中に追求する。

A5判 496頁
5,700円

30 埋もれた風景たちの発見
　　ヴィクトリア朝の文芸と文化
　　　ヴィクトリア朝の時代に大きな役割と影響力をもちながら、その後顧みられることの少なくなった文学作品と芸術思潮を掘り起こし、新たな照明を当てる。

A5判 656頁
7,300円

31 近代作家論
　　　鴎外・茂吉・『荒地』等、近代日本文学を代表する作家や詩人、文学集団といった多彩な対象を懇到に検証、その実相に迫る。

A5判 432頁
4,700円

32 ハプスブルク帝国のビーダーマイヤー
　　　ハプスブルク神話の核であるビーダーマイヤー文化を多方面からあぶり出し、そこに生きたウィーン市民の日常生活を通して、彼らのしたたかな生き様に迫る。

A5判 448頁
5,000円

33 芸術のイノヴェーション
　　モード、アイロニー、パロディ
　　　技術革新が芸術におよぼす影響を、産業革命時代から現代まで、文学、絵画、音楽など、さまざまな角度から研究・追求している。

A5判 528頁
5,800円

34 剣と愛と
　　中世ロマニアの文学
　　　12世紀、南仏に叙情詩、十字軍から叙事詩、ケルトの森からロマンスが誕生。ヨーロッパ文学の揺籃期をロマニアという視点から再構築する。

A5判 288頁
3,100円

35 民国後期中国国民党政権の研究
　　　中華民国後期（1928-49）に中国を統治した国民党政権の支配構造、統治理念、国民統合、地域社会の対応、対外関係・辺疆問題を実証的に解明する。

A5判 640頁
7,000円

中央大学人文科学研究所研究叢書

36 現代中国文化の軌跡 A5判 344頁 3,800円

文学や語学といった単一の領域にとどまらず、時間的にも領域的にも相互に隣接する複数の視点から、変貌著しい現代中国文化の混沌とした諸相を捉える。

37 アジア史における社会と国家 A5判 352頁 3,800円

国家とは何か？ 社会とは何か？ 人間の活動を「国家」と「社会」という形で表現させてゆく史的システムの構造を、アジアを対象に分析する。

38 ケルト 口承文化の水脈 A5判 528頁 5,800円

アイルランド、ウェールズ、ブルターニュの中世に源流を持つケルト口承文化──その持続的にして豊穣な水脈を追う共同研究の成果。

39 ツェラーンを読むということ A5判 568頁 6,000円
詩集『誰でもない者の薔薇』研究と注釈

現代ヨーロッパの代表的詩人の代表的詩集全篇に注釈を施し、詩集全体を論じた日本で最初の試み。

40 続 剣と愛と 中世ロマニアの文学 A5判 488頁 5,300円

聖杯、アーサー王、武勲詩、中世ヨーロッパ文学を、ロマニアという共通の文学空間に解放する。

41 モダニズム時代再考 A5判 280頁 3,000円

ジョイス、ウルフなどにより、1920年代に頂点に達した英国モダニズムとその周辺を再検討する。

42 アルス・イノヴァティーヴァ A5判 256頁 2,800円
レッシングからミュージック・ヴィデオまで

科学技術や社会体制の変化がどのようなイノヴェーションを芸術に発生させてきたのかを近代以降の芸術の歴史において検証、近現代の芸術状況を再考する試み。

中央大学人文科学研究所研究叢書

43 **メルヴィル後期を読む** A5判 248頁 2,700円

複雑・難解であることが知られる後期メルヴィルに新旧二世代の論者6人が取り組んだもので、得がたいユニークな論集となっている。

44 **カトリックと文化** 出会い・受容・変容 A5判 520頁 5,700円

インカルチュレーションの諸相を、多様なジャンル、文化圏から通時的に剔抉、学際的協力により可能となった変奏曲（カトリシズム（普遍性））の総合的研究。

45 **「語り」の諸相** 演劇・小説・文化とナラティヴ A5判 256頁 2,800円

「語り」「ナラティヴ」をキイワードに演劇、小説、祭儀、教育の専門家が取り組んだ先駆的な研究成果を集大成した力作。

46 **档案の世界** A5判 272頁 2,900円

近年新出の貴重史料を綿密に読み解き、埋もれた歴史を掘り起こし、新たな地平の可能性を予示する最新の成果を収載した論集。

47 **伝統と変革** 一七世紀英国の詩泉をさぐる A5判 680頁 7,500円

17世紀英国詩人の注目すべき作品を詳細に分析し、詩人がいかに伝統を継承しつつ独自の世界観を提示しているかを解明する。

48 **中華民国の模索と苦境** 1928～1949 A5判 420頁 4,600円

20世紀前半の中国において試みられた憲政の確立は、戦争、外交、革命といった困難な内外環境によって挫折を余儀なくされた。

49 **現代中国文化の光芒** A5判 388頁 4,300円

文字学、文法学、方言学、詩、小説、茶文化、俗信、演劇、音楽、写真などを切り口に現代中国の文化状況を分析した論考を多数収録する。

中央大学人文科学研究所研究叢書

50 アフロ・ユーラシア大陸の都市と宗教
A5判 298頁
3,300円

アフロ・ユーラシア大陸の都市と宗教の歴史が明らかにする、地域の固有性と世界の普遍性。都市と宗教の時代の新しい歴史学の試み。

51 映像表現の地平
A5判 336頁
3,600円

無声映画から最新の公開作まで様々な作品を分析しながら、未知の快楽に溢れる映像表現の果てしない地平へ人々を誘う気鋭の映像論集。

52 情報の歴史学
A5判 348頁
3,800円

「個人情報」「情報漏洩」等々、情報に関わる用語がマスメディアをにぎわす今、情報のもつ意義を前近代の歴史から学ぶ。

53 フランス十七世紀の劇作家たち
A5判 472頁
5,200円

フランス17世紀の三大作家コルネイユ、モリエール、ラシーヌの陰に隠れて忘れられた劇作家たちの生涯と作品について論じる。

54 文法記述の諸相
A5判 368頁
4,000円

中央大学人文科学研究所「文法記述の諸相」研究チーム11名による、日本語・中国語・英語を対象に考察した言語研究論集。

55 英雄詩とは何か
A5判 264頁
2,900円

古来、いかなる文明であれ、例外なくその揺籃期に、英雄詩という文学形式を擁す。『ギルガメシュ叙事詩』から『ベーオウルフ』まで。

56 第二次世界大戦後のイギリス小説
ベケットからウインターソンまで
A5判 380頁
4,200円

12人の傑出した小説家たちを俎上に載せ、第二次世界大戦後のイギリスの小説の豊穣な多様性を解き明かす論文集。

中央大学人文科学研究所研究叢書

57 愛の技法
クィア・リーディングとは何か

A5判 236頁
2,600円

批評とは、生き延びるために切実に必要な「技法」であったのだ。時代と社会が強制する性愛の規範を切り崩す、知的刺激に満ちた論集。

58 アップデートされる芸術
映画・オペラ・文学

A5判 252頁
2,800円

映画やオペラ、「百科事典」やギター音楽、さまざまな形態の芸術作品を「いま」の批評的視点からアップデートする論考集。

59 アフロ・ユーラシア大陸の都市と国家

A5判 588頁
6,500円

アフロ・ユーラシア大陸の歴史を、都市と国家の関連を軸に解明する最新の成果。各地域の多様な歴史が世界史の構造をつくりだす。

60 混沌と秩序
フランス十七世紀演劇の諸相

A5判 438頁
4,900円

フランス17世紀演劇は「古典主義演劇」と呼ばれることが多いが、こうした範疇では捉えきれない演劇史上の諸問題を採り上げている。

61 島と港の歴史学

A5判 244頁
2,700円

「島国日本」における島と港のもつ多様な歴史的意義、とくに物流の拠点、情報の発信・受信の場に注目し、共同研究を進めた成果。

62 アーサー王物語研究

A5判 424頁
4,600円

中世ウェールズの『マビノギオン』からトールキンの未完物語『アーサーの顚落』まで、「アーサー王物語」の誕生と展開に迫った論文集。

63 文法記述の諸相 II

A5判 332頁
3,600円

中央大学人文科学研究所「文法記述の諸相」研究チーム10名による、9本を収めた言語研究論集。本叢書54の続編を成す。

中央大学人文科学研究所研究叢書

64　続　英雄詩とは何か

A 5 判　296頁
3,200円

古代メソポタミアの『ギルガメシュ叙事詩』からホメロス、古英詩『モールドンの戦い』、中世独仏文学まで英雄詩の諸相に迫った論文集。

＊価格は本体価格です。別途消費税がかかります。